Andrea Paluch, Robert Habeck

Der Schrei der Hyänen

Roman

Piper München Zürich

Ungekürzte Taschenbuchausgabe
April 2005

Umschlag/Bildredaktion: Büro Hamburg
Heike Dehning, Charlotte Wippermann,
Alke Bücking, Kathrin Hilse
Umschlagabbildung: Norman Parkinson/Corbis
Foto Umschlagrückseite: Peter von Felbert
Satz: EDV-Fotosatz Huber/Verlagsservice G. Pfeifer, Germering
Druck und Bindung: Clausen & Bosse, Leck
Printed in Germany ISBN 3-492-24381-9

www.piper.de

Das Baby war erschrocken
vor dem großen schwarzen Gesicht von Lukas,
denn es wußte ja noch nicht,
daß es selber auch ein schwarzes Gesicht hatte.

Michael Ende, *Jim Knopf und Lukas der Lokomotivführer*

Teil I

Die weiße Wirklichkeit

1

Arabella wurde wach, als Frank aus dem Bett stieg. Sie wachte nie auf, wenn er zu ihr kam, und wurde so meist im Schlaf von ihm überrascht. Doch wenn er aufstand, erwachte sie jedesmal. Ihr Mann war über einen Meter neunzig groß und wog fast zweihundert Pfund. Wenn er sich zwischen den Hererohirten bewegte, sah es so aus, als striegelte sein blonder Bart ihre Köpfe.

Arabella schaute auf die Taschenuhr, die am Bettpfosten baumelte. Es war halb vier, Donnerstag nacht. Das Jahr 1904 war eine Woche alt. Zu Weihnachten hatte Frank ihr ein Waffeleisen geschenkt, sie ihm einen Gürtel genäht. Eva hatte sie ihre alten Sandalen vermacht.

Aus der Remise hörte sie die trächtige Kuh schreien. Der Schäferhund Troja bellte gegen das Brüllen an. Seit Arabella vor sechs Jahren auf der »Falke« angekommen war, hatte sie gelernt, wie man Rinder hält, daß sich Geburten durch ein Einfallen der Beckenknochen ankündigen, wie man sterbende Tiere an den gebrochenen Augen erkennt.

Sie schlief nur im Hemd, weil die Nacht entgegen der üblichen Mondkälte heiß geblieben war. Das neue Haus war noch nicht fertig. Zwar standen die Mauern, aber der Dachstuhl fehlte noch. Als Balken sammelte Frank Baumstämme aus dem Rivier, die Sonne und Wasser schon geschält hatten und die er mit der Vormilch der Jungkühe zum Schutz vor Holzwürmern einstrich.

Während der ersten drei Jahre hatten sie in der Hartebeesthütte gelebt, die Frank aus Astwerk, Binsen und Rinde zusammengezimmert hatte, nachdem ihm das Land überschrieben worden war. Um ein ordentliches Haus zu bauen, brauchte er nur die Steine von der Wasserstelle aufzulesen. Die Arbeit an dem Dachstuhl mußte jedoch zurückgestellt werden, weil die Raubtiere sich in diesem Jahr bis an die Verschläge herantrauten. Sonst hatten sich die Geparden und Schakale wohl an das Vieh der Schwarzen gehalten, aber die Rinderpest hatte große Teile der Hereroherden hinweggerafft. Sogar Löwenspuren, groß wie Teller, hatte Arabella eines morgens in der von ihr täglich aufgelockerten Erde ihres Gemüsebeetes gefunden. Daher mußte zuerst der Innenhof eingefriedet werden.

Obwohl die Nacht selbst für das Hemd eigentlich noch zu warm war, zog sie sich Hosen und eine Schürze über und schlüpfte in die Stiefel, bevor sie ihrem Mann folgte. Am Dreikönigstag waren schwere Gewitter über Südwest niedergegangen, aber anders als in Deutschland war die Luft danach nicht gereinigt, sondern klebrig geworden. In den Tagen danach konnte man zusehen, wie das Gras zur Blüte kam. Die Hererorinder bekamen wieder fette Euter und jeden Abend wurde in den Kralen getanzt.

Arabella ging durch die Hintertür auf den Hof hinaus. Das Karree, das von der Rückwand des Hauses mit der Remise an der rechten Flanke und dem Pferdestall an der linken um einen Wellblechbrunnen herum angelegt worden war, schien genau unter der Milchstraße zu liegen. Draußen war es hell und farblos. Der Weißdorn, der ihr Christbaum gewesen war, lehnte am Brunnenrand.

Sie stieg über die Wanne mit den Gedärmen des Gnus, das Frank am Abend geschossen und zum Ausbluten in den Waschraum gehängt hatte. Sie würde, was sie nicht verwursten konnte, pökeln müssen, wenn es nicht verderben sollte.

Im Schuppen brannte eine Tranlampe. Walöl war hier billiger als Petroleum.

Frank wandte sich um, als Arabella eintrat. Er war nackt bis auf seine alten Knobelbecher. Seine Körperhaare klebten auf der Haut, die Lampe flackerte und seine Schultern vibrierten im zuckenden Schein, ohne daß er sich bewegte. Er hatte die Nilpferdpeitsche in der Hand.

»Sie muß hoch. Das Kalb kann nicht raus.«

Tatsächlich lag die Kuh mit geblähtem Bauch in einer verdrehten Stellung so weit an die Wand gepreßt, daß man nicht hinter sie konnte. Arabella streichelte ihr über das feuchte Maul und die heißen Ohren. Das Fell war schweißnaß. Über den Körper lief ein Schauer.

»Man sieht die Hufe schon.« Arabella beugte sich über das Tier. Es roch nach Fruchtwasser. Ein kleines, mit milchiger Eihaut überzogenes Bein ragte aus der Kuh. Sie faßte es an. Das Horn des Hufs war weich.

Draußen meckerte eine Hyäne. Arabellas Nackenmuskel zog sich zusammen. Röchelnd sog Frank Schleim zusammen und spuckte aus. Dann trat er der Kuh mit der Stiefelspitze in die Seite.

»Du ziehst sie hoch!« kommandierte er seine Frau. »Jetzt reicht es, sonst prügle ich dich auf die Beine«, brüllte er das Tier an. Arabella legte der Kuh einen Baststrick um den Hals und zog kräftig. Frank schlug das Tier mit dem Sambjok. Zuerst mit dem stumpfen Griff, dann mit der Leine aus Flußpferdhaut. Das Leder schnitt durch das Fell der Kuh wie ein Messer. Daß sie blutete, sah Arabella erst, als die Tropfen langsam über die weißen Schecken quollen.

»Hör auf, Frank, sonst verlieren wir beide.«

Arabella hatte schon einmal ein Kalb, das nicht rauswollte, in der Kuh zersägt, um die Mutter zu retten.

»Miststück.« Frank schlug härter zu, und der Sambjok öffnete den Rücken. Die Kuh brüllte, kam aber nicht auf die Beine. Die Lampe schwankte. Der Schnitt franste durch das Blut aus, die Ränder der Wunde kräuselten sich.

»Nicht, Frank«, versuchte es Arabella erneut. Aber sie wußte, daß es keinen Sinn hatte. Zusammen mit anderen ehemaligen Schutztrupplern fuhr Frank jedes Jahr auf eine der Guanoinseln vor der Lüderitzbucht und erschlug dort Pelzrobben, um sich auszutoben.

»Verdammte Niggerkuh«, schrie er. Arabella sah die

Wirbel des Rückgrats durch das offene Fleisch und wandte den Blick in das Gesicht der Kuh. Die großen Augen glotzten feucht. Arabella scheuchte die Fliegen weg, die dick und grün im Tränensekret saßen. Die Kuh bekam wieder Wehen, litt aber zu sehr, um schreien zu können. Frank hieb besinnungslos auf das Tier ein. Sie würde am nächsten Tag zusätzlich zum Gnu nun auch noch eine Kuh verarbeiten müssen.

Vor dem Haus bellte Troja, die Hyänen mußten ganz nah sein. Arabella überlegte, ob sie ein Gewehr holen sollte. Hier konnte sie sowieso nichts mehr tun. Dann wälzte sich die Kuh im Sterben auf die andere Seite und gab das Kälbchen frei. Arabella ließ den Strick los, und Frank hörte auf zu schlagen. Wortlos traten beide hinter das tote Tier, packten jeder einen Huf und zogen gleichzeitig. Das Kalb bewegte sich nur wenige Zentimeter, der Kopf blieb ohne die Unterstützung der Preßwehen im Leib. Arabella zwängte ihren Arm in den Uterus des toten Tieres. »Die Nabelschnur hält es«, sagte sie in das nasse Fell. Sie sah nicht, was Frank machte. Sie hörte ihn nur schwer atmen. Aber sie wußte, daß die Zeit gegen das Kalb lief. Sie packte die glitschige Nabelschnur und bohrte ihren Daumen mit aller Kraft durch das breiige Gewebe, bis der Nabelstrang riß. Als sie ihren Arm aus der Kuh zog, war er voll Blut und Schleim.

»Noch mal. Es ist frei«, sagte sie zu Frank. Er hatte die Beine des Kalbs mit der Leine seiner Peitsche umwickelt und den Griff über einen Dachbalken geworfen. Wie an einem Flaschenzug zogen Frank und Arabella das Kälbchen in die Welt. Für einen Augenblick hing es kopfüber von der Decke, dann ließ Frank es auf die Erde gleiten. Arabella wischte mit der flachen Hand über das verschmierte Fell. Das Kälbchen zitterte und japste nach Luft. Die Nabelschnur hing aus seinem Bauch.

»Ich hole Milch.« Sie stand auf und lief in das Haus

zurück. Es war ihr zuwider, das Kälbchen an dem erkaltenden Euter anzulegen. Troja tobte, die Witterung der Raubtiere machte ihn verrückt. Aus dem Erdloch, das ihre Speisekammer war, nahm Arabella eine Milchkanne und schöpfte den Rahm in eine Schüssel. Sie beeilte sich, sie wollte das Kalb nicht länger als nötig mit Frank alleine lassen. Bevor sie zurück über den Hof lief, nahm sie den Karabiner aus dem Waffenschrank.

Schießen war eines der ersten Dinge, die sie in Afrika gelernt hatte. Noch bevor sie Okahandja erreicht hatten, hatte Frank ihr gezeigt, wie man Zündnadelgewehre bediente. Nachdem die neuen Waffen da waren, hatten sie die veralteten Modelle gegen einige Morgen bestes Weideland getauscht. Frank hatte gelacht. Jetzt mußten sich die Kaffer mit den Pavianbüchsen rumärgern, während sie die neuen Kaliber 88 hatten. Arabella hatte so lange gegen die untergehende Sonne auf ein Straußenei geschossen, bis das Dotter in die Dämmerung gespritzt war.

»Gut, Rot. Jetzt sind wir ein Mann mehr«, hatte Frank zufrieden gesagt und ihr anerkennend auf die Schulter geklopft. Von den Rückstößen hatte Arabella damals einen Bluterguß an der Schulter bekommen. Die neuen Repetiergewehre waren nicht nur schneller zu laden, sondern hatten auch keinen so starken Rückschlag. Man konnte sie sogar im Laufen abfeuern.

Frank hatte die Peitsche losgebunden, und sehr zu ihrer Überraschung hielt er den Kopf des Kälbchens auf seinen Knien und streichelte das verklebte Fell mit geschlossenen Augen. Sie beugte sich zu dem Tier hinab, faßte in die Milch und schmierte ihm eine Handvoll Rahm ums Maul.

»Es ist ein kleiner Bulle«, sagte Frank wie zur Rechtfertigung.

»Romulus soll er heißen«, sagte sie. Frank sah auf.

»Der hat auch seine Mutter verloren und wurde von einer Wölfin großgezogen«, erklärte sie.

Romulus drehte den Kopf im Kreis, schleckte aber nicht, wie es Kälber sonst taten, mit einer rosa Zunge nach dem Rahm. Arabella steckte die Hand erneut in die Schüssel und führte sie dann zwischen Romulus' Lippen. Sie tastete in seinem Maul und konnte die Zunge rauh unter ihrer Hand fühlen. Doch sie bewegte sich nicht, sie durchlief höchstens ein Zucken wie bei einem Regenwurm. Der Muskel haftete an der unteren Mundhöhle fest.

»Halte mal das Licht«, sagte sie und öffnete dem Kalb das Maul. Dann ließ sie die Kiefer sich wieder schließen.

»Es hat eine angewachsene Zunge«, sagte sie.

»Was?« Frank sah sie an und wollte nicht glauben, was er hörte.

»Die Zunge ist unten festgewachsen.« Arabella ließ den Kopf auf das Stroh gleiten. Als sie zurück zum Haus ging, die Schüssel Milch noch immer voll unter dem Arm, hörte sie aus der Remise den Schuß, mit dem Frank Romulus ins Hirn traf.

Die verbleibende Nacht hatte sich ein Vogel heiser geschrien. Arabella hätte auch ohne ihn keinen Schlaf gefunden. Frank hatte sich, nach Blut und saurem Fruchtwasser stinkend, neben sie auf das Bett geworfen. Vom Fußende her verpesteten seine Stiefel die Luft. Nach fast sechs Jahren war es für Frank ausgemacht, daß Arabella keine Kinder bekommen konnte. Im Grunde war es ihm ganz recht, auch wenn er gegen einen Nachkommen nichts einzuwenden gehabt hätte. Für Arabella hingegen wären Kinder der einzige Sinn gewesen, den das Leben mit diesem Mann hätte bekommen können.

Auf ihrem Handteller spürte sie noch Romulus' rauhe Zunge. Das Kribbeln zog sich hoch bis in die Haarwurzeln. Sie stand leise auf und ging noch einmal in den Hof. Der Vogel zeterte leise. Arabella pumpte Wasser aus dem Brunnenschacht in einen Eimer und wusch sich ein zweites Mal. Das Wasser war vor Kälte klar, und ihre Haut trocknete sofort in der warmen Luft. Sie atmete durch.

Statt sich wieder neben ihren stinkenden Mann zu legen, machte sie sich an die Arbeit und häutete das Kalb. Im ersten zerlassenen Morgenlicht stand sie mit blutigen Händen vor den Töpfen und schnitt Koteletts.

Die Deutsche Kolonialgesellschaft hatte jeder Frau zwanzig Mark aus Mitteln der »Wohlfahrtslotterie zu Zwecken der deutschen Schutzgebiete« versprochen, die als Haushälterin nach Südwest ging. Bei guter Führung und Brauchbarkeit sollten daraus nach einem halben Jahr fünfundzwanzig Mark werden. Das war zwar noch immer ein Hungerlohn, aber niemand rechnete ernsthaft damit, daß die Mädchen je als Dienstmägde arbeiten würden. Der Mangel an weißen Frauen in der Kolonie war zu groß. Das eigentliche Ziel war, ein Bollwerk gegen die Schwemme an Bastarden zu errichten, die die deutschen Männer im Land auslösten.

Kurz bevor die »Falke« in See stach, um die erste Mädchenfuhre nach Südwest zu bringen, hatte Arabella an den Hamburger Landungsbrücken eine kleine Ahornpflanze mit den Fingernägeln aus den Fugen des Kopfsteinpflasters gekratzt. Die Kolonialgesellschaft hatte ihr eine Stellung im Haus der Reederfamilie Wortmann verschafft. Sie mußte ein Leumundszeugnis vorlegen und bestätigen, daß sie kochen, waschen und putzen konnte. Kommentiert wurde aber nur ihr Äußeres. »Ein schönes Muttervieh«, freute sich der Beamte und klemmte sein Monokel ins Auge, als er ihren Namen in eine Liste malte.

Auf Höhe der Kapverdischen Inseln warf Arabella den Ahorn-Sprößling zu der Melodie einer Blechflöte über Bord. Sie hatte ihn gepflegt, so gut sie konnte, aber die Salzluft des Atlantiks fraß sich durch das Blattfleisch und vergiftete die Adern des kleinen Baumes.

Die Musik stammte von Thomas Bonin. Bonin war dritter Maat auf der »Falke« und der einzige Mann an Bord, mit dem Arabella während der Überfahrt Freundschaft schloß. Wenn er keinen Dienst hatte, saß er meistens achtern auf einer zusammengerollten Persenning und spielte auf seiner kleinen Flöte irische Lieder oder lag rücklings auf den Planken und schaute der Qualmsäule nach, die der Schornstein in den durchsichtigen Himmel entließ. In der Messe saßen an einem blaugewürfelten Tischtuch die Matrosen und die mit Arabella verschifften elf Frauen beisammen, spielten Karten, machten Negerwitze über die berußten Maschinisten, die auf dem Weg zur Koje vorbeikamen, und aßen um die Wette Sardinen aus der Dose. Unter dem Vorwand, die Mannschaft im Auge behalten zu wollen, setzten sich einmal auch Korvettenkapitän Gottwill und Kapitänleutnant Grabowski dazu. Doch in der angeheiterten Atmosphäre nutzten ihnen ihre Streifen auch nichts, und bald verdrückten sie sich wieder. Per Weisung lösten sie die fröhliche Runde auf und verbannten die Damen zu sich in die Offiziersmesse.

Arabella war das egal. Sie zog die Lieder von Bonin den giggelnden Mädchen vor. Zweimal kam der Oberleutnant zur See Herzmann dazu, verbot Bonin das Musizieren und forderte Arabella auf, zu ihrem eigenen Besten ebenfalls in die Offiziersmesse zu gehen.

»Dein Gedudel macht uns die Weiber ganz kirre«, sagte er und grinste Arabella an. Aber Bonin kanzelte ihn mit »Ich sehe keine Weiber« ab und spielte weiter. Arabella blieb sitzen und freute sich über das Kompliment.

Thomas Bonin kam aus Flensburg und war einer der größten Männer an Bord. Er hatte eisblaue Augen und blonde Haare, die er etwas länger trug, als es die Kleiderordnung vorsah. Alle heiratswilligen Frauen waren sich einig, daß sich die Überfahrt schon für ihn gelohnt hätte. Aber bereits beim Ausschiffen hatte ihnen Grabowski versichert, daß er Unzucht von seiten der Frauen auf der »Falke« nicht dulden würde und ohne Zögern das Vergnügen, das eine der Damen einem der Männer gewährte, der ganzen Mannschaft gönnen würde. Soweit Arabella es beurteilen konnte, kam es zu keinen Zwischenfällen. Selbst mannstolle Frauen wie Lou oder Elisabeth verkniffen sich ihre Ambitionen auf Bonin. Und für das Flötenspiel interessierte sich keine außer Arabella, die dafür weniger Wert darauf legte, ihren Namen von einem geilen Matrosen in die Tür oder auf einen Tisch der Messe verewigt zu bekommen. Sie schaute der Gischt beim Tanz auf dem Schanzkleid zu oder sah den Himmel eingerahmt von dem kleinen Loch einer Klüse. Irgendwie hatte sie in Bonins Nähe das Gefühl, ganz dicht an Zuhause zu sein.

Einmal ließ Arabella aus Bonins Hose die Naht aus. Die Mannschaft hatte zuvor die Nachricht erhalten, daß die »Falke« nach der Überfahrt zur Schiffsüberholung nach Kapstadt sollte. Die Aussicht auf Landgang schwängerte die nach dem Messeverbot kurz angestaubte Atmosphäre von einer Minute zur anderen mit Zoten. Nur Thomas Bonin beteiligte sich nicht an den Protzereien seiner Kameraden, sondern kochte in einem kleinen Kessel auf dem Herd, wo sonst Teer zum Abdichten schadhafter Stellen erhitzt wurde, seine Leinenhose weiß. Arabella setzte sich neben ihn und hörte den Jigs und Reels zu, während im Kessel die Lauge blubberte. Als Bonin die Hose schließlich über seine behaarten Waden zog, war sie eingelaufen. Storchenbeinig stand er vor ihr und schaute hilflos aus der weißen Wäsche. Arabella versuchte, ein Glucksen zu unterdrücken, was ihr nur mäßig gelang, Bonin prustete als erster los, und dann kringelten sich beide vor Lachen.

In Swakopmund, wo die Frauen ausgeschifft wurden, trug Bonin Arabella zu Ehren die weiße Hose. Eigentlich hatte er sie bis Kapstadt schonen wollen.

Als das Kanonenboot S.M.S. Falke nach fünf Wochen Seekrankheit und Sonnenstich und nur einem Zwischenstop, um Kruneger zum Entladen des Schiffes aufzunehmen, am 10. Januar vor Swakopmund auf Reede ging, wurde noch vor den Frauen das geladene Viehzeug, darunter eine Herde Heidschnucken, übergesetzt. Für die Tiere standen Flöße bereit, die Frauen stiegen in ein Landungsboot.

Die ehemaligen Schutztruppler, die nun auf dem Land arbeiteten, lungerten, Hände in den Hosentaschen, bereits am Strand. Frank hatte sich extra für diesen Tag rasiert und verfolgte mit brummendem Kopf, wie eine seiner sauer bezahlten Heidschnucken vom Floß stürzte und, weil die Wolle sich sofort vollsog, nicht wieder hochkam.

Die letzten Meter wurden die Frauen von den Krunegern durch die Dünung getragen. Arabella hielt sich an einer breiten, schwarzen Schulter fest und war erstaunt, daß sich die Haut anfühlte, als wäre sie weiß. Sie hatte etwas anderes, Pelziges oder Rauhes erwartet. Die ersten Schritte in Afrika wurde sie auf Händen getragen.

Arabella beobachtete aus den Augenwinkeln, wo Elisabeth, die sich vor der Ankunft noch die Haare gebleicht hatte, und die hennarote Lou sich postierten. Neben ihnen wollte sie nicht stehen, um nicht unvorteilhaft zu wirken mit ihrer ungeschminkten Art.

Auf der Fähre hatte Lou sie einmal gefragt, womit sie sich ihre Haare färbte. »Sie sind nicht gefärbt«, hatte Arabella geantwortet. Damit stand fest, daß ihr Gespräch keine Grundlage hatte.

Farmer und Frauen beäugten sich ein paar peinliche Momente lang. Allen war klar, daß jetzt die Würfel für die nächsten Lebensjahre fielen, die Frauen allerdings wußten nicht, daß ihre Schicksale längst ausgezockt waren. Die Männer hatten am Abend ein Skatturnier veranstaltet und damit die Reihenfolge festgelegt, nach der sie sich ihre zukünftigen Frauen aussuchen durften. Frank war Dritter geworden, weil er in der letzten Runde bei einem Rot-Handspiel im Schneider geblieben war. Es war weit nach Mitternacht gewesen, und er schon so betrunken, daß er Buben für Könige hielt. Jetzt war er ganz froh, daß er nicht den ersten Schritt machen mußte.

Als Frank an der Reihe war, kniff er die Augen zusammen und blinzelte gegen die Sonne. Für einen Moment ähnelte er Thomas Bonin. Er ging an Arabella vorbei, und sie tat so, als ob sie niesen mußte. Er wandte sich ihr zu, und sie hielt sich die Hand vor den Mund. Als sie die Hand wieder wegzog, strich sie sich mit zwei Fingern über die Lippen. Das gab den Ausschlag. So zart gestreichelte Lippen mußten geküßt werden.

Noch vor der Hochzeit zogen sie sich in Franks Zelt zurück, obwohl Arabella eigentlich bis nach der Trauung hatte warten wollen. Geduckt kniend überreichte ihr Frank eine Wüstenblume und ein Mieder aus Walbarten. Sie drehte ihm ihr Gesicht zu, aber er küßte sie nicht. Statt dessen begann er, sich in der abgewinkelten Haltung auszuziehen, und forderte sie mit einem Blick auf, das gleiche zu tun. Als sie bis auf die Strümpfe nackt war und Frank nur noch sein Hemd anhatte, lächelte sie und sagte: »So sehe ich aus.« Er nickte und besah sich ihre Hüftknochen. »Bißchen mager für meinen Geschmack.«

Arabella gab sich ihrer ehelichen Pflicht mit einem halben Gedanken an Thomas Bonin hin. Danach lag sie im milchigen Licht des Zeltes, hörte das kehlige Schreien der Möwen und betrachtete den Mann neben sich, dessen Frau sie nun war.

Als Frank aufwachte, nannte er sie das erste Mal Rot. Sie nahm an, daß er es wegen ihrer vollen Lippen tat, der Sonnenbrand, den sie sich auf der Überfahrt geholt hatte, war jedenfalls dem hellen Haselnußbraun frisch geschälter Haut gewichen. Tatsächlich gab Frank ihr den Namen im Andenken an das Skatspiel, bei dem er sich mit der Farbe Rot um den Sieg gebracht hatte. Sonst hätte er fraglos die blonde Vollbusige genommen und danach das rothaarige Aas. Aber die waren schon weg gewesen, als er drankam. Von dem Mittelmaß, das blieb, schien Arabella das Anständigste zu sein. So wie Rot die dritte Farbe war. Er hatte an ihr nichts auszusetzen.

Die Hochzeiten fanden im Freien statt. Das Pfeifen des Salzwindes ersetzte die Orgel. Der Atlantik gab den Takt vor, und gleichmäßig hallte die Brandung in das Hochzeitszelt. Der Priester, der die übriggebliebene, zwölfte Frau kurzerhand selbst nahm, hatte ein Dach gespannt, das aus Leinensäcken zusammengenäht war, um den Nebel, der über allem lag und dessen Kälte bis ins Blut drang, wenigstens notdürftig abzuhalten.

Alles floß ineinander. Der Benguelstrom sog den Treibsand der Namib in braunen Schlieren weit hinaus in die naßfahle Unendlichkeit. Immer neue Sandhänge stürzten sich in einem endlosen Dominospiel mit dem Wind in den unersättlichen Atlantik. Eine unbeseeltere Welt konnte sich Arabella nicht vorstellen. Über allem lag eine Kruste aus Salz. Der Strandsand war wie zementiert. Dicke Sandplacken brachen unter den Schritten ein, sobald man die Wege zwischen den vier, fünf Häusern, die es im Ort gab, hinter sich ließ. Eine Jolle zerfiel in auseinanderklaffende Spanten, und der Heidschnuckenkadaver wurde in der Dünung hin und her geworfen. Die Beine winkten mit jeder Welle durch den Schaum. Während der Pfarrer mit der Zeremonie fortfuhr, sah Arabella, wie eine Hyäne sich an das angespülte Tier heranschlich und ihm den Kopf abfraß. Pflanzen gab es nicht. Alles grüne Leben wurde von den unwirtlichen Brisen zerstört, bevor es entstehen konnte. Der Nebel, der sich undurchdringlich gegen den Himmel preßte, verbarrikadierte das Land gegen den direkten Lichteinfall. So hatte sie sich Afrika nicht vorgestellt.

Der Namibsand, der den Hafen unaufhaltsam füllte, machte das Wasser zu einer schlammigen Pampe. Die Reederei Wortmann hatte Pläne eingereicht, nach denen Wellenbrecher ins Meer gezogen werden sollten, um den Angriff des Atlantiks zu stoppen und das ständige Steigen des Hafengrundes zu unterbinden, doch in dieser Wüste gab es keine Steine.

»Wart ab, bis du ins Hinterland kommst. So eine Sonne hast du noch nie gesehen«, vertröstete sie Frank.

Tags drauf, als der Treck sich sammelte und Frank seine Ochsen anspannte, ging Arabella zu dem Haus der Wortmanns. Es lag neben einer kleinen Hütte aus Walrippen, die man mit Seetang gedeckt hatte, und war selbst nur wenig mehr als ein kleiner, gedrungener Verschlag, dessen eine Hälfte das Kontor war. Über der Tür hing ein geschnitztes Firmenschild. Sie klopfte und trat ein. Ein Schwarzer stand vor ihr, dessen Lakaienuniform aus einer abgetragenen Schutztruppenreiterhose und einer ausgebeulten Kapitänsjacke zusammengestückelt war. Arabella fragte nach Herrn Wortmann, der aber in Deutschland war, um für seine Mole zu werben.

»Kann ich etwas ausrichten?« fragte der Schwarze.

»Ich sollte hier eine Stelle antreten. Aber nun heirate ich und ziehe in mein eigenes Haus«, antwortete Arabella und nannte ihren Namen.

Der Schwarze nickte. Sie ging wieder hinaus und fragte sich, ob so eine Holterdipolterkündigung Ärger geben würde. Es sollte jedoch Jahre dauern, bis sie wieder von den Wortmanns hören würde.

Frank hatte recht gehabt. Kaum lag der Namibsand hinter ihnen, hatte die Sonne keine Grenzen mehr und verdrängte das Meer aus dem Himmel. Die Ochsen mahlten durch den Sand, während Arabellas Schweiß versiegte. Manchmal blieben die hochachsigen Räder stecken, und sie mußten absitzen und den Wagen anschieben. Der Tag ließ sich nur mit getönten Brillen ertragen, das Gras war braun wie der Boden, wie Schemen schwebten am Horizont graublaue Berge über der gleißenden Erde. Arabella atmete flach und mußte den Kopf bedeckt halten, um nicht das Bewußtsein zu verlieren.

Neben Franks Ochsenwagen, dessen vierzehnköpfiges Gespann ein Herero führte, und seiner Heidschnuckenherde bestand der Treck aus sieben weiteren Wagen frischvermählter Farmer mit ihren Frauen, ihren Koffern, den Hererohirten und den Ladungen an Kaffee und Branntwein, die die Männer gebunkert hatten. Hinter jedem Wagen trotteten ein paar Pferde her, und Frank bot Arabella eine braune Stute an. Aber sie konnte nicht reiten, wie keine der Frauen, und nahm auf dem Ochsenwagen Platz. Der Herero, der ihren Karren führte, stellte sich als Josef vor, und Frank erzählte, daß er ihn zu einer Art Vorarbeiter auf der Farm gemacht hatte. Er war der erste Schwarze gewesen, der für Frank gearbeitet hatte, und wohnte mit seiner Tochter Eva in einem kleinen Pontok neben dem Haus.

Sie folgten zunächst dem Baiweg an der Schmalspurbahn über Jakelswater. Die bleichen Knochen verdursteter Zugochsen schienen am Wegrand zu wachsen wie in Deutschland Giersch oder Brennesseln, und das Keuchen der Tiere in ihren Gespannen stach in Arabellas Herz. Um den Wagen nicht zusätzlich zu belasten, sprang sie ab und ging zu Fuß. Für jeden Ochsen las sie einen Kiesel auf und klickerte mit dem Steingespann in der Faust.

»Weg damit«, kommandierte Frank und schlug mit der Peitsche nach einem Ochsen. Dreck gebe es in Crewo mehr als genug. Arabella warf ihre Steinchen schnell wieder in den Sand.

Hinter den letzten Namibdünen hatte Frank ein Futterdepot angelegt, wo er auf seiner Talfahrt ans Meer Heu gelagert hatte.

»Jetzt kommt zivilisiertes Land, und du wirst nicht mehr wie eine Negerin zu Fuß gehen.« Frank saß im Sattel und schaute von oben auf sie herab. Er hielt die braune Stute am Zügel. Zum ersten Mal fiel Arabella auf, daß die Augen ihres Mannes klein und eng stehend waren. Sie ließ sich in den Sattel helfen, hielt aber kaum eine Stunde durch, dann war ihr Po wund und ihr Rücken verkatert. Immer abwechselnd fuhr sie nun auf dem Wagen oder machte sich mit dem Schmerz vertraut.

Sie treckten in einem kurzen Bogen durch die Ausläufer der Erongoberge, bevor der Weg in Karibib wieder parallel zur Bahn verlief, deren Schienenstränge nur armbreit auseinanderlagen.

1894 war Frank mit Mayor Ludwig von Kavea ins Land gekommen, um den Aufstand der Witboois niederzuschlagen, den Hauptmann Franzmann nicht in den Griff bekam. In der Schlacht bei Hornkranz hatte Frank die Revolverkanone bedient und die Hottentotten platzen lassen wie eingelegte Gurken. Er hatte gewartet, bis sie mit ihren Kirris, einer Knopfkeule mit ausgegossenen Bleienden, auf wenige Schritte herangestürmt waren, hatte dann das Feuer eröffnet und seine Salven von Beckenhöhe aufwärts gezogen. Er hatte die Menschen von innen gesehen. Er kannte die Farbe von Hirnmasse und das quietschende Geräusch des Bajonetts, das ins Fleisch dringt.

In Karibib stieß ein junger Mann zu dem Treck, der sie bis Okahandja begleiten wollte. Paul von Kavea war der Sohn des Gouverneurs.

Als die Männer ihre Ochsen ausgeschirrt hatten und sie zum Tränken führten, beobachtete Arabella, wie er zwischen den Wagen herumstreifte. Dann verlor sie ihn zwischen Zwiebelhacken und Kartoffelschälen aus den Augen.

Während des Ritts am nächsten Tag fiel ihr mehrfach auf, daß Paul versuchte, die Männer in ein Gespräch zu verwickeln. Aber die Farmer wehrten ihn stets grummelnd ab. Schließlich hielt er sich an Arabella, fragte sie nach ihrer Reise und ihrer Herkunft und brüstete sich mit seiner Landeskenntnis.

»Die Hereros sind so etwas wie die Germanen unter den Eingeborenen, groß, mit langen Schenkeln, einem muskulösen Brustkorb und edlen Gesichtszügen«, klärte er Arabella auf, »ein geborenes Herrenvolk!«

Sie hörte zum ersten Mal, daß es in Südwest eine Bevölkerung jenseits der Deutschen gab. Natürlich wußte sie, daß in Afrika Eingeborene lebten, und sie hatte von den Negern in Hagenbecks Tierpark in der Zeitung gelesen, aber in ihrer Erfahrung gab es Schwarze bislang nur als Kruneger, Kutscher oder Hirten oder als Zielscheiben in Franks Schlachtberichten.

»Das genaue Gegenteil von den Hottentotten, die mit den Juden vergleichbar sind und nichts selbst besitzen. Im Grunde sind sie so besitz- wie charakterlos. Und deshalb ist die Verschlagenheit gar keine Verstellung bei ihnen, sondern ihre Natur«, fuhr Paul fort, und Arabella begriff, daß schwarz nicht gleich schwarz war, daß es unterschiedliche Stämme gab, die sich bekriegten, und daß die Deutschen zu ihrem eigenen Schutz nötig waren.

»Rassische Verwandtschaft hat weniger mit der Hautfarbe als vielmehr mit dem Charakter eines Volkes zu tun. Es gibt genaugenommen drei Varianten von Schwarz hier in Südwest. Das Schwarz der Hottentotten ist gelblich, das der Hereros ist braun, und richtig schwarz sind die Klippkaffer. Kennen Sie Goethes Farbenlehre?«

Arabella kannte sie nicht.

»Aber Sie kommen doch aus Weimar.«

Frank kam mit den Ochsen angestampft, und Paul küßte ihr die Hand. Verschmitzt grinste er sie an und gab ihre Finger wieder frei.

»Wieso hat Ihr alter Herr die Hereros mit Waffen ausgerüstet?« brummte Frank.

»Hendrik Witbooi greift sie an.«

Hendrik Witbooi kannte Arabella bereits aus Franks Erzählungen über die Schlacht bei Hornkranz. Er war der Kapitän des hellbraunen Hottentottenstammes und einer der ersten, der sich zum christlichen Gott bekannt hatte. Paul nannte ihn charismatisch.

»Ich war einmal mit Witbooi und meinem Vater auf Leopardenjagd. Es regnete, und die Pirsch blieb ohne Erfolg, weil alle Spuren weggeschwemmt waren. Auf dem Rückweg entdeckten wir eine Heuschreckenbrutstätte. Es wimmelte von Tausenden und Abertausenden junger Insekten. Mein Vater schlug vor, das Ungeziefer zu verbrennen. Aber Hendrik Witbooi erwiderte: ›Wovon sollen wir dann leben?‹«

Paul erzählte, daß Hendrik seinen Teil der Beute unter den Ärmsten seines Volkes aufteilte und er und seine Frau stets als erste hungerten, wenn die Narafrüchte in einem Jahr zuwenig Kürbisfleisch lieferten. Sein Christentum diente Witbooi allerdings als Vorwand für Raubzüge gegen die Hereros, die noch heidnisch waren. Die Hereros ließen sich nicht zuletzt deshalb bekehren, um möglichst keine Zielscheibe mehr für den kriegerischen Nachbarstamm abzugeben.

»Laß die Wollköpfe sich doch gegenseitig abschlachten«, gab Frank achselzuckend zurück.

»Neger ist nicht gleich Neger«, erwiderte Paul, ohne daß er auf Zustimmung bei den anderen Männern stieß.

In Okahandja begegnete Arabella Witboois Gegenspieler, dem Oberkapitän der Hereros, Samuel Maharero. Es war die heißeste Zeit des Tages. Okahandja war keine Stadt, aber auch kein Nest wie Swakopmund. Immerhin gab es ein paar gemauerte Häuser, darunter Samuel Mahareros Pontok, unter dessen Blechdach die heilige Ahnenfeuerstelle der Hereros brannte. Außerdem gab es im Ort eine Missionsschule, eine Wagenbauerei und eine Kirche.

Mitten auf der Straße ritten Samuel Maharero und zwei weitere Kapitäne in ihre Richtung.

»Seit sie Pferde haben, tun sie dicke«, fauchte Frank zwischen zusammengebissenen Zähnen. Samuel trug einen Schutztruppenhut, und der Schatten der breiten Krempe machte sein Gesicht dunkler, als es eigentlich war. Die anderen hatten Fellmützen auf. Arabella war überrascht, daß dies die Kapitäne des Stammes sein sollten, den Paul Herrenvolk genannt hatte. Sie trugen Filzjacken und weiße Hosen wie deutsche Kadetten, nur die Abzeichen fehlten, und Samuel hatte einen blauen Nadelstreifenanzug an.

Paul ritt neben ihr.

»Samuels Vater, Katjamuaha, hat das Volk geeint. Davor waren es nur lose Stämme. Früher hatten bei den Hereros die Frauen das Sagen. Ein Relikt davon ist die Eanda. Das ist der Brauch, daß die Erblinie der weiblichen Abstammung folgt, nicht der des Vaters.«

»Aber die Häuptlinge sind Männer.«

»Als Männer bestimmen sie zwar, aber nur als Söhne der Häuptlingsschwestern werden sie zu Herrschern. Eine Vaterschaft ist eben nicht überprüfbar«, setzte Paul mit Verschwörermiene hinzu.

In Deutschland hatten die Frauen viele Hoffnungen auf Afrika gesetzt. In dem Land, das erst aufgebaut werden mußte, sollten Frauen und Männer gleichberechtigt nebeneinander arbeiten.

»Haben Sie nicht eben gesagt, Samuel ist der Sohn von – wie hieß er noch?«

»Katjamuaha – jetzt haben Sie ein Geheimnis ausgeplaudert. Samuel ist nur deshalb Oberhäuptling, weil es unsere Schutzmacht so will, eigentlich wäre einer seiner Vettern an der Reihe.«

»Und warum hat man ihn zum Häuptling gemacht?«

»Samuel ist schwach, er ist Alkoholiker und total abhängig von uns. Das hat doppelten Nutzen. Er muß seine Leute bestechen, um seine Macht zu stützen, und er kann nur mit, nicht gegen uns herrschen. Was ich viel aufregender finde ist, daß die Hereros den Ehebruch offenbar mit einkalkulieren.«

Paul schüttelte den Kopf, als wäre er empört über das, was er eben gesagt hatte. Arabella schaute schnell zu Samuels Trupp, um nicht auf seine gespielte Entrüstung reagieren zu müssen.

Der Oberkapitän mit seinem runden Gesicht stierte glasig geradeaus, aber einer seiner Begleiter blickte zu ihnen herüber und maß den Ochsenkarren, in dem Arabella auf ihren beiden Koffern saß. Zwei Blusen, ein Paar Sandalen und ein Paar Schuhe, Mieder, Nachthemden, ein wenig Arsenik gegen Kopfschmerzen und eine Taschenuhr waren alles, was sie aus dem Reich mitgebracht hatte. Das Gesicht des Mannes war kantig und hart, und in seinen Augen funkelte Verachtung. Die Hereros ritten an ihrem Karren vorbei, und Arabella konnte das Naphthalin riechen, das Samuels Kleidern entströmte.

»Morgen geht es nach Hause«, sagte Frank, mehr um Paul zu verabschieden, als um Arabella aufzuklären. Pauls Reise führte mit den anderen Wagen in das Hochland Windhoeks. In den folgenden Jahren machte die Erinnerung an ihn Arabella zugleich verlegen und froh.

Am Tag, an dem sie ihr neues Zuhause erreichen sollten, stand Arabella eine Stunde vor Frank und den Treibern auf und ging zur Kirche. Es war Sonntag, und ihre zweite Woche in Südwest begann. Bis weit nach Mitternacht war draußen gesungen worden, auf deutsch und auf herero, und sie meinte, Franks Stimme immer dann zu hören, wenn die Frauen am lautesten kreischten.

Arabella war in Weimar nach dem Tod ihrer Mutter häufig in die Kirche gegangen, doch nie zum Gottesdienst, sondern immer, um sich im Schweigen Gottes selbst zu sammeln.

Die Kirche in Okahandja war verschlossen und machte auch nicht den Eindruck, als würde sie jemals geöffnet werden. In der abnehmenden Dunkelheit kniete sich Arabella vor die Kirchentür. Sie starrte auf ihre gefalteten Finger, und ohne um etwas gebeten zu haben, stand sie wieder auf und ging zurück zum Lagerplatz.

Nachdem Frank mies gelaunt und verspätet aufgewacht war, nahm er sie mit in die Kneipe zum Frühstück, wo sie heiße, klebrige Brötchen in Zucker stippten und galligen Kaffee tranken. Josef packte in der Zwischenzeit die Satteltaschen und schirrte an. Bevor sie aufbrachen, stäubte sich Arabella ihre von den Zügeln wunden Handflächen mit Talkum ein.

Den Weg nach Crewo treckten sie alleine. Sie ritten im Bett eines ausgetrockneten Flusses. Das Rivier war zwar steiniger als die Pad, aber seine ausgespülten Wände boten etwas Schutz vor der sengenden Sonne.

Arabella betrachtete Josefs bloße schwarze Haut, die in der Sonne glänzte, ohne zu schwitzen.

»Wieso arbeitet Josef für dich?« fragte sie Frank.

»Er war einmal ein richtig reicher Herero, aber dann kam die Rinderpest. Und jetzt ist er ein richtig armer Herero. Er hat alle seine Tiere verloren.«

Ein paar Wachteln kamen aus dem Nichts angeschwirrt und setzten sich vor ihnen auf den Weg, wo einmal Wasser gewesen war. Frank zog sein Gewehr aus dem Schuh und legte an. Bevor er dem Lauf sicheren Halt auf seinem Unterarm geben konnte, schwirrten die Vögel jedoch wieder auf. Er feuerte trotzdem hinter ihnen her.

»Steffens hat uns Impfstoff besorgt und wollte auch die Tiere der Schwarzen behandeln.«

»Wer ist Steffens?«

»Unser Nachbar. Missionar, redet schwäbisch oder was das ist. Ist aber fast immer unterwegs, um Schwarze zu bekehren. Ein wirklich guter Mensch. Als ich hier anfing, haben die Missionare noch Schnaps als Parfüm ins Land geschmuggelt. Jetzt wollen sie sogar die Tiere der Hereros retten. Die Neger wollten ihre Herden ums Verrecken nicht spritzen lassen, weil sie Angst hatten, wir würden ihnen die Tiere erst infizieren.« Frank setzte ein Grinsen auf.

»Seit die Hereros ihre Herden los sind, haben die Preise für Schlachtvieh um fünfzig Prozent angezogen, und für einen eingelernten Zugochsen bekomme ich nun 250 Mark. Und Hirten gibt es jetzt auch in Hülle und Fülle.«

In der Mittagshitze rasteten sie zwischen Okahandja und Crewo in der Nähe eines Wasserlochs. Arabella wollte eigentlich nicht schlafen, konnte die Augen aber nicht offenhalten. Sie wurde von einem Schmatzgeräusch geweckt. Vier junge Elefantenbullen schlürften Wasser.

Frank war ebenfalls weggedöst und lag schnarchend unter dem Wagen, während die Dickhäuter sich suhlten. Nur Josef saß aufrecht in der Sonne und schaute dem Gelage zu. Arabella weckte ihren Mann nicht. Elefanten, Löwen und Wasserbüffel waren schon so selten, daß man weit in das Buschland um den Okavango vordringen mußte, um sie zu schießen. Sie wußte, wie sehr Frank sich danach sehnte, daß ein Elfenbeinträger einmal sein Weideland betrat, wo er ihm gehörte. Und hier planschten sie zu viert in guter Schußweite im Vley, begossen sich mit Wasser, peitschten mit ihren Schwänzen den Schlamm. Als er wach wurde, waren die Elefanten verschwunden. Wo vorher halbwegs klares, wenn auch abgestandenes Wasser gewesen war, lag nun ein ausgetretener, matschiger Morast. Frank bekam einen ungeheuren Wutanfall. Er trampelte auf der Stelle und traktierte den Kutschbock mit Faustschlägen. Für einen Moment sah es so aus, als wolle er auch auf Josef einprügeln. Der Schwarze wich vor dem tobenden Mann jedoch nicht zurück. Statt dessen peitschte Frank auf die Ochsen ein, und mit Hieben und Flüchen holten sie die morgendliche Verspätung wieder auf. Bei einbrechender Dämmerung erreichten sie Crewo.

Was Arabella von ihrem zukünftigen Zuhause im letzten Licht sehen konnte, war ernüchternd. Die Farmen, von denen Frank gesprochen hatte, waren schäbige Hütten, deren Dächer, wie Arabella beim Näherkommen sah, aus Kuhfladen bestanden und deren Wandbretter genügend Spalten ließen, daß man keine Fenster brauchte. Die Nachbarn Georg und Dieter und der Priester Steffens waren nirgends zu sehen. Frank rief, aber keine Menschenseele zeigte sich.

Josef sprang vom Bock und hielt Arabellas Pferd. »Willkommen«, sagte er, nachdem sie abgestiegen war. Plötzlich war Arabella froh, daß Josef in ihrer Nähe wohnte.

Sie schirrten aus und luden ab. Josef führte die Ochsen zu dem anderen Vieh. Arabella warf einen Blick in die Hütte, vor der Frank ihre Koffer abgestellt hatte. Ein paar Töpfe hingen an der Wand, in einer Ecke lag ein Deckenstapel. An der Rückseite ihrer neuen Behausung lag wie ein gewaltiger Bienenkorb Josefs Pontok. Über ein Skelett aus Ästen waren Felle, Rinden und Stoffetzen gespannt und mit Lehm verschmiert.

»Wir bauen ein neues Haus«, hörte sie hinter sich ihren Mann. Er umfaßte ihre Hüftknochen und schob sie in die Hütte. Arabella wollte nicht, aber als sie versuchte, sich frei zu machen, hielt er ihre Handgelenke und küßte sie auf den Mund.

»Jetzt nicht zieren. Josef und die anderen sind gleich wieder da.«

Während Franks Schultern über ihrem Kinn pumpten, meinte sie einmal das Gesicht eines schwarzen Mädchens zu sehen, das im Hütteneingang stand. Ihr fiel ein, daß Josef eine Tochter hatte. Dann brach Frank über ihr zusammen und sein nasser, haariger Körper nahm ihr Luft und Sicht. Als sie mit abgedrehtem Kopf wieder zur Tür schaute, blinkte dort nur der erste Stern.

Unter dem schnaufenden Fleisch ihres Mannes, umgeben von seinem unrasierten Schnapsgeruch, mußte sie sich eingestehen, daß Frank nichts von der aufgesparten Zärtlichkeit des dritten Maates der »Falke« hatte.

Obwohl Arabella beim Zerlegen des Kälbchens der Appetit vergangen war, ging sie im ersten Morgenlicht am Weihnachtsbaumgerippe vorbei zurück in die Küche, um das Frühstück vorzubereiten. Das Knarren des Bettes kündigte Frank an. Er löffelte den Hirseschleim, den Arabella gekocht hatte, direkt aus dem Messingnapf auf dem Ofen. Das Geräusch, mit dem Frank sein Frühstück in sich hineinsog, klang wie das der Elefanten im Wasserloch auf ihrem Treck vor sechs Jahren.

»Heute feiern wir Richtfest«, sagte er. »Wenn Dieter und Georg nachher mit anpacken, mache ich den Dachstuhl fertig.«

Der Pietismus der Männer hielt sich in Grenzen, und auch Arabella hatte schnell vergessen, die Wochentage zu unterscheiden. Sonntags wurde gearbeitet, so gut wie an an jedem anderen Tag. In Crewo wurde der Dienst an Gott von den Schwarzen versehen.

»Was gibt es denn zur Feier des Tages?« erkundigte sich Frank.

»Romulus«, antwortete sie.

2

Von oben sah Deutschland aus, als hätte jemand einen Mülleimer ausgekippt. Niels Ketelsen lehnte sich zurück und rieb sich mit den Handballen die Lider. Er konnte seine Augäpfel fühlen und vergrößerte den Druck. Ein Universum stiebender Moleküle flimmerte über seine Netzhaut. Er löste die Hände, und langsam schmolz sich der makellose Himmel über den Tragflächen wieder in seinen Blick.

In dem kleinen Spiegel, der auf der Bordtoilette über das Waschbecken geschraubt war, hatte er sich ins Gesicht gesehen. Kleine weiße Falten waren in seine sonnengegerbte Haut geritzt. Sein Haar war an den Schläfen so grau wie sein Kinnbart, den er alle drei, vier Tage auf einen kratzigen Zentimeter zurückschnitt.

Vielleicht war es gar nicht das Haus selbst, das ihn zurück nach Deutschland führte, sondern das Verlangen, noch einmal anzugreifen. Aber er wartete vergeblich auf die Konzentration, die sich früher in solchen Momenten in seinem Kopf wie ein Schmerz gesammelt hatte. Dafür hatte er gelebt, für das Zittern der Gedanken, wenn sie sich anspannten wie ein Muskel. Er war Fotograf. Seine besten Bilder waren die geworden, bei denen er sich vorgestellt hatte, in seinen Kopf hineinzufotografieren. Er hatte versucht, die Intensität von Gefahr und Angst abzulichten. Er war nach Norwegen gereist und hatte sich kopfüber von einer Felskanzel in den Sturm gebeugt, um den tosenden Aufruhr der Luft unter ihm zu bannen. Er hatte sich an einem Seil in einen Fahrstuhlschacht gehängt, war auf dem offenen Pazifik über Bord gesprungen und hatte das davonfahrende Schiff von einem Wellenkamm aus geknipst, war im Feierabendverkehr über die

Autobahn gelaufen. Der Wagemut hatte ihn gelehrt, Bilder wie Erlebnisse zu verinnerlichen. Schließlich mußte er nicht mehr die äußere Gefahr heraufbeschwören, um Anspannung aus der Alltäglichkeit ziehen zu können. Es wunderte ihn, daß ausgerechnet jetzt, wo er sich wieder in eine brenzlige Situation begab, die Spannung ausblieb.

Er stellte die Rückenlehne aufrecht. Es knackte in seinen Ohren, und er vernahm alle Geräusche nur noch dumpf, als hätte er seinen Kopf unter Wasser gesteckt.

Vor über dreißig Jahren hatte er Deutschland verlassen. Damals hatte er geglaubt, Afrika würde sein größtes Abenteuer werden, Wildheit und Freiheit würden sich zusammenschließen zum Sinn seines Lebens. Aber genau das Gegenteil war passiert. Er war seßhaft geworden, er hatte angefangen, einen Gemüsegarten anzulegen und lange Wanderungen durch die Savanne zu unternehmen, nur um sich zu freuen, nach zwei Nächten unter dem Kreuz des Südens wieder auf einer Federkernmatratze zu liegen. Seine Reputation und seine Kontakte waren ihm geblieben, und ab und zu hatte er, wenn Kosten außer der Reihe anfielen, eine Bilderserie für *National Geographic* oder *Geo* geschossen. Aber obwohl er seine Motive noch immer nach den Kriterien der Intensität auswählte, war er doch mit ihnen unzufrieden, da sie immer mehr Sonnenuntergängen auf Postkarten glichen. Er konnte weder Durst noch Hitze abbilden, noch den Ausdruck in den Augen des Springbocks, der von hinten gefressen wurde und dessen Geist gefaßt Schmerz und Abschied vom Leben ertrug. Schließlich suchte er seine Motive nicht länger nach ihrer Bedeutungshaftigkeit aus. Die Krallenarme des Köcherbaumfeldes bei Keetmanshoop waren lediglich afrikanische Äste, die Salzberge nördlich von Wavis Bay waren keine Eisformationen im Wüstensand, sondern industrielle Halden, Swakopmunds Leuchtturm, die Grotten von Twyfelfontain, die Dünen am Sossusvlei – sie waren nur noch Dinge, keine Abbilder seines Empfindens mehr. Es war schwer, ein Bild von Afrika zu gewinnen, wenn man sich dort aufhielt. Was er sah, glich den Bildern anderer. Solange man den Sonnenaufgang als besonders glühend wahrnahm, konnte man ihn nicht als Zustand für etwas anderes ablichten. Gleichzeitig konnte man keine Wesensarten abbilden, solange sie sich nicht an Wahrnehmbarem zeigten. Er fragte sich, ob diese doppelte Abhängigkeit nur für Fotos galt oder auch für Worte. Vermutlich wurde ein Gedicht über einen Apfelbaum auch nicht allein deshalb gut, weil man davor gesessen hatte, während man es schrieb.

Als Junge hatte er sich oft vorgestellt, was er alles tun würde, wenn er unsichtbar wäre. Natürlich wäre er damals zuallererst in die Mädchenumkleidekabine der Turnhalle spaziert, aber im Grunde wäre auch Spannen eine Suche nach Unbekanntem gewesen. Als Fotograf einer Wohnzeitschrift durchstöberte er Häuser, um den Schnüffler in sich schätzen zu lernen. Er verdiente gut und genoß seinen Beruf. Doch er konnte nicht widerstehen zu beobachten. Die junge Witwe, die ihm öffnete, war eine potentielle Erbschleicherin, das Sommerhaus des Industriellen entpuppte sich als Bestechungsgeschenk. Wenn er erst einmal Zutritt zu den Reichen hatte, suchte er nach Spuren. Er war gut, weil er in jede Situation das Außergewöhnliche projizieren konnte. Als sich dann tatsächlich die Chance bot, etwas Verbotenes zu sehen, war es mehr Herausforderung denn Wagnis. Es war wie ein Ladendiebstahl als Mutprobe. Daß er ausgerechnet in Afrika vergaß, wie Neugier sich anfühlt, war unerwartet. Doch selbst das nahm er noch als Erfahrung.

Das Flugzeug setzte zur Landung auf Hamburg Fuhlsbüttel an. Es regnete. Aus der Bordkabine ging er durch einen Rüssel in die Zollabfertigung. Der Geruch von Kerosin lag in der Luft. Fast war er überrascht, daß ihn keine Polizei in Empfang nahm. Statt dessen grüßte ihn ein Zollbeamter mit einem Kopfnicken und betrachtete seinen Reisepaß nur flüchtig. Vor ihm nahmen die Grenzer den Koffer eines Schwarzafrikaners gründlich auseinander.

Als Ketelsen das Zollsperrgebiet verließ, sah er einen Mann in einem Zweireiher, der mit einer Illustrierten in der Hand neben einem Kiosk stand, die aufgeschlagene Zeitung aber nicht las, sondern die Ankommenden musterte. Es war ein vierschrötiger älterer Mann mit kurzgeschorenen Haaren, einem Oberlippenbart und wuchtigen Schultern. Nele von Kavea mußte ihren Chauffeur geschickt haben, um ihn abzuholen. Damit Ketelsen das Überraschungsmoment auf seiner Seite hatte, verzichtete er jedoch auf eine chauffierte Fahrt nach Blankenese. Unerkannt verließ er den Flughafen. Das Alter war ihm zu einer natürlichen Verkleidung geworden.

Ketelsen nahm die S-Bahn, da er sich angesichts seiner angespannten finanziellen Lage kein Taxi nach Blankenese leisten wollte. Er sah Plakate mit grinsenden Politikern vorbeiziehen, Streifen mit Parolen gegen den Kapitalismus über die Augen geklebt. Im selben Moment, in dem es aufhörte zu regnen, stieg Ketelsen um und schaukelte nun an roten Backsteinvillen vorbei. Aus diesem Viertel hatten sich die Politiker, ihrer Wiederwahl sicher, zurückgezogen und auf jede Werbung verzichtet. Am S-Bahnhof Blankenese stieg er aus und sog den Duft frisch gemahlenen Kaffees ein, der die Mattigkeit aus seinen Gliedern vertrieb. Er verließ die S-Bahn-Station, überquerte die Straße und machte sich auf den Weg Richtung Treppenviertel. Nele von Kaveas Haus war ein ganzes Grundstück weit von der Straße zurückgesetzt. Hohe Buchsbaumhecken und Fliederbüsche verbargen die Villa. Was man sah, war weiß verputzt. Ein Metalltor mit automatischer Kamera und Gegensprechanlage versperrte die Einfahrt.

Ketelsen bog um zwei Ecken in die Parallelstraße. Hier wurde das Grundstück lediglich von einem hohen Holzzaun abgeschirmt. Mit einem kräftigen Ruck löste er eine Latte und zwängte sich durch die Lücke auf das Anwesen. Zwischen gestutzten Koniferen lag ein Gewächshaus, in dem eine Frau sich bewegte. Er konnte nur den gebeugten Rücken sehen, aber an der strengen Art, mit der sie sich bückte, erkannte er sie sofort.

Nele von Kavea war gerade dabei, einige Teerosen mit der Gloria Dei zu veredeln. Ihre Liebe hatte seit jeher der Rosa odorata gegolten mit ihrer ganzjährigen Kraft und zerbrechlichen Schönheit. Nele war nun vierundachtzig Jahre alt und hatte sich erst seit wenigen Monaten aus der Politik verabschiedet. Zwar lag ihre Zeit als Senatorin der Freien und Hansestadt Hamburg schon mehr als zwei Jahrzehnte zurück, aber nach ihrem Rücktritt wurden ihr verschiedentlich noch Aufgaben auf Bundesebene angetragen. Manche, wie den Beisitz im Umweltamt oder die Leitung der Kommission für neue Medien, nahm sie an. Sie war in der Politik immer davon ausgegangen, daß es auf ein Problem eine von Meinungen unabhängige richtige Antwort gab, die es umzusetzen galt. Es war ihr immer schwergefallen, abweichende Ansichten zu akzeptieren. Wenn sie an das erschütternde Bild dachte, das ihr Grundstück bot, konnte sie nicht verstehen, warum die meisten Menschen den sauren Regen und das Waldsterben hinnahmen. Manchmal fragte sie sich, woher sie ihre Überzeugungen hatte. Nele hielt sich für einen rationalen Menschen. Sie hatte immer geglaubt, daß sich das Leben in der Gegenwart entfaltete, die Zukunft kannte man nicht, die Vergangenheit konnte man nicht ändern. Erinnerungen nützten ihr nichts. Erst nachdem sie sich endgültig zurückgezogen und auch ihr Ehrenamt in der Leukämiestiftung aufgegeben hatte, ließ sie es zu, daß die Gedanken zurückwanderten. Aus der anfänglichen Neugier, wie sich das Erinnern wohl anfühlen mochte, diesem Staunen über das Gefühl, als strichen Watteflocken am Körper vorbei, war eine Leidenschaft geworden. Nele konnte nicht verstehen, daß einmal gelebte Momente sich so intensiv anfühlen konnten, daß ihr Gedächtnis Empfindungen auf der Haut hervorrufen konnte. Und sie meinte zu spüren, daß ihr Körper um so sensibler reagierte, je weiter die erinnerten Geschehnisse zurücklagen.

Ihre frühste Kindheitserinnerung war das Entsetzen in den Augen ihrer Mutter. Nele saß in einem Schaukelstuhl aus Seegras und wippte rückwärts auf die drei Stufen zu, die von der Veranda herabführten. Je mehr sie nach vorne wollte, desto kräftiger rutschte sie zurück. Sie wußte, wenn sie so weiter schaukelte, würde sie hinabstürzen, aber sie konnte dem Rhythmus ihres Körpers nicht Herr werden. Es war der Stuhl, der sie bestimmte. Ihr Blick haftete an der Kletterrose, die aus einem Kübel ihre schlanken Stiele hinaufschickte und mit ihren dornigen Krallen einen Pfosten umklammerte. Den Kopf in den Nacken gelegt, konnte Nele nun schon den Himmel sehen, den Giebel des Hauses mit dem schwarzen Wagenrad. Ein letzter Schwung, dann stürzte sie die Treppe hinunter und schlug sich die vorderen Schneidezähne aus. Mit blutverschmiertem Mund lief sie zu ihrer Mutter. Trost wollte sie nicht, aber sagen, daß sie nie wieder von unsichtbaren Kräften geschaukelt werden wollte.

Auf Neles Stirn hatte sich ein Schweißtropfen gebildet. Sie wischte ihn nicht weg, sondern wartete darauf, daß er sich löste und ihr über die Braue ins Auge rann.

Sie hörte nicht, wie die Tür des Gewächshauses geöffnet wurde, aber sie spürte den Zug der noch regenkalten Luft und richtete sich auf. Trotz der krankengymnastischen Übungen quälte sie der zwischen den Rückenwirbeln eingeklemmte Nerv von Tag zu Tag schlimmer, doch war ihr kein Schmerz anzusehen. Ketelsen blickte in das spröde, von den flächigen Wangen dominierte Gesicht der ehemaligen Hamburger Senatorin. Die zu dünnen Strichen gezupften Brauen bildeten einen harten Kontrast zu dem blonden Haar.

Vor ihr stand ein Mann, Mitte Fünfzig, braungebrannt, einen hellblauen Hemdkragen über der Jacke. Aus dem verlotterten Strolch war ein ansehnlicher Mann geworden, den sie hätte sympathisch finden können.

»Georg sollte Sie vom Flughafen abholen«, sagte Nele statt einer Begrüßung. Die Luft im Rosenhaus war tropisch. Ketelsen begann zu schwitzen, er war an trockene Wärme gewöhnt, nicht an Schwüle.

»Was wollen Sie?« fragte sie.

Daß sie harsch klang, entsprach Ketelsens Erwartung. Es fiel ihm leicht, die Rolle des Schwächeren zu spielen. Mit spitzen Fingern zupfte er an einer Rosenknospe.

»Ich möchte klare Verhältnisse.« Damit hatte er sie überrascht, Ordnung war ihr Metier. Zufrieden kniff Ketelsen den Rosenkopf mit dem Daumennagel ab. Dann zog er den Umschlag mit den Bildern aus seiner Jackentasche und steckte ihn zwischen zwei Rosenzweige.

»Im Tausch gegen eine Besitzurkunde«, sagte er und seine Unterwürfigkeit nahm einen arroganten Zug an.

Nele würdigte den Umschlag keines Blickes. Im Grunde war die Farm ja schon vor Jahren an diesen Mann verlorengegangen, und es hatte ihr nichts bedeutet. Von Besitz konnte sie sich trennen. Was sie aber nicht konnte, war, schriftlich zu dokumentieren, daß sie keine Autorität mehr besaß.

Ketelsen hörte vor dem Haus ein Auto vorfahren. Er wischte sich Schweiß aus den Augenbrauen.

»Ich laß mich nicht mehr erpressen.« Nele warf den Kopf energisch zurück.

»Es gibt keine Geheimnisse mehr. Ich habe meiner Enkelin alles erzählt. Das Mädchen war zu Tränen gerührt, daß ich sie nach so langer Zeit endlich gefunden habe.« Zum ersten Mal zeigte Neles Gesicht eine Regung, triumphierend zuckten ihre Mundwinkel. Ketelsens Ausdruck hingegen versteinerte.

»Sie bekommt Crewo«, setzte Nele gleich nach. Ketelsen konnte die feuchtwarme Luft nicht mehr ausatmen. Zum Glück öffnete in diesem Augenblick der stiernackige Mann vom Flughafen die Tür und verschaffte ihm so Atem. Der Chauffeur blickte überrascht zu Ketelsen, dann fragend auf Nele.

»Was ist, Georg?« fragte sie unwirsch.

»Er war nicht im Flugzeug«, antwortete der Fahrer und fixierte dabei den Mann, den er hatte eskortieren sollen.

»Er wollte gerade wieder gehen. Sie können ihn zum Flugplatz zurückfahren«, gab Nele zurück. Ketelsen spürte einen Griff um seinen Oberarm, dem er Folge leistete. Als sie um das Haus herumgingen, bemerkte er hinter einer Gardine eine Gestalt im oberen Stockwerk. Vor dem Haus parkte ein nachtblauer BMW. Georg öffnete die Beifahrertür und wartete, bis Ketelsen eingestiegen war. Dann setzte er sich ans Steuer und fuhr in Richtung Flughafen.

Nele wartete im Gewächshaus, bis sie den Motor davondröhnen hörte. Dann nahm sie den Briefumschlag. Die Rosenschere, mit der sie eben noch die wilden Triebe gestutzt hatte, diente ihr nun als Brieföffner. In den Händen hielt sie erneut das kleine Mädchen, dessen Geburt nun vierunddreißig Jahre zurücklag.

»Ich habe ihn zuerst nicht erkannt«, hörte sie die Stimme ihres Vaters. Sie hob den Kopf nicht sofort. Alle Kraft war aus ihrem Körper gewichen. Dann blickte sie doch auf und schaute Paul von Kavea in die Augen. Der Zeigefinger ihres Vaters tippte auf die Bilder, aber Nele sah nur das Sternbild aus Altersflecken auf seinem Handrücken.

»Was will er?« Von Kavea hatte sein Jahrhundert überlebt und sein Körper die schmächtige Figur der Jugend wieder angenommen. Sein Haar war weiß statt blond, doch noch immer voll, seine Augen wasserblau, das Gesicht glattrasiert und braun von den Elbspaziergängen, die er jeden Morgen unternahm. Er schaffte nur noch kurze Strecken, das Treppensteigen fiel ihm schwer, er brauchte einen Gehstock und hatte Schmerzen im Rücken und in den Waden. Aber das alles waren keine Gründe, seine Gewohnheiten außer Kraft zu setzen. Paul zwang sich, regelmäßig zu essen, obwohl er keinen Appetit hatte und im Grunde auch keine besondere Lust mehr zu leben. Aber aufzugeben kam nicht in Frage. Seit dem Tod von Arabella kurz nach ihrer Rückkehr aus Afrika fühlten sich die Jahre für ihn wie Warten an, aber so lange er nicht wußte, worauf sich dieses Warten bezog, würde er dem Verfall seines Körpers nicht nachgeben. Außerdem gab es Kriemhild, die er regelmäßig besuchte. Sie erwartete nichts, und das war ihm angenehm, sofern man diese Beschreibung für den Zustand benutzen durfte, in dem sie sich befand. Es machte ihn glücklich, in ihrer Nähe zu sein. Er dachte nicht mehr an seinen Teil der Schuld an ihrem Wahnsinn. Ihre Krankheit war wie sein Alter, sie ertrugen ihr Los klaglos und bewegten sich darin ohne andere Menschen.

»Die Farm«, sagte Nele. »Crewo.«

»Die hat er doch.« Paul von Kavea mußte die Fotos nicht ansehen. Er hatte sie verinnerlicht. Vielleicht war er in ihnen mehr zu Hause als bei seiner Tochter. Das Gefühl, als stünde noch etwas aus, hatte seine Wurzeln in diesen Bildern.

»Er braucht eine Besitzurkunde.« Nele hielt sich den Ischias, als sie sich aufrichtete.

»Wo ist das Problem?« Paul von Kavea wartete keine Antwort ab, drehte sich um und ließ Nele im Gewächshaus stehen.

Seit Paul von Kavea im Jahr 1916 mit Arabella und Nele aus Afrika zurückgekommen war, seine Soldaten von den südafrikanischen Truppen geschlagen, sein Vater längst aus dem aktiven Dienst verabschiedet und auf seinem Gut an der Weinstraße kaserniert, war es ihm nicht mehr gelungen, mit seiner Tochter ein vertrautes Gespräch zu führen. Er verstand sie schlichtweg nicht. Sie kam nie freiwillig oder bat um etwas, statt dessen mußte man ihr Hilfe förmlich aufdrängen. Arabella hatte ihre störrische Art besser akzeptieren können. Paul hatte ihr die Welt geben wollen, aber Nele nahm sich alles selbst. Deutschland war neu für sie gewesen. In Berlin, wo Paul in der Kolonialabteilung des Auswärtigen Amtes arbeitete, wohnten zehnmal mehr Menschen als in der ganzen deutschen Kolonie, es gab Straßenwagen, Bordsteine, Wochenmärkte, Kaufhäuser. Die Arbeiterbewegung wurde stärker, der Mittelstand verarmte zusehends, die innenpolitischen Spannungen verschärften sich. Paul verstand die Zeit, in der er lebte, nicht. Und er konnte sie Nele nicht erklären.

Seit Arabellas Tod verbrachten sie die Wochenenden manchmal mit Detrin, der als einziger der ehemaligen Schutztruppenoffiziere Sozialdemokrat geworden war und mit dem man halbwegs normal reden konnte. Vor dem weit geöffneten Fenster saßen sie am Küchentisch, die Reste des Essens zur Seite geschoben, und qualmten. Paul wurde feierlich, als er begann, von Arabella zu erzählen. Wenn er von ihr sprach, verliebte er sich aufs neue in sie. Er redete gern über sie, denn dann redete er auch über sich. Sie hatten in Afrika geheiratet und hätten gern noch mehr Kinder gehabt, aber Arabella wurde nicht wieder schwanger. Nele hörte ihrem Vater zu und sah ihn dabei unverwandt an. Ihr Blick bohrte sich in Pauls erinnertes Glück, das zusehends begann, sich aufzulösen. Schließlich hörte er auf zu erzählen. Für einen Augenblick schwiegen alle am Tisch, dann schlug Detrin vor, am nächsten Tag an den Wannsee zu fahren.

»Nele kann nicht schwimmen«, wandte Paul ein.

»Dann ist das die beste Gelegenheit, es ihr beizubringen«, erwiderte Detrin.

Kaum waren sie am Wannsee angekommen, Paul und Detrin waren noch damit beschäftigt, sich umzukleiden, ging Nele in einer schwarzen Badetracht bis zur Brust ins Wasser, stieß sich leicht mit den Ballen ab und schwamm.

Nachdem Arabella gestorben war, meldete Paul seine Tochter in einem Internat an. So konnte er sich leichter darüber hinwegtäuschen, daß Nele schon lange aufgehört hatte, sich an Menschen zu binden. Über Jahre verloren sie sich aus den Augen.

Detrin konnte Paul überreden, für die neue Republik wieder Soldat zu werden, obwohl Paul in den neuen Großwaffen das Ende des Soldatenberufs sah. Doch in der Situation, in der sich Deutschland befand, meinte Detrin, gehe es gar nicht so sehr um den Kampf gegen einen Feind, sondern darum, dem Freicorps Loyalität gegenüber der gewählten Regierung beizubringen. Obwohl Detrin damit recht hatte, war es Paul im Grunde egal. Er wurde wieder Soldat, weil er nichts anderes zu tun hatte, seit es keine Kolonien mehr gab. Er hielt sich aus der Politik raus und konzentrierte sich auf die Ausbildung junger Offiziere an der Dresdener Militärakademie. 1933 quittierte er den Dienst, nachdem Detrin von den Nationalisten unehrenhaft entlassen worden war.

Der Kontakt zu Nele kam erst wieder zustande, als sie heiratete. Sie rief ihn an und lud ihn nach Bayreuth ein. Obwohl ihm klar war, daß es für seine Beziehung zu Nele egal war, wen sie heiratete, konnte er seine Aversion gegen das neue Familienmitglied nur schwer unterdrücken. Nachdem auch der nächste Krieg verloren war, zog Paul nach Hamburg, um zumindest räumlich in der Nähe seiner Enkelin zu sein. Nele ließ das zu. Sie machte eine Karriere nach der anderen und hatte für die Erziehung von Kriemhild keine Zeit.

Verlassen zwischen ihren Rosen wünschte Nele sich, daß Paul bei ihr geblieben wäre und sie zusammen überlegt hätten, was jetzt zu tun sei. Aber es war ihr nie gelungen, in die Verschlossenheit ihres Vaters einzudringen.

Nele strich über das Gesicht des Babys auf dem Foto und versuchte, es vom Schmutz zu befreien, verwischte dabei jedoch einen Blumenerdekrümel und zog schwarze Schatten über das Bild ihrer Enkelin. Als sie die Tür des Gewächshauses hinter sich schloß, überlegte sie zum ersten Mal, die Rosenzucht aufzugeben. Reinheit durch Veredelung zu vergrößern erschien ihr plötzlich ein unsinniges Unterfangen.

Der BMW passierte die Innenstadt, und Ketelsen dachte wieder kontrolliert. Die erste Runde war an Nele gegangen, und er verstand erst jetzt, daß es eine erste Runde gegeben hatte und keinen geraden Weg zum Ziel. Er konnte Nele nicht drohen, weil er selbst erpreßbar war. Es war ein austariertes Kräfteverhältnis mit der Farm im Mittelpunkt. Er mußte beobachten, was ihre nächsten Züge waren, damit er ihr im entscheidenden Moment zuvorkommen konnte.

»Ich steige hier aus«, sagte er zu Georg, der nicht reagierte. Er öffnete während der Fahrt die Tür. Georg trat instinktiv auf die Bremse, und Ketelsen verließ Neles Wagen.

3

Sonnenstreifen fielen von den Oberlichtern durch die Rippenbögen des Diplodokus und warfen ein helles Muster über das Fliesenbild des Fußbodens. Jasper balancierte das zusammengepuzzelte Kranium eines Australopitecus Africanus durch die hohe Halle und versuchte, seine Füße in die Quadrate zu setzen, ohne auf ihre Ränder zu treten, doch der Skelettschatten durchkreuzte seine Schritte.

Die Form des Schädels war noch affenähnlich mit den ausgeprägten Augenwülsten und der Sagitalleiste, aber der erhaltene Backenzahn, der im Kieferknochen steckte, wies schon die menschentypische Y-5-Höckerung auf. Die Schädelbasis war stark gewölbt, die Kieferform ließ noch keine Sprache zu.

Heute morgen hatte sich Hera auf dem Schulhof mit einem Kuß von Jasper verabschiedet, sich aber in einem großen Bogen um ihn herumgeschlichen und war noch einmal in seine Arme gesprungen, als er das Schultor erreicht hatte. Dann war sie singend davongehüpft. Jasper war noch einen Moment an der Schulhofmauer stehengeblieben und hatte ihr zugesehen, wie sie mit den anderen Mädchen Himmel und Hölle spielte. Heute abend würden sie Cosima vom Flughafen abholen. Er konnte nicht leugnen, daß die Tage allein mit Hera ihn erschöpft hatten. Sie war abends zu ihm ins Bett gekrochen, und sosehr er ihre Anhänglichkeit genoß, so sehr störte ihn, daß seine Gewohnheiten ihm abhanden kamen. Er liebte es, abends im Bett fernzusehen, über den Punkt der Müdigkeit hinweg, und erst dann Zeitung zu lesen. Dazu legte er sich quer über die Matratze und schaute von der Bettkante herab in die auf dem Boden ausgebreitete Zeitung.

Querlegen konnte er sich nicht, wenn Hera in seinem Bett lag, und Fernsehen verbot sich von selbst. Außerdem bewegte sich seine Tochter im Schlaf, und er schrak oft auf und war am Morgen hundemüde. Als er ihr nachsah, wie sie über den Schulhof davonrannte, war er erleichtert. Nicht nur über das Glück seiner Tochter, auch über den Vormittag, den er nun für sich hatte.

Auf der Fahrt zur Arbeit hatte er Heras Lied gesungen, ohne den Text zu kennen. Im Museum angekommen, das Auto auf dem Bedienstetenparkplatz abgestellt, nach kurzem N'Morgen-Tausch mit dem Pförtner, vorbei an den grünen Murmelaugen der ausgestopften Löwen, Geparden und Wasserbüffel, die vor einem Jahrhundert ein kolonialer Großwilderer als Trophäen mitgebracht hatte, hatte er die paläontologische Sammlung und die Tür mit der Aufschrift Dr. Jasper Hullberg erreicht und im Zimmer als erstes die Jalousien hochgezogen. Es waren Semesterferien, und in seinem Kalender fand sich für diesen Tag nur ein weißes Blatt. Er hatte Platz auf seinem Schreibtisch gemacht und zwei Stapel mit Büchern und einen Stoß loser Blätter, das Skript für eine Studienausgabe seiner Vorlesungen, beiseite geschoben. Statt sich hinter ein Mikroskop zu hocken, hatte Jasper sich den Schädel aus dem Trockenraum geholt.

Die Knochensplitter, aus denen er diesen Schädel zusammengesetzt hatte, hatte er im Jahr von Heras Geburt bei Grabungen in Afrika gefunden und seitdem halsstarrig an der Idee festgehalten, daß sie sich zu einem einzigen Schädel zusammenfügen ließen, obwohl sie weit verstreut in einem Gebiet von fast dreißig Quadratmetern gelegen hatten. Nun kitteten Gipsmäander die Erkenntnis, daß er recht gehabt hatte.

Geduldig hatte Jasper immer nur wenige Teile zusammengesetzt, dann die Arbeit wieder ruhen lassen, Monate oft, um sie dann, wenn er Zeit und Ruhe hatte, wieder aufzunehmen. Heute, in der Vorfreude auf Cosimas Rückkehr, beendete er sie. Das Problem, in dessen Zentrum der Schädel stand, waren zwei Linien menschenähnlicher Vorfahren, von denen nur eine in die Gegenwart weiterführte. Die andere riß ab. Dabei waren die Individuen der zweiten Linie nicht schlechter entwickelt als die frühen Hominiden, nur spezialisierten sie sich auf andere ökologische Nischen. Und als beide Arten aufeinandertrafen, starb eine aus. Ob es einen Kampf, gar ein paläontologisches Genozid gab oder ob bisher unentdeckte Körpermerkmale der Grund dafür waren, daß nur eine Linie überlebte, war ein beliebtes Kongreßthema.

In dem Augenblick, als er nun den Kiefer fixierte, begriff er, daß die eine Art gar nicht ausgestorben, sondern in der anderen aufgegangen war. Ihr Erbgut war nicht tot, sondern Teil des Menschenstammes, wenngleich ein phänotypisch unsichtbarer Teil.

Noch in Gedanken machte er sich auf den Weg zurück zum Trockenraum. Vor dem Walskelett wurde er jedoch über die Sprechanlage umgehend in die Verwaltung gebeten. Frau Tetzlaff, die Sekretärin, durfte man nicht warten lassen. Er machte kehrt, stieß zwei Schwingtüren mit dem Rücken auf und trug seinen Schädel einen langen Gang entlang in das Vorzimmer des Museumsdirektors.

»Hallo«, nickte Jasper der Sekretärin zu.

»Guten Morgen, Dr. Hullberg.«

»Was gibt es denn?« Jasper stellte den Schädel so ab, daß die leeren Augenhöhlen nicht die Sekretärin ansehen mußten.

»Es ist ein Telegramm für Sie gekommen. Aus Afrika«, fügte Frau Tetzlaff hinzu. Sie wußte, daß Cosima in Namibia war. Es dauerte, bis die Sekretärin das Telegramm wieder aus der Ablage gekramt hatte, und Jasper ärgerte sich über ihren Ordnungssinn, der es ihr nicht erlaubte, den Zettel auch nur einen Moment auf der

Arbeitsfläche liegenzulassen, obwohl sie doch wußte, daß er, wenn er ausgerufen wurde, gleich vor ihrem Schalter auftauchen würde. Endlich reichte sie ihm das Papier, und Jasper riß den Umschlag auf. Das Telegramm war nicht von Cosima, sondern von Fred Sukker, seinem Doktorvater und dem Patenonkel von Hera. Sukker hatte vor zehn Jahren die Expedition geleitet, bei der Jasper die Schädelsplitter gefunden hatte, und grub jetzt wieder in Namibia.

»Eine einmal angelegte Siedlung wird immer wieder Menschen beherbergen. Man muß keine neuen Fundstellen entdecken, man muß an den alten tiefer graben«, hatte er immer gesagt und recht behalten.

COSIMA IST HIER. HOL SIE SCHNELLSTMÖGLICH AB. BRING IHREN PERSONALAUSWEIS MIT.

Jasper ließ den Zettel sinken. Er wußte nicht, was er von der Nachricht halten sollte. Seine Unbeschwertheit war schlagartig weg. Er setzte sich auf einen Stuhl in der Zimmerecke und massierte sich mit Daumen und Zeigefinger die Nasenwurzel. Cosima wollte Sukkers Lager aufsuchen, wenn sie Hilfe brauchte. Irgend etwas mußte schiefgelaufen sein. Auch daß Sukker telegrafierte und nicht Cosima, war kein gutes Zeichen.

»Schlechte Nachrichten?« fragte Frau Tetzlaff. Ihre Stimme klang, als wäre es ihr egal. Aber als Jasper aufschaute, sah er Anteilnahme unter dem Rouge auf ihrem Gesicht.

»Ich müßte mal telefonieren«, sagte er dann. »Und ich nehme ein paar Tage frei. Könnten Sie mir das richtige Formular raussuchen?« Frau Tetzlaff nickte, schob ihm das Telefon hin und suchte in der Ablage nach den Urlaubszetteln. Jasper drehte die Nummer seiner Eltern mit einem Bleistift in die Wählscheibe. Wenn er nach Namibia fliegen würde, um Cosima zu holen, müßten sie auf Hera aufpassen.

Frau Tetzlaff schob ihm ein Glas Wasser hin.

»Danke«, sagte er, während er auf das Tuten hörte.

Es hatte noch den ganzen Tag gedauert, bis Jasper sich endlich auf den Weg zu seinen Eltern machen konnte. Nachdem Frau Tetzlaff ihm beim Ausfüllen des Urlaubsantrags geholfen hatte und der Schädel wieder sicher an seinem Platz stand, rief er die Universität Zürich an, wo Sukker Lehrstuhlinhaber war. Im paläontologischen Institut erkundigte er sich nach mehrmaligem Durchstellen bei einer studentischen Hilfskraft nach dem CB-Funk, den Sukker bei seinen Grabungen benutzte, aber der Student kannte weder Frequenz noch Reichweite.

Jasper hinterließ eine Nachricht auf dem Anrufbeantworter von Sukkers Frau.

Dann lief er zu seinem Auto und kämpfte sich durch den dichten Stadtverkehr.

Ein Hochzeitskorso kam ihm entgegen. Hupend fuhren blumengeschmückte Autos an ihm vorbei.

Jasper hatte nicht heiraten wollen und sich auf seinen wissenschaftlichen Skeptizismus berufen. Aber Cosima hatte seine Einwände beiseite gewischt.

»Es ist doch nur eine Hochzeit und keine Glaubensfrage. Ich will einfach nur eine weiße Braut sein.« Sie hatte schelmisch gelächelt.

Damit war es entschieden gewesen. Am nächsten freien Tag hatte Cosima Hochzeitskleider anprobiert. Ihr schwarzes Gesicht war nacheinander von Hauben, Haarbändern, Schleiern und kleinen Diademen eingefaßt worden. Jasper hatte auf einem stramm gespannten, samtroten Stuhl gesessen und zugesehen, wie zwei Verkäuferinnen mit Stecknadeln zwischen den Lippen an Cosimas Verkleidung herumrafften, Rockschöße anhoben, ihr Pfennigabsätze unter die Hacken schoben, und sie in engtaillierte Mieder zwängten. Tüll und Seide hatten diskret geraschelt.

Eine der Damen hatte ihm Kaffee in einer winzigen, bemalten Tasse gebracht.

»Ihre dunkle Haut bildet einen schönen Kontrast zum Brautkleid«, hatte eine Verkäuferin sich nicht verkneifen können zu sagen. Während Cosima in solchen Momenten nur halb amüsiert, halb gelangweilt zu lächeln pflegte, hatte Jasper sich an dem heißen Kaffee die Zunge verbrannt.

Der Hochzeitskonvoi war längst vorbeigezogen, als Jasper aus seiner Erinnerung wieder auftauchte. Er gab Gas und erreichte zwanzig Minuten später ihr neues Zuhause.

Als sie das erste Mal vor dem Haus geparkt hatten, hatten die rotglasierten Dachpfannen in der Märzsonne geblinkt. Der Garten war verwildert und mit Krokussen gesprenkelt gewesen. Zaun und Sprossenfenster wollten gestrichen werden, und die Birken hatten ihre Zierhöhe längst überwachsen. An jeder der sechs Dachecken hielten kleine Laren und Penaten, gebrannt im Rostrot der Ziegel, Unheil fern. Nur an der Südseite fehlte ein Schutzgeist.

Jasper parkte neben dem Maurerlaster. Die Haustür stand offen, in der Diele war der Fußboden aufgerissen, Kupferrohre und Stromleitungen waren mit Schellen auf dem Sockel fixiert.

Das Badezimmer im Obergeschoß hatten sie zu einer provisorischen Küche umfunktioniert. Auf einer elektrischen Kochplatte siedete Spaghettiwasser. Hera saß rittlings auf einem Stuhl neben dem Topf und hatte ihre Faust um eine Handvoll Salz geschlossen. Jasper war zufrieden, daß Cosimas erwartete Ankunft Hera wieder zu dem Mädchen machte, das nicht lange fragte und tat, was es sich zutraute. Die Fixierung auf ihn schien schon vergessen.

»Hallo, Jasper«, rief sie, ohne den Blick vom Wasserdampf zu wenden. In diesem Moment glich sie ihrer Mutter. Da Hera weiß war, erkannte nur Jasper die Ähnlichkeit.

Das Wasser sprudelte. Hera warf ihre Handvoll Salz in die Blasen und das Wasser fiel wieder zu einer zitternden Ebene zusammen.

Jasper ging zu Hera und nahm sie in den Arm. Sie faßte mit ihrer salzigen Hand um seinen Hals und drückte ihn.

»Cosima hat ein Telegramm geschickt.«

Heras Sommersprossen lächelten.

»Ich soll sie in Afrika abholen.«

»Du?«

»Na, wer sonst?«

»Wir.«

»Das geht nicht.«

»Wieso nicht?« Er sah, daß Hera eine Gänsehaut hatte. Sie trug ihr grünes Sommerkleid, und im Badezimmer war es kalt.

»Du hast Schule.«

»Du mußt arbeiten.«

»Ich kann mir Urlaub nehmen.«

»Ich kann schwänzen.« Sie war wieder ganz die alte.

»Das Wasser kocht. Hast du schon Nudeln geholt?« Jasper versuchte, vom Thema abzulenken. Nachgeben konnte er auf keinen Fall, so undurchschaubar, wie die ganze Angelegenheit war.

Während er Zwiebeln schälte, saß sie schweigend neben ihm und rieb Parmesan. Als sie schließlich aßen, kaute Hera länger auf den Nudeln als nötig.

»Wo ist sie denn?«

»Bei Fred im Camp.« Sie saßen auf der Fensterbank, mit dem Rücken an den Rahmen gelehnt. In den zu ihnen herabhängenden Zweigen einer Esche gurrte eine Taube auf einem lieblosen Nest. Nebenan wurde ein Basketball auf den Boden geprellt. Jasper hatte seine Füße auf einem Mineralwasserkasten abgestellt.

»Okay. Ich bleibe hier«, sagte sie, »aber nur unter einer Bedingung.«

»Die wäre?«

Hera kaute auf ihren Nudeln.

»Ich gehe nicht zur Schule.« Jasper sah mit gespieltem Grimm in ihr pfiffiges Gesicht. Die drei Tage bis zu den Ferien waren tatsächlich entbehrlich.

»Abgemacht, wenn du dafür auf Oma aufpaßt«, versuchte Jasper das letzte Wort zu behalten.

4

Die Türklingel schnarrte, und Cosima blickte von dem Katalog auf. Ein Mann schüttelte mit kleinen Stößen den Regen aus seinem Schirm. Vor den mit Billigangeboten tapezierten Scheiben schwamm Frankfurt im Juliregen.

Cosima klappte den Katalog zu. Hundert Jahre nachdem Südwestafrika von den Deutschen zum Besitz erklärt worden war, sollte aus dem Land ein Staat werden. Die Kolonie, die lediglich nach ihrer geographischen Lage benannt worden war, bekam einen Eigennamen. Nach einer Generation Bürgerkrieg gegen die letzte Besatzungsmacht und deren Apartheidsregime sollte dieser Katalog abgeschreckte Urlauber wieder anlocken. Über zwanzig Jahre Buschkrieg hatten die europäischen Reisenden verunsichert, mehr noch als die Homelands und Townships. Jetzt war unter UN-Vermittlung ein Waffenstillstand unterzeichnet worden, und ein Friedensvertrag greifbar. Die kommunistischen Swapo-Freiheitskämpfer waren auf dem Sprung zur Macht und warben nun für ihr Land mit der kolonialen Vergangenheit, mit den Farmen im Kaiser-Wilhelm-Stil und einem Ahnengedenktag der Hereros, der an die im Kampf gegen die Deutschen getöteten Häuptlinge erinnerte.

Der Mann drehte sich um. Sein graues Sakko war trotz des Regenschirms auf den Schultern naß geworden. Cosima hatte ihm vor zwei Tagen eine Reise mit dem Postdampfer zu den Lofoten verkauft. Er sei so zivilisationsmüde, hatte er gesagt und die achttausend Mark bar bezahlt.

»Es regnet junge Hunde«, sagte er und trat an Cosimas Tresen. Sie war allein im Reisebüro. Ihre Kollegin Gesa hatte den Wolkenbruch für einen Friseurbesuch genutzt, da der Kundenansturm bei diesem Wetter erfahrungsgemäß nicht sehr groß sein würde, so daß Cosima ihn auch allein bewältigen konnte.

Cosima nickte dem Mann zu. Er war Anfang Dreißig, vielleicht ein, zwei Jahre älter als sie. Sein grauer Anzug war auf sein Gesicht abgestimmt.

»Was kann ich für Sie tun?« fragte Cosima.

»Ich will nicht mehr auf die Lofoten.«

Cosima sah ihn abwartend an.

»Ich will in Ihre Heimat« grinste der Mann schräg.

»In die Lüneburger Heide?« ließ sie ihn auflaufen.

»Ach, deshalb sprechen Sie so gut Deutsch«, stellte er fest.

»Also ins kulturlose Afrika?«

Erneut schrillte die Tür. Hera huschte durch einen Spalt in das Reisebüro und drückte die Tür gegen den Widerstand der Feder schnell wieder ins Schloß. Hinter dem Rücken des Mannes grüßte sie militärisch, ließ die Träger ihres Schulrucksacks von den Schultern gleiten und warf erst ihr Gepäck, dann sich selbst auf die Couch neben der Legospielecke für Kinder.

Der Mann tippte auf den Katalog über Namibia.

»Was ist das?«

»Das Land hat sich gerade von der Zivilisation befreit«, gab Cosima Auskunft.

»Darf ich mal?« Hera drängte sich an dem Mann vorbei und griff in das Bonbonglas neben Cosimas Telefon.

»Es gibt gleich Mittag«, sagte Cosima mit gespielter Strenge. Die blonden, vom Sommer und dem Freibadchlor geblichenen Haare klebten auf Heras Stirn.

»Oh, Sie haben eine kleine Freundin?« wandte sich der Mann an Cosima.

»Das ist meine Mutter«, berichtigte ihn Hera.

Der Mann blickte Cosima irritiert an, die ihm aber nicht half.

»Wenn Sie das nicht verstehen, sollten Sie doch lieber auf die Lofoten«, lächelte sie liebenswürdig.

Beleidigt steckte er den Namibia-Katalog ein, griff den Regenschirm und knurrte etwas wie »beschweren« und »Chef«, nicht ahnend, daß die Chefin ihn gerade abgefertigt hatte. Umständlich spannte er in der Tür seinen Regenschirm auf und versperrte Gesa mit ihrer zum Schutz vor dem Wetter in eine Plastiktüte eingepackten Frisur den Eintritt. Sie trippelte nervös auf der Stelle und schnaubte zornig, als sie endlich im Trockenen war. Gesa war fünfundzwanzig, unverheiratet und immer bereit, sich Hals über Kopf zu verlieben.

»Scheiß Korinthenkacker«, sagte sie, zerknüllte die Tüte und stopfte sie in einen Mülleimer.

Cosima zog Jacke und Tasche von der Stuhllehne und verabschiedete sich in die Mittagspause. Als sie und Hera auf die Straße traten, hörte der Regen auf, doch der Fußweg bot keine Sicherheit, denn Lieferlaster spritzten durch das knöcheltief stehende Wasser, so daß Cosima und Hera sich ihren Weg im Schutz der parkenden Autos auf dem Seitenstreifen suchen mußten.

»Wie war es?« erkundigte sich Cosima. Hera schüttelte den Kopf und nickte gleichzeitig. Zwei Wochen vor den Sommerferien passierten weder spannende noch ärgerliche Dinge. Und die Ferien versprachen auch keine Besserung, sondern würden urlaubslos verlaufen.

»Ich brauche Bretter.« Hera fühlte sich ausgelaugt, aber irgendwie fand sie nicht die Zeit, sich auszuruhen. Wenn sie sich nichts vornahm, wenn sie kein Ziel hatte, überkam sie immer das Gefühl, etwas zu verpassen.

»Wieso?«

»Für ein Baumhaus.« Verpassen war nicht das richtige Wort. Es war eher so, als wäre sie auf einer Schnitzeljagd, als suchte sie etwas, könnte aber den letzten Posten nicht finden.

»Was für Bretter?«

»Solche wie die Wohnzimmerdielen.«

Durch ein kleines Tor im Staketenzaun rund um das Museum traten sie auf einen Parkplatz und durch den Hintereingang direkt in die Kantine.

»Super, es gibt Käsespätzle!«

Jasper war pünktlich, er traf mit der gleichen Verspätung wie seine Familie ein. Sie begrüßten sich und holten sich das Essen auf Tabletts, dann setzten sie sich in eine Ecke unter die hohen Fensterbögen. Diamanten aus Regentropfen klebten auf dem Glas.

Während Hera nach ihrem Erdbeerquark auch noch Jaspers und Cosimas Nachtisch auslöffelte, unterhielten sich ihre Eltern über das Haus. Die Dachüberstände mußten ausgewechselt werden, und Jasper hatte vom Büro aus mit einer Ziegelei telefoniert, um sich einen Kostenvoranschlag für den fehlenden Lar geben zu lassen. Cosima schlug vor, den Wasseranschluß von der Nordseite her in das Haus zu legen.

»Dann müßten wir im Hauswirtschaftsraum den Boden aufreißen«, gab Jasper zu bedenken.

»Das ist doch nur dieser Terrazzo-Estrich«, erwiderte Cosima.

»Und darunter?«

»Luft und Sand. Deswegen ist es so fußkalt.«

»Dann sollten wir vielleicht den ganzen Boden rausnehmen und ein richtiges Fundament gießen, vielleicht mit Fußbodenheizung«, spann Jasper den Faden weiter.

»Kann ich dann die Dielen haben?« Hera lächelte ihre Mutter an.

Der Regen hatte erneut eingesetzt. Die Tropfen schlugen Kronen aus den Pfützen. Cosima begleitete Hera bis zur Bushaltestelle.

»Du brauchst nicht zu warten«, sagte Hera.

»Weiß ich«, erwiderte Cosima und blieb stehen. Als der Bus kam und Hera sich bis auf die Rückbank durchgeboxt hatte, sah sie ihre Mutter noch immer an der Straße stehen, bis eine Kurve sie schluckte. Hera legte ihren Kopf gegen die Busscheibe und spielte mit ihrem neuen Haustürschlüssel. Hinter der forschen Fassade, irgendwo weiter hinten in ihrem Kopf, stießen ihre Gedanken ständig an eine Wand und wanderten von dort wieder zurück. Was hinter der Wand lag, wußte sie nicht. Als sie sich das neue Haus angesehen hatten, knurrte dieser Hunger nach dem Dahinter zum ersten Mal in ihrem Magen. Er schmeckte so, wie das Haus roch, nach Staub und Winteräpfeln. Deshalb war Hera für den Kauf des Hauses gewesen.

Nach der Endstation mußte sie am Friedhof und einigen Einfamilienhäusern vorbei, dann stand sie klitschnaß vor dem niedrigen, nicht mehr weißen Gartenzaun, und den grün abblätternden Sprossenfenstern. Sie stieg über die Gartenpforte und stapfte auf die Haustür zu.

»Hey, du«, hörte sie hinter sich eine Stimme, als sie den Schlüssel ins Schloß steckte. Sie drehte sich um. Ein Junge lehnte an dem Laternenmast neben der Grundstückseinfahrt, die Hände in den Hosentaschen und die Baseballmütze mit dem Schirm nach hinten auf dem Kopf, so daß ihm das Wasser wie aus einer Regenrinne in den Nacken lief. Er war zwei Köpfe größer als sie, trug abgeschnittene Jeans und hatte Fußballschuhe an. Hera schloß die Tür auf.

»Wo hast du denn deine Mutter her?« rief der Junge.

Hera warf ihren Rucksack in die Diele, zog die Tür von außen wieder zu und ging zur Laterne.

»Wenn du ein paar auf die Fresse willst, dann brauchst du nicht soviel zu quatschen«, sagte sie.

Der Junge schaute verdutzt aus der Wäsche.

»Ich meine nur, deine Mutter, das ist doch nicht deine Mutter, oder?«

»Wieso nicht?«

»Na, du bist weiß, und sie ist schwarz.«

Hera bückte sich und faßte in den schlammigen Boden. Dann richtete sie sich wieder auf und schmiß dem Jungen aus kurzer Distanz eine Ladung Matsch ins Gesicht.

»Jetzt bist du auch schwarz«, sagte sie, drehte sich um und ging zurück zum Haus. Hinter ihr hörte sie es fluchen, dann Fußballschuhe auf dem aufgeschwemmten Boden näher kommen. Als Hera sich umdrehte, zögerte der Junge und blieb schließlich, nach drei, vier Metern auf ihrem Grundstück, stehen. Hera fühlte die Wand vor sich. Sie nahm entschlossen Anlauf, rannte los und prallte mit voller Wucht den Kopf voran in die Magengrube des Jungen. Der klappte in der Hüfte ein. Im Fallen riß er Hera mit sich, und sie landeten in einer Pfütze. Hera sah das Gesicht des Jungen so dicht vor sich, wie sie bis jetzt nur die Gesichter ihrer Eltern gesehen hatte. Er hatte eine Windpockennarbe an der Augenbraue, und in seinen Pupillen spiegelte sie sich tausendfach verkleinert.

»Scheiße. Scheiße. Schau dir an, wie ich aussehe!« fluchte der Junge. Aber er klang nicht böse, eher anerkennend.

»Habe ich dir schon gesagt«, rappelte Hera sich auf.

Der Junge schüttelte den Kopf. »Du bist echt nicht ganz dicht.«

»Und wer bist du?«

»Krischi.«

Beide standen voreinander und hörten sich schnaufen.

Es war gut, etwas Luft zu haben.

»Bis irgendwann«, verabschiedete sich Hera.

Das Regenwasser war die Kehle des Daches hochgestiegen. Als Hera in ihr Zimmer kam und sich die schlammigen Kleider ausziehen wollte, hatte sich auf der Dielung bereits eine Pfütze gebildet. Von der Decke lappte die Tapete. Statt heiß zu duschen, holte Hera sich einen Eimer und den Mob aus dem Hauswirtschaftsraum und wischte die Pfütze auf.

Am nächsten Abend kletterte Jasper über die Birke auf das Dach und spritzte die Pfannen mit Bauschaum aus. Danach setzte er sich neben Hera an den Wohnzimmertisch und breitete einen Haufen Knochensplitter vor ihr aus.

»Mal sehen, was das wird«, sagte er.

Im Hintergrund sang Tracy Chapman zur akustischen Gitarre, und Cosima summte in der Küche mit.

»Stirn eines Säbelzahntigers«, schlug Hera vor.

»Gelenkpfanne eines Auerochsen«, konterte Jasper.

Der Tag war wieder sonnig gewesen, und jetzt zeichnete die Abendluft die Umrisse der Hecken und Bäume weich.

Cosima ging hinaus, um Bier und Brause aus dem Schuppen zu holen. Es roch nach Blüten und Erde im Juli. Das Küchenfester warf ein helles Rechteck auf den alten Waschbetonweg. Mit den Flaschen unter dem Arm ging sie nicht gleich zurück ins Haus.

»Ich hab einen Wirbelansatz«, rief Hera von innen.

Cosima ließ ein paar Atemzüge aus und umrundete das Haus. Ein Auto fuhr vorbei, eine Fledermaus huschte durch die Luft.

Cosima sah über die Schulter, als sie hörte, daß das Auto im Rückwärtsgang zurückkam. Es war ein breiter BMW, der vor ihrem Haus hielt. Eine ältere Frau stieg aus, der Fahrer wartete im Wagen. Über das Autodach hinweg sah sie Cosima an, die mit den Flaschen in der Hand im Vorgarten stand, ohne daß sie den Blick auf sich bezog. Cosima wandte sich ab und ging auf die Haustür zur.

»Warten Sie«, hielt die Fremde sie zurück.

Cosima drehte sich um, und die Frau trat hinter dem Auto hervor. Sie trug ein knielanges Kostüm, und im Licht der Straßenlaterne erkannte Cosima, daß es lachsrosa war.

»Kann ich Ihnen helfen?« erkundigte sich Cosima.

»Ich bin Nele von Kavea«, sagte die Frau, als spräche der Name für sich.

»Ihre Großmutter. Deine ...«, setzte Nele hinzu.

Obwohl sie hörte, was die Frau sagte, verstand Cosima nicht.

Sie machte kehrt, ging in ihr Haus und drückte die Tür hinter sich zu.

»Warten Sie! Warte!« rief Nele in das zuschnappende Schloß. Ihre Stimme war nicht mehr höflich. Als die Tür sich nicht bewegte, verschärfte sie den Tonfall, befahl laut und sinnlos, ihr zu öffnen.

Cosima trat ins Wohnzimmer, wo Jasper und Hera noch immer konzentriert puzzelten, und stellte ein Bier auf den Tisch.

»Danke«, sagte Jasper.

Als sie die beiden so versunken über ihren Knochen hocken sah, wußte Cosima nicht, was sie ihnen sagen sollte. Was eben noch unantastbar schien, war plötzlich bedroht. Gleichzeitig war ihr klar, daß sie nicht einfach schweigen konnte. Sie machte die Musik aus, und Jasper und Hera sahen auf.

Im Kinderheim hatte Cosima gelernt, daß Abstammung ein Mittel war, andere auszugrenzen. Bezugspersonen wechselten, Geborgenheit gab es nicht, Sicherheit nur aus der eigenen Stärke heraus. Irgend jemand, der ihr Vater oder ihre Mutter hätte sein sollen, hatte nicht mit ihr leben wollen oder können. Eine plötzliche Verwandtschaft würde bei ihr unnütze Schuldzuweisungen auslösen.

Es klingelte an der Haustür.

»Wer ist das denn?« fragte Jasper ohne aufzublicken.

»Meine Großmutter«, antwortete Cosima.

»Was bitte?« Jasper starrte Cosima an.

»Meine Großmutter«, wiederholte Cosima. »Sie ist eben mit dem Auto vorgefahren und hat sich mir vorgestellt.«

»Ist das ein Witz?« fragte Hera.

Cosima schüttelte langsam den Kopf. Es klingelte wieder.

»Wo kommt die her?« wollte Hera wissen.

»Ich mach auf«, sagte Jasper und ging zur Tür. Cosima stellte sich ihm in den Weg.

»Nein. Wenn wir aufmachen, dann mache ich das.« Sie ging in die Diele, gefolgt von Jasper und Hera.

Vor der Tür schwebte das Lachsrosa von Neles Kostüm. Ihre Kontur wurde durch die gewölbten Glasscheiben verzerrt. Cosima drückte die Klinke nieder. Nele trat einen Schritt in den Rahmen und ließ ihren Blick einmal durch die Diele schweifen.

»Verzeihung, daß ich störe«, sagte sie, diesmal mehr zu Jasper als zu Cosima gewandt. »Es ist auch für mich eine merkwürdige Situation, gleichwohl eine wunderbare. Darf ich eintreten?«

Nele mußte nicht lügen, sie mußte sich nur an die Politik erinnern. Parteien setzten sich aus wildfremden Menschen zusammen, die zur Zusammenarbeit gewählt worden waren. Und meistens waren diejenigen, die Ämter innehatten, nicht einmal die Besten oder Fähigsten, sondern einfach nur die, die am wenigsten auf Ablehnung stießen. Trotzdem konnten daraus wunderbare Allianzen entstehen, und tatsächlich ließ sich eine Stadt, ja die ganze Bundesrepublik, durch den eher planlosen und diffusen Willen von Wählern steuern.

Nele trat ein, und zum ersten Mal seit langer Zeit war sie wieder in der Gegenwart angekommen.

Cosima wich einen Schritt zurück, auch Jasper und Hera rückten zur Seite, um den Weg ins Wohnzimmer frei zu machen.

»Schönes Haus – besonders«, umging sie eine persönliche Anrede. Das Du kam ihr nicht über die Lippen, und das Sie war nicht angebracht. Sie musterte das Durcheinander aus Farbeimern, Heras Ranzen, Schuhen und Badesachen auf dem Boden. Als sie merkte, daß ihr Blick beobachtet wurde, schaute sie schnell wieder auf. Bei ihr zu Hause lag nie etwas auf dem Boden. Genauer gesagt nahm sie kaum etwas in die Hand. Falls jemals etwas auf den Fußboden gelangte, räumte die Haushälterin es sofort weg. Nele ahnte, daß Cosima und ihre Familie ihren Blick als Mißbilligung auffaßten.

»Danke. Ich bin Jasper.« Er reichte Nele die Hand, die sie ergriff, froh, daß ihr Cosimas Mann mit höflichen Umgangsformen entgegenkam.

»Ich bin Nele«, lächelte sie.

»Meine Urgroßmutter?« Hera wußte, daß sie sich in das Gespräch der Erwachsenen nicht einmischen sollte. Aber ganz plötzlich hatte sie das Gefühl, als hätte sie die Situation schon einmal erlebt, als sei das, was gerade passierte, der Teil der Schnitzeljagd, den sie nicht finden konnte.

Nele zauderte, blickte zu Jasper und auf das Mädchen, gab ihr aber keine Antwort.

In der Politik hatte sie es genossen, auch engsten Mitstreitern immer fremd zu bleiben. Man mußte sich nicht mögen. In Betrieben oder Firmen war es von Vorteil, wenn das Management sich gut verstand, in einer Partei war das egal. Vielleicht war Mißtrauen sogar der beste Ansporn für einen Machtkampf, der den chronischen Mangel an Ideen einigermaßen kompensieren konnte.

Dieses Mädchen war ihr vermutlich das Fremdeste, was ihr seit langem begegnet war. Das nahm Nele für sie ein.

»Was soll das heißen: Sie sind meine Großmutter?« Cosima verschränkte die Arme vor der Brust. Sie war zurückversetzt ins Waisenhaus, allein, ohne Vertrauen zu irgend jemandem, den Geschmack von Muskatnuß, mit dem jedes Essen gewürzt war, im Mund.

»Vielleicht können wir allein reden?« bat Nele mit einem Blick auf Hera.

»Worüber?« erwiderte Cosima.

»Über uns. Über die Familie.« Neles Stimme stockte, nicht, weil sie unsicher wurde, sondern weil sie noch nicht wußte, wo sie ansetzen mußte, um Cosimas Vertrauen zu gewinnen.

»Das hier ist meine Familie«, gab Cosima brüsk zurück. Früher hatte sie gedacht, das Wort Waisenhaus bedeute, daß alle Kinder dort weiß sind. Sie selbst gehörte also noch nicht einmal zu denen, die niemanden hatten.

»Bitte, setzen Sie sich doch«, versuchte Jasper freundlich zu sein. Er ging voraus ins Wohnzimmer und bot Nele, die die Knochensplitter auf dem Tisch musterte, einen Platz an.

»Ich bin Paläontologe«, erklärte Jasper. Er machte Anstalten, die Knochen beiseite zu räumen, aber Cosima legte die Hand auf seinen Unterarm.

»Sie sagen, Sie sind meine Großmutter. Wieso kommen Sie jetzt, nach über dreißig Jahren?« Waisenhaus, das hieß niemandem trauen, niemandem nachgeben, keine Schwäche zeigen.

Nele holte Luft. Darauf war sie vorbereitet.

»Ich weiß auch erst seit zwei Tagen, daß ich deine Großmutter bin. Deine Mutter und ich hatten nicht gerade ein gutes Verhältnis. Sie lebte in Afrika.«

»Ist sie tot?« unterbrach Cosima.

»Sie ist vor gut einer Woche gestorben. Ihr Freund hat mich angerufen. Sie ist von einer Schlange gebissen worden.« Nele wartete einen Moment, dann sprach sie weiter.

»1954 kam Kriemhild von dort unten nach Deutschland. Ich hatte gehofft, sie würde wieder in den Schoß der Familie zurückkehren. Aber ich hatte mich getäuscht. Sie war gekommen, um ein Baby auszusetzen. Dich.«

»Meine Mutter hieß Kriemhild?« fragte Cosima.

Hera hörte dem Gespräch zu und versuchte, sich an das zu erinnern, was als nächstes geschehen mußte. Aber je länger sich die Erwachsenen unterhielten, desto blasser wurde alles. Und schließlich hatte sie das Gefühl, nichts würde mehr passieren. Sie hatte sich getäuscht. Die Frau, die behauptete, ihre Urgroßmutter zu sein, hatte nichts mit der Schnitzeljagd zu tun.

»Wo ist dort unten?«

»Südwest. Oder Namibia, wie es jetzt heißt«, entgegnete Nele. »Ich selbst bin dort geboren.«

»Bin ich auch dort geboren?« fragte Cosima. Sie dachte an den Katalog, den der Mann mit dem Regenschirm eingesteckt hatte.

»Das nehme ich an. Eigentlich ist es ein phantastischer Ort für Kinder. Aber ich glaube, du hattest keinen Platz im Leben deiner Mutter. Ich habe ihr selbstverständlich erlaubt, auf der Farm zu wohnen. Wenn wir uns auch in vielerlei Hinsicht nicht einig waren, so habe ich doch immer versucht, ihr Halt und Stütze zu sein. Sie lebte ohne Ernsthaftigkeit, ohne Grenzen und Regeln. Vorgestern rief ihr Freund an und hat mir erzählt, daß Kriemhild tot ist und daß sie dich ausgesetzt hat. Ich habe daraufhin nach dir geforscht und schließlich deine Adresse ausfindig gemacht. Nichts tut mir mehr leid als die vergangenen dreißig Jahre.«

»War meine Mutter weiß?« Das Leben ihrer Mutter war Cosima immer egal gewesen. Ob ihr Vater ein amerikanischer GI oder ein jamaikanischer Musiker gewesen war, wollte sie nicht wissen. Im Leben als Waise zählte nur die Gegenwart, in der man lernen mußte zu kämpfen.

»Selbstverständlich.«

»Und ihr Freund – der vom Telefon – ist das ...«

»Dein Vater?« kam Nele ihrer Frage zuvor. »Nein. Er ist auch weiß.«

Cosima massierte sich mit den Fingern die Stirn.

»Weißt du auch, wann meine Mutter Geburtstag hat?« fragte Hera.

»Im November«, antwortete Nele. Sie fand es sympathisch, daß Hera konkret dachte.

»Können Sie beweisen, daß ich Ihre Enkelin bin?« hakte Cosima nach.

»Der Beweis ist, daß du Crewo haben sollst, unsere Farm in Südwest.« Nele lächelte schmallippig. Jasper und Cosima schwiegen.

»Ich bleibe noch zwei Tage in Frankfurt im Hotel am Palmengarten. Es wäre schön, wenn du mich morgen dort besuchen würdest, Cosima.« Nele sprach jetzt wieder in dem forschen Ton, den sie vorhin am Zaun angeschlagen hatte. Cosimas Nicken hätte auch ein Kopfschütteln sein können.

Sie wurde von Jasper nach draußen begleitet und war froh, als sie wieder im Wagen saß. Georg ließ den Wagen an, und sie fuhren zurück in die Stadt.

Die Reaktion Cosimas auf ihren Vorschlag war vielversprechend. Nele durfte ihr nicht die ganze Wahrheit sagen, das war nie ein erfolgreiches Prinzip gewesen. Wenn man sich Menschen öffnete, hatten sie oft das Gefühl, man wolle sie einnehmen. Vertrauen war entbehrlich. Cosima mußte neugierig werden und das Gefühl bekommen, mit Nele jemanden kennengelernt zu haben, von dem sie mehr wissen wollte. Nele selbst hatte dieses Gefühl bekommen, allerdings nicht Cosima gegenüber, sondern Hera.

»Kann ich das Krischi erzählen, daß wir eine Farm in Afrika haben?« fragte Hera. Sie war zwar müde, aber sie hatte Lust, Krischi alles brühwarm aufzutischen.

»Wer ist Krischi?« Jasper kam ins Wohnzimmer zurück.

»So ein Blödmann von nebenan«, antwortete Hera.

»Morgen«, sagte Cosima, und Hera hatte keine Kraft mehr, sich zu beschweren.

Jasper sortierte die Kojotenknochen in eine Plexiglaswanne, ohne ihre provisorische Anordnung zu verändern, und schaute abwartend zu Cosima, die schweigend am Tisch saß.

»Wir haben doch schon ein Haus«, sagte Cosima und blickte Jasper und Hera an.

»Dann haben wir eben zwei«, sagte Hera. »Ich geh jetzt ins Bett.«

Cosima sah ihr nach. Ganz am Anfang ihrer Beziehung hatte Jasper sie einmal gefragt, ob ihre Gleichgültigkeit gegenüber ihren fehlenden Eltern vielleicht eine Bedeutung habe, die sie sich nicht eingestand. Sie war ihm die Antwort darauf schuldig geblieben. Jetzt wurde ihr klar, daß sie sich ihren Vater immer als Weißen und ihre Mutter als Farbige vorgestellt hatte, wahrscheinlich weil sie von sich selbst ausgegangen war. Cosima holte sich einen Eimer Lack und die Pinsel aus dem Schuppen. Sie stellte sich auf einen Küchenstuhl und fing an, den Türrahmen weiß zu streichen. Die Borsten zogen eine Maserung in die Farbe, die sich sofort wieder zu einer gleichmäßigen Schicht zusammenschloß. Sie war nicht zornig auf ihre Mutter. Ihre Mutter war tot, und Cosima fühlte sich nicht als Tochter.

Nachdem Jasper Hera ins Bett gebracht hatte, nahm er sich ebenfalls einen Pinsel und begann, auf der anderen Seite zu streichen.

»Ausgerechnet Namibia.« Cosima wußte, daß Jasper darauf wartete, ihr seine Gedanken mitzuteilen, und sie ihm ein Stichwort liefern mußte.

»Ja, verrückt«, sagte er. Dabei beließ er es.

»Warum sagst du nicht, was du denkst?« fragte sie ihn.

»Das gleiche wie du.«

»Ja? Was denn?« Cosima tunkte ihren Pinsel in den Farbeimer. Dickflüssige Farbe troff von den Borsten herab.

»Daß du zwar keine Großmutter willst, aber vielleicht eine Großmutter mit Farm«, grinste Jasper.

»Idiot«, gab Cosima zurück.

Mit leise tappenden Füßen auf den Flurfliesen erschien ihre Tochter im Schlafanzug.

»Wenn du die Farm nicht willst, kannst du sie ja an mich vererben. Ich wollte nur noch sagen, daß ich Afrika cool finde«, beschloß Hera ihren Tag endgültig.

»Ja, ich auch«, sagte Cosima und ging mit ihrer Tochter hoch. Sie wartete eine Weile an ihrem Bett, bis sich die Atemzüge beruhigt hatten, und bündelte alle Konzentration auf die Stirn von Hera. Sie wollte, daß das Kind ihre Gedanken lesen konnte. Als ihr selbst die Stirn schmerzte, dachte sie »Ich liebe dich«, küßte Hera und ging wieder zu Jasper.

Eine Weile strichen Cosima und Jasper schweigend weiter.

»Hast du mal über das Verschlucken nachgedacht?« fragte Jasper nach einiger Zeit.

»Was soll das denn jetzt?«

»Man verschluckt sich, weil sich auf der Höhe des Kehlkopfes Speiseröhre und Luftröhre kreuzen und diese Kreuzung offen ist. Deshalb kommt manchmal Nahrung in die falsche Röhre, sozusagen eine Konstruktionsschwäche unseres Körpers. Die Trennung der Röhren gibt es bei den Reptilien noch nicht, sie ist erst nachträglich eingeführt worden.«

»Warum erzählst du mir das?« fragte Cosima. Jasper blickte zu ihr auf.

»Weil man die Probleme, die man hat, verstehen lernt, wenn man sich mit seiner Abstammung auskennt.«

Cosima schüttelte den Kopf.

»Es nützt nichts, Probleme zu verstehen, man muß sie lösen. Du verschluckst dich auch, obwohl du weißt, wie es dazu kommt.«

Am nächsten Tag blätterte Hera während des Erdkundeunterrichts Afrika im Atlas auf, obwohl sie gerade über die Stadt im Mittelalter sprachen. Namibia trug noch seinen Kolonialnamen und hatte den Umriß eines Ritterschildes. Die Berge in der Mitte hätten das Wappen sein können. Die Städte hießen wie Fruchtbonbons, die Flüsse waren nur gestrichelte Linien.

Jasper besah sich im Museum das Kartenmaterial der Expedition von 1979 und fand tatsächlich Crewo. Sukkers Basiscamp lag etwa zwei Autostunden entfernt davon.

Cosima holte Namibia schon vor der Öffnung des Reisebüros ein. Der Lofoten-Mann fing sie ab, als sie gerade aufschließen wollte, und drückte ihr den Katalog mit den Gästefarmen in die Hand.

»Ist mir zu wenig afrikanisch. Da sind ja nur deutsche Farmen.« Er werde nun doch nach Nordnorwegen reisen.

Als Cosima ihren Platz hinter dem Schreibtisch eingenommen hatte, blätterte sie das Inhaltsverzeichnis des Katalogs durch. Crewo war nicht aufgeführt. Sie blickte durch ihre beklebten Scheiben. Raschelnd trat ein Kleid ein, in dem Gesa steckte.

»Ich muß nachher noch mal was erledigen«, sagte Cosima nach der Begrüßung.

»Kein Problem, was denn?« fragte Gesa.

»Familienangelegenheiten«, gab Cosima zurück.

Zwischen einer Sommerreise nach Skagen und einem Clubtrip nach Bali rief Cosima Jasper an und sagte ihm, daß sie nicht zum Essen kommen würde.

Jasper nickte in den Hörer. Das bedeutete, sie würde sich mit Nele treffen. Cosima wußte, daß Jasper nickte.

»Ich nehme Hera mit.«

»Ja, gut. Soll ich auch kommen?« fragte er.

»Nicht nötig.«

Beide schwiegen und lächelten in den Hörer, als säßen sie sich gegenüber.

Beim Klingeln wartete Cosima bereits am Schultor auf Hera.

»Hey, alles klar?« fragte sie aus dem Strom der Kinder heraus.

»Willst du die Farm noch?«

»Besser als ein Baumhaus.«

»Dann gehen wir jetzt zu dieser Urgroßmutter.« Sie überquerten die Straße, um auf die Schattenseite zu kommen, und stiefelten entschlossen Richtung Straßenbahn.

Als Nele ihre Enkelin mit dem weißen Mädchen, das bei ihr wohnte, vor sich sah, gab es ihr einen Stich. Sie erkannte sich in dem Kind. Hera mußte die Tochter von Cosimas Mann sein, aber für sie empfand Nele die Zuneigung, auf die sie immer gewartet hatte, als sie ihre eigene Tochter bekommen hatte. Sie nahm sich fest vor, sich nichts anmerken lassen.

»Ich dachte, du kommst allein.« Das war sogar die Wahrheit. Der Portier des Hotels am Palmengarten hatte den Besuch von seinem marmornen Tresen aus telefonisch avanciert, Hera aber nicht erwähnt.

»Ich bin deine Urenkelin. Du kennst mich auch von Geburt an nicht«, gab Hera zurück. Nele schluckte eine Antwort hinunter. Dies Kind sprach aus, was sie fühlte. Sie mußte sich schon zwingen, an Cosima und Crewo zu denken.

»Jedenfalls freue ich mich, daß du so schnell gekommen bist. Ich war mir nach gestern abend nicht ganz sicher. Aber du hättest mir ein bißchen eher Bescheid geben sollen, dann hätte ich den Notar schon hier.«

Hera und Cosima folgten Nele in den Salon ihres Appartements. Die Balkontür stand offen. Der Fernseher, der auf einem Glastisch stand, zeigte Bilder von Ronald Reagan und Gorbatschow. Nele knipste ihn mit der Fernbedienung aus.

»Immerhin ist es eine vorgezogene Erbschaft, wenn ich dir Crewo überschreibe.«

»Ja, aber das können wir doch immer noch machen. Was ist das überhaupt für ein Haus?« wollte Cosima wissen.

»Fahr hin und sieh es dir an«, entgegnete Nele.

Um Hera nicht anzuschauen, begann Nele in einer Aktentasche zu kramen und einen Stoß Papiere auf den Couchtisch zu schichten. Sie wußte, daß es extrem unhöflich war, Cosima und Hera den Rücken zuzukehren, aber sie wollte kurz allein sein. Das Gefühl für Hera hatte sie überrascht. Und jetzt begriff sie auch, was das für ein Gefühl war. Es war die Sehnsucht danach, daß ihr verziehen wurde, nicht etwas Konkretes und schon gar nicht, daß sie Cosima von ihrer Mutter getrennt hatte, Nele sehnte sich nach dem Gefühl, verziehen zu bekommen. Sie wollte geborgen sein in Mitleid.

»Stören wir gerade?« fragte Cosima.

»Nein. Ganz im Gegenteil.« Nele beugte sich über den Tisch und schob Cosima ein paar Blätter aus ihrem Stapel hin. Sie rief sich ins Gedächtnis, warum sie hier war und wieso sie den Kontakt mit Cosima aufgenommen hatte. Sie wollte nicht nachgeben, sie wollte nicht die Schwächere sein.

»Lies doch schon mal«, sagte sie und lächelte.

Cosima faßte die Blätter nicht an.

»Ich dachte, das ist das Haus deiner Kindheit«, gab sie zurück.

»Ja, korrekt. Bis ich elf war«, erwiderte Nele.

»So alt wie ich jetzt«, stellte Hera fest. Nele blickte auf.

»Dann erzähl mir doch etwas davon«, sagte Cosima schon nicht mehr freundlich. Sie wußte, daß das Gespräch keinen guten Ausgang nehmen würde, wenn Nele nicht etwas verbindlicher wurde.

»Hast du Nashörner gesehen?« fragte Hera von der Balkontür aus. Die Gardine flatterte um ihre Beine.

»Ich habe mit zehn mein erstes erlegt. Wo nur die Anwälte bleiben«, erwiderte Nele.

»Du hast es erschossen?« fragte Hera fassungslos.

Nele blickte sie an. Der Zorn des Kindes war ihr Zorn. Der Widerspruch ihr gegenüber kam der Auflehnung gegen ihre eigene Mutter gleich. Sie war so verständnisvoll gewesen, das hatte Nele immer fuchsig gemacht. Wahrscheinlich war die Antwort auf die Frage, was ihrem Leben die entscheidende Richtung gegeben hatte, die Abkehr von ihrer Mutter. Arabella hatte ihr abends am Bett vorgesungen, bis Nele ihr sagte, ihre Lieder seien falsch, es gebe keinen Gott und Wolken seien keine Schäfchen. Arabella hatte den Tisch immer liebevoll gedeckt. Sie hatte Blumen hingestellt, Obst aufgeschnitten, ein extra Glas für Fruchtsaft bereitgestellt. Wenn Nele das sah, hatte sie schnell in der Küche ein Brot in sich hineingeschlungen, nur um Arabellas Freude zu zerstören. Sie ließ sich erwischen und wartete darauf, daß ihre Mutter schimpfte, aber das tat sie nicht. Sie setzte sich nur hin, wartete auf Paul, und wenn Paul nicht kam, aß sie allein an ihrem fürsorglich gedeckten Tisch.

»Wir haben Trophäen gesammelt«, sagte sie, um die Wut in Hera zu provozieren.

»Cosima sagt, Jäger sind Lustmörder.«

Nele runzelte die Stirn. Es waren kaum Falten zu sehen. In der Haltung glich die Kleine jetzt Cosima.

»Wer ist wir?« fragte Cosima.

»Mein Vater und ich«, sagte Nele.

»Wo ist eigentlich mein Großvater?«

»Er ist 1939 beim Einmarsch in Polen gefallen. Seine ganze Liebe galt Wagner«, antwortete Nele.

»War er auch Jäger?« fragte Hera, und ihre Augen wurden schmal. Sie kämpfte dagegen an, aber Nele ließ sie nicht mehr entwischen. Sie wollte sehen, wie weit das Kind ihr ähnlich war.

»Im Sommer sind wir gewöhnlich nach Schweden zur Elchjagd gefahren. Und einmal, im Jahr vor dem Krieg, nach Böhmen auf Bärenjagd«, erzählte Nele.

Hera wandte sich ab. Es war merkwürdig, sich vorzustellen, überlegte Nele, daß sie nun in der Rolle ihrer Mutter war. Sie hatte sich nie Gedanken darüber gemacht, wie Arabella sich wohl gefühlt hatte, wenn sie ihr weh getan hatte. Arabella hatte ihr immer nachgegeben, und das war für Nele ein Zeichen von Schwäche gewesen. Aber vielleicht hatte ihre Mutter sie ja auch, so wie sie jetzt dieses Kind, absichtlich provoziert, nicht aus Hilflosigkeit, sondern mit Kalkül, um eine bestimmte Reaktion auszulösen.

»Wer war denn mein Vater?« Cosima mußte sich zur nächsten Frage zwingen.

Nele schüttelte den Kopf. Sie beobachtete Hera.

»Ich hab keine Ahnung. Offensichtlich ein Eingeborener.«

»Da kriegt man schon eine Urgroßmutter, und was macht sie? Knallt Bären und Nashörner ab!« Hera stampfte mit dem Fuß auf. Alles war falsch, sie benahm sich daneben und wußte es, aber in ihr brodelte eine unsagbare Wut, und die konnte sie nicht bändigen. »Du kannst dein Haus behalten!«

Cosima versuchte nicht, sie zu besänftigen. Sie hatte gelernt, daß die Welt keine Rücksicht nahm und daß man ihr die Stirn bieten mußte.

Nele starrte ihre Urenkelin an, die die Hände zu Fäusten geballt hatte. Dann blickte sie zu Cosima und wartete auf eine Maßnahme. Sie war neugierig, wie weit ihre Enkelin die Situation beherrschte, ob sie ihr Spiel verstand. Hera hatte jedenfalls angebissen, und so konnte Nele ihre Selbsterforschung zu Ende bringen.

Cosima erwiderte Neles Blick ungerührt. Hera sollte keine Angst haben und, wenn es nicht nötig war, auch keinen Respekt. Und dann schlug Nele Hera mit der flachen Hand ins Gesicht. Es war der Schlag einer Achtzigjährigen und tat nicht halb so weh wie die Hiebe, die Hera von Krischi kassiert hatte. Hera senkte den Kopf, und Cosima wußte, was jetzt passieren würde. Bevor Hera jedoch zum Angriff übergehen konnte, klopfte es an der Tür.

»Ah, endlich, die Notare«, sagte Nele und wandte sich ab. Cosima verstellte ihr den Weg, aber Nele blickte an ihr vorbei. Draußen standen drei Männer in schwarzen Anzügen und mit ernster Miene.

Der erste von ihnen streckte seine Hand aus.

»Fries, Leon Fries«, stellte er sich vor. Aber bevor er und seine Begleiter eintreten konnten, verließen Cosima und Hera grußlos den Raum.

»Deine Großmutter hat sie nicht mehr alle«, fluchte Hera, als sie wieder draußen auf der Straße standen.

Für einen Augenblick schaute Cosima ratlos auf ihre Tochter herab. Neles Ohrfeige hatte eigentlich ihr gegolten. Hera stand vor ihr und forderte die Welt und alle Großwildjäger und Urgroßmütter mit in die Hüfte gestemmten Armen heraus. Cosima nickte.

Gesa versuchte, einem älteren Ehepaar eine Reise auf die Malediven schmackhaft zu machen. Aber die beiden Rentner wußten weder, was Air-Conditioning war, noch, was sie mit den vielen *drinks for free* anfangen sollten. Mit halbem Ohr hörte Cosima den Ausführungen ihrer Kollegin zu, aber in Gedanken war sie noch immer im Hotelzimmer bei Nele. Als sie Jasper am Abend von der Ohrfeige erzählt hatte, war sein Kommentar gewesen, daß es ohnehin merkwürdig sei, wie unbedingt Nele ihr Haus loswerden wollte.

Während Gesa von Whirlpools und *all inclusive* schwärmte und immer noch nicht begriffen hatte, daß die beiden Alten kein Englisch sprachen, trat ein Mann in das Reisebüro, sah sich flüchtig um und setzte sich an Cosimas Tisch.

»Was kann ich für Sie tun?« Cosima zwang sich in den Alltag zurück.

»Lassen Sie sich von ihrer Großmutter das Haus überschreiben.«

Ketelsen hatte so gut es ging versucht, den Schritten Neles zu folgen und zu erschließen, was sich hinter den erleuchteten Fenstern des Hauses ihrer Enkelin und im Hotel abgespielt hatte. Jetzt mußte er sich Neles Attacke zu eigen machen.

»Bitte was?« Cosima sah ihn erst jetzt richtig an. Er hatte eine Sonnenbrille mit gelben Gläsern auf und war unrasiert.

»Crewo.«

»Wer sind Sie?« Cosima verstand gar nichts mehr.

»Ich lebe in dem Haus.« Die Richtung der Lügen war vorgegeben, und er durfte sie nicht verändern, wollte er Neles Geschichte gegen sie wenden.

Es war Cosima peinlich, an Crewo immer als leeres Haus gedacht zu haben.

»Sie sind der Lebensgefährte meiner Mutter.« Sie ließ ihre Feststellung wie eine Frage klingen.

Kurzentschlossen bejahte Ketelsen.

Am Nebentisch erhoben sich die Rentner in Vorfreude auf die Sonne Mallorcas, und Gesa verschwand im Hinterzimmer und ließ Cosima mit Ketelsen allein.

»Was hat Nele Ihnen von Kriemhild erzählt?« fragte er.

»Daß sie tot ist, daß sie Deutschland verlassen hat und mich auch.«

»Tot, ja«, sagte der Mann, und sein Mund wurde hart. So hatte sich Nele also den Rücken freigehalten.

»Und was wissen Sie über Nele?«

»Sie kennen sie wahrscheinlich besser als ich.«

Ketelsen nickte. »Was wollen Sie wissen?«

»Wir sollten vielleicht spazierengehen«, schlug Cosima vor. Als sie aufstand, war Ketelsen schon auf den Beinen. Er war vor ihr an der Tür und hielt sie Cosima auf.

An einer Ampel mußten sie warten. Es war an Cosima, Fragen zu stellen.

»Wieso gibt es eine Farm in Namibia?«

»Neles Großvater war Ludwig von Kavea, Gouverneur in Deutsch Südwest.«

»Mein Güte.« Cosima wollte es ironisch klingen lassen, aber ihre Überraschung war echt.

Ketelsen nickte augenzwinkernd.

»Ihre Großmutter ist darauf immer noch verdammt stolz.«

Statt nur in billigen Urlaubsprospekten zu blättern, hätte sie die Geschichte Namibias anschauen sollen, ärgerte sich Cosima. Die Übereinstimmung des Namens ihrer Großmutter mit dem der Gouverneursfamilie wäre ihr sicherlich aufgefallen.

»Was war meine Mutter für ein Mensch?«

Ketelsen machte zwei große Schritte, um in dem kurzen Vorsprung seine Antwort abzuwägen.

Er rief sich die junge Frau, die er damals aufgesucht hatte, vor Augen. Aber was er sah, war nicht seine Erinnerung, sondern die Fotos, die er damals geschossen hatte. Kriemhilds verblüffter Gesichtsausdruck, als sich die Fruchtblase öffnete, um den Weg für Cosimas Geburt frei zu machen. Das frostige Licht jenes Novembertags. Ihr Wohnzimmer.

»Meine Großmutter hat das Leben, das meine Mutter geführt hat, nicht verstanden.«

»Hat sie das gesagt?«

»So ungefähr.«

Zwischen ihm und Kriemhild war etwas ungesagt geblieben. Sie hatte ihm leid getan, und gleichzeitig hatte er sie gemocht. Und umgekehrt hatte auch er ihr etwas bedeutet, das war zu spüren gewesen.

»Deutschland war, als Sie geboren wurden, muffig bis in die geknickten Sofakissen. Kriemhild hat unter diesem Land ohne Luft gelitten, dem ganzen konservativen Schmodder, unter Neles Preußentum und der fehlenden Mutterliebe.«

»Nele sagte, ich sei in Afrika geboren worden. In Crewo.«

Sie erreichten das Mainufer. Vom Fluß wehte schwüle Luft zu ihnen hinauf. Cosima lehnte sich über die Brüstung und sah hinab.

Ketelsen reizte es, ihr die Wahrheit zu sagen. Er hatte die Abzüge der Bilder bei sich. Aber er durfte Neles Geschichte keine neue Richtung geben.

»Ja, dort sind Sie geboren. In Afrika wohnt der nächste Mensch dreißig Kilometer weit weg. Man kann nackt auf der Veranda frühstücken und nachts um drei Klavier spielen. Niemanden stört es. Deutschland dagegen kann für Menschen wie Ihre Mutter manchmal sehr engherzig sein.«

»Und deshalb kann man kein Kind haben?«

Sie blickten einem Ruderboot nach, das den Fluß teilte.

»Als ich Ihre Mutter kennen lernte, waren Sie nicht mehr da, und wenn ich nun für sie sprechen soll, dann spreche ich auch über mich. Soviel Freiheit Namibia hat, soviel Begrenzung hat es auch. Die Weißen und besonders die deutschen Weißen achten aufeinander. Vor dreißig Jahren war es schlimm. Eine weiße Frau, die Enkeltochter des Gouverneurs, und ein schwarzes Kind, das durfte nicht sein.« Genau das mußte Nele gedacht haben, als sie die schlafende Kriemhild mit ihrer noch keine Stunde alten Tochter gesehen hatte.

Für Cosima war das keine Entschuldigung. Wenn Kriemhild ihr Baby aus eigenem Entschluß nicht gewollt hätte, hätte sie das als Entscheidung akzeptieren können.

»Und mein Vater?«

Ketelsen zögerte kurz. Darüber gab es also noch keine Geschichte, die Nele als Wahrheit verkaufte.

»Ich weiß nicht. Sie hat nie darüber gesprochen.«

»Hat es ihr nichts ausgemacht, mich weggegeben zu haben?«

Wieder rief er sich das Bild der Kriemhild vor Augen, die er kennengelernt hatte. Sie war vor Schmerz wahnsinnig geworden.

Er schüttelte den Kopf.

»Was heißt das?« Die Vergangenheit, die sie nie hatte haben wollen, hatte Cosima nun umzingelt.

»Ich weiß es nicht.« Plötzlich war es Ketelsen wichtig, was Cosima von ihm dachte.

»Ich sagte ja bereits, wie sehr sie unter der Kleinkariertheit litt. Damals war es noch schwieriger, anders zu sein als heute.«

Ein Schlepper wühlte sich durch das braune Wasser unter Cosima und Ketelsen.

»Sind Sie auch nach Afrika ausgewandert?«

Sie wandte ihren Blick wieder dem Mann zu, der sie durch seine farbigen Gläser ansah.

»Ich bin Fotograf. Ich habe Reisen überallhin unternommen. In gewissem Sinn bin ich nicht ausgewandert, sondern heimisch geworden, als ich mich entschied, in Afrika zu bleiben.«

»Wie haben sie sich kennengelernt?«

»Ich war auf dem Weg in den Norden, an die Grenze zu Angola. Der Bürgerkrieg war ausgebrochen, und ich machte eine Fotoreportage. Angeblich sollte Che Guevera in Angola sein. Crewo lag auf dem Weg. Ihre Mutter wohnte alleine dort. Sie war einsam, glaube ich, und erlaubte mir, eine Nacht auf Crewo zu bleiben. Als ich aus dem Norden zurückkehrte, übernachtete ich wieder dort. Wir haben geredet, das hatten wir beide schon lange nicht mehr. Ich meine nicht, über etwas Bestimmtes geredet, sondern einfach den Worten des anderen zugehört. Ich bin geblieben.«

»War sie für oder gegen die Rassisten?« fragte Cosima.

»Wie alle hat sie versucht, sich rauszuhalten. Aber wenn man einer der ältesten deutschen Familien Südwestafrikas entstammt, kommt das einer Parteinahme für die Swapo gleich.« Auch diese Antwort galt für ihn. Der Aufstand der Schwarzen gegen Johannisburg war ihm sympathisch. Tatsächlich fanden die Kämpfe sehr weit weg statt, aber Ketelsen registrierte die zunehmende Unsicherheit bei den Weißen. Erst wußten sie nicht, ob sie siegen würden, dann, ob sie überhaupt im Recht waren. Den Mord an Clemens Kapuuo trauten schon viele eher dem südafrikanischen Geheimdienst als der Swapo zu, und nachdem in Cassinga ein Flüchtlingslager bombardiert worden war, hatten nur noch die alten Nazis keine Skrupel, für Pretoria zu sein. Aber für eine aktive Parteinahme konnte Ketelsen sich nicht entschließen. Er sah voraus, wie es kommen würde. Eine neue Regierung würde die Eigentumsverhältnisse neu ordnen, würde eine Landreform durchsetzen, zumindest die Gültigkeit des Besitzes überprüfen. Nun war das Waffenstillstandsabkommen unterzeichnet, und man konnte sich an fünf Fingern abzählen, was als nächstes passieren würde. Die UN würde Wahlen durchführen, die Swapo gewinnen, Sam Nujoma Präsident werden. Ketelsen mußte seine Dinge vorher geregelt haben.

Cosima blieb lange stumm. Ketelsen hatte erwartet, daß sie nach weiteren Details aus dem Bürgerkrieg fragen würde. Er sah ihrem versunkenen Grübeln an, daß sie sich die Figuren der Vorgeschichte vorzustellen versuchte. Jetzt mußte er nur noch die Schuld auf Nele lenken.

»Hat Nele erzählt, woran Ihre Mutter gestorben ist?«

»An einem Schlangenbiß.«

»Die Schlange ist Nele. Sie hat Kriemhild ein Leben lang gequält. Deshalb ist Ihre Mutter nach Afrika geflohen, weil sie es mit Ihrer Großmutter nicht aushalten konnte. Eine Zeitlang hat Nele sie tatsächlich in Ruhe gelassen. Aber jetzt ist der Krieg vorbei, die Swapo wird die Regierung stellen und versuchen, an westliche Gelder zu kommen. Den Farmen wird Rechtssicherheit garantiert werden, und da ist Nele aufgetaucht und will ihre Farm zurück. Ihre Mutter ist allein in die Savanne gewandert, ohne ein Wort mit mir zu reden. Als sie abends noch immer nicht zurückgekommen war, bin ich aufgebrochen, um sie zu suchen. Erst am nächsten Morgen fand ich sie, halb gelähmt auf dem Boden liegend. Eine Mamba hatte sie in die Wade gebissen. Auf der Fahrt zum Arzt ist sie gestorben. Ich hab sie mit all ihren persönlichen Gegenständen verbrannt. Die Schwarzen glauben, ihre Ahnen sind auch nach dem Tod im Leben gegenwärtig. Das ist für mich ein tröstlicher Gedanke.«

Cosima blickte vom Fluß auf. Ihr war jetzt klar, warum Nele ihr die Farm unbedingt vererben wollte.

»Warum soll ich das Haus nehmen, wenn ich Nele dadurch helfe?« Sie suchte mit den Augen Ketelsens Hände, die breit und fest waren, von der Sonne braun, mit großen Monden auf den Nägeln. Diese Hände hatten ihre Mutter angefaßt.

»Nehmen Sie es, um es mir zu vermachen. Nele würde es mir nie geben.«

Cosima drehte sich mit dem Rücken zum Brückengeländer und blinzelte in die Sonne. Dann stieß sie sich mit einem Ruck vom Geländer ab.

Sie wollte sehen, wo ihre Mutter gelebt hatte.

»Ja«, sagte sie, »abgemacht. Ich schaue mir Crewo an, dann schenke ich es Ihnen. Bald beginnen die Sommerferien. Wenn ich meine Tochter mitnehme, können wir in zwei Woche bei Ihnen sein.«

Ein Lastwagen donnerte vorbei, und die Brücke unter ihnen vibrierte.

»Gut, wenn Sie vor Ort sind, erleichtert das die Formalitäten. Erlauben Sie mir, daß ich Ihnen das Ticket zukommen lasse. Sie können mir das Datum Ihrer Reise faxen, ich werde Sie am Flughafen abholen.«

»Sie wissen, daß ich mir verbilligte Flüge besorgen kann«, sagte Cosima.

»Ich bin Journalist. Ich bekomme sie umsonst«, antwortete Ketelsen und lächelte.

5

Der Donnerstag war kalt und klar. Ein erster Herbststurm war in der Nacht über Norddeutschland gefegt, nun war es völlig windstill. Kriemhild hatte alle Fenster geöffnet. Das Novemberlicht war ungewöhnlich hell. In die Gardinen waren die Umrisse von Buschwindröschen eingewebt. Kriemhild hatte sie zur Seite gezogen. Sie trat an den Fenstersims im Erker. Auf dem Gras lag Rauhreif, und hinter dem weißen Dach des Bootshauses sah man dunkel die Alster. Letzte Blätter hingen an den Buchen. In denen, die bereits zu Boden gefallen waren, knackte das Wasser.

Seit Kriemhild vier war, hatte man ihr gesagt, daß sie nicht singen konnte. Aber jetzt tat sie es trotzdem. Sie strich sich über ihren geschwollenen Bauch. Das Kind boxte unter der straffen Haut. Es würde bald herauskommen, alles war vorbereitet. Nele hatte einen Termin organisiert, an dem sie sich freinehmen konnte und der auch Clemens paßte. Er nahm sich schon vor der Geburt Zeit für das Kind. Das, fand Kriemhild, war ein gutes Zeichen. Jeden Abend rieb Clemens ihren Bauch mit einem Öl ein, das aus einem der Länder stammte, das seine Containerschiffe anfuhren. Kriemhild sah ihrem Mann an, wie sehr es ihm zuwider war, die eingerissene Haut zu massieren. Aber er hielt tapfer durch und versuchte, es sich nicht anmerken zu lassen.

Sie ordnete die Gladiolen in der langhalsigen Vase, aber achtete darauf, die Stile nicht länger als zwei Minuten umzustellen und jede Blume nur einmal anzufassen. Seit sie mit Clemens zusammen war, gelang es ihr besser, dem Sog nach der Fortdauer eines Moments nicht mehr nachzugeben. Früher, wenn sie malte oder abwusch, konnte es passieren, daß sie die Zeit vergaß und über eine halbe

Stunde dieselbe Tasse spülte oder mit dem Pinsel immer wieder auf demselben roten Strich langfuhr. Kam sie dann wieder zu sich oder wurde unterbrochen, war es jedesmal, als wäre sie aus einem tiefen Schlaf aufgeschreckt. Lange sehnte sie sich danach, in dieser abgewandten Welt bleiben zu können. Als Kind hatte sie beim Einschlafen ihren Kopf hin und her geworfen. Dieses Schaukeln im Kopf, dieses Fliehen gab ihr ein ungeheures Gleichgewicht. Und so erlebte sie auch ihre Abwesenheit, wenn sie die Zeit vergaß. Es war wie das Schaukeln im flachen Strandwasser, wenn einen die Wellen vorschoben und die Widersee zurückzog.

Kriemhild betrachtete ihre Hand. Ihre Finger hatten Wasser angesetzt. Seit dem fünften Monat ihrer Schwangerschaft konnte sie den Ehering nicht mehr tragen. Clemens hatte gehört, daß Bewegung gegen die Wasserablagerungen im Gewebe helfen soll, und ihr eine Gymnastiklehrerin besorgt. Die kam montags und donnerstags um diese Zeit, nur heute hatte Kriemhild abgesagt, weil ihr Haus für ein Hochglanzmagazin fotografiert werden sollte. Gestern hatten drei Raumpflegerinnen die dicken Teppiche extra noch einmal abgeseift und Kriemhild hatte selbst für über hundert Mark Blumen ausgesucht. Und sie hatte sich eigens für diesen Anlaß ein neues bordeauxfarbenes Kostüm schneidern lassen. Das Haus war voll kalter Luft, und sie schloß das Fenster, zog die Gardinen wieder vor und ging die Treppe hinunter ins Wohnzimmer. Noch immer hatte sie das Lied auf den Lippen, »daylight come and we wanna go home«. Es war ein billiger Song aus dem Radio, das gedämpft vor sich hin dudelte. Der Moderator sagte, es sei ein Nummer-eins-Hit. Alleine in dem riesigen Haus zu singen war, als täte sie etwas Verbotenes. Wäre ihre Mutter jetzt hier, sie hätte ihr das Lied mit dem Wort »Negermusik« verboten.

Daß sie unmusikalisch war, hatte ihre Mutter hart getroffen. Schließlich trug sie den Namen einer Heldin aus Wagners Opern, die ihr Vater so verehrt hatte. Kriemhild hatte ihren Vater nie kennengelernt. Nach einer geplatzten SS-Karriere hatte er sich als Freiwilliger bei der Wehrmacht gemeldet und war an der polnischen Grenze bei Dirschau stationiert worden. An Kriemhilds Geburtstag, gerade als er die Grenze zu Polen überschritten hatte, wurde er erschossen. Er war der erste deutsche Soldat, der im Zweiten Weltkrieg fiel.

Kriemhild machte das Radio aus.

Im Wohnzimmer kniete sie sich vor den Kamin. Sie wollte eigentlich nur in die Hocke gehen, aber ihr Bauch zog sie zu Boden. Sie riß ein Streichholz an und hielt es an das Aspik. Die Flammen fraßen sich knisternd an den vorbereiteten Scheiten hoch. Einen Moment lang verharrte sie und beobachtete, wie das Feuer am Holz leckte. Erst als es anfing, Schmauchspuren auf dem Schamotte zu hinterlassen, ermahnte sie sich und stand mühsam wieder auf.

Das Wohnzimmer hatte sie eingerichtet. Der Rest des Hauses war von einem Innenarchitekten entworfen worden, aber das Wohnzimmer war ihre Kreation. Das beige Sofa, die drapierten Paradekissen, die Gemälde an der Wand. Sie hätte gern etwas weniger Modernes gekauft, wußte aber, daß Clemens zeitgenössische Kunst mochte. In Paris hatte sie ein Stilleben von Morandi erstanden, das konnte sie gerade noch akzeptieren. Und Clemens war in Geberlaune gewesen. Er liebte die französische Hauptstadt. Sein Vater, der Erbe der Reederei Stadler, die nun an Clemens übergegangen war, hatte seinen Sohn zum Studium auf das Collège de France geschickt. Clemens hatte begeistert an seine Eltern geschrieben, daß er Vorlesungen über »Geschichtssinn und Marxismus« hörte. Daraufhin holte sein Vater ihn sofort zurück.

Über einem Ohrensessel hatte Kriemhild eine Ahnengalerie eingerichtet. Clemens' Vater war auf dem Balkon seines Kontors fotografiert worden, hinter ihm die Elbe. Die Daumen selbstsicher in den Hosenbund gehakt, ein zufriedenes Grinsen auf seinem dicken Gesicht, das den Zungenkrebs verbarg, an dem er nach Clemens' Rückkehr krepiert war, woraufhin sein Sohn nicht nach Paris zurückkehrte, sondern sein Erbe antrat.

Ihr Vater trug eine Wehrmachtsuniform und das Parteizeichen prangte auf seiner Krawatte. Genau an dieser Stelle traf ihn später die polnische Kugel. Daß aus seiner Karriere bei der SS nichts geworden war, hatte er seinem Schwiegervater zu verdanken. Paul von Kavea verfügte noch im Ruhestand über beträchtlichen Einfluß in der Armee. Als sein Schwiegersohn sich um Aufnahme in die SS bewarb, wurde er aufgrund eines Nierenleidens, nach dem bei der Musterung gar nicht gefragt worden war, für untauglich erklärt. Das Verhältnis zwischen Paul von Kavea und dem Mann seiner Tochter lag danach auf Eis.

Kriemhilds Mutter hatte nach dem Weltkrieg ihren Mädchennamen wieder angenommen. Der Adelstitel ihrer Familie war durch den Korb, den ihr Vater den Nazis gegeben hatte, unbeschmutzt.

Das Foto zeigte sie als Leiterin des Tropenmedizinischen Instituts in der Eingangshalle vor einer afrikanischen Skulptur. Seit der letzten Bürgerschaftswahl war sie Senatorin. Die Sozialdemokraten schätzten ihre preußische Härte. Neles Mund war auf dem Foto noch schmaler als in Wirklichkeit, sie trug ihre gebleichten Haare, wie Kriemhild, zu einem Knoten hochgesteckt.

Das Foto von Kriemhilds Großvater zeigte ihn bei der Eröffnung einer zoologischen Sammlung. Er kraulte einen ausgestopften Löwen zwischen den Ohren, und der Museumsdirektor überreichte ihm eine Urkunde. Ihr Großvater lächelte süß-sauer. Neles Mutter, Arabella von Kavea, hatte die Jagdtrophäen dem Frankfurter Senckenberg-Museum vermacht, ohne ihren Mann gefragt zu haben.

Vor dem Haus hörte Kriemhild ein Auto vorfahren. Vorsichtig lugte sie durch die Gardinen. Es war ein dunkelgrüner Käfer. Der Fahrer blieb hinter dem Steuer sitzen. Er steckte sich eine Zigarette in den Mund und rauchte, bis es zehn Uhr war. Kriemhild sah den Tabakqualm sich durch das schräggeklappte Fenster kräuseln. Um zehn zwängten sich zwei lange, staksige Beine aus dem VW, und ein ebenso langer Oberkörper in einer abgeschabten Lederjacke folgte. Die halbgerauchte Zigarette schnipste der Mann in Kriemhilds Blumenbeet und zog hinter sich eine Fototasche und ein Stativ aus dem Käfer. Sie merkte sich die Stelle, um die Kippe nachher aufzusammeln. Es klingelte. Obwohl Kriemhild bereits hinter der Tür stand, wartete sie eine Weile, bevor sie öffnete.

»Guten Morgen. Ketelsen. Wir haben einen Termin«, sagte der Fotograf und streckte Kriemhild eine braune und sehnige Hand entgegen, während er seine Ausrüstung in der linken hielt.

»Kriemhild Stadler.« Ein bißchen ärgerte sie sich über die forsche Art des jungen Mannes. Wenigstens rasieren hätte er sich können. Ketelsen schüttelte ihre Hand mit einem trockenen und harten Druck.

»Sie sind pünktlich«, konnte sich Kriemhild nicht verkneifen.

Mit entwaffnender Ehrlichkeit antwortete Ketelsen. »Hat mein Boß zehnmal gesagt. Das sind piekfeine Leute. Fünf Minuten vor der Zeit ist des Soldaten Pünktlichkeit, Ketelsen. Und immer schön bitte und danke sagen.«

»Wollen Sie nicht reinkommen?« Kriemhild gab der Haustür einen Stoß.

»Bitte. Danke«, sagte Ketelsen und grinste. Auch Kriemhild mußte lächeln. Ketelsen fing die Tür im Schwung auf.

»Teak?«

»Ja. Mein Mann ist Reeder. Er holt das Holz günstig aus Südamerika.«

»Sie müssen doch nicht sparen«, antwortete Ketelsen. Kriemhild vermutete eine Spitze, aber es klang nicht beleidigend. Der Fotograf schlüpfte aus seiner Jacke und ließ sie in eine Ecke fallen, noch bevor Kriemhild einen Bügel von der Garderobe nehmen konnte.

»Dann zeig ich Ihnen mal das Haus. Oder wie funktioniert so ein Fototermin?«

»Ja, genau. Sie zeigen mir das Haus.«

»Wo wollen wir anfangen? Unten oder oben?«

Ketelsen zuckte mit den Schultern. Sein Blick ruhte auf ihrem Bauch. Kriemhild überging die Unverschämtheit.

»Wir fangen unten an. Würde es Ihnen etwas ausmachen, die Schuhe auszuziehen?«

Ketelsen grinste wieder und zog sich mit den Füßen die Schuhe aus.

Er folgte Kriemhild ins Wohnzimmer, stellte sich in die Mitte des Raumes und musterte das Zimmer.

»Gefällt es Ihnen?«

Ketelsen betrachtete den Kamin.

»Wir sollten die Gardinen aufziehen. Vielleicht könnten wir sie sogar abnehmen. Die machen den Raum so muffig.« Kriemhild wunderte sich, wieso sie nicht gekränkt war. Statt dessen zog sie die Stores zur Seite.

»Sind die Fenster jetzt nicht zu leer?« fragte sie Ketelsen. Der wiegte seinen Kopf hin und her. Statt zu antworten, nickte er in Richtung des Ohrensessels.

»Wenn wir den da vom Altar abrücken und zwischen die Fenster stellen, haben wir einen schönen Blickfang.«

»Altar?«

»Die Bilder da.«

Jetzt konnte Kriemhild nicht anders, als beleidigt zu gucken. Ketelsen, der schon dabei war, den Sessel wegzuschieben, achtete nicht weiter darauf.

»Ich glaube, es wäre noch schöner, wenn Sie sich in den Sessel setzten. Wenn Sie sitzen, dann fällt Ihr Bauch auch nicht so auf. Ist irgend etwas nicht in Ordnung?« Das unwirsche Gesicht von Kriemhild ließ ihn innehalten.

»Ich meinte das nicht persönlich. Ich meine nur, unser Magazin lesen die Leute beim Friseur. Und wer geht zum Friseur? Frauen, die Männern gefallen wollen. Die denken zwar auch ans Kinderkriegen, aber zuerst ans Männerkriegen.«

»Mit meinem Bauch können Sie mich nicht beleidigen. Sie haben Altar gesagt«, erwiderte Kriemhild böse und fand das Wort, als sie es selbst aussprach, eigentlich ganz passend.

»Hab ich das? Sieht doch auch irgendwie weihevoll aus.«

Ketelsen besah sich die Fotos aus der Nähe. Er tippte auf Neles Porträt.

»Die kenn ich.«

»Meine Mutter.«

»Sieht man. Ein Gesicht.« Er wandte sich kurz zu Kriemhild. »Ihres ist hübscher.«

»Sie ist fünfundfünfzig.«

»Ihres wäre auch mit fünfundfünfzig hübscher.«

»Danke.«

»Das ist mein Text.« Beide lachten.

»Wer ist das?« fragte Ketelsen. Er zeigte auf ein Bild, das einen preußischen Offizier und einen Afrikaner vor der Kulisse eines Farmhauses zeigte.

»Mein Großvater«, sagte Kriemhild.

Ketelsen betrachtete das Foto genauer.

»Dem sehen Sie nicht ähnlich. Aber das Haus ist schön«, gab er zurück.

»Crewo. Es gehört uns noch immer. Meiner Mutter genaugenommen«, korrigierte sich Kriemhild.

»Die da ...«, zeigte er erneut auf Nele.

»Genau.«

»Das Haus ist trotzdem schön«, sagte er. »Und wer von denen ist Ihr Vater?«

Kriemhild tippte auf das Parteizeichen. Wieder musterte sie der Fotograf. Er schüttelte ungläubig den Kopf.

Mit jenem sicheren Griff, mit dem er bereits ihre Hand geschüttelt hatte, führte er sie am Ellenbogen zum Ohrensessel. Es tat gut, sich setzen zu können. Ketelsen trat einen Schritt zurück und begann, seine Fototasche zu entleeren. Vor Kriemhild auf dem Teppich kniend, sortierte er Filme, schraubte das Blitzlicht auf und ein Objektiv an, montierte dann alles auf ein Stativ.

»Okay.« Für ein paar Augenblicke betrachtete er Kriemhild stumm, bevor er sich aufrichtete.

»Sie sind schön«, sagte er, »schöner als Ihr Haus. Waren Sie einmal in einem Iglu? Das ist das Schönste, was man sich vorstellen kann. Die Schneequader schlucken alles Licht, und gleichzeitig leuchten sie blau. Die Wände sind eiskalt, und gleichzeitig strahlen sie die Wärme der Feuer und Körper ab.« Er war an Kriemhild herangetreten, hatte ihr unter das Kinn gefaßt und den Kopf mit leichtem Druck aufgerichtet. Dann zupfte er eine Haarsträhne aus dem Dutt und ließ sie über ihre Stirn fallen.

»So bleiben«, sagte er, während er sich rückwärts zu seinem Stativ tastete.

Kriemhild spürte ein Zwicken im Bauch. Im Reflex beugte sie sich vor. Das Blitzlicht flammte auf. Gleichzeitig spürte sie, wie es zwischen ihren Beinen naß wurde. Es fühlte sich an, als hätte sie in die Hose gepinkelt.

»Hey, nicht bewegen«, rief Ketelsen.

Erschrocken schrie Kriemhild auf, sprang dann in die Höhe, um den Sessel nicht dreckig zu machen, sackte aber gleich wieder zurück, um den Teppich zu schützen. Sie krallte sich in die Armlehnen. Der Fotograf sah sie überrascht an.

»So hab ich das nicht gemeint.« Dann sah er den dunklen Fleck auf dem Bordeaux-Kleid, Kriemhilds bleiches Gesicht, den verkrampften Griff um die Lehnen. Schweiß perlte auf ihrer Stirn.

»Die Fruchtblase«, sagte Ketelsen. »Sie ist geplatzt.«

»Und was bedeutet das?« Kriemhilds Stimme schwamm in Tränen.

»Es geht los.«

Sie schluchzte.

»Ist ja gut. Nur die Ruhe. Ich rufe einen Krankenwagen. Wo ist das Telefon?«

»Neben der Tür, im Flur.«

»Wahrscheinlich fangen gleich die Wehen an. Sie müssen sich hinlegen, damit Ihr Kind sich nicht die Nabelschnur abklemmt.«

Ketelsen half Kriemhild aus dem Sessel auf den Boden und schob ihr Kissen unter den Kopf und die Beine.

»Das schaffen wir schon.« Er streichelte sie an der Schulter. Kriemhild war ihm dankbar.

»Kann ich Sie kurz allein lassen?« fragte er. Sie nickte tapfer. Zwischen ihren Beinen hatte sich nun doch eine Pfütze auf dem Teppich gebildet.

Als Ketelsen schon zum Flur hinaus war, fiel Kriemhild noch etwas ein. »Da ist ein Zettel von meiner Mutter neben dem Telefon.«

»Hab ich.«

»Rufen Sie die Nummern in der Reihenfolge an, in der sie aufgeführt sind.«

»Ich fange mal mit dem Krankenwagen an, obwohl der hier erst an dritter Stelle steht.«

»Ja, gut.« Nele war es wichtig, bei der Geburt dabeizusein. Damit das möglich war, hatte Kriemhild einem Kaiserschnitt zugestimmt. Ihr war es recht, weniger leiden zu müssen. Außerdem war es auch ihr wichtig, daß ihre Mutter anwesend war.

Neles Einfluß war es zu verdanken, daß ihre Tochter von niemand anderem als dem Chefarzt der Geburtsstation, Professor Sonnlein, entbunden werden sollte. Auf ihre Anweisung wurde für Kriemhild ein Einzelzimmer mit Südfenster bereitgehalten, und sie hatte von ihrer Tochter eine Vollmacht bekommen, um bei möglicherweise auftretenden Komplikationen eine Entscheidung treffen zu können.

Ketelsen kam aus dem Flur zurück.

»Ihr Mann ist irgendwo im Freihafen. Ich habe seine Sekretärin losgeschickt.«

»Und meine Mutter?«

»Hält gerade eine Rede vor der Bürgerschaft.« Mit zitternder Hand wischte sich Kriemhild die Haarsträhne wieder aus dem Gesicht und steckte sie fest.

»In ein paar Minuten ist der Krankenwagen da. Dann komme ich mit. Und Ihre Mutter kommt bestimmt bald nach. Haben Sie eine Tasche gepackt?«

»Mein Koffer steht im Schlafzimmer.«

»Sehr schön. Dann sehe ich es doch noch.« Über Kriemhilds Gesicht huschte ein Lächeln.

»Könnten Sie mir bitte das Telefon geben?« bat Kriemhild.

Während Ketelsen die Treppe mit großen Schritten nahm, wählte sie eine Nummer, die nicht auf dem Zettel stand.

»Bei Kavea«, meldete sich Pauls Haushälterin. Es war ein offenes Geheimnis, daß sie mit ihrem Großvater ein Verhältnis hatte. Nele mißbilligte das ausdrücklich, Kriemhild freute sich hingegen heimlich für die beiden.

»Guten Tag, Hertha. Ist mein Großvater da?«

»Das tut mir aber leid, Kriemhild. Er macht gerade seinen Waldspaziergang. Heute ist ein so schöner Tag! Wie geht es dir?«

»Ganz gut. Ich bin auf dem Weg ins Krankenhaus.«

»Oh Gott, Kriemhild, Kindchen. Geht es etwa los? Du meine Güte, ich sag es ihm. Viel Glück!«

Ein Martinshorn heulte vor dem Haus auf. Über sich hörte Kriemhild die Schritte des Fotografen und wunderte sich, wo er blieb und was er machte. Ihr Schlafzimmer lag auf der anderen Seite des Hauses.

Und plötzlich spülte eine große Welle Glück durch ihren Körper. Die Geburt verlief völlig anders als geplant, und das machte sie fast euphorisch.

6

Auf dem Ritt nach Okahandja hatte Paul von Kavea von der sich konstituierenden Gesellschaft Südwests geschwärmt.

»Soldaten sind bessere Menschen als Farmer, denn wer kommt, um Land zu besitzen, denkt nur an seinen eigenen Vorteil. Als Soldat dagegen dient man einem uneigennützigen Prinzip. Wenn aus Soldaten später Siedler werden, dann lieben sie dieses Land und wollen es aufbauen. So wird Südwest zu einem besseren Deutschland. Hier wird auch eine Frau mehr sein, als die Magd ihres Mannes. Sie ist die deutsche Kulturträgerin.«

»Sie meinen, daß eine Frau das Haus so einrichtet, wie es in Deutschland aussieht?«

»Das auch, aber vor allen Dingen meine ich, daß Frauen ihr weibliches Wesen einbringen sollten.«

Die einzige weiße Frau, die ein selbstbestimmtes Leben für sich realisiert hatte, war Charly. Sie hieß eigentlich Charlotte und betrieb einen kleinen Laden, in dem sie von Salz über Schnaps, Schuhsohlen, Zylinder und Manschettenknöpfe alles verkaufte. Charly war unverheiratet und hatte vier oder fünf schwarze Liebhaber. Sie kleidete sich wie ein Mann, rauchte Zigarre und war eine der wenigen Frauen, die nicht als angeworbene Braut nach Südwest gekommen waren, sondern allein und auf eigene Verantwortung.

Für Frank repräsentierte sie ein Mischmasch aus Verlotterung und der neuen Zeit, die er verabscheute, und er duldete seine Nachbarin nur, weil die Weißen in Südwest zusammenhalten mußten.

Obwohl Charly sie behandelte wie eine Freundin, hatte Arabella nicht das Gefühl, sich ihr anvertrauen zu können. Dazu gab es zuviel, was Arabella an ihr bewunderte.

Vertrauen hatte sie nur zu Josef. Mit seiner Tochter Eva, die inzwischen ihr Dienstmädchen geworden war, hatte Josef seinen Pontok aus Knüppelholz, Lehm und Gras an der Westwand des neuen Hauses errichtet. Der Ausgang war der offenen Savanne zugewandt. Natürlich konnte Eva keine Freundin wie Charly sein, aber manchmal fühlte Arabella sich ihr viel näher. Während Charly ungeheuer furchtlos daherkam, meinte Arabella bei Eva eine Angst zu spüren, die sie auch kannte, die sich nicht auf irgendeinen Menschen richtete, sondern auf das Leben. Steffens hatte Eva Schreiben und Lesen beigebracht, indem er ihr Geschichten aus dem Alten Testament diktierte. Ab und an unterhielten sich Arabella und Eva nicht nur über die Pflichten des Tages, über gestärkte Laken und gefegte Böden, sondern über die Geheimnisse der Bibel, die Eva sich in ihre Sprache übersetzte. Das Wort, das die Hereros für Gott hatten, war Mukuru. Arabella fand die Sprache irgendwie kindlich. Manchmal tranken sie zusammen ein Glas Wasser und erzählten sich von ihren Familien, die für die jeweilige Zuhörerin unter unvorstellbaren fremden Umständen lebten. Die Mutter von Eva war schon als Mädchen in Josef verliebt gewesen, und als beide alt genug waren, zogen sie gemeinsam vom Stamm weg und siedelten allein in der Steppe. Josef hatte eine glückliche Hand mit den Kühen, und bis zur Rinderpest vermehrte sich ihre Herde. In dieser Zeit wurde auch Eva geboren. Aber dann zwang die Viehseuche ihre Eltern zurück in die Gemeinschaft des Stammes, und schon kurz danach verließ Evas Mutter sie und wurde die weitere Nebenfrau eines Häuptlings. Während Eva das erzählte, hatte Arabella ihren Zeigefinger ab und an in das Wasserglas getippt und mit der farblosen Essenz Buchstaben und Ringe auf den Tisch gemalt und zugesehen, wie die Sonne sie weglas. Damals hatte sie vor allen Dingen Mitleid für Eva empfunden. Jetzt konnte sie nicht begreifen, daß das

Glück, das zwei Menschen einmal verbunden hatte, nicht stark genug gewesen war, um für den Rest des Lebens zu halten.

Die anderen Hereros, die als Hirten und Boys auf den Farmen arbeiteten, schliefen bei ihren Frauen und Kindern in einem mit Dornengestrüpp umzäunten Lager am Fuß des Krötenbergs. Wie Josef hatten auch sie ihre Rinder verloren, und was ihnen die Lohnarbeit einbrachte, verpraßten sie in Charlys Laden. Je sinnloser die Gegenstände waren, die sie kaufen wollten, desto größer wurde ihre Sehnsucht nach ihnen. Bei Charly konnten sie anschreiben. Auch im Geschäftlichen war sie ganz eine Vertreterin der neuen Zeit.

Nach dem Frühstück rülpste Frank, schob den Stuhl mit dem Hintern zurück, stand auf und stiefelte zum Pinkeln nach draußen. Dann holte er sein Werkzeug aus dem Verschlag, während Arabella Kalbsleber und Nierchen in einen Kochtopf würfelte. Sie war gerade dabei, die gegarten Innereien durch den Fleischwolf zu drehen, als Frank sie rief. Arabella deckte den Fleischbrei gegen die Fliegen ab und ging vor das Haus.

Ihr Mann war staubverschwitzt und lächelte. Er hatte sich ein langes Brett unter den Arm geklemmt.

»Rot«, sagte er. »Sieh mal.«

Frank stellte das Brett auf den Boden und fächerte dahinter ein zweites hervor. Es waren die Giebelschalbretter, die an ihren Enden ausgesägt waren.

»Da kommt ein Wagenrad rein.«

Arabella lächelte. In solchen Momenten erinnerte sie sich daran, was sie einmal in Frank gesehen hatte. Er konnte listig aussehen.

»Für den Storch«, sagte Frank, den Arabellas Lächeln unsicher machte, »der bringt Kinder. Und er kommt aus Deutschland nach Afrika, wie wir.«

Frank kam aus Lüneburg. Auch deshalb bestand er darauf, daß Heidschnucken die idealen Tiere für dieses Land seien, genügsam und zäh. Und wenn ihm wieder eine Herde eingegangen war und ihn Georg und Dieter zum x-ten Mal darauf hinwiesen, daß die Tiere mit ihrem zotteligen Fell für den nordeuropäischen Winter ausgestattet waren, schüttelte er nur den Kopf.

»Sie haben schwarze Gesichter. Sie passen in dieses Land. Heidschnucken sind die Neger unter den Schafen.« Dann bestellte er eine neue Herde.

Arabella nickte. Ein wenig Glück konnte sie gut gebrauchen, und wenn es der Storch brachte.

Sie sah Frank zu, wie er das Rad von der Nabe eines Karrens wuchtete, und ihr fiel der Strang eines Muskels auf, der sein Schlüsselbein hielt. Sein Rücken war so braun wie die Steine, und die kleinen Härchen auf seinen Schultern glänzten blond.

In der Waschküche köchelte inzwischen auch das Gnugulasch. Der abgetrennte, zottelbärtige Kopf lag in der Ecke. Arabella drehte sein Gesicht zur Wand, damit es sie nicht so zornig ansah.

Nachdem das Fleisch verkocht war, scheuerte Arabella das Fett aus dem Kessel und kochte die Bettwäsche aus. In der Mittagshitze verließ sie mit einem Korb voll Laken unter dem Arm das Haus. Frank stand breitbeinig auf dem First des neuen Dachstuhls, neben ihm kniete Georg. Gegen die Sonne löste sich der Umriß ihres Mannes auf. Josef und Dieter wuchteten einen neuen Balken zu Frank hinauf.

Zwischen dem Haus und dem einzigen Kameldornbaum, den Frank nicht abgeholzt hatte, war ein Tau gespannt. Das Seil war zu dick für Wäscheklammern und Arabella warf die Laken mittig darüber. Die Wäsche trocknete in wenigen Minuten. Arabella raffte sie mit einer gewandten Bewegung so zusammen, daß sie den Boden nicht berührten.

Hinter dem weißen Stoff sah sie die Ankommenden nicht, und der sandige Boden dämpfte das Geräusch der Pferdehufe, so daß es vom Hämmern der Männer übertönt wurde. Aber der Führer des Trupps entdeckte Arabella abgeschattet hinter ihren Laken. Er wischte sich mit seinem Uniformärmel den Schweiß von der Stirn und ließ seine drei Begleiter absitzen, dann knöpfte er sich die Jacke zu. Noch einmal sah er zu der Frauengestalt, bevor er mit langen Schritten auf das Haus zuging, wo Josef und Dieter gerade dabei waren, Zapfen zu spalten, während Frank und Georg mit der stumpfen Seite ihrer Beile Nut und Feder ineinanderschlugen.

Durch das Dröhnen der Hiebe hörte Arabella jemanden den Namen ihres Mannes rufen. Sie schlüpfte zwischen den Laken durch und sah drei Schutztruppler bei ihren Pferden stehen, ihre Brandenburger Hüte in den Nacken geschoben. Jedes Reitpferd hatte ein Lastpferd im Schlepptau, auf deren Kruppen trotz der Hitze ein Woilach hing, damit ihr Fell nicht durchscheuerte. Die Decken waren schweißgetränkt. Pferdeschweife schlugen nach Fliegen und Bremsen. Ein Summen umgab die Tiere. Die graugrüne Montur der Soldaten hob sich von der Umgebung nur durch die roten Schulterstücke und Manschetten ab. Einer der Soldaten hielt zwei Pferde, eines davon ein nervös tänzelnder Fuchs.

»Ach du grüne Neune. Paul«, rief ihr Mann vom Dach und begann, auf den Sparren hinabzusteigen. Die Dachstreben, verdoppelt durch ihren Schatten, warfen ein irres Muster über das Haus und den Hof.

Paul von Kaveas kleiner Dienstanzug wirkte zwar im Schweiß und Staub dieses Tages deplaziert, aber Arabella fand, daß er ihm stand.

Seit ihrer Ankunft hatte Arabella Paul nur einmal gesehen, und das war noch im selben Jahr gewesen. Er hatte sie damals mit auf eine Löwenjagd genommen. Als sie freie Sicht auf einen Mähnenträger hatten, überließ er Arabella das Schußfeld. In dem Moment, als sie abdrücken wollte, wandte sich der Löwe ihnen zu, und seine traurigen Augen erfüllten Arabella mit Mitleid. Sie schoß absichtlich zu hoch. Der Löwe floh. Auf dem Rückritt erzählte ihr Paul, daß dieser Löwe vor zwei Nächten einen Wurf von drei Jungen totgebissen hatte.

»Warum hat er das getan?« fragte Arabella.

»Die Löwinnen dulden ihn nur, wenn er auch der Vater ihrer Kinder ist«, antwortete Paul.

»Und daß er ihre Jungen totbeißt, ist ihnen egal?« Sie hatte es nicht verstehen können.

Frank sprang mit einem gewaltigen Satz auf den Boden. Die beiden Männer reichten sich die Hand.

»Leutnant«, sagte Frank. Er selbst hatte es in seinen Dienstjahren nur bis zum Obergefreiten geschafft. Aber Paul ließ sich nicht provozieren.

»Extra für diese Mission hat er mir den noch verpaßt.« Er tippte sich auf seinen Stern.

»Was für eine Mission?«

»Die Hereros sollen ein Reservat bekommen.«

»Wozu das denn?«

»Damit die Verhältnisse stabil bleiben.«

»Hier ist alles im Lot«, gab Frank zurück.

»Nein, ist es nicht. Die Hereros sind unruhig. Fast täglich kommen ihre Kapitäne und sprechen bei meinem Vater vor. Sie wollen Gleichheit vor dem Gesetz und beschweren sich über die Händler, die ihnen ihr Land abnehmen, und über die Farmer, die Wasserlöcher und Brunnen zu ihrem Eigentum erklären.«

Georg kam ebenfalls vom Dach gekraxelt und Dieter vom Zapfenspalten dazu. Paul gab den beiden Männern die Hand.

»Verkafferung in höchsten Kreisen. Er will den Wollköpfen Land schenken«, sagte Frank zu den beiden Männern. Jäh verlor Pauls Gesicht alle Verbindlichkeit.

»Es geht nicht um Geschenke. Es geht um einen Ausgleich. Wir müssen die Hereros vor sich selbst schützen.«

»Und wer schützt uns?« warf Georg ein.

»Ihr werdet durch das Reservat geschützt. Wir richten ein Gebiet ein, in dem die Schwarzen genug Platz für ihr Vieh haben. Damit sind die Grenzen geklärt, und die Siedler wissen, woran sie sind.«

»Wo soll das denn sein?« fragte Georg.

»Bei Otjimbingwe.«

»Bei Otjimbingwe ist bestes Weideland!« Frank klang grimmig. Paul streifte ihn mit einem abschätzigen Blick.

»Es gibt noch etwas. Der Kauf auf Pump muß aufhören. Die Schwarzen dürfen keine Schulden mehr machen. Sie müssen bar bezahlen.«

»Wieso das denn?«

»Sie kennen die Konsequenzen von Eigentum und Schuld nicht.«

»Die Hereros, das sind alles Sozialisten«, stellte Georg fest. Aber es war nicht lustig gemeint. Sozialisten, da waren sich alle einig, gehörten aufgehängt.

»Aber wenn sie selbst auf Pump kaufen wollen?« hakte Dieter nach.

»Dann gilt das Geschäft nicht. Die Verantwortung dafür trägt der Verkäufer. Die Schwarzen müssen direkt ihre Rechnung begleichen, oder der Händler macht Miese.«

»Und was ist mit den Schulden, die sie schon haben? Die wollt ihr doch nicht einfach streichen?«

»Nicht sofort. Es gibt eine Übergangsfrist, in der abgeglichen werden muß. Was danach nicht getilgt ist, ist ungültig.«

»Und wegen solchem Mist hat man dich zum Leutnant gemacht?« schimpfte Frank.

»Ich treffe mich morgen hier mit Maharero«, entgegnete Paul.

»Maharero kommt nach Crewo?«

»So ist es ausgemacht. Ich bitte also um Unterkunft für mich und meine Leute für eine Nacht und um die Gelegenheit, uns zu proviantieren.«

»Ihr könnt vor dem Haus biwakieren«, sagte Frank.

Arabella hatte die Laken abgenommen und kam nun, den Wäschekorb unter dem Arm, ebenfalls hinzu. Paul zog seinen Filzhut. Ein Streifen sonnenbrauner Haut, wo der Staub sein Gesicht nicht gepudert hatte, kam unter der Krempe zum Vorschein.

»Schön, Sie wiederzusehen, Paul«, begrüßte sie ihn.

»Ein frohes neues Jahr«, erwiderte Paul und seine ehemals brüchige Stimme klang angenehm.

»Er bleibt heute hier«, brummte Frank.

»Das trifft sich gut. Wir haben heute Richtfest«, sagte Arabella. Pauls Gesicht hatte einen herben Zug angenommen, der ihm gut stand.

»Wollen Sie und Ihre Männer etwas trinken?« fragte Arabella.

Paul nickte und folgte ihr zum Haus, während seine Leute eine verchromte Kiste abluden und in den Schatten stellten.

»Sie sind gerade in Südwest angekommen. Es ist ihr erster Ritt ins Land«, sagte Paul und zeigte auf seine Soldaten.

»Ich dachte, wenn sie zuerst Sie und Crewo sehen, gefällt ihnen Afrika besser.«

Streit bedeutete in Südwest nichts. Arabella irritierte es noch immer, wie schnell die Männer der Kolonie nach heftigen Wortgefechten wieder zum alltäglichen Geschäft übergingen. Vor einem Jahr hatten sich Dieter und ihr Mann einen Nachmittag lang angebrüllt, weil sie beide das gleiche Weideland hinter der Kuppe des Krötenbergs von den Hereros ertauscht hatten. Beide waren bewaffnet gewesen, und Arabella hatte Angst gehabt, daß sie sich umbringen würden. Aber abends hatten die beiden Seite an Seite gesessen, Schnaps getrunken und den Plan entwickelt, ihren eigenen Whisky zu brennen. Das Land hinter dem Krötenberg hatten sie in ostwestlicher Richtung mittendurch geteilt.

Eine Destillieranlage hatten sich Dieter und Frank tatsächlich zugelegt. Sie bauten Gerste und Mais an, ließen die Maische angären und darrten die gekeimten Halme der Gerste über einem offenen Feuer. Die Geduld, den alkoholischen Sud noch jahrelang zu lagern, brachten allerdings beide nicht auf. Sie verdünnten ihn und tranken einen starken, noch unaromatischen Fusel. Diesen Schnaps schenkte Frank in großen Gläsern aus, nachdem er unter dem Applaus seiner Nachbarn und der Schutztruppler das Wagenrad am Giebel des Hauses befestigt hatte. Danach hielt Paul von Kavea als ranghöchster Militär eine kurze Ansprache, in der er auf die Gleichfarbigkeit des Weißstorchs und der kaiserlichen Flagge hinwies. Von dem Zwist über das Reservat und die Behandlung der Schwarzen war nichts mehr zu spüren.

Arabella tischte den Kalbsbraten auf. Eva, die ein gelbes Sommerkleid mit Petuniendruck von Arabella trug, half ihr und lief um die beiden Tische herum, an denen die sieben Männer und Charly saßen.

Mit vollem Mund erzählte Frank von Romulus und diskutierte danach mit Georg, ob es möglich sei, eine eingewachsene Zunge herauszuschneiden und zu braten.

Zum Nachtisch trug Paul die verchromte Kiste herbei. Als er sie entriegelte, wallte eine Nebelwolke daraus hervor. Aus der eingeschlossenen Kälte holte Paul tabakblattgroße Schokoladentafeln, die die Hitze tatsächlich ungeschmolzen überstanden hatten. Jeder am Tisch brach sich einen Riegel ab. Arabella setzte sich neben Paul.

»Schmeckt es?«

Arabellas Antwort war ein schweigendes Kauen.

»Ich dachte, es macht Ihnen Freude«, sagte Paul mit gesenkter Stimme. Arabella hielt ihren Blick auf die Teller mit den Bratensoßenpfützen gesenkt.

»Paul, kennen Sie den Unterschied zwischen einer Kalbs- und einer Menschenzunge?« rief Frank dazwischen. Paul sah auf.

»Ich schätze, die Größe.«

»Eine Menschenzunge wird blau, wenn man sie abschneidet. Kalbszunge bleibt rosa. Warum ist das wohl so?«

»Woher willst du das denn wissen?« fragte Georg und leckte sich die klebrigen Finger. Eva räumte die Tische ab. Gegen die Sonne zeichnete sich ihr Körper unter dem Stoff ab, und die Soldaten blickten ihr aufmerksam hinterher.

»Auch ein leckerer Nachtisch«, hörte Arabella.

»Was ist jetzt mit der Zunge?« hakte Dieter nach.

»Weiß ich aus China. Dort haben wir den Boxern die Zunge rausgeschnitten«, antwortete Frank.

»Vielleicht werden nur Chinesenzungen blau«, gab Dieter zu bedenken.

»Eigentlich müßten sie orange werden. Gelb und rot gibt doch orange«, lachte Georg. »Man müßte mal bei unseren Negern einen Farbvergleich anstellen.«

Mit einem Seitenblick vergewisserte sich Arabella, daß Paul nicht mitlachte.

Die Schokolade hatte den Appetit der Männer auf Süßes geweckt, so daß Arabellas Weihnachtsgeschenk zum Einsatz kam. Sie rührte Waffelteig an, füllte ihr Eisen und schob es in die Herdglut. Die Männer aßen schneller, als sie backen konnte. Als sie einen puderzuckerbestäubten Teller vor Paul schob, zwinkerte er ihr zu wie vor sechs Jahren.

»Karierte Herzen mit Zucker«, sagte er.

Als letzte Arbeit des Tages mußte Arabella noch ihr Gemüsebeet gießen. Paul saß im Stammschatten des Kameldornbaumes und las. Arabella schlenderte so dicht an ihm vorbei, daß sie den Verfasser auf dem Buchrücken lesen konnte. Paul klappte das Buch zu und sah ihr entgegen. Gerade als er etwas sagen wollte, rief einer seiner Männer zu ihm herüber.

»Wollen wir? Jetzt sind wir genug für zwei Mannschaften!«

Paul lächelte Arabella entschuldigend an, stand auf und ging zu dem Zeltlager. Aus seiner Satteltasche kramte er einen Ball hervor. Er stellte den versammelten Männern das Spiel vor, das in Deutschland im letzten Jahr erstmals als nationale Meisterschaft ausgetragen worden war. Man brauchte ein Spielfeld, das Paul mit Sägemehl auf den Boden zeichnete, wie er es in der Zeitung gesehen hatte, und zwei Tore. Dann mußte man versuchen, den Ball nur mit dem Fuß in das Tor der gegnerischen Mannschaft zu befördern. Die Soldaten spielten gegen die Siedler, deren Team durch Charly verstärkt wurde. Frank weigerte sich zunächst, eine Frau in seine Mannschaft aufzunehmen, aber Georg und Dieter waren da anderer Meinung.

Ohne ihre khakifarbene Uniform waren Pauls Männer Kinder. Sie schrien und rannten hintereinander her.

Charly beteiligte sich nicht an der Rennerei, sondern wartete vor dem gegnerischen Tor, bis Frank oder ein anderer Farmer den Ball nach vorne bolzte. Auf diese Weise schoß sie schnell zwei Tore. Paul schlug vor, eine Regel einzuführen, nach der kein Mitspieler der eigenen Mannschaft im Moment der Ballabgabe hinter dem letzten Spieler der gegnerischen Mannschaft stehen durfte. Aber niemand verstand, was er meinte, und er konnte sich mit seinem Vorschlag nicht durchsetzen.

»Wenn du immer nachträglich irgendwelche Regeln einführst, kannst du von mir aus mit den Hereros aushandeln, was du willst«, lachte Frank.

Georg verstauchte sich den Fuß, als er statt gegen den Ball in die Erde trat. Er schimpfte laut, daß dieses bescheuerte Spiel sich niemals durchsetzen würde.

»In England ist es ein großer Erfolg«, widersprach ihm Paul.

»Aber wir sind hier in Deutschland«, antwortete Georg.

Aus ihrem Fenster sah Arabella den großen Kameldornbaum schwarz vor dem Nachthimmel. Sie war erwacht, als Frank aus dem Bett gestiegen war, und konnte nicht wieder einschlafen. Sie schloß die Augen. Die Laken waren frisch und gestärkt. Langsam zog der Schlaf wieder über die Innenseite ihrer Lider, da hörte sie das Klappern, leise und stetig. Arabella richtete sich auf. Sie konnte mit dem Geräusch nichts anfangen, dabei hatte sie als eines der ersten Dinge gelernt, die verschiedenen Laute der afrikanischen Nacht zu erkennen und einzuordnen. Sie kannte das Schreien der Schakale, das Schlurfen des Ameisenbären, der manchmal um ihr Haus strich, das leise Rascheln des Kameldornbaumes und das Knacken der Balken, die sich in ihrer verkeilten Lage einrichteten. Aber das hier war ein Geräusch, das nicht zum Haus gehörte. Die Soldaten konnten es nicht sein, denn sie hatten ihr Lager direkt vor dem Gebäude aufgeschlagen, während das Stoßen von der Westseite kam.

Arabella warf sich ihre Jacke um, öffnete die Zimmertür und lief direkt gegen einen Mann. Sie schrak zusammen.

»Bitte schnell«, sagte er. Es war Josef.

»Was ist los?«

»Ihr Mann«, stieß Josef hervor, »ich werde bestimmt bezahlen!« Seine Stimme war heiser, und er zitterte.

»Wo ist er?«

»Im Pontok. Bitte schnell.« Josef drehte sich um und lief durch den Flur. Arabella folgte ihm. Sie umrundeten das Haus. Dreieckig ragten die Biwaks der Soldaten aus dem Boden. Über ihnen prangte das Sternbild des Hasen.

Das Klappern verstummte kurz und war dann wieder aus dem Pontok zu hören. Josef bückte sich und kniete am Eingang nieder.

»Nicht, bitte«, flüsterte er.

Arabella hatte Josef noch nie verzweifelt gesehen, jetzt bog sein Körper sich hilflos vor und zurück.

In dem Augenblick, in dem auch sie an den Eingang trat, fiel aus dem Pontok ein Schuß. Ein Schrei wurde abgewürgt und hallte in der absoluten Stille nach. Dann setzte das Klappern wieder ein.

Erst jetzt konnte Arabella sich rühren. Sie sprang zu Josef, der in sich zusammengesackt war, und nahm seinen Kopf in die Hände. Sie roch Blut und fühlte, daß seine Haare naß waren. Vorsichtig spähte sie in den Pontok. Sie erkannte Frank, die Hosen heruntergelassen und den Gürtel, den sie ihm zu Weihnachten geschenkt hatte, um die Fußgelenke, einen Arm auf Evas Mund gepreßt, stieß er sein Becken wuchtig in das Mädchen unter ihm. Das Petunienkleid lag zerrissen auf dem Boden. Josefs blutiger Kopf glitt ihr aus den Händen. Sie griff in den Sand, der ihr entwich wie Wasser.

In der dunklen Hütte erkannte sie Evas Augen. Sie waren die ganze Zeit auf sie gerichtet gewesen.

Irgendwann war Frank fertig und blieb schnaufend auf Eva liegen.

Arabella stand auf und schlich sich weg. Sie begann zu laufen. Die Beine knickten unter ihr weg, sie rappelte sich auf und rannte weiter. Ein Käfer stieß brummend gegen ihre Stirn. Keuchend blieb Arabella stehen und sah sich um. Die Silhouette von Crewo war verschwunden. Hilflos ließ sie sich zu Boden gleiten.

Erst ein Fauchen dicht an ihrem Ohr rief sie wieder zu sich. Benommen drehte sie sich um. Eine Hyäne war bis auf wenige Schritte herangekommen, sie fletschte die Zähne, und Arabella konnte riechen, daß sie aus dem Maul stank.

Hinter ihrem Rücken knurrte es ebenfalls. Arabella sprang auf, und die Hyänen wichen einen Schritt zurück. Sie sah sich nach etwas um, mit dem sie die Tiere auf Abstand halten konnte. Eine dritte Hyäne tauchte auf und eine vierte. Arabella schrie und fuchtelte mit den Armen. Die Hyänen hatten ihr Opfer eingekreist, ihre Lefzen sabberten, doch sie griffen nicht an.

Gerade als Arabella dachte, daß nie etwas passieren würde, hörte sie das tiefe Knurren eines weiteren Tieres, und wenige Augenblicke später sah sie die fünfte Hyäne herankommen. Sie war größer als die anderen, mit einem mächtigen Schultermuskel und einem breiten Gesicht. Als sie ihren Lauf kurz bremste, um zum Sprung anzusetzen, sirrte etwas an Arabellas Ohr vorbei. Der Angriff der Hyäne prallte in eine zischende Gegenbewegung. Das Tier stürzte zu Boden. Zwischen seinen Augen steckte ein Kirri. Die anderen Tiere griffen weder an, noch flohen sie. Sie zögerten, bis es zu spät war. Arabella versuchte zu erfassen, was geschah. Ein Schwarzer schnitt den Tieren in Sekundenschnelle die Kehlen durch. Kein Bellen, keine Gegenwehr der Hyänen war möglich. Dann stand der Mann einen Augenblick reglos da, als prüfe er, ob es still blieb. Er bückte sich, brach den Kirri aus dem Kopf des toten Leittieres, wischte ihn am Fell ab und steckte ihn in seinen Gürtel zurück. Bevor er ging, sah er Arabella so lange an, daß sie sich bedanken hätte können, doch der Schreck hatte sie versteinert. Als die Lähmung sie nach einem unendlichen Augenblick verließ, konnte Arabella ihn nicht mehr sehen. Um sie herum war nur die Savanne. Schließlich wanderte ihr Blick zu der Hyäne vor ihren Füßen. Eine ausgezackte Kerbe klaffte auf ihrer Stirn.

An den Rückweg zur Farm konnte sich Arabella nicht erinnern. Sie fand sich vor dem Pontok wieder. Josefs Leichnam war verschwunden. Sie bückte sich, um nach Eva zu sehen, doch der Pontok war leer. Als sie sich aufrichtete, stand Paul von Kavea hinter ihr. Er hatte eine Pistole in der Hand. Arabella wollte etwas sagen, aber er legte warnend einen Finger auf die Lippen und zog sie in Richtung der Zelte davon. Auch die anderen drei Soldaten waren wach und bewaffnet.

»Was ist los?« fragte Arabella.

»Maharero und seine Männer sind gekommen«, antwortete Paul.

»Sie haben sie doch herbestellt«, sagte sie.

»Ja. Aber es sind viele, und sie tragen Waffen. Und ...« Paul beendete seinen Satz nicht.

»Was und?«

»Und wenn sie mitkriegen, was heute nacht passiert ist, dann ist alles verloren.« Sie sah ihm direkt in die Augen. Er wußte, was geschehen war.

»Josef ist tot«, sagte sie stimmlos.

»Wir haben seine Leiche weggebracht. Eva konnten wir nicht abfangen.«

Arabella schwieg.

»Wir tun am besten so, als sei nichts passiert. Eva wird aus Scham schweigen. Und wenn nicht ...«

»Wenn nicht ...«, beharrte sie.

»Dann geschah es mit ihrem Einverständnis.«

Arabella hielt die Luft an.

»Ich rede morgen mit Ihrem Mann. Wenn Sie wollen, können Sie heute nacht in meinem Zelt schlafen. Oder wir bringen Sie ins Haus Ihrer Freundin.«

Arabella wandte sich ab und ging wortlos in ihr eigenes Haus. Sie hörte Frank nicht schnarchen. Vorsichtig öffnete sie die Schlafzimmertür. Ihr Mann lag bäuchlings auf dem Bett und atmete zum ersten Mal geräuschlos. Arabella wich vor dem Dunst aus Schweiß, Schnaps und Geschlechtssekreten zurück.

In der Küche sah sie das Geschirr vom Abendessen, von Eva gespült und zum Trocknen aufeinandergetürmt. Am Ofenabzug hing noch immer der Stern zu Bethlehem. Sie setzte sich an den Tisch und wartete darauf, daß die Welt wieder hell wurde.

Charly hatte im Garten hinter ihrem Shop eine Laube mit Wein angelegt und wollte die Trauben vor der Mittagshitze ernten. Arabella half ihr und erzählte, was letzte Nacht passiert war. Charly hörte aufmerksam zu, arbeitete aber weiter. Dann wischte sie sich die Hände an der braunen Lederschürze ab, die sie über ihre Leinenhose geknotet hatte.

»Du mußt dich scheiden lassen«, stellte Charly fest.

»Und was dann?«

»Du kommst zu mir.«

»Und wovon soll ich leben?«

»Nicht von einem Mann jedenfalls.«

»Du hast Geld. Du kannst es dir leisten, unabhängig zu sein.« Es sollte nicht böse klingen, und Arabella schämte sich ein wenig für ihre Aufrichtigkeit. Charly sah sie scheel an.

»Alles ist besser, als mit Frank zu leben«, stellte sie dann trocken fest.

»Aber wie soll das gehen?«

Charly goß Bier in zwei Blechbecher und reichte einen Arabella, die aber keinen Alkohol wollte.

»Du könntest wie ich ein Geschäft aufmachen. Die Schwarzen kaufen wie verrückt. Gerade heute waren viele fremde Hereros da, der Laden ist total leer.«

»Haben sie bezahlt?« fragte Arabella.

»Mit Vieh.« Charly wischte sich die Oberlippe ab.

»Du nimmst Vieh an?«

»Ich werde expandieren. Nicht mehr nur Gemischtwaren, sondern Schlachtviehexporte. Es geht auch ohne Mann. Überleg es dir.«

Das Windspiel, das über der Ladentür aufgehängt war, schlug an und rief Charly in den Shop, aus dem sie kurz darauf mit Paul von Kavea zurückkam. Sein Gesicht war angespannt.

»Kann ich Sie einen Moment unter vier Augen sprechen, Frau Weber?«

Für einen Moment schien es, als wollte Paul Arabellas Hände halten. Aber der Augenblick verstrich.

»Haben Sie mit meinem Mann gesprochen?«

»Der Herero stand in einem Abhängigkeitsverhältnis zu Frank. Laut Frank hat der Mann ihn angegriffen.« Pauls Stimme hatte einen amtlichen Tonfall.

Arabella sah Josef noch einmal vor der Hütte knien, in der Frank seine Tochter vergewaltigte.

»Mein Mann war der Angreifer.«

»Frau Weber, unsere Situation ist brenzlig. Samuel Maharero ist nicht gekommen. Statt dessen verhandeln wir mit seinem Vetter, Assa Riarua. Assa ist ein Traditionalist und Aufwiegler. Wir dürfen keinesfalls zugeben, daß es auf weißer Seite Verfehlungen gibt. So etwas passiert einfach nicht.«

»Aber es ist passiert.«

»Ihr Mann sagt, Josef hatte Schulden bei ihm, wegen einem Paar Sandalen für seine Tochter. Und weil jetzt die Schulden erlassen werden sollen, hat Ihr Mann sie gestern Abend zurückgefordert. Da ist es zum Streit gekommen, und Josef hat ihn angegriffen. Das ist die offizielle Version.«

Arabella sah Paul fassungslos an.

»Und was ist mit Eva«, zwang sie sich schließlich zu fragen.

Paul wischte sich den Schweiß von der Stirn.

»Sie ist ein Mädchen und eine Herero«, sagte er. »Kann ich mich auf Sie verlassen?«

Arabella sah fassungslos in Pauls Gesicht.

Dann ging sie in Charlys Laube, nahm den Becher und trank, soviel sie schlucken konnte, ohne abzusetzen.

Zur Zeit des höchsten Sonnenstandes kehrte Arabella zu ihrer Farm zurück. Charly begleitete sie ein Stück, hockte sich zu Dieter und begann, mit ihm Priem zu kauen. Unter dem Kameldornbaum war ein Klapptisch aufgebaut, an dem Paul mit seinem Verhandlungspartner saß. Über einer Schulter trug der Schwarze ein grobes Stofftuch, das durch einen breiten Gürtel gehalten wurde. Die andere Schulter war frei. Im Gürtel steckte ein Kirri und ein unterarmlanges Messer. Erst im zweiten Moment erkannte Arabella, daß er an Paul vorbei in ihre Richtung schaute. Einer der Soldaten fotografierte die Szene mit dem Niedersachsenhaus im Hintergrund, so daß sich der Mann, der Assa Riarua sein mußte, von ihr abwandte.

Frank stand in der Küche und stopfte sich große Stücke Gnufleisch mit den Händen in den Mund.

»Wo ist Eva?« fragte er seine Frau kauend.

Sie betrachtete ihn, sah ihm aber keine Gemütsregung an. Unvermittelt fing sie an zu überlegen, ob Evas Mutter und Josef sich überhaupt auf eine Weise geliebt hatten, die mit der in Deutschland üblichen Liebe vergleichbar war.

Vom Verhandlungstisch hörte man erregte Stimmen.

»Das wird nie was mit den Negern«, sagte Frank zwischen zwei Bissen. Arabella goß zwei Becher kalten Tee ein und verließ damit die Küche. Sie ging zum Kameldornbaum und stellte sie vor Paul und Assa Riarua auf den Tisch. Paul dankte, Assa blickte nicht zu ihr auf, sondern trank den Becher in einem Zug aus, bevor er das Wort ergriff.

»Ich schlage dir etwas vor, Paul von Kavea. Wir richten für euch Weiße ein Reservat ein. Da unser Volk achtzigtausend Menschen zählt und ihr nur knapp zweitausend, werdet ihr auch mit einer ungleich kleineren Fläche auskommen, als ihr uns zugestanden habt.«

Es war halb vier am Nachmittag. Frank hielt sich im Haus auf. Was er dort tat, wußte Arabella nicht und wollte es auch nicht wissen.

Mit einer Handarbeit saß sie im Schatten des Kameldornbaumes, wo noch vor kurzem Assa Riarua und Paul von Kavea um das Reservat gestritten hatten.

Die Verhandlungen waren gescheitert. Eine Stunde, nachdem Arabella den Unterhändlern Tee gebracht hatte, ritten Paul und seine Männer wieder zurück nach Windhoek. Zuvor hatte er den Farmern eingeschärft, wachsam zu sein.

Arabella stach die Nadel in das kleine Kissen, das sie sich auf ihr Handgelenk gebunden hatte, sah dem jungen von Kavea auf seinem Fuchs nach und schloß die Augen. Im Halbschlaf hörte sie, wie die Haustür geöffnet wurde. Sie dachte, Frank würde kommen, und hielt ihre Augen geschlossen. Sekunden später hörte sie die Stimme ihres Mannes aus dem Haus.

»Was zum Teufel ...« Es gab ein klirrendes Geräusch und danach einen dumpfen Schlag. Dann herrschte Stille. Arabella sprang auf und lief zum Haus.

»Frank?« rief sie durch die offene Tür. Arabella trat ein und stolperte über den Fotoapparat, mit dem die Verhandlungen festgehalten worden waren und den der junge Soldat im Haus vergessen haben mußte. Vier Hereros standen in der Diele und waren gerade dabei, die Gewehre aus dem Waffenschrank zu nehmen.

»Wo ist mein Mann?«

Die Hereros gehörten nicht zum Crewo-Stamm. Sie kannte keines der Gesichter. Einer der Eindringlinge, ein schlanker, sehr junger Mann, zeigte auf das Schlafzimmer.

Arabella lief die wenigen Schritte. Alles war voll Blut. Frank lag auf dem Bett und hatte ein gezacktes Loch im Kopf. Assa Riarua kam auf Arabella zu und führte sie am Arm hinaus. Dort, wo sie gestern Fußball gespielt hatten, waren Dieter, Georg und Charly zusammengetrieben worden. Die Hereros trugen Gewehre und Speere.

»Was soll das? Das dürft ihr nicht!« brüllte Dieter. Einer der Hereros packte ihn am Haar und schüttelte ihn. Assa baute sich vor ihnen auf.

»Du sagst uns nicht, was wir dürfen.«

»Macht doch keinen Mist. Wenn ihr einem von uns auch nur ein Haar krümmt, werden dafür Tausende von euch ins Gras beißen«, rief Georg.

»Es ist Orlog. Ich erkläre allen Deutschen den Krieg.«

»Bist du wahnsinnig? Wenn das der Gouverneur erfährt, läßt er dich hinrichten!« Georgs Gesicht verlor alle Farbe.

»Nein«, entgegnete Assa ruhig, »es ist umgekehrt. Wir richten euch hin, und dadurch erfährt er vom Orlog.« Er gab seinen Männern ein Zeichen, und Dieter, Georg und Charly wurden auf die Knie gezwungen. Dieter begann zu weinen.

»Was haben wir euch getan?« Er warf sich in den Sand.

»Eure Farmen stehen auf unserem Land.«

»Wir haben es von deinem Häuptling Samuel Maharero gekauft«, brüllte Georg. Er versuchte, die Männer, die ihn hielten, abzuschütteln. Der junge Mann aus der Diele kam mit der Wäscheleine, schnitt sie in drei Stücke und band den Weißen die Hände auf dem Rücken zusammen.

»Es war nicht Samuels Land. Er konnte es nicht verkaufen. Es ist das Land seines Volkes«, erwiderte Assa.

»Aber das wußten wir doch nicht«, schluchzte Dieter.

»Ihr wußtet es«, entgegnete Assa. Der junge Krieger zog sein Messer und öffnete Dieters Hals. Dann schnitt er Georgs Kehle durch. Schließlich trat er hinter Charly.

»Sie ist eine Frau«, rief Arabella. Assa drehte sich zu ihr um.

»Sie sieht aus wie ein Mann.«

Arabella schrie, kniff die Augen zusammen und preßte sich die Hände auf die Ohren. Sie hörte Blut, das in Luftröhren gurgelte.

Dann kniete sich Assa über Georgs Leiche und tauchte deutsche Geldscheine in das Blut. Er verteilte sie an seine Krieger und schickte sie damit zu den anderen Stämmen.

Ein Krieger zog Arabella hoch und schleifte sie hinter sich her zum Lager der Hereros. Der ganze Stamm hatte seine Zelte bereits abgebrochen, die Habe in Körben verstaut, den Proviant verschnürt. Die Pontoks und Hütten waren ausgeräumt.

Auf der Kuppe des Krötenbergs blickte Arabella sich um. Die Farmen wurden geplündert. Alles, was tragbar war, schleppten die Hereros aus den Häusern. Ein Gemälde von Kaiser Wilhelm, eine Klobrille und ein Berg von Röcken, von deren Existenz Arabella nichts gewußt hatte. Aus den Schuppen wurden die Vorräte an Saatgut herbeigeschafft. Waffen, Pferde, Ferngläser, Munition und Werkzeuge hatten die Krieger gleich an sich gerissen. Aus Steffens' Haus holten sie den Abendmahlwein und soffen ihn aus.

Die erbeuteten Rinderherden wurden herbeigetrieben. Jubelnd schossen die Hereros Salven in den blauen Himmel.

Die Krieger, die die Häuser geplündert hatten, warfen Fackeln in die Gebäude. Das Missionshaus, Georgs und Dieters Farm sowie Charlys Laden gingen in Flammen auf. Dann fielen erneut Schüsse, und Arabella entdeckte zwei berittene Hereros, die Steffens hinter sich herschleppten. Blut sickerte aus einer Platzwunde auf seiner Stirn und teilte sein Gesicht. Vor Assa wurde Steffens niedergestoßen, stand jedoch gleich wieder auf.

»Es ist der Missionar«, sagte einer der Hereros.

»Ich weiß, wer er ist«, antwortete Assa. Arabella sah, daß auch in ihr Haus eine Fackel flog. Sie wartete auf die Flamme.

Die Hereros hatten Steffens aufgegriffen, als er von seiner Reise ins Betschuanaland zurückkam. Fragend sah er Arabella an. In seinen Augen waren alle Adern geplatzt. Langsam schüttelte Arabella den Kopf. Mit dem Handrücken wischte er sich das Blut von der Stirn und verbarg damit seine Bestürzung über den Tod der anderen.

»Du bleibst am Leben«, sagte Assa, »denn du wirst nach Windhoek gehen und dort erzählen, daß Orlog ist. Wir werden alle Deutschen töten.« Dann wandte sich der Kriegskapitän ab.

Eine weißhaarige Alte band Arabella an einem Ochsenkarren fest. Es war dasselbe Gefährt, auf dem sie fast auf den Tag genau vor sechs Jahren in Crewo angekommen war. Die Alte schnürte das Nadelkissen, das Arabella noch immer trug, mit der Fessel ein. Die Spitzen stachen tief in ihre Haut. Dann brach der Stamm auf. Steffens ließen sie einfach stehen. Sie hatten ihm kein Pferd und keine Waffen gelassen.

Der Dachstuhl ihres Hauses ragte noch immer unversehrt in den Himmel.

7

Der Anwalt Leon Fries war nicht zu sprechen. Aber einem der Adlaten, die Cosima vor Neles Hotelzimmertür hatte stehenlassen, lagen die Dokumente noch vor, und er bot an, Cosima zurückzurufen, wenn er mit Frau von Kavea gesprochen hatte. Eine Viertelstunde später klingelte das Telefon. Nele von Kavea blieb bei der Schenkung, und Cosima erhielt einen Termin bei dem Anwalt.

Sie rief in der Schule an und ließ Hera ausrichten, daß sie zum Mittagessen allein in die Kantine gehen sollte. Sie selbst verließ das Reisebüro zehn Minuten vor der Mittagspause.

Der Anruf des Anwalts erreichte Nele vor dem Spiegel. Seit ein paar Jahren mußte sie ihre Augenbrauen nur noch einmal im Monat zupfen. Es fiel ihr schwerer und schwerer, die einzelnen Härchen nebeneinander auszumachen, und es passierte, daß sie gleich mehrere ausriß.

Noch immer wurmte sie der Vorfall mit Cosima. Sie legte gar keinen Wert darauf, gemocht zu werden, wohl aber auf Benimm. So funktionierte die Welt. Menschen setzten sich über ihre Abneigungen hinweg und täuschten einander ihre Achtung vor.

Auf der Safari, die Hera ihr wieder ins Gedächtnis gebracht hatte, hatte sie erlebt, wie nutzlos Mitleid war. Sie hatte neben ihrem Vater auf dem Beifahrersitz des Autos gesessen, das er aus Johannesburg mitgebracht hatte. Ihre Mutter hatte auf der Rückbank gesessen und den Kopf in den Wind gelegt. Ihr Kopftuch flatterte im Staub, den der Wagen aufwirbelte. Fast zwei Wochen waren sie unterwegs gewesen, ihr erster Urlaub in Afrika und der letzte, bevor der Krieg ausbrach und sie das Land verlassen mußten. In der längsten Dürrezeit, an die sich die deutschen Farmer erinnerten, waren sie bis hoch in den Caprivi-Zipfel gefahren, um Flußpferde anzuschauen, die einzigen Tiere der Big Five, die Paul noch nie gesehen hatte.

Ihr vierunddreißigstes Nashorn hatte Nele schon eine ganze Weile beobachtet. Es war aus einer Baumgruppe hervorgekommen und hatte begonnen, parallel zu dem Wagen durch die dürregeplagte Landschaft zu traben. Die Vierzig hätte Nele noch gerne vollgemacht, bevor sie Crewo wieder erreichten. Aber es blieb ihr nicht mehr viel Zeit, um weitere Nashörner zu entdecken. In drei Stunden würden sie wieder zu Hause sein, drei Stunden für sechs Nashörner. Nele erinnerte sich, daß sie ausgerechnet hatte, wieviel vierunddreißig durch dreizehn Tage in Stunden war.

Anfangs hatte sie alle Tierarten gezählt. Dann ließ sie nur noch Löwen, Elefanten, Wasserbüffel, Flußpferde und Nashörner gelten. Löwen und Wasserbüffel gab es hinter jedem Busch. Flußpferde natürlich nicht, aber wenn man sie sah, dann gleich in großen Herden. Am Okavango, oder dem, was von ihm übrig war, entdeckte sie die Tiere erst, als ihre Eltern schon wieder im Auto saßen. Die Kolosse standen dicht zusammengepfercht in einem morastigen Loch, dessen Feuchtigkeit zur Hälfte aus eigenen Ausscheidungen bestand. Den Tieren hingen die Zungen rosa aus den schlammverkrusteten, eingezogenen Lippen. Sie glichen dicken Larven, und das einzige Geräusch, das sie machten, war das gelegentliche Aneinanderschaben ihrer Bäuche. Nele konnte ihren Blick nicht abwenden.

Keine Wolke war zu sehen. Neles Eltern saßen im Auto und warteten auf sie. Es waren Tiere, redete sie sich ein. Trösten konnte sie sich damit nicht.

Paul hupte zum Zeichen, daß sie los wollten, aber Nele rührte sich nicht. In der Masse der Flußpferde gab es nicht die kleinste Bewegung. Starb ein Tier, konnte es, eingepreßt in seine Familie, nicht umstürzen.

Sie beschloß, mit dem Flußpferdezählen erst gar nicht anzufangen.

So waren nur die Nashörner geblieben. Das vierunddreißigste ließ sich nicht abschütteln, obwohl Paul Vollgas gab. Der Fahrtwind trocknete Neles Gaumen und Lunge aus. Sie blickte sich nach ihrer Mutter um, die sich aufgesetzt hatte und ihr zublinzelte. Um sie herum floh die Landschaft vor dem Schatten des Jeeps. Nele schaute wieder nach vorn, die Augen ihrer Mutter machten sie verlegen.

Ein paar Augenblicke später holte ein gewaltiger Stoß den Jeep fast von den Felgen. Das vierunddreißigste Nashorn hatte sein Horn in das Heck des Autos gerammt und schob es nun über die Piste. Die hinteren Räder drehten sich in der Luft. Paul versuchte gegenzulenken, aber die Kraft des Kolosses nahm ihm jede Kontrolle über das Auto.

»Die Pistole. Die Pistole«, rief er Nele zu. Sie fand die Waffe im Tornister ihres Vaters. Der Knauf war zu groß für ihre Hand und die Waffe schwer. Aber Nele nahm sie und zielte am Kopf ihrer Mutter vorbei auf das Nashorn. Der Schuß schlug ihr die Waffe aus der Hand. Ihre Finger bebten. Der Wagen rumpste auf den Boden, die Profile der Räder griffen in den Sand, und sie gewannen an Abstand.

Das Nashorn starrte ihnen hinterher, Nele sah seine Augen mit den langen Wimpern. Dann fiel das Ungetüm auf die Seite. Paul hielt den Wagen an, nahm sein Gewehr und ging auf das Tier zu. Nele folgte ihm. Sie hatte es in den Mund getroffen. Es war tot.

»Du hättest in die Luft schießen sollen«, sagte ihr Vater.

»Es hat nichts gemerkt«, hatte sie gesagt und an die Flußpferde gedacht, deren elendiges Verrecken grundlos war, während dieses Nashorn für seine Aggression mit einem schnellen Tod belohnt wurde.

Zu ihrer Verärgerung wurde Nele durch das Klingeln des Telefons unterbrochen. Den rechten Brauenstrich halb gezogen, nahm sie den Hörer und meldete sich schroff. Leon Fries erkundigte sich, ob Cosima die Farm noch immer haben sollte.

Nele bejahte knapp und militärisch.

Im Endeffekt war Prinzipientreue immer käuflich.

Am Fuß des Hochhauses, in dem Leon Fries seine Kanzlei hatte, schaute Cosima nach oben. Der Büroturm stand vor der Sonne. Cosima durchquerte eine Halle und begab sich in das elektrische Surren eines Fahrstuhls.

Sie betrat einen Raum aus Chrom, Teak und Filz, in dem alles unglaublich echt war. Durch ein weites Panoramafenster wurde der Welt die Wirklichkeit genommen.

Sie mußte nur kurz warten, bis sich die Tür erneut öffnete und Neles Notare eintraten. Alle reichten ihr nacheinander die Hand, dann wickelte Fries die Formsachen ab. Cosima unterschrieb neben Neles Namen. Ihre Großmutter hatte eine enge, sehr gerade Unterschrift. Der Notar übergab Cosima einen Umschlag, in dem ein Foto des Hauses steckte.

»Und so sieht es aus«, sagte er. Das Bild war ein altes Farbfoto. Das Gebäude stand hinter der ausladenden Krone eines mächtigen Baumes, gelbstichig in der zerfallenden Belichtung. Es war größer, als sie es sich vorgestellt hatte. Von der Anhöhe aus, von wo das Bild aufgenommen worden war, sah man, daß hinter dem Haus ein Innenhof eingefriedet war, und man konnte erkennen, daß das Dach mit Holzschindeln eingedeckt war. Im Vordergrund standen Schafe mit geschwungenen Hörnern.

»Eine Urkunde geht Ihnen umgehend zu, aber die Überschreibung ist bereits rechtskräftig.«

Cosima nickte.

»Was haben Sie jetzt mit der Farm vor, wenn ich fragen darf?« erkundigte sich Leon Fries.

»Ich verschenke sie.« Der Notar starrte sie konsterniert an. Cosima war klar, daß Nele von ihrer Absicht sofort erfahren würde.

Den Weg bis zum Büroturm war Ketelsen ihr gefolgt. Hinaufbegleiten wollte er Cosima jedoch nicht. Was er gesehen hatte, war ihm genug, und was Cosima vorhatte, war klar. Als nächstes würde sie ihm ihren Flug faxen und dann in Crewo erscheinen.

Ketelsen sah sich um, und zum ersten Mal seit Jahren beobachtete er nicht.

Auf einem belebten Platz aß er ein Eis und dachte an die Geschichte des Mannes, der er hätte sein können. Statt dessen hatte er seine Jahre unsichtbar verbracht, allein und abgeschieden.

Ketelsen warf den Rest seines Eises weg und machte sich auf, einer anderen Frau nachzugehen, die ebenfalls unbekannt geblieben war. Nicht um sie zu benutzen, er wollte nur herausfinden, was aus ihr geworden war.

8

Das ganze Verfahren dauerte viel zu lange. Nele hatte den Gesetzentwurf zur Aufhebung des väterlichen Letztentscheidungsrechts schon komplett ausgearbeitet, als sie Senatorin wurde. Zwar wurde die grundgesetzlich geschützte Gleichberechtigung der Frau inzwischen auch im bürgerlichen Rechtekanon umgesetzt, aber die Entscheidungsgewalt über die Kinder verblieb beim Vater.

Nele hatte mit Widerstand gerechnet, nicht aber damit, daß sie ihn so schnell brechen würde. Sie hatte sogar durchsetzen können, daß das Plenum noch vor der Weihnachtspause über ihre Vorlage beriet. In eindringlichen Worten warb sie für einen parteiübergreifenden Konsens.

Ein Saaldiener im Smoking trat an das Rednerpult und schob ihr einen Zettel auf das Manuskript. Das war unüblich und ihr in all den Jahren noch nie passiert. Ohne in ihrer Rede abzusetzen, überflog Nele die Mitteilung. Obwohl sie noch sieben Seiten Text hatte, kürzte sie ihre Rede auf zwei Minuten zusammen, ohne daß die Hörer es merkten. Vom Rednerpult ging sie unter dem Applaus der Abgeordneten zu ihrem Platz, steckte ihre Unterlagen in eine Mappe aus Krokodilleder und verließ den Plenarsaal.

Im Laufschritt eilte Nele entlang der Holzkassetten durch die Rathaushalle. Am Rathausplatz reihte sich Taxi an Taxi. Sie trippelte auf ihren hohen Absätzen über das Kopfsteinpflaster, das man gerade wieder freigelegt hatte, und nahm sich vor, einen Parkplatz auf der Rückseite des Rathauses einrichten zu lassen.

»Nach Barmbek ins Krankenhaus«, rief sie dem Taxifahrer zu, der zeitunglesend an seinem Kühler lehnte. Im

Taxi lief das Radio, ein Kulturbericht über ein literarisches Debüt.

»Machen Sie das aus. Und ein bißchen Tempo.«

»Das machen doch alle.« Kapitän Arlbeck wußte nicht, woran er mit Clemens Stadler war. Es war das erste Mal, daß er ihm gegenübersaß. Früher, als dessen Vater noch das Sagen hatte, war er öfter hier im Kontor gewesen, allerdings aus erfreulicheren Anlässen.

Jetzt war das Büro neu eingerichtet, die alten Eichenmöbel durch breite lederbespannte Stahlgestelle ersetzt. Er fühlte sich nicht ganz wohl in seiner Haut, nicht passend in seinem speckigen Troyer und den ausgebeulten Hosen, die seinen Bierbauch kaum noch hinter dem Gürtel halten konnten.

Auch die Fenster waren neu, größer und besser isoliert als die alten. Man hörte kein Tuten mehr von der Elbe, kein Schlagen von der Werft. Nur das Summen der Klimaanlage.

Es war auch das erste Mal gewesen, daß ihn die Hafenbehörde erwischt hatte. Jedenfalls das erste Mal in Hamburg. In den restlichen Häfen der Welt ließen sich solche Sachen mit ein paar Prozent Beteiligung aus der Welt schaffen. Aber nun saß er wegen des Schmuggels von Alkohol der gesamten Geschäftsführung gegenüber, obwohl die Flaschen in den Leerrohren, die unter der Bilge entlangliefen, 1a versteckt gewesen waren. Er hatte die Rohre sogar extra noch mit Mud geflutet.

»Aber das bißchen Schmuggel, das machen doch alle. Meistens sogar auf Bestellung der Zöllner«, wehrte sich Arlbeck.

»Was wird außerdem geschmuggelt?« Clemens Stadler hatte sich gut auf die Konferenz vorbereitet. Er wußte genau, daß die alten Herren des Vorstandes ihm nur allzugern unter die Nase gerieben hätten, daß er von Beruf in erster Linie Sohn war und das Geschäft nicht beherrschte. Er wollte von Anfang an klare Grenzen ziehen. Und tatsächlich war nicht nur Arlbeck unklar, woran er mit dem blassen, schmalbrüstigen Juniorchef war, sondern niemand an dem U-förmigen Tisch begriff, worauf das Verhör hinauslaufen sollte.

»Einige schmuggeln auch anderes Zeug, Schlangenhäute, Elfenbein, Drogen«, wand sich Arlbeck. Er wünschte Clemens Stadler die Pest an den Hals, besser vielleicht eine ordentliche Revolution.

»Laut einer anonymen Befragung der Zollbehörde von 1958 weisen nahezu hundert Prozent aller Seeleute zurück, jemals geschmuggelt zu haben.« Clemens zog einen Bericht hervor und teilte ihn als Kopie aus. Arlbeck blickte ihn verblüfft an. Dann dröhnte schallendes Gelächter aus seinem mächtigen Brustkorb. Auch die anderen Männer am Tisch waren amüsiert. Clemens starrte die Runde ruhig an. Er blickte auf seine Uhr und ließ ihnen genau eine Minute Zeit für ihre Heiterkeit. Dann sprach er sehr leise und drohend.

»Auf meinen Schiffen wird nicht geschmuggelt.« Die meisten am Tisch hörten nicht, was er sagte, sondern sahen nur, daß seine Lippen sich bewegten. Das erzielte seinen Effekt. Sie hörten auf zu lachen. Clemens wiederholte seinen Satz.

»Clemens, Ihr Vater hat aber immer ...«, wollte einer der Ältesten am Tisch einwenden. Das Bild von Clemens' Vater hing an der Stirnseite des Raumes. Es war das gleiche, das Kriemhild hinter den Ohrensessel gehängt hatte.

Clemens schnitt dem Alten mit einer Handbewegung das Wort ab.

»Passen Sie auf, was Sie sagen. Wenn Sie mir gerade mitteilen wollen, daß mein Vater Schmuggel geduldet hat, bedeutet das, daß alle hier am Tisch davon wußten. Und daraus folgt, daß jeder hier am Tisch mit einer Anklage bei der Hafenpolizei zu rechnen hat.« Er musterte die grauen Gesichter in den schwarzen Lederpolstern.

»Weswegen wollen Sie mich anklagen?« Arlbeck filterte das eben Gehörte. Eine Anklage war ihm schon von der Hafenbehörde überstellt worden. Er hatte, wie es selbstverständlich war, vorausgesetzt, daß der Reeder ihn da rausboxen würde. Daß er nun selbst mit einer Anklage drohte, sprengte alles vorher Dagewesene.

»Veruntreuung von Geldern zum Nachteil der Reederei.« Clemens hatte einen neuen Zettel vor sich liegen. »Sie haben mit Kapital, das Ihnen anvertraut war, nämlich dem Schiff und der Besatzung, in die eigene Tasche gewirtschaftet.« Clemens' Krawatte stand wie ein Ausrufezeichen unter seinem Kinn.

Arlbeck begriff langsam, worauf der neue Mann hinaus wollte. Er war ein gerissener Hund.

»Ach so. Sie wollen Ihren Anteil«, er grinste Clemens an, und auch bei den Herren der Runde machte sich Erleichterung breit. Diesmal gab Clemens ihnen dreißig Sekunden.

»Sie haben gesagt, Kapitän, daß auf allen meinen Schiffen geschmuggelt wird.«

Arlbeck biß sich auf die Zunge. Da hatte er sich schön verhaspelt.

»Wir gehen jetzt – alle – in den Freihafen. Vier meiner Schiffe sind in Hamburg. Und Sie werden uns die Verstecke zeigen.«

»Warum um alles in der Welt denn das?« wandte der Seniorfreund ein. »Lassen Sie den Seeleuten doch das bißchen extra.«

Clemens lehnte seine Fingerspitzen gegeneinander und blickte ihm herausfordernd in die Augen.

»Es ist mir im Prinzip egal, wieviel sie extra verdienen, aber es ist mir nicht egal, auf wessen Risiko.« Clemens stand auf, die Konferenz war beendet.

»Gehen wir.«

Das Telefon auf dem Ecktisch klingelte. Clemens nahm ab. Am anderen Ende war die piepsige Stimme seiner Sekretärin. Eben habe ein Mann angerufen, ein gewisser Ketelsen, ein Fotograf.

»Ja. Er sollte längst bei meiner Frau sein«, antwortete Clemens und sah auf seine Uhr.

»Er ist bei Ihrer Frau. Sie hatte einen vorzeitigen Blasensprung und ist auf dem Weg ins Krankenhaus Barmbek.«
Clemens zögerte zehn Sekunden. »Sie ist bereits auf dem Weg ins Krankenhaus?«

»Ja. So habe ich den Herrn verstanden.«

»Dann ist es gut. Danke für die Information.«

»Soll ich Ihren Wagen vorfahren lassen?« Clemens fiel auf, wie sehr er die hohe Stimmlage in der Ohrmuschel haßte. Auch da mußte er sich eine andere Lösung einfallen lassen.

»Nein. Ich fahre erst später nach Barmbek.« Clemens legte auf und überlegte noch einmal kurz, ob seine Entscheidung richtig war. Er konnte seiner Frau sowieso nicht helfen. Dann wandte er sich an die anderen.

»Fertig?«

Ketelsen erwies sich als überaus umsichtiger Begleiter. Er gab dem Krankenwagenfahrer den Tip, durch die Schrebergartenkolonie Am Rübenkamp zu fahren und so den notorisch verstopften Stadtring zu umgehen. Er folgte Kriemhild, die auf einem Rollbett geschoben wurde, mit ihrem Koffer zum Kreißsaal. Dort wurde sie an die Seite eines langen Ganges geschoben, und das Krankenwagenteam verabschiedete sich von ihr.

»Keine Sorge, Sie schaffen das. Sie haben ja Ihren Mann dabei.«

Kriemhild lächelte Ketelsen an. Der nickte den Krankenwagenleuten zu. Dann waren sie alleine.

»Und jetzt?« fragte Ketelsen

In einem Saal schrie eine Frau. Kriemhild griff nach Ketelsens Hand.

»Ich will nicht alleine sein«, flüsterte sie. Ketelsen kratzte sich am Kopf.

»Ich drück mal auf den Knopf da«, sagte er und zeigte auf die Klingel neben einer Glasloge.

Eine Hebamme kam aus dem Zimmer, in dem das Schreien zu einem Kreischen geworden war.

»Haben Sie schon Wehen?« fragte sie, ohne Kriemhild zu begrüßen oder sich vorzustellen. Kriemhild schüttelte den Kopf.

»Dann müssen Sie warten.«

Die Hebamme ging in ein Nebenzimmer und kam mit einem Nierenschälchen zurück. Sie streifte Kriemhild den Kleiderärmel hoch und säuberte ihre Armbeuge mit einem alkoholgetränkten Bausch.

»Was passiert jetzt?« unterbrach Ketelsen. Die Hebamme sah ihn feindselig an.

»Die Kantine ist in Haus drei. Wann ist Ihr Termin?«

»In einer Woche«, antwortete Kriemhild schwach.

Die Hebamme knipste eine Braunüle aus einer verschweißten Tüte, stach zu und traf die Vene nicht. Beim dritten Mal hielt Ketelsen ihre Hand fest.

»Das reicht.«

»Männer haben hier eigentlich nichts zu suchen.« Sie starrte Ketelsen böse an. Aber er ließ ihre Hand nicht mehr los, sondern begann, sie zu schütteln, so daß sie die Braunüle verlor. Schnaubend zog die Hebamme ab.

»Ich schau mal, ob ich nicht jemand Menschliches finde. Nicht weglaufen«, sagte Ketelsen und zwinkerte Kriemhild aufmunternd zu.

Kriemhild versuchte ihren Kopf zu heben und dem Fotograf nachzuschauen. Aber ein Ziehen in ihrem Bauch hielt sie zurück. Er wurde hart wie Stein.

Aus dem Kreißsaal kamen stoßweise Schreie. Kriemhild hielt sich ihren Bauch, in dem das Kind jetzt ganz still lag. Eine zweite Wehe zog sie auseinander. Sie hechelte, um den Schmerz aus ihrem Körper zu lassen.

Dann hörte sie Schritte auf dem Linoleum. Ketelsen kam nicht allein zurück. Ein Gesicht beugte sich über sie. Es war eine Frau, jünger als sie, dunkle Haare und Brille.

»Frau Stadler?«

»Ich bekomme Wehen.«

»Sehr schön. Ich bin Ulrike. Ich fahre Sie jetzt in Ihr Zimmer. Professor Sonnlein wird dann gleich nach Ihnen schauen.« Dann wandte sie sich an Ketelsen.

»Helfen Sie mir?«

Ketelsen hob die rechte Hand, den Daumen nach oben gestreckt. Dann half er, Kriemhild in ihr Zimmer zu schieben. Während der Fahrt durch den Gang bekam Kriemhild die nächste Wehe.

Ulrike und Ketelsen schoben das Bett in ein geräumiges Zimmer mit roten Gardinen, einem Waschbecken und einer eigenen Toilette. Es gab noch kein Bett. Alles wartete auf Kriemhild. Die Fenster gingen nach Süden.

»Na endlich, ich habe schon fünf Minuten gewartet. Keiner wußte, wo du warst. Was soll das?« Nele stand in der offenen Tür. Obwohl sie hochhackige Pumps trug, hatte man sie auf dem Gang nicht kommen hören.

»Mutter«, sagte Kriemhild und streckte die Hand nach Nele aus, die sie ergriff. Sie blickte Ulrike und Ketelsen an.

»Wo ist Sonnlein?«

»Er wird gleich kommen, Frau Senatorin«, antwortete die Hebamme.

»Und wer sind Sie?« wandte sie sich an Ketelsen.

»Das ist der Fotograf, der unser Haus aufnehmen sollte. Er hat mich hierhergebracht.«

Nele zog ihr Portemonnaie aus der Handtasche und

drückte Ketelsen einen Schein in die Hand. Der strich ihn glatt.

»Für das Benzin«, sagte Nele. Ketelsen ließ den Schein zu Boden segeln.

»Wir sind mit dem Krankenwagen gekommen«, sagte er.

Baff starrte Nele erst den Geldschein, dann Ketelsen an, dann hob sie das Geld auf.

»Ich melde mich dann noch mal wegen der Fotos.« Im Gehen wandte sich Ketelsen noch einmal an Kriemhild. »Viel Glück.«

Professor Sonnleins Erscheinen verhinderte, daß Nele zornig wurde. Er begrüßte zuerst die Senatorin, dann seine Patientin.

»Wenn Sie sich dann bitte einmal freimachen würden.« Nele steckte den Schein zurück ins Portemonnaie. Die Untersuchung ergab, daß der Muttermund bereits ein wenig offen war

»Was bedeutet das?« fragte Nele. Ulrike tastete den Bauch ab und bestätigte die Kopflage des Kindes.

»Alles in Ordnung. Die Geburt fängt an«, erwiderte der Chefarzt.

»Wie lange dauert sie denn noch?« Nele schaute auf ihre Uhr.

»Als Faustregel kann man sagen, der Muttermund öffnet sich pro Stunde einen Zentimeter. Er ist jetzt zwei bis drei Zentimeter auf. Also noch sechs, acht Stunden«, antwortete Ulrike.

»Das ist ja der ganze Tag.« Nele sah ihre Tochter hart an. Die krümmte sich unter der nächsten Wehe. Ulrike nahm ihre Hand.

»Atmen, ausatmen. Nehmen Sie die Wehe an. Ganz ruhig.«

Kriemhild schnaufte. Nele betrachtete sie mißbilligend.

»Reiß dich doch ein bißchen zusammen«, sagte sie.

Der Spasmus in Kriemhilds Bauch löste sich nach einer Minute. Sie sackte in sich zusammen. Ulrike gab ihr etwas zu trinken.

Nele bedeutete Professor Sonnlein, ihr auf den Flur zu folgen. Zu ihrer Überraschung lehnte Ketelsen an der Wand gegenüber, die Hände in den Hosentaschen.

»Wissen Sie nichts mit Ihrer Zeit anzufangen?« giftete Nele. Ketelsen schüttelte lässig den Kopf. Nele zog den Arzt ein paar Schritte weiter außer Hörweite des Fotografen.

»Kann man nichts machen, daß es ein wenig schneller geht?«

»So lange dauert eine Geburt eben.«

»Hören Sie, Sie wissen, daß das nicht so geplant war.«

»Der vorgesehene Geburtstermin ist sowieso geplatzt. Es gibt keinen Grund mehr für einen Kaiserschnitt.«

»Aber sie leidet so. Das macht mir Schmerzen.«

Sonnlein kratzte sich am Kopf.

»Eine Rückenmarksspritze vielleicht«, schlug er vor.

»Geht es dann schneller?«

»Nein. Die nimmt die Schmerzen.«

Von drinnen hörte man Kriemhild wieder stöhnen. Sie gingen zurück zu Kriemhild ins Zimmer. Ketelsen war nicht mehr zu sehen. Kriemhild hatte das Bett verlassen und hockte rittlings auf einem Stuhl. Das Aluminium der Lehne hatte einen Abdruck auf ihrer Stirn hinterlassen. Ulrike stand hinter ihr, die Fingerspitzen gegen ihre Lendenwirbel gedrückt.

»Bitte legen Sie sich wieder hin. Wir werden Ihnen eine Rückenmarksspritze geben«, sagte Professor Sonnlein.

»Aber sie veratmet die Wehen im Sitzen eigentlich ganz gut«, widersprach Ulrike.

»Wenn sie die Spritze bekommt, braucht sie sich nicht mehr zu quälen.«

»Aber ich möchte mich quälen«, flüsterte Kriemhild.

»Lassen Sie es uns doch noch eine Weile so versuchen«, wandte sich Ulrike an den Arzt. Der blickte Nele an. Die schüttelte den Kopf.

»Wo bleibt Clemens?« fragte Kriemhild.

»Also bitte, Ulrike«, forderte Sonnlein die Hebamme auf, das Betäubungsmittel zu holen. Die Tür klappte hinter der Hebamme zu. Man hörte vom Gang eine Männerstimme. Kriemhild erkannte Ketelsen.

Um den Gesichtsausdruck ihrer Mutter aufzuhellen, bat Kriemhild sie, aus der Deckeltasche ihres Krankenhauskoffers ein Kästchen zu holen. Nele zog den Reißverschluß auf. Als erstes fiel ihr die Vollmacht in die Hand, die sie berechtigte, über den Ablauf der Geburt zu entscheiden. Dann tastete sie weiter und fand die kleine Schatulle. Es war eine Juwelierkassette. Darin lag eine zierliche goldene Kette.

Die Stimmen auf dem Flur wurden lauter. Sonnlein ging hinaus, um nachzusehen, was los war.

Kriemhild nahm die Goldkette auf und reichte sie ihrer Mutter. Zwischen den Gliedern war eine kleine Platte eingearbeitet. Darauf stand in geschwungener Schrift ein Name.

»Cosima?« fragte Nele. »Wer ist das?«

»Die Frau von Wagner und mein Baby. Wir haben den Namen für dich ausgesucht. Weil Papa den Ring des Nibelungen so geliebt hat.« Neles Gesicht verfinsterte sich.

»Woher willst du wissen, daß es ein Mädchen wird?« fragte sie.

»Wenn es ein Junge wird, nennen wir ihn Richard und schenken ihm Großvaters Taschenuhr.«

»Die Uhr gehört mir!« Nele trat an das Fenster. Man konnte die Kälte des Tages sehen.

Auf dem Flur wurde gestritten. Eine vierte Stimme kam zu den anderen.

»Sie hat meiner Mutter gehört, und jetzt gehört sie mir. Dir wird sie erst gehören, wenn ich nicht mehr lebe«, sagte Nele gegen die Scheibe.

Professor Sonnlein kam ins Zimmer zurück und mit ihm die Schwester, die versucht hatte, Kriemhild die Braunüle zu legen.

»Wo ist die Hebamme?« fragte Nele.

»Fort. Mit diesem Halbstarken«, sagte die Alte. »Ich bin Oberschwester Gisela.«

Mit einer Frau ihrer Generation würde es leichter werden. Nele wollte zu ihrem Ausschuß zurück.

Während Kriemhild sich wieder krümmte, öffnete sie die Vollmacht und hielt sie dem Chefarzt vor die Nase. Der überflog den Zettel.

»Ich denke doch, in diesem Fall wäre ein Kaiserschnitt angebracht.«

»Wie meinen Sie das?« fragte Sonnlein.

»Sie leidet und schreit«, antwortete Nele.

»Das ist doch normal«, erwiderte Sonnlein.

»Ich will nicht, daß meine Tochter leidet.«

Er kannte die Senatorin gut genug, um zu wissen, wie gefährlich es war, sich mit ihr anzulegen.

Nele blickte zur Hebamme, die Kriemhild beim Aufstehen half, als die nächste Wehe einsetzte. Sonnlein wartete, bis sie überstanden war, dann tastete er ihren Bauch ab. Er fühlte den Kopf am Beckenboden aufsitzen.

»Schwester Gisela, sagen Sie im OP Bescheid, daß wir einen Anästhesisten und Doktor Kramer brauchen, wir machen einen Kaiserschnitt.«

Gisela sortierte ihr Geburtsbesteck und packte gerade die Schere für den Dammschnitt aus. Zange und Saugglocke lagen bereits auf einem Handtuch neben dem Bett. Nun verließ sie den Raum, um das Team für die Operation zusammenzustellen.

»Danke für Ihr Entgegenkommen«, sagte Nele.

»Wer war der Mann auf dem Flur?« wollte Sonnlein wissen.

»Niemand.«

Langsam taute das erste Eis auf den Schlaglöchern des Feldwegs. Die letzten Hagebutten hingen in den Büschen. Unter den Kastanien vermoderten die Holzfrüchte in ihren Schalen. Das Licht fiel durch die Zweige der entlaubten Bäume. Äste vor blauem Himmel ließen Paul von Kavea immer an sein Alter denken. Es gelang ihm nicht, diesen Tag auf all die Jahre zu beziehen, die hinter ihm lagen.

Er erinnerte sich an sein Leben, als sei alles seine Schuld. Das war seine Art, Arabella die Treue zu halten. Die Gleichung des Lebens konnte nicht aufgehen. Sterben war einseitig, Liebe gegenseitig.

Rauhreif hatte die Wiesen eingeäschert, auf den Koppeln waren die Schafe mit eingeknickten Vorderbeinen eingeschlafen.

Am 2. September 1939 hatte ihn Nele angerufen und ihm den Heldentod ihres Mannes mitgeteilt. Sie hatte nicht geweint. Mitten im Telefonat setzten Neles Wehen ein, aber sie schluckte den Schmerz hinunter und teilte ihm gefühllos mit, daß jetzt ihr Kind auf die Welt kommen würde.

Paul flog unverzüglich mit einer Junkers vom Fliegerhorst Rammstein nach Fuhlsbüttel. Dort wartete bereits ein Auto, das ihn in den Osten Hamburgs fuhr. Als er bei Nele eintraf, standen Arzt und Hebamme um eine leere Wiege. Nele saß daneben auf einem Schreibtischstuhl, ihre Füße in einer Pfütze.

»Sie lehnt jede Hilfe ab«, entschuldigte sich der Arzt bei Paul. Auch ihn wies seine Tochter zurück, als er neben sie trat und ihre nasse Hand in seine nahm.

»Ich krieg mein Kind allein«, hechelte sie. Dann holte

sie Luft, beugte sich nach vorne und preßte ihre Tochter ins Leben. Paul kniete sich hin und holte die verpaßte Geburt seiner Tochter nach. Er sah das verklebte, schwarzhaarige Köpfchen wie einen Ball zwischen Neles Beinen. Kriemhilds Schultern wehten aus dem Mutterleib heraus, Bauch und Beine flutschten hinterher. Paul hatte seine Enkelin in den Armen geborgen und seiner Tochter hingehalten. Die hatte sie nicht genommen, sondern sich selbst versorgt.

Er blieb vor einem Spinnennetz stehen und versuchte, den Anfang und das Ende des Fadens zu erkennen. Die Speichenfäden schienen das Fachwerk des Netzes zu sein und wurden selbst von einem Rahmen getragen, der sich in vielen kleinen Verknüpfungen fortsetzte. Offensichtlich gab es mehr als nur einen Anfang, und um ein Netz zu erstellen, mußte man immer wieder von vorne beginnen. Der Kern des Netzes war seine Gesamtheit.

Paul empfand sein Leben als merkwürdig zeitversetzt, zeitversetzt und in einem Möbius-Band gefangen. Rückblickend hatte er das Gefühl, als sei er schon öfter an den gleichen Ereignissen vorbeigekommen, allerdings seitenverkehrt oder auf den Kopf gestellt.

Paul entdeckte frische Spuren von Rehen. Sie interessierten ihn nicht. Auch die Jagd hatte er aufgegeben und sein Revier an Clemens überschrieben, der zwar ein miserabler Schütze war, aber der Gatte seiner Enkelin. Für Kriemhild empfand Paul, was ihm beim Heranwachsen seiner Tochter abhanden gekommen war. Mit ihr hatte er die Intensität erlebt, die ihm mit Nele verwehrt geblieben war. Die Freundschaft zu seiner Enkelin überbrückte sein fehlendes Verhältnis zu Nele. Und Nele hatte die Nähe zugelassen. Solange Kriemhild nicht in die Schule ging, war sie oft bei ihm auf dem Land gewesen. Mit ihr blätterte Paul Bilderbücher durch und sang ihr Südwester Lieder vor und später, als sie besser verstand, was die Worte bedeuteten, Unverfänglicheres wie Summ-summ-summ. Abends lag er vor ihrem Bett und streichelte ihre kleine Hand mit dem Daumen, bis sie eingeschlafen war. Dann schaute er zu, wie sie ruhig atmete, und versuchte sich vorzustellen, was sie im Schlaf sah. Er baute ihr einen Bollerwagen und zählte mit ihr die Wellenringe, die ein Stein schlug, wenn man ihn ins Wasser warf. Und später versuchte er, ihr schwimmen beizubringen. Er hielt sie auf seinen Händen im Wasser und versuchte, ihr die Angst vor dem fremden Element zu nehmen. Aber obwohl Kriemhild auf dem Trockenen die Froschbewegungen auswendig gelernt hatte, sank sie wie ein Stein, sobald er sie losließ. Einen Monat schluckte sie jeden Nachmittag Wasser. Verbissen übte sie, obwohl sie Angst vor dem schlickigen Grund hatte. Aber es nützte nichts. Kriemhild lernte nie schwimmen. Paul verwirrte diese Erfahrung. Er hätte verstehen können, wenn Kriemhild das Schwimmen nicht hätte lernen wollen, wenn sie sich nicht dafür interessiert hätte, aber daß sie sich die Lunge aushustete, weil sie Wasser durch die Nase geschluckt hatte, daß sie blaugefroren und verängstigt war und es trotzdem immer wieder erfolglos probierte, machte ihm angst. Viele ihrer Tätigkeiten hatten etwas Mechanisches. Wenn sie mit ihrem Kinderrechen Laub harkte, konnte es passieren, daß sie immer weiter auf einer Stelle kratzte, durch die Grasnarbe hindurch, ein richtiges Loch in die Erde, bis Paul kam und sie aus ihrer Versunkenheit weckte. Als Nele ihr mit vier eine Klavierlehrerin besorgte, schlug Kriemhild immer wieder die gleiche Taste an, den Körper vornübergebeugt, in nervenzerreibender Monotonie. Seitdem galt sie als unmusikalisch. Aber Paul erinnerte sich an die Kinderstimme, die zu seinem Bienenlied lallte. Sie war voller Melodie, solange sie nur immer das gleiche Wort wiederholen konnte. Mückenstiche kratzte Kriemhild sich auf bis auf das rohe Fleisch, und manchmal hörte sie einfach nicht auf zu essen. Paul sprach Nele darauf an und schlug ihr vor, einen Arzt zu konsultieren. Aber Nele wehrte ab. Und als Kriemhild älter wurde, verschwanden ihre Manien langsam, jedenfalls beobachtete Paul sie nicht mehr.

Paul von Kavea betrat seinen Garten von der Rückseite und ging einen Trampelpfad zwischen den Büschen der Randbepflanzung entlang. Er blickte den Hügel hinauf zu seinem Haus. Rauch schlängelte aus dem Schornstein.

Hertha stand auf der Terrasse und fuchtelte mit den Armen.

»Es geht los, Kriemhild bekommt ihr Baby«, rief sie.

Nele war zufrieden. Professor Sonnlein hatte ihr versichert, daß der Kaiserschnitt keine halbe Stunde dauern würde. Die Zeit hatte Nele genutzt, um aus der Telefonzelle in der Empfangshalle ihren Fraktionschef anzurufen. Die Aussprache über den Gesetzentwurf war bis nach der Mittagspause vertagt worden. Bis dahin würde sie wieder zurück sein. Während sie auf den Fahrstuhl wartete, überlegte Nele sich Schlagzeilen für die morgige Presse.

Der Aufzug rumpelte. Die Walzen, über die die Aufhängung lief, stoppten. Nele war wieder auf der gynäkologischen Station. Die Fahrstuhltüren schoben sich hinter ihr ineinander. Auf dem Flur sah sie Oberschwester Giselas grauen Kopf, der in Kriemhilds Zimmer verschwand.

»Cosima«, dachte Nele. »Und wenn es ein Junge wird, nennen wir ihn Richard.«

Aus dem Zimmer hörte sie das Krähen eines Neugeborenen. Sie fand, daß es sich nach Richard anhörte. Im selben Moment öffnete sich die Tür des Wöchnerinnenzimmers und der Fotograf stand vor ihr. Die beiden verharrten und starrten sich kurz an. Dann nickte Ketelsen.

»Herzlichen Glückwunsch, Sie haben eine Enkelin. Und was für eine!«

Er ging den Flur hinunter. Nele straffte sich und trat ein. Professor Sonnlein stand vor der kleinen Waschecke. Von dort kam das Krähen des Babys. Die Hebamme Gisela hielt einen Zuckerwassernuckel in die Luft, den das Baby nicht wollte. Kriemhild lag in Vollnarkose auf dem Bett.

Sonnlein drehte sich um und lächelte wächsern. Das Zimmer roch nach Desinfektionsmittel.

»Ist etwas nicht in Ordnung?« fragte Nele.

»Keine Komplikationen. Der Eingriff ist glänzend verlaufen. Die Narkose dauert nur noch ein Weilchen«, antwortete Sonnlein.

»Ich meine mit dem Kind.«

Gerade als die alte Hebamme die Geduld zu verlieren drohte, begann das Baby zu saugen.

»Alles bestens. 3500 Gramm, 49 Zentimeter groß und ein Mädchen.«

»Ja, ja, schon gut. Cosima also«, sagte Nele. Als sie ihn laut aussprach, gefiel ihr der Name sogar. Sie ging auf ihre Enkelin zu. Das weiße Handtuch umrahmte ein schwarzes Gesicht.

Sonnlein verkniff sich die Glückwünsche, die er in solchen Momenten auszusprechen pflegte. Kurz hatte er noch gehofft, Nele von Kavea wüßte vielleicht, was sie erwartete. Aber dem war offensichtlich nicht so.

Die Hebamme legte das Baby ins Wärmebett, wobei der Sauger aus dem Mündchen fiel. Sofort krähte Cosima wieder. Nele beugte sich über das handtellergroße schwarze Köpfchen. Sonnlein dachte einen Augenblick, sie würde das Kind packen und in den Mülleimer stopfen. Doch Nele drehte sich nur langsam zu ihrer betäubten Tochter um.

»Mit einem Neger«, sagte sie angewidert.

9

Den ganzen Tag mußte Arabella dem Ochsengespann folgen. Die Nadelspitzen bohrten sich bei jedem Schritt weiter in ihren Arm. Das Quälendste an dem Marsch war jedoch nicht der Schmerz und auch nicht der Durst. Am schlimmsten war die Langsamkeit der Ochsen. Arabella wäre gerne zügiger gegangen, aber der Wagen schaukelte gemächlich den Krötenberg hinauf und nahm auch keine Fahrt auf, als es wieder bergab ging. Hinter dem Berg schlug der Treck eine südöstliche Richtung ein.

Arabella zwang sich, Trauer über den Tod ihres Mannes zu empfinden. Aber das einzige, was sie sah, war Franks bebendes Gesäß, das in Eva stieß. Sie wäre gern schneller gelaufen, um dem Bild zu entkommen. Die Gemächlichkeit des Ochsentrittes diktierte ihr den Rhythmus der Erinnerung.

Abends rasteten sie in einer Kalkpfanne. Die Frauen schlugen aus luftigem Holz Reisepontoks auf und bereiteten Bohnen zu. Arabellas Karren wurde in die Mitte des Lagers gefahren und dort abgestellt. Niemand kümmerte sich um die Gefangene, auch nicht die beiden Hereros, die die Ochsen abschirrten. Kurz sah Arabella Assa den Lagerplatz überqueren. Er hatte ein Assagai mit langschaftiger Eisenspitze in der Faust. Auch er beachtete sie nicht. Sie setzte sich im Schneidersitz in den langen Schatten des Karrens und legte die gefesselten Handgelenke in den Schoß. Ihr Magen knurrte, aber sie hatte keinen Hunger.

Arabella wachte auf, weil sie fror. Die Nacht hatte ihre gewohnte Kälte angenommen. Schemenhaft konnte sie die Körper einiger Hereros am Boden erkennen. Auf den

Hängen sah Arabella die schwarzen Silhouetten der Hirten, die, auf ihre Speere gestützt, das Vieh bewachten. Plötzlich löste sich ein Schatten aus der Dunkelheit und kam auf sie zu. Obwohl sie die Gestalt nicht erkennen konnte, sah sie die schleichende Bewegung deutlich. Der Mensch kniete sich nieder und blieb im Abstand von ein paar Metern reglos vor ihr hocken. Als sich der Körper nicht mehr bewegte, konnte Arabella seine Konturen nicht mehr erkennen. Dann schob sich eine Hand auf ihre Schulter. Mit den gefesselten Fäusten schlug Arabella blind nach hinten, ohne den Angreifer zu treffen. Statt dessen blickte sie Eva in die Augen, die in eine Decke geschlungen war und der Gefangenen eine Kelle hinhielt. Während Arabella trank, merkte sie, wie durstig sie war. Das Wasser schmeckte bitter und betäubte ihre Erschöpfung.

»Danke.« Arabella reichte Eva die Kelle zurück. Noch bevor sie mehr sagen konnte, war Eva wieder in der Nacht verschwunden. Während sie wartete, daß ihr die Augen wieder zufielen, dachte sie darüber nach, was sie Eva hätte sagen können.

Als Arabella zu sich kam, war das Lager um sie herum bereits abgebaut. Das Vieh war angetrieben, die Babys waren auf die Rücken ihrer Mütter geschnürt und die Ochsen angespannt. Es war ihr unerklärlich, wie sie das alles hatte verschlafen können. Sie hatte in der Nacht nicht mehr gefroren, sondern war in einen tiefen Schlaf versunken, der sie gewärmt hatte. Ein würziger Geschmack lag ihr auf der Zunge. Den ganzen Vormittag über, im schleichenden Gleichschritt hinter den Ochsen, stellte sich bei Arabella kein einziger Gedanke ein.

Sie passierten eine Pad, die nach Nordosten zum Waterberg führte. Arabella bekam Blasen in ihren Schuhen, streifte sie im Gehen ab und sah aus den Augenwinkeln, daß sie jemand aufsammelte. Barfuß ging es besser. Sie schaute sich den Schlurfgang der Hereros ab, die ihre Füße kaum hoben, um nicht in die spitzen Samen der Morgensterne zu treten. Der Weg war sandig, und es gab nur wenige Steine. Die Frauen klaubten unterwegs Zwiebeln aus dem trockenen Boden, und als sie mittags rasteten, wurden die Knollen zerstoßen und mit saurer Milch vermengt. Von dem Brei wurde auch Arabella angeboten. Er schmeckte nach Erbrochenem und verdrängte jegliches Verlangen nach Nahrung.

Am Nachmittag wurde das Gelände steinig, und Arabella schnitt sich ein paarmal die Füße auf. Dann trat sie in einen Kaktus, dessen Stacheln kleine Widerhaken hatten und sich fest in ihre Haut krallten. Sie konnte nur noch auf dem Ballen auftreten. Es dauerte fast eine halbe Stunde, bis sich die Möglichkeit bot, die Stacheln herauszuziehen.

Die Crewo-Hereros trafen auf einen anderen Stamm, der wie sie auf dem Weg nach Süden war. Es waren die Kambazembis. Verglichen mit den zehntausend Männern, Frauen und Kindern, bepackt mit allem Hausgerät und begleitet von der doppelten Anzahl an Vieh, waren die Hereros aus Crewo ein kleiner Haufen. Assa Riarua und der Führer der anderen, Salatiel, trafen sich in der Mitte zwischen den Gruppen. Noch bevor ihr Palaver beginnen konnte, stob von Osten ein neuer Trupp Hereros heran. Diesmal waren es nur wenige Männer auf Pferden. Als die Kambazembis die Reiter sahen, riefen sie laut den Namen ihres Anführers, David. Auch einzelne Schüsse waren zu hören. Assa und Salatiel grüßten die Ankommenden, hinter deren Pferden menschliche Körper auf dem Boden schleiften.

Die beiden Stämme hatten sich vereinigt und eine längere Rast eingelegt. Die drei Anführer, Assa, Salatiel und sein Bruder David, hockten mit einigen anderen Männern in der glühenden Sonne und sprachen miteinander. Zwischen Arabella und den Häuptlingen lagen die drei Leichen, wie für sie ausgestellt. Die Kleider der Toten waren von Geröll und Dornen zerrissen, aber man konnte noch die khakifarbenen Uniformen der deutschen Schutztruppler erkennen. Ihre Gesichter waren entstellt. Der Fuchs, auf dem David geritten war, gehörte Paul.

Assa und die anderen standen auf. Kaum hatten sie ihren Platz verlassen, stürzte sich eine Gruppe Frauen mit Messern und scharfen Steinklingen, heulend wie ein Rudel Hyänen, auf die Toten. Das Heulen wandelte sich zu einem anschwellenden Sprechgesang, bis sich plötzlich eine der Frauen aufrichtete, ihr Gesicht zu einer Fratze verzerrt, und ein Stück blutiges Fleisch in die Luft hielt. Es waren die Lippen eines der Soldaten. Eine andere hatte die Ohren abgeschnitten. Arabella würgte es in der Kehle, aber sie hatte so lange nichts gegessen, daß es nichts gab, was sie hätte erbrechen können. Angeekelt versuchte sie sich, auf Ellenbogen und Knien kauernd, dem Anblick zu entziehen. Eine Hand faßte ihren Kopf und drehte ihr Gesicht empor. Es war Assa Riarua.

»Sie singen, deine Lippen sollen nie wieder Hereroluft spüren. Deine Ohren sollen nie wieder Hererostimmen hören. Deine Augen sollen nie wieder Hereroland sehen. Deine Nase soll nie wieder Hereroland riechen. Deine Finger sollen nie wieder Hereroland berühren. Deine Lenden sollen nie wieder Hererofrauen beleidigen.« Am Kinn drehte der Hererokapitän den Kopf Arabellas zur Mitte des Platzes und zwang sie, das schaurige Gemetzel zu betrachten. Die besungenen Organe waren den toten Soldaten abgeschnitten und an eine Leine gehängt worden.

»Der Anführer dieser Männer ist entkommen.«

Arabellas Erleichterung machte sich laut Luft. Gleichzeitig durchtrennte Assa ihre Fesseln. Die von den Seilen zusammengepreßte Haut war zerknittert und blau angelaufen. Das Nadelkissen war blutgetränkt. Arabella durchbiß das Band des Kissens mit einer Kraft, die sie selbst an sich nicht kannte, dann zog sie sich die Metallspitzen mit dem Mund aus dem Arm.

»Wohin wird er gehen?« fragte Assa.

»Ich weiß es nicht«, sagte Arabella.

»Er wird dich suchen. Ich habe gesehen, wie er dich angeschaut hat«, sagte Assa. »Deshalb wirst du bei uns bleiben.«

Als sich der Treck erneut in Bewegung setzte, stand Arabella auf und hinkte ihrem Ochsenkarren hinterher. Nach einiger Zeit schaute sie auf und sah Eva neben sich gehen. Arabella wollte sich entschuldigen, aber es kam ihr anmaßend vor. Eva trug nicht wie früher einen Kittel, sondern lediglich einen Schurz und eine lederne Weste. Erst dachte sie, die Vergewaltigung hätte eine Veränderung an Evas Körper bewirkt, aber dann begriff sie, daß sie Eva vorher noch nie nackt gesehen hatte und der Anblick einfach nur ungewohnt war.

»Haßt du mich?« fragte sie schließlich.

Eva reichte ihr ein Stück Biltong, das sie sich in den Mund schob und kaute. Das gedörrte Fleisch war zäh und wurde nur langsam weich. Durch die Kaubewegung erwachte Arabellas Hunger. Ein Schmerz zerrte plötzlich in ihren Eingeweiden.

»Manchmal ist es besser, nichts zu essen«, sagte Eva. Sie reichte Arabella eine Büffelblase, die gefüllt war mit der bitteren Flüssigkeit von letzter Nacht. Die Krämpfe im Magen legten sich.

Bis Mitternacht wurde gewandert. Als endlich das Zeichen zur Rast kam, brach Arabella erschöpft zusammen. Stunde um Stunde hatte sie ihre Beine gegen den Schmerz, der in ihrer linken Ferse pulsierte, bewegt. Als erst die

Zehen und dann die Wade taub wurden, ging es besser. Eva hatte ihr eine Nuß und einen bernsteinfarbenen Brei zu essen gegeben. Danach hatte Arabella gerade Kraft genug gehabt, um das Tempo der anderen, das ihr gestern hinter dem Ochsenkarren noch so langsam vorgekommen war, mitzuhalten.

Benommen lag sie unter den kahlen Sternen, die Augen den Frauen zugewandt, die Gras und Buschwerk zum Schutz vor Mambas und Puffottern ausrissen. Dann kam Eva und deckte sie zu. Arabella spürte ihr Fieber, sie wälzte sich auf der Erde und wand sich in einem Feuer, dessen Flammen vom linken Bein in ihren Kopf schlugen. Stimmen murmelten über ihr. Sie sah Frank mit zerschlagenem Schädel und die aufgerissenen Augen der sterbenden Charly. Sie roch die Angst und den Kot der verblutenden Nachbarn, sah Lippen ohne Gesicht und den durchschimmernden Kieferknochen der jungen Soldaten. Dann wurden die blutigen Gesichter zu dem zerschossenen Schädel des Kalbs, und als sie schreien wollte, war ihre Zunge eingewachsen.

Ein nasses Tuch lag auf ihrem Gesicht, als Arabella wieder zu sich kam. Jenseits des Tuchs flackerte ein Feuer. Ihre Hände waren gelähmt. Das vergiftete Blut war auf dem Weg in ihr Herz. Jemand griff sie am Kragen, und eine Klinge fuhr vom Brustbein abwärts bis zu ihren letzten Rippenbögen und durchtrennte die Bluse mit einem Schnitt. Ihr Hemd wurde aufgeklappt. Mit einem Ruck wurde ihr Rock entfernt. Öl wurde auf ihren brennenden Bauch geträufelt. Zwei Hände begannen sie einzureiben. Sie bewegten sich vom Bauchnabel in zwei Richtungen. Kreisend suchte die eine Hand den Weg an ihrer Hüfte vorbei, den Schritt entlang, die Innenseite des Oberschenkels hinunter zu ihrer linken Hacke, während die andere Hand mit sachten Drehungen den Weg des Giftes zu ihrem Herzen verfolgte. Gleichzeitig endeten die

Kreisbewegungen am Ursprung und am Ziel ihrer Blutvergiftung.

Dann wurde ihr Fuß angehoben, und bevor sie verstand, was geschah, öffnete ihr ein Schnitt die Wade. Gleich darauf spürte sie einen Mund auf der Wunde, der ihr Blut trank. Sie konzentrierte sich, um herauszufinden, ob der Mund absetzte und ihr Blut ausspuckte, aber er blieb, wo er war und schluckte.

Als Arabella erwachte, konnte sie ihre Arme bewegen. Ein Tuch, das einmal ihr Tischtuch gewesen war, war stramm um die Wade gebunden. Sie hatte ein blaubedrucktes Kleid an, wie es die Hererofrauen an Festtagen trugen. Um sie herum standen Hereros, während sie auf einer Art Schlitten lag, der an ein Maultier geschirrt war. Sie schauten alle in die gleiche Richtung. Arabella sah einen Telegrafendraht und die Klinge eines Assagais, die die Verbindung kappte.

Ein paar Schritte weiter stand Eva, das Gesicht auf den Telegrafenmast gerichtet, der langsam zu Boden sank.

Arabella stellte fest, daß sie sich nicht müde fühlte, sondern ausgeruht und gereinigt. Allerdings brach ihre Stimme weg, als sie fragen wollte, wie lange sie geschlafen hatte. Nur Eva hörte ihr Wispern. Sie gab dem Maultier einen Klaps, und der Schlitten zog an.

Arabella drehte den Kopf zur anderen Seite. Blaß im Blau lagen die Onjantiberge. Im Westen waren die Wolken schwarz. Das Land verschwand hinter einer Regenwand.

»Es hat einen Kampf bei Okaharui gegeben. Einen schlimmen Kampf. Vor vier Tagen, drei Tage, nachdem du krank geworden bist«, begann Eva zu erzählen, ohne Arabella anzusehen. Die Plateaus der Onjantis lagen noch im Licht, während der Treck sich schon im Wolkenschatten befand.

»Die Deutschen sind von den Bondelzwart zurück. Assa und Daniel sind mit vielen Kriegern fortgeritten und haben sich ihnen in den Weg gestellt. Aber die Deutschen haben Schrapnells und Maschinengewehre. Wir haben über dreißig getötet, für unsere Toten reichen Zahlen nicht. Die Deutschen marschieren weiter, und jetzt sind wir auf der Flucht.«

Erste Tropfen klatschten in den Staub. Ein Rinnsal suchte sich seinen Weg über Arabellas Gesicht. Dann war mit einem Schlag alles naß. Arabella fühlte, wie sich ihre Haut öffnete. Der Sand wurde zu Schlamm, die Luft zu Wasser. Die Worte wurden von dem Rauschen weggespült. Salatiel sprengte in den zusammengestückelten Resten einer deutschen Uniform vorbei. Er schwenkte beide Arme durch die Regenluft und brüllte.

»Was schreit er?« rief Arabella.

»Der Regen wird uns retten und uns den Sieg bringen!«

Am Nachmittag erreichte der Treck sein Ziel, die Sommerwerft der Okahandja-Hereros. Hier wohnte der Stamm Samuel Mahareros seit dem Ausbruch des Aufstandes. Seine von der Epidemie dezimierten, aber noch immer reichen Viehherden, die ersten Hirten, Späher und Vorposten verkündeten die Anwesenheit des mächtigsten Stammes der Hereros. Eva gab Arabella eine Decke, die den Regen, in einem Ochsenfell eingewickelt, trocken überstanden hatte.

»Kannst du dich alleine ausziehen?«

Arabella wußte es nicht. Sie fühlte sich geläutert und dabei angenehm ausgelaugt. Eva half ihr auf die Beine. Langsam fand Arabella auf dem durchweichten Boden Halt, streifte den nassen Stoff ab, ohne auf Zuschauer zu achten. Eine Handvoll Hererojungen freute sich über Arabellas weißen Rücken und Po und lachte über den Wechsel der Hautfarben auf ihren Oberarmen. Arabellas Blick glitt an ihrem abgemagerten Körper hinunter. Sie wickelte die Tischdecke ab, unter der ein wulstiger Schorfstrich lag, den sie mit ihren Fingern abfuhr. Das verkrustete Blut war aufgeweicht und plackte in langen Streifen ab. Sie rubbelte die neue rosa Haut gänzlich frei. Dann knotete sie die Decke über ihrer Schulter zusammen.

Eva hatte eine Reihe von Stäben und Stangen pyramidenartig gegeneinandergestellt und war dabei, sie mit Rinderfellen zu bespannen.

»Dein Pontok?«

»Unser«, sagte Eva. Arabella kniete sich in den Schlamm, faßte mit beiden Händen in den Matsch und half Eva, die Löcher zu verschmieren.

Als es dunkel geworden war und die Feuer brannten, hockte Arabella neben Eva im Eingang des Pontoks, kaute auf einem Stück Biltong und lauschte wie das ganze Lager auf den Streit, den die Führer miteinander hatten. Nach dem Regen lag eine ungeheure Hellhörigkeit über der Erde. Man hörte die Herden schnauben und hinter den Herden das Husten der Geparden. Obwohl sie einzelne Worte der fremden Sprache nicht begriff, konnte Arabella dem Palaver der Häuptlinge in dieser Nacht gut folgen. Samuel Maharero, der seit dem Ausbruch des Aufstandes keinen Tropfen Alkohol mehr angerührt hatte, versuchte Assa zu besänftigen.

»Hendrik Witbooi wird sich nicht mit uns verbünden.« Im Feuerflimmern erspähte Arabella den Schemen eines stehenden Mannes. Der Zorn war seiner Körperhaltung anzusehen.

»Er wird. Er haßt die Deutschen.«

»Er haßt uns auch. Gegen die Bondelzwarts hat er ihnen Hilfstruppen zur Verfügung gestellt. Wir sollten lieber unsere eigenen Kräfte sammeln.«

»Das ist schon schwierig genug«, fügte David hinzu.

»Ja. Das ist es. Und warum? Weil wir nicht entschlossen vorgehen.« Assa warf einen Ast ins Feuer, daß die Funken stoben.

»Was willst du damit sagen?« Auch Maharero stand auf.

»Die Hereros allein können nicht siegen. Wir können es nur mit der vereinten Kraft aller Stämme. Wir müssen zusammenhalten. Wenn die Weißen sich nicht vertreiben lassen, müssen wir sie ausrotten.«

»Wer schleppt denn die ganze Zeit seine weiße Gefangene mit sich herum? Du oder Samuel?« warf David ein.

»Es geht nicht darum, sie zu vernichten. Wir haben gesiegt, wenn wir ihnen gezeigt haben, daß sie uns brauchen«, fügte der Oberhäuptling der Hereros hinzu.

Für einen Moment trat Stille ein. Assa starrte Maharero an.

»Du ziehst die Deutschen den Namas vor. Du hast nichts verstanden. Dies ist keine Stammesfehde, dies ist Orlog. Wir brauchen einen gemeinsamen Aufstand aller Stämme.« Er sprach leise und scharf, und seine Eindringlichkeit kroch Arabella unter die Haut.

»Als du zusammengebrochen bist«, sagte Evas Stimme neben ihr, »da wollten wir dich zurücklassen. Nur er hat sich um dich gekümmert.«

Ein von den Stimmen aufgeschreckter Nachtvogel überflog schimpfend ihr Pontok.

»Es tut mir nicht leid, daß mein Mann tot ist.«

Das Lager begann plötzlich vor Trommelschlägen zu dröhnen. Ein tiefer Baß grollte durch die Luft und brachte das Blut in Schwingung.

»Komm mit«, sagte Eva, stand auf und verließ das Pontok. Arabella kroch auf allen vieren hinaus. Man sah keine Sterne, und noch immer verbargen Wolken den Himmel. Sie hastete hinter Eva her, die mit schnellen Schritten durch die Pontoks, Zelte und gespannten Felle lief. Auch die anderen Frauen waren aufgesprungen und eilten zu einem offenen Platz, auf dem die Krieger mit Fackeln standen. Drei Männer schlugen auf eine Trommel, die groß war wie ein Wagenrad. Arabella erwartete eine Art Kriegstanz, doch im Kreis der Fackelträger saß nur ein einzelner Mann. Er hatte die Hände hinter dem Kopf verschränkt und die Daumen in den Mund gepreßt. Es war Assa Riarua.

Die Schwarzen riefen ihre Ahnen, die großen Krieger und den verstorbenen Führer der Hereros, Maharero Katjamuaha, und wie aus dem Grab murmelten die Geister aus den Mündern der Anwesenden ihre Antworten.

Ein zweiter Krieger trat in den Kreis der Fackeln und reichte Assa einen Hammer und einen Beitel. Assa nahm das Werkzeug, und als er es hoch über seinen Kopf hielt, ging ein Raunen durch die versammelten Hereros. Dann führte er den Meißel zum Mund, setzte ihn sich auf die Schneidezähne und schlug mit dem Hammer darauf. Sein Kopf wurde durch den eigenen Schlag erst in den Nacken geworfen, dann fiel er nach vorne auf die Brust. So zusammengesackt blieb Assa mehrere Augenblicke sitzen, dann zwang er sich auf die Beine und spuckte einen Mund voll Blut, Zahnfleisch und seine abgebrochenen Schneidezähne auf die Erde.

»Wem gehört dieses Land?« sangen die Krieger.

»Uns gehört Hereroland!«

Das Rivier füllte sich in Sekundenschnelle. Bevor das Wasser um die Kurve schoß, flogen Gischtflocken über den Grat. Schmutziger Schaum brandete an den Felsen empor, die zu Klippen geworden waren. Während der Nossob beidrehte und über Steinbänke auf den Ozean zurauschte, befruchtete er ein eigenes Meer aus Blüten. Silbergras sproß aus den toten Sandfeldern. Lila Buschmannskerzen und gelbe Morgensterne überwucherten Pisten und Pads.

Nach den sechs dürren Sommern, die Arabella in Afrika verbracht hatte, sah sie diesen Ausbruch von Farbe zum ersten Mal. Mit Eva war sie auf eine Anhöhe über dem Fluß gestiegen. Ein kleines Wasserauge blinkte zwischen den grauen Steinen. Eva leckte an den weißen Flecken, die es umgaben. Es war Salz. Sie hielt Arabella ihren Finger hin, und Arabella leckte ebenfalls. Es war eßbar und zog den Speichel im Mund zusammen. Sie kniete sich auf die Schieferplatte und kratzte die weiße Kruste in einen Lederbeutel.

Während sie die Salzmale löste, konnte Arabella zusehen, wie das Wasserloch mehr und mehr verkrustete. Die Sonne tat ihr Bestes, den Regen sofort wieder vergessen zu machen.

Gegen Mittag bildete sich ein feiner Nebel über dem Land. Das Wasser wich wieder aus der Welt, die noch in Üppigkeit schwelgte. Wo sie ging und stand, hatte Arabella fingerdicke Raupen unter den Füßen. Im Nordosten konnte man am Flimmern der Luft den Durst der Ohmaheke erahnen. Bis dorthin war der Regen nicht gekommen.

»Dort hat Assa vierzig Tage gefastet.«

Seit jener Nacht, als er sich die Zähne ausgeschlagen hatte, hatte sie Assa nicht mehr gesehen. Er kämpfte irgendwo mit seinen Männern gegen die Deutschen. Arabella ging mit den Frauen morgens in die Steppe, grub die Melonenknollen der Tschammas aus, aß ihr fades, nasses Mark und pflückte Früchte von wilden Feigenbäumen. Sie kochten in einem großen Messingtopf Suppe, die sie mit Steinen würzten. Arabella half, einen Wasserbüffelbullen zu zerlegen, der trotz dreier Kugeln im Kopf noch einen halben Tag vor dem unvermeidlichen Tod davongelaufen war. Als die Frauen ihn schließlich in einer Kuhle fanden, hielt er den Kopf noch immer hoch, blickte sie herausfordernd an und schaffte es sogar, wieder auf die

Beine zu kommen und den Kopf zum Kampf zu senken. Eine der Frauen warf ihm einen Strick um den Hals, und Arabella zerrte das Seil um einen Baum. Dann gelang es Eva, ihm mit einem Assagai die Kehle durchzuschneiden. Das Metzgern dauerte den Rest des Tages. Sie brauchten die ganze Nacht, um, bepackt mit Fleischsäcken, zurückzukehren.

Das Fleisch und Fett hatten sie in große Stücke geschnitten und zum Schutz vor den Fliegen in das Fell des Bullen eingeschlagen. Im Gegensatz zu denen des Gnus, das Arabella kurz vor dem Ausbruch des Aufstandes verarbeitet hatte, ließen sich die Muskeln und Sehnen dieses Büffels kaum durchtrennen. Bei dem Marsch durch die Nacht fluchten die Frauen über David, der ihnen die Plackerei eingebrockt hatte, nur weil er ein erbeutetes Gewehr hatte ausprobieren wollen. Als gäbe es nicht genug Schlachtochsen in der Herde.

»Assa ist gereinigt zurückgekommen. Die Omaheke hat ihn zum Häuptling gemacht. Gegen ihn ist David nur ein Aufschneider«, sagte Eva.

In der unendlichen Öde der Omaheke zu überleben grenzte an ein Wunder.

»Vierzig Tage in der Wüste, wie Jesus«, sagte Arabella.

»Assa glaubt an keinen Herrn.«

Nachts schrak sie aus einem dumpfen Schlaf auf. In ihrem Hirn schlug leise ein Takt. Sie steckte ihren Kopf aus dem Pontok. Der Mond hatte sich mit einem weißen Schleier umgeben. Arabella inhalierte die feuchte Luft. Das Ticken in ihrem Kopf führte sie weg vom sternerleuchteten Wendekreis in ihre eigene Vergangenheit.

In den einzigen Ferien, in die Arabella je gefahren war, ertrank ihr Vater. Sie war mit ihren Eltern an die Nordsee gefahren und den ganzen Tag im Wasser gewesen. Ihre Haut schälte sich von Sonne und Wind, in den Augenfalten hatte sie Kristalle. Sie war gerade elf geworden, die Reise nach Amrum ein Geburtstagsgeschenk. Ihre Eltern erholten sich in blaugestreiften Liegestühlen und tranken Bier. Für sie war Arabella alt genug, auf eigene Faust durch die Dünen zu streifen, aber noch nicht so alt, daß sie ihr Liederlichkeiten zutrauten. Doch da täuschten sie sich. Arabella hatte einen Freund, einen etwas flaumgesichtigen zwar, aber immerhin. Er vermietete Ruderboote und kleine Segler an der Mole. Einmal brachte er einen winzigen Krebs mit zu ihrem Treffpunkt in den Dünen. Die hornigen Zehen kitzelten auf dem Handteller.

Mittags lag er neben Arabella in einer Mulde zwischen Strandhafer und rauhrindigen Nadelholzstumpen und streichelte ihren Bauch. Arabella beobachtete, wie eine Ameise über seine Schulter krabbelte, und bekam eine Gänsehaut. Der Himmel über Amrum war die linksgewendete Seite dieser Nacht vor dem Pontok.

Das Ticken hatte sie schon beim Turteln im Dünensattel gehört. So jedenfalls hatte sie es in Erinnerung. Aber wahrscheinlicher war, daß sie das Ticken zum ersten Mal hörte, als sie ihren Kopf gegen den vollgesogenen Bauch ihres Vaters gepreßt hatte. Die aufgeregten Schreie, das Hilferufen ihrer Mutter und das Eintreffen des Reporters vom Inselanzeiger hatte sie nicht mitbekommen. Hand in Hand mit ihrem Bootsvermieter spazierte sie aus der Sonne und wußte nicht, daß nichts mehr so war wie vorher. Ihr Vater hatte zwei Bier zu viel getrunken, und die kleine Jolle, in die er sich und Arabellas Mutter direkt von den blau-weißen Liegestühlen einschiffte, war in seiner trunkenen Freude gekentert. Das Boot war das erste, was sie kieloben begrüßte, als sie zum Strand kamen. Der Junge erkannte es gleich wieder. Arabella schöpfte noch keinen Argwohn. Auch als sie die leeren Liegestühle ihrer Eltern sah, wurde sie nicht mißtrauisch. Erst als sie die Menschentraube am Strand erblickte, ihre Mutter in eine Decke gewickelt, entglitt ihr die Hand, die sie gerade hielt. Sie lief und warf sich auf den nassen Bauch ihres Vaters, der kalt und weiß mit abgewinkeltem Kopf im Sand lag, einen irgendwie hämischen Ausdruck auf den aschfahlen Lippen. So ließ man sie liegen, bis die Leichenkutsche kam. Ihre Mutter hatte genug damit zu tun, vor ihrer neuen Situation als Witwe zu erschrecken. Sie überschaute sofort, zu was die Schaukelei in der Jolle geführt hatte. Die Familie hatte sich Land in der Nähe von Jena gekauft. Alles war dafür zu Geld gemacht worden. Das Einkommen ihres Mannes war das Fundament gewesen, auf dem sie hatten bauen wollen, und jetzt war alles futsch. Als Mädchen für alles war sie sich als Dame aus dem Mittelstand zu gut. Es blieben nur andere Männer.

Arabella hörte das Ticken ihrer ersten Sommerliebe aus dem toten Wanst ihres Vaters. Ihre Hand fuhr in seine Westentasche und fand die Taschenuhr, die das Bad in der Nordsee überlebt hatte. Arabella behielt sie als Erbe, auch als ihre Mutter den übrigen Schmuck verkaufen mußte.

Das Tick-Tack war der Herzschlag ihrer Kindheit und gleichzeitig der Abschied von ihr. Die Uhr reiste mit nach Afrika und verstummte auf der Überfahrt, obwohl sie die Salzwassertaufe doch schon überstanden hatte. In Arabellas Ehejahren hing sie tot am Bettpfosten und wurde nur unter Franks Rammelei zum schwingenden Pendel.

Unter dem rauschenden Himmel vor dem Pontok hörte Arabella sie nun wieder. Bis zum Morgen fand sie keinen Schlaf mehr, und auch tagsüber blieb ihr der Takt im Ohr. Die Frauen hatten eine Schlange gefangen und nähten ihr den Mund zu, damit ihr Giftzahn nicht zuschnappen konnte. Die Windungen des Tieres wurden zu einem zappelnden Spasmus im Rhythmus der Uhr. Nur ein Girren kam durch den trockenen Kiefer der Schlange. Dann warfen sie das Tier klatschend gegen einen Stein, um das Fleisch weich zu machen.

»Warum tötet ihr sie nicht?« fragte Arabella.

»Wir töten sie doch«, sagte Eva.

Arabella mußte zugeben, daß das Fleisch tatsächlich butterweich war, als sie die Schlange in einer Soße aus thymianähnlichem Kraut roh aßen.

Das Uhrgeräusch begleitete sie auch die nächsten Tage. Dann zeigte ihr eine Biene den Weg zurück in die Wirklichkeit. Eva und Arabella folgten ihr auf der Suche nach Honig. Während sie nebeneinanderherwanderten, hatte Arabella das Gefühl, die Freundin wolle ihr etwas sagen. Sie waren sich inzwischen noch vertrauter als während ihrer gemeinsamen Zeit in Crewo.

Das Summen der schwärmenden Insekten wurde von Arabellas Ticken dirigiert. Das Bienenvolk hauste in einem kleinen Canyon, gut drei Menschenlängen über dem Erdboden. Die Sonne war auf ihrem höchsten Stand, als Arabella ihre Freundin an einem Strick vom Rand des Canyons hinabließ. Eine Zirruswolke zog wie feiner Rauch über das weitschweifige Blau. Das hintere Ende des Seils war um einen toten Baum geschlungen. Eva steckte in zwei alten Schirtinganzügen, die sie sich am Morgen von Davids Frau geborgt hatten, um sich gegen die wütenden Attacken der Bienen zu schützen.

Die Anzugärmel waren zugebunden, und ein qualmender Eisentopf umgab sie mit einer Rauchmauer, so daß Eva das Flugloch ungestochen erreichte. Auf ihrem Arm hockten benommene Bienen. Die Luft vor der Kolonie flimmerte von den Flügelschlägen der Insekten. Eva brach die Wabe aus dem Fels und bugsierte sie aus dem Eingang. Eine halbe Stunde später leckten sich die beiden Frauen triumphierend die Hände. Sie hatten die Wohnungen der Bienen weggemümmelt wie Kuchen und waren wie betrunken von den Kalorien. Ein bißchen knirschte es, aber der Nektar war süß und karamelisiert. Mit ihren Honigmägen lagen Eva und Arabella auf Davids Ausgehjacke.

Wo immer der Krieg stattfand, er war kein Teil dieses Tages.

Dann hörte Arabella wieder das Ticken. Sie faßte in die Innentasche der Jacke und zog ihre Taschenuhr heraus. Der Sekundenzeiger drehte zittrig seine Runde, die Zeiger salutierten, schlugen die Hacken zusammen und grüßten die neue Stunde stillgestanden. Die Uhr ging, aber die angezeigte Zeit war abwegig.

Eva erkannte die Uhr ebenfalls. Sie hatte jahrelang für Arabella die Betten gemacht. Gedankenverloren ließ Arabella die Uhr eine Weile an ihrem Finger baumeln, um sie dann zurück in die Jacke zu stecken. Eva hielt ihre Hand fest.

»Es ist doch deine.«

»Jetzt gehört sie David«, gab Arabella zurück.

»Ich werde ihm sagen, daß es deine ist.« Eva steckte die Uhr in Arabellas Beutel.

Sie blieben sitzen und ließen die Sonne ihre Augen kitzeln. Dann ließ sich Eva nach hinten gleiten und faltete die Hände unter dem Kopf.

»Ich habe nicht geblutet. Ich hätte schon bluten sollen, als du krank warst.« Eva sagte es ganz ruhig, so daß Arabella über die Worte zunächst hinweghörte. Erst beim Nachdenken verstand sie.

»Ich bin schwanger«, sagte Eva. »Von deinem Mann.«

Plötzlich fühlte sich Arabella vom Honig verklebt, als hätte sie Leim getrunken. Kein Gedanke konnte sich mehr regen, und die Zeit stand still.

»Weißt du, Steffens hat mir die Geschichte von Kain und Abel vorgelesen, den Kindern von Adam und Eva. Und nachdem Kain seinen Bruder getötet hat, heißt es, daß er heiratet und ebenfalls einen Sohn bekommt. Aber wer war seine Frau, wenn Adam und Eva die ersten Menschen waren und sie nur zwei Söhne hatten?«

Eva hatte die Augen offen in den blauen Himmel gerichtet, sie sah zufrieden und glücklich aus.

»Warum sagst du das?« fragte Arabella.

»Kannst du mir das Kind wegmachen?«

Arabella fiel das Bild von Franks Storchenrad ein, das die Kinder anlocken sollte. Alles war verdreht. Ihre Mutter hatte offen mit ihr über die Kunst gesprochen, wie Frauen einander die Ehre bewahrten. Plötzlich stand ihr das Bild des Kalbs Romulus vor Augen.

Statt zu antworten, stand sie auf und machte sich auf den Rückweg. Eva folgte ihr, und als Arabella ansetzte, etwas zu sagen, und dann wieder abbrach, lächelte sie.

Sie trafen vier Hererofrauen, die einen Geparden ins Lager trugen, und Arabella konnte ihre Antwort aufschieben. Die Beine der Katze waren gebrochen und um einen Speer geknotet, Blut tropfte aus ihrer Schnauze.

Wie ein Mastschwein wurde der Gepard zerlegt, das Fell abgeschabt und zum Trocknen in die Sonne gepflockt. Myriaden Fliegenleiber schillerten auf der Innenseite der Haut, außen war das Fell staubgelb.

Vor ihrem Pontok, nachdem sie den Anzug zurückgegeben hatten, mußte Arabella antworten. Sie begann zu reden, ohne zu überlegen.

»Warum soll ich das machen?« fragte sie Eva.

»Weil es dein Mann war«, sagte Eva.

»Die Geschichte mit Kain. Vielleicht will sie gar nicht sagen, es ist egal, wer die Mutter ist, sondern wer der Vater ist. Immerhin war Kain ein Mörder. Und trotzdem war es wichtig, daß sein Kind auf die Welt gekommen ist.«

Arabella wußte gar nicht, wie die Hereros fühlten, und auch nicht, ob sie ihre Kinder liebten. Das Kind in Evas Bauch hätte ihres sein müssen. Obwohl es durch Gewalt entstanden war, konnte sie es nicht abtreiben.

»Ich kann dir das Kind nicht wegmachen.«

Arabella hatte Angst, daß Eva zornig werden würde, aber statt dessen fühlte sie ihre Hand in ihrer.

»Dann werde ich es behalten«, sagte Eva. Sie blieben vor dem Pontok sitzen, bis ihnen die Beine einschliefen. Arabella war nicht klar, ob Eva ihr die Verantwortung für die Entscheidung übertragen hatte. Aber wenn es so war, machte es beide nicht unglücklich.

Sie standen auf und trödelten durch das Lager. Die Rotte Jungs, die sie beim Umziehen beobachtet hatte, lachte ihnen hinterher. Arabella drehte sich um. Pauls Ball kullerte ihr vor die Füße. Die Jungen warfen damit auf einen Turm Messingteller. Arabella schob ihn mit dem Fuß zurück, und das kleinste der Kinder hüpfte hinterher und schoß ihn zu Arabella. Dann stockte sie und blickte Eva an. Fußball hatten sie an dem Abend gespielt, bevor Eva vergewaltigt worden war, bevor Assa ihrem Mann den Schädel zerschlug, bevor alles begann. Aber Eva grinste und rief laut »Fußball«.

Die Jungs versammelten sich neugierig um die beiden Frauen, und Arabella erklärte ihnen, daß man zwei Mannschaften bilden mußte und wie man den Ball schoß. Die Tellerstapel wurden zu Torpfosten, und dann spielten Arabella, Eva und der kleine Hererojunge gegen den Rest der Gruppe. Nach einem gelungenen Doppelpaß mit Eva schoß Arabella ihr erstes Tor. Beim Stand von fünf zu drei traf ein Schuß Eva in die Magengrube. Sie krümmte sich und ging in die Knie. Arabella lief sofort hin und beugte sich über ihre zusammengekrampfte Freundin. Eva besann sich auf die zuschauenden Mitspieler und Gegner, holte Luft und richtete sich wieder auf. Sie schob Arabella weg und grinste. Aber Arabella sah ihre Kiefer mahlen und wußte, daß Eva sich nur zusammenriß. Sie spielten weiter und verloren. Arabella blieb in der Verteidigung, um Eva zu schützen, und so schossen sie keine Tore mehr.

Nachts spürte Arabella Evas Wärme neben sich. Sie schlief wie auf Wellen. Immer wieder sackte sie tief weg und spürte, daß irgendwo ein Traum auf sie wartete. Aber bevor sie ihn träumen konnte, war sie schon wieder an der Oberfläche, tastete nach Eva und wurde wach.

Im nächsten Wellental überkam sie ein Gefühl wie das Glück, das sie sich zwischen Evas Eltern vorgestellt hatte. Sie wurde wach, als sie Evas Körper zucken fühlte.

Arabella stützte sich auf die Unterarme und richtete sich ein wenig auf. Im Pontok drängten sich mehrere Hererofrauen um Eva. Sie hielten sie fest, und eine preßte ihr einen Knebel in den Mund. Als Arabella sich aufsetzte, sah sie die alte Frau, die ihr das Nadelkissen in die Fessel gebunden hatte, im Eingang ihrer kleinen Hütte. Ihre weißen Haare standen in alle Richtungen ab. Die Frau, die Evas linken Arm hielt, sah, daß Arabella aufgewacht war, drehte sich ihr zu und bedeutete ihr, still zu sein. Dabei verlagerte sie ihr Gewicht, und Eva konnte ihren Arm aus der Umklammerung lösen. Sie schlug der Frau, die sie knebelte, ins Gesicht. Sofort schlug die Frau zurück. Sie hatte einen flachen Stein in der Faust und traf Eva an der Schläfe. Der Körper am Boden wurde schlaff.

»Was macht ihr?« schrie Arabella. Die Frau mit dem Knebel ließ Eva ohnmächtig liegen und warf sich auf Arabella. Sie spürte den starken, verschwitzten Körper, der roch wie Frank. Eine zweite Frau bog Arabellas Arme auf den Rücken, eine dritte hielt ihre Beine umklammert. An Kopf, Beinen und Armen gepackt, sah Arabella, wie die Alte am Pontokeingang eine lange Zange aus zwei feuergehärteten Holzstreben hervorholte und Eva zusammengeklappt zwischen die Beine drückte. Sie schob die Schenkel auseinander und versenkte die Zange armtief in Evas Unterleib. Trotz der Ohnmacht wälzte sich ihr Körper vor Schmerz hin und her. Blut floß zwischen ihren Beinen hervor. Arabella schüttelte den Kopf. Der Griff um ihren

Mund zog an, war wie eine Kralle. Dann endlich zerrte die Alte ihren Spieß aus Evas Bauch, und Arabella bekam den Finger einer der Frauen in den Mund und biß zu, mit aller Kraft, die sie aufbringen konnte. Die Kneblerin schrie laut auf. Und mit diesem Schrei verschwanden alle Frauen aus dem Pontok.

Arabella kam auf die Knie und robbte zu ihrer Freundin. Das Blut bedeckte alles. Sie brauchte Wasser und Licht.

Arabella hastete durch das Lager. Im Laufen hob sie einen Stock auf und entzündete ihn am Lagerfeuer, um das nur wenige Wachen standen, die sie nicht beachteten. Dann schöpfte sie Wasser aus dem Kessel. Feuer und Eimer in den Händen rannte sie zurück, bohrte die Fackel in den blutigen Schlamm und begann, Eva zu waschen. Äußerlich gab es nur Schürfungen und zerquetschte Hautstellen, innerlich mußte Eva zerstört sein. Arabella wusch sich die Hände.

»Steh auf«, hörte sie eine Stimme. Sie war weder laut noch leise, nur ruhig und bestimmt. Assa Riarua stand hinter ihr, er trug ein weißes Hemd und ein Lederwams, darüber gekreuzt hatte er zwei Patronengürtel. In der Hand hielt er Speer und Gewehr.

»Sieh doch!« rief Arabella und zeigte auf das verblutende Mädchen.

»Sie hatte einen Bastard im Bauch.« Im Fackelflackern sah man das Loch in Assas Zahnreihe. Seine Lippen waren abgeschwollen.

»Wenn wir nichts tun, verblutet sie.«

»Du kannst ihr nicht helfen.«

»Ich kann.«

Assa kniete nieder und legte Eva zwei Finger auf den Hals. Dann schloß er die Augen. Evas Körper hatte jede Spannung verloren.

»Was ist?«

»Fühl selbst.« Assa stand wieder auf.

Arabella tastete nach Evas Halsschlagader und konnte keinen Puls spüren. Sie fühlte sich leer, ohne Widerstand.

»Komm«, sagte Assa.

Der Kriegskapitän der Hereros ging, ohne sich umzusehen. Sie deckte Evas geschundenen Körper zu, griff nach der Taschenuhr, die in ihrem Beutel neben der Toten tickte, und eilte dann hinter Assa her ans Ende des Lagers, wo zwei Pferde standen, eines gesattelt, das andere lediglich mit einer Decke auf dem Rücken. Beide Pferde trugen Proviant. Über dem gesattelten Pferd hing eine grobe Leinenhose.

Assa schwang sich auf das Pferd mit der Decke und befahl Arabella, sich die Hose anzuziehen. Die Verwunderung über Assas Geste durchbrach ihren Schock und ließ die Situation real werden.

»Wohin bringst du mich?« In den unbeschwerten Tagen mit Eva hatte sie keine Minute mehr daran gedacht, daß sie als Köder für Paul von Kavea gefangengenommen worden war.

»In deine Wirklichkeit«, antwortete Assa.

10

Als Cosima abends nach Hause kam und sich zu Hera und Jasper an den Tisch setzte, auf dem das fossile Schulterblatt allmählich Gestalt annahm, blickte Hera nur kurz auf.

»Hi«, grüßte sie.

»Hi«, erwiderte Cosima, griff in die Tasche und schob das Foto von Crewo zwischen die Knochen.

Hera runzelte die Stirn, und Jasper zupfte sich am Ohrläppchen. Beide musterten das Haus.

»Ich hab' es doch genommen«, sagte Cosima.

»Von der?« fuhr Hera auf. »Wieso?«

»Um es wieder wegzugeben. Aber ich dachte, wir könnten es uns wenigstens zusammen ansehen.«

Cosima sah Jasper an, daß er nicht verstand, was ihren Sinneswandel ausgelöst hatte. Aber vor Hera wollte sie ihm nicht von Ketelsen erzählen. Sie zog die Augenbrauen hoch und vertröstete ihn damit auf später.

»Ganz schön«, kommentierte Hera.

»Du warst doch Feuer und Flamme für Afrika«, versuchte Cosima sie zu locken.

Hera nahm das Bild in die Hand und musterte es nun genau.

»Sag nicht, daß du es meinetwegen genommen hast.«

»Nein, meinetwegen«, antwortete Cosima.

»Ich will da nicht hin. Ich dachte, wir wären uns einig, daß wir von deiner Großmutter nichts wollen.«

»Ich will es weggeben«, wiederholte Cosima.

»Wer soll das denn kaufen?« wollte Hera wissen.

»Nicht kaufen, geschenkt bekommen.«

Und dann erzählte Cosima doch von Ketelsen, den ihre Mutter geliebt hatte und dem Crewo ein Zuhause war.

Jasper und Hera hörten zu, ohne sie zu unterbrechen. Auch als Cosima fertig war, sagten sie eine Zeitlang nichts. Dann schüttelte Hera ihre zerzausten Zöpfe.

»Das heißt, deine Großmutter hat deine Mutter ein Leben lang nicht beachtet?«

»Vielleicht war meine Mutter ja auch schwierig«, gab Cosima zu bedenken.

»Wir haben deine Großmutter doch getroffen. So eine Mutter hat niemand verdient. Ich will da nicht hin.« Für Hera war das Thema beendet.

»Dann bleibst du bei mir und hilfst mir hier, und Cosima fliegt alleine runter. So was muß man vielleicht alleine machen.« Jasper nahm das Foto zur Hand.

»Komisch, daß sie dir nur so ein altes Bild gegeben haben.«

»Ich sehe zu, daß ich noch vor Ferienanfang wieder zurück bin«, sagte Cosima.

»Und ich sehe zu, daß ich bis dahin mein Baumhaus fertig hab, so hat dann jeder seins. Gute Nacht allerseits.« Hera verschwand die Treppe hoch in ihr Zimmer.

Cosima erzählte Jasper, daß sie ihren Plan dem Anwalt gegenüber erwähnt hatte.

»Ich fahre morgen nach Hamburg, um es Nele selbst zu sagen, daß ich ihre Farm verschenken werde«, sagte sie.

Es war heiß, und Nele von Kavea fror. Vormittags schon hatte sie Georg gebeten, den Kamin anzuheizen. Jetzt saß sie eingeschlungen in ein Plaid im Ohrensessel, nippte am Whisky und stellte das Glas auf einem zierlichen Beistelltisch ab. Sie hatte diesen Raum immer als Hort ihrer Macht empfunden. Hierher hatte sie Bürgermeister geladen, und auf diesen Teppichen waren Geschäfte abgewickelt worden, hier war die Eheschließung Kriemhilds besiegelt worden, und hier hatte Nele ihrem Vater angeboten, bei ihr zu wohnen.

Der Alkohol tat gut. Es wurmte sie noch immer, daß Paul ihren Vorschlag erst angenommen hatte, nachdem seine Haushälterin verstorben war.

Der Sims über der Feueröffnung war ein nach außen gezogener Halbkreis, als hätte man eine Daube gemauert. Löcher für zehn Kerzen waren hineingedreht. Das Stearin war bleich wie die Hände eines Toten. Nele konnte sich nicht erinnern, daß sie die Kerzen jemals brennend gesehen hatte. Sie schloß die Augen und versuchte, sich an eine Melodie zu erinnern, die ihr Mann oft gepfiffen hatte.

Der Raum, in dem sie saß, war dunkel, voll alter Bücher und schwerer Eichenschränke. Das Schiffsparkett war von einem dicken Teppich verdeckt, auf dem sie die Schritte Paul von Kaveas nicht hören konnte. Erst als er hinter ihr stand und sie leise ansprach, merkte Nele, daß er im Raum war.

»Du hast Cosima besucht«, sagte ihr Vater. Nele schrak auf. Seine Stimme hatte einen scharfen Nebenklang, den sie seit Jahren nicht mehr gehört hatte. Es war der Offizierston, deutlich artikuliert, ohne Sprachmelodie.

»Woher weißt du das?« Nele war klar, daß sie mit gleicher Schärfe hätte antworten müssen, um jede Anschuldigung von vornherein abzublocken, aber die Kälte war überall in ihr und lähmte sie.

»Von Fries«, gab Paul zurück.

Die Luft entwich ihren Lungen, ohne daß sie ausgeatmet hätte. Fries war immerhin ihr Anwalt und Dritten gegenüber, auch ihrem Vater, zu Schweigen verpflichtet.

»Ich habe dir gesagt, was ich vorhabe.«

Paul trat um den Sessel herum.

»Weiß sie jetzt die Wahrheit?«

Nele griff nach dem Whisky.

»Welche Wahrheit hätte ich ihr erzählen sollen?«

Sie zwang sich zu besonderer Wachsamkeit. Die letzten Jahre war ihr Vater eigentlich nur zu sehen gewesen, wenn er sein Zimmer zu Friseurterminen oder Elbgängen verließ. Nele überlegte, ob sich seine Stimme vielleicht gar nicht verändert, sondern sie die Stimme nur lange nicht gehört hatte.

Paul von Kavea stellte sich ans Fenster.

»Sie weiß immerhin, daß wir ihre Familie sind. Ketelsen kann uns nicht mehr erpressen. Und er kann es auch deshalb nicht, weil uns die Farm nicht mehr gehört.« Nele haßte das Gefühl, sich rechtfertigen zu müssen.

Pauls Atem kondensierte an der Scheibe.

»Fries rief an, um dir zu sagen, daß Cosima das Haus verschenken will.«

Was die Glut nicht erreicht hatte, schaffte Pauls Nachricht. Eine Hitzewoge rollte vom Kopf abwärts durch Neles Körper. Sie hatte unterstellt, daß, wenn schon die Zugehörigkeit zur Familie nicht ausreichte, der Wert der Farm bedeutend genug wäre, um Cosima zu binden.

»Du hast deiner Enkelin, die nie von deiner Existenz wissen sollte, das Haus des Mannes geschenkt, der alles über dich und über sie weiß.« Paul suchte ihren Blick.

»Ich habe eine Pattsituation geschaffen, ein Gleichgewicht der Kräfte. Wahrscheinlich werden sich Cosima und Ketelsen niemals zu Gesicht bekommen. Und wenn doch, kann er ihr nicht die Wahrheit erzählen, weil sie sein Faustpfand gegen mich ist. Wir können beide nicht ehrlich sein, weil wir beide dabei verlieren würden.«

»Du solltest endlich reinen Tisch machen. Und wenn du es nicht tust, dann werde ich Cosima erzählen, wieso ihre Mutter verrückt geworden ist.«

Nele musterte ihren Vater mit schmalen Augen. Er war alt genug, alles aufs Spiel zu setzen. Sie richtete sich auf. Paul hatte recht. Sie hatte das Problem nicht zu Ende gedacht. Sie wußte nicht, wie viel Ehrlichkeit sie aufbringen mußte, um Cosima auf ihre Seite zu ziehen, aber sie vertraute darauf, daß es genug Varianten der Wahrheit gab.

»Ich werde es tun.«

Nele sehnte sich plötzlich danach, ihren Vater zu berühren. Aber körperliche Nähe war ihnen seit langem fremd. Paul stand schon in der Tür.

»Du sitzt in einem völlig überheizten Raum«, sagte er auf der Schwelle.

Die Regionalbahn kreischte beim Bremsen. Es war leicht gewesen, sie zu finden, aber nicht einfach, zu ertragen, was aus ihr geworden war. Ein Leben lang hatte Ketelsen sich Ulrike glücklich vorgestellt. Als Kriemhild mit Wehen im Krankenhaus lag, hatte die Hebamme ihn durch ihr umsichtiges und menschliches Handeln beeindruckt, und sie war auf eine Art hübsch gewesen, die nicht jedem Mann gleich auffiel. Offensichtlich war es bis heute keinem Mann aufgefallen. Als er herausbekam, daß sie auf dem Land lebte, hatte er sie sich inmitten einer großen Kinderschar vorgestellt, vielleicht etwas rundlich, aber voller Leben. Was er sah, als er seine Runde zum dritten Mal durch die Linoleumgänge des Privatsanatoriums drehte, war eine graue Frau, schmal geworden mit den Jahren, mit abgetragener Haut und einem Blick, der in jedem Patienten nur den Kranken sieht. Als sie sich auf dem Gang begegnet waren, war sie an ihm vorbeigegangen, zu müde, um ihn zu erkennen.

Draußen zogen die Vororte vorbei. Der Zug war halbleer. Um diese Zeit wollten die Pendler Frankfurt nur noch verlassen.

Als Ketelsen zurück ins Hotel kam, teilte ihm Cosima per Fax mit, daß sie bereits in zwei Tagen nach Namibia kommen würde. Wenn er sie tatsächlich abholen wollte, mußte er zusehen, daß er nach Hause kam.

Kurz vor Okahandja schien die Steppe weiß vom Kalk. Nur vereinzelte Grasstubben infizierten das Land mit grünen Masern. Der Fahrtwind war kaum kühler als die Luft über dem bullernden Boden. Cosima stellte sich einen

Lastwagen voller Hereros vor, alle in bunte, phantasievolle Uniformen gekleidet. Die sieben oder acht Insassen eines PKWs hatten die Fahnen ihrer Stammeszugehörigkeit in den Fenstern eingeklemmt und nahmen offenbar den mangelnden Durchzug gerne in Kauf.

Auf einem Rasthof, der in einem ausgetrockneten Kolk lag, war alles voller Fahrzeuge, Kindergeschrei und Gruppen dicker, farbenfroher Frauen, die klatschend und schnatternd ein Jahr ohne ihre Freundinnen zusammenfaßten.

Cosima blickte von den Fotos in ihrem Reiseführer auf. Sie saß im ICE nach Hamburg, und überall um sie herum zogen die Fahrgäste Koffer aus den Gepäckfächern und warfen sich Sommerjacken über. Cosimas Weg durch das Buch führte sie durch die Paraden der Hereros, die ihre toten Anführer mit einem bunten Aufmarsch in Okahandja ehrten. Hunderte von Frauen in wilhelminischen Kleidern hockten auf den Bürgersteigen, dick selbst die schlanken, eingegraben in Schichten von gerüschtem Stoff. Trommeln und Pfeifen füllten die Stadt, die Gassen, die Ohren.

Bei der Anfahrt zum Hauptbahnhof preßte ein entgegenkommender ICE die Luft zwischen den Zügen zu einem Knall zusammen, dann schlängelten sie sich aneinander vorbei. Cosima blieb als letzte auf ihrem Platz sitzen und klappte das Buch langsam zu. Als sie ausstieg, nahm sie die Bilder des Buches mit in das Gewühl vor dem Bahnhof. Im U-Bahnschacht nahm das Gedränge zu. Sie stieg um und verließ in Blankenese die Bahn. Sie war da, hier wohnte Nele von Kavea.

Das Fensterglas ließ das Licht abblitzen. Ein Gittertor versperrte Cosima den Zutritt. Sie klingelte, und eine Überwachungskamera schwenkte ihr Auge nach ihr aus.

»Ja?« fragte eine Männerstimme aus dem Nirgendwo der Toranlage.

»Cosima Hullberg. Ich möchte zu Nele von Kavea.«

Das Schweigen am anderen Ende war länger als eine

Bedenkpause. Der Mann auf der anderen Seite hielt vermutlich Rücksprache mit einer dienstgebenden Macht. Dann schwang das Tor langsam auseinander, und Cosima ging über eine knirschende Kieseinfahrt auf das Haus zu. Vor der Haustür mußte sie erneut klingeln, diesmal wurde ihr gleich von einem vierschrötigen, untersetzten Mann geöffnet, der seine Begrüßung zwischen geschlossenen Zähnen hervorpreßte. Cosima folgte ihm in ein stuckgeschmücktes Foyer, in dem eine Anordnung Spiegel den Raum in einen Fächer unmöglicher Fluchten zerlegte. Eine breite Treppe führte an einem matt strahlenden Granitsockel hinauf und in eine weitere Diele, deren linke Seite aus einer doppelflügeligen Tür bestand. Sie gingen in den gegenüberliegenden Flur, der im scharfen Kontrast zu den hellen Hallen von fensterloser Dunkelheit war, dann öffnete der Mann ein Zimmer zur Rechten.

»Er wird gleich kommen«, sagte er, und Cosima wußte nicht, ob sie richtig gehört hatte.

Das Zimmer war höher, als es ihre Altbauwohnung in Frankfurt gewesen war, und ein deckenhohes Fenster fing das grünlichtige Schattenspiel, das ihm die hohen Baumkronen zuwarfen. Hinter den Ulmen sah Cosima das Glitzern der Elbe.

Paul von Kavea war früh am Morgen beim Arzt gewesen, und es hatte den ganzen Vormittag gedauert. Die Untersuchungen wurden immer umfangreicher, dabei gab es im Grunde nichts vorzusorgen. Vielleicht hätte man eher untersuchen sollen, woran es lag, daß er nicht schon längst tot war. Der Gedanke amüsierte ihn. Die leichten Kreislaufschwächen beim Aufstehen, der niedrigere Blutdruck und die Appetitlosigkeit waren keine Symptome. Und seit Ketelsen wieder aufgetaucht und mit ihm die Vergangenheit auferstanden war, war auch die Apathie gewichen, unter deren Glocke sich Paul all die Jahre bewegt hatte. Es war, als hätte er im Wartezustand seine Kräfte gespart.

Paul schloß die Tür hinter sich auf seine geräuschlose Art. Vor ihm stand die Frau, die Nele in familiäre Bande zwingen wollte. Er betrachtete ihre Gestalt vor dem lichtdurchbrochenen Laub. Als Georg Cosima gemeldet hatte, war ihm sofort klargewesen, daß er dieser Begegnung nicht ausweichen wollte.

»Guten Tag«, sagte er, und die Frau wandte ihm ihr Gesicht zu, in dem ein anderes verborgen lag, das nur er sehen konnte.

»Sie kommen vergeblich, meine Tochter ist nach Frankfurt gefahren. Sie wollte zu Ihnen«, sagte er und machte einen ersten Fehler. Der Wahrheit hatte er zu lange entsagt, als daß seine Zunge die neuen Vorsätze umgehend einlösen konnte.

Paul von Kaveas einnehmendes Gesicht lud Cosima ein, ihrer Familie ganz anders zu begegnen, als es Neles getan hatte. Seine Höflichkeit wirkte ansprechend.

»Ich glaube«, sagte sie und sah ihm dabei in die alten Augen, »Sie sind mein Urgroßvater.«

Das also war Paul von Kavea, der Sohn des Gouverneurs, von dem sie gelesen hatte, eine Figur aus einer anderen Zeitrechnung, die unendlich alt sein mußte, aber dafür noch agil wirkte mit dem Rollkragenpullover unter dem Jackett. Sie war überrascht, daß er noch lebte.

Paul nahm die Anrede als Frage. Er versuchte noch einmal einen Neuanfang mit der Wahrheit.

»Ich bin Paul von Kavea«, antwortete er. Das war sein Name, aber wer er war, da er nicht ihr Urgroßvater war, konnte er nicht sagen.

»Cosima Hullberg.« Cosimas Händedruck war fest. Sie konnte die Fingerknöchelchen seiner Hand spüren.

»Nele glaubt in der Tat, daß Sie meine Urenkelin sind«, erwiderte der Alte. Es war ein erster Schritt weg von der Lüge, aber Cosima hörte in ihm eine Abweisung.

»Alle halten mich dafür, und ich glaube es jetzt selbst«,

antwortete sie barsch. Deswegen war sie hier, um die Verhältnisse zu klären. Und wenn dieser Mann nicht glaubte, daß sie zu seinem Stammbaum gehörte, dann spielte das für ihr Vorhaben keine Rolle.

Paul versuchte zu beschwichtigen. »Ich kannte Ihre Mutter. Wir beide hatten ein sehr vertrautes Verhältnis.«

Das stimmte, aber er war nicht aufrecht genug gewesen, dem Vertrauen gerecht zu werden. Cosima war verwirrt.

»Sie sind ihr nicht ähnlich«, kam Paul ihr zuvor und verspielte damit die letzte Chance auf ein offenes Gespräch.

»Ich habe mich nicht darum gerissen, mit Ihnen etwas zu tun zu haben. Ich wurde genötigt, ein Erbe anzutreten, und das habe ich getan. Deshalb bin ich gekommen, um Ihnen und Ihrer Tochter zu sagen, daß mir die Farm gehört, was sie vielleicht schon von Ihrer Rechtsvertretung wissen. Aber ich werde sie nicht behalten. Ich werde sie dem Mann meiner Mutter schenken. Damit Sie nicht mich in Ihre Familie lassen, sondern einen, der schon lange dazu gehört.«

Ein Zucken erfaßte Pauls Augenwinkel. Cosimas Gereiztheit zeigte, wie ihm alle Vorsätze unter der Hand zerlaufen waren, wie er unfähig war, die Dinge zu sagen, die er sagen wollte, jedenfalls so, daß sie verstanden wurden. Jetzt war er es, der nicht begriff. Kriemhilds Mann hatte sich nach Cosimas Geburt nach Amerika abgesetzt und seitdem nie wieder blicken lassen. Paul war nach dem Gespräch mit dem Anwalt davon ausgegangen, daß Cosima die Farm an Ketelsen verschenken wollte, den als Kriemhilds Mann zu bezeichnen ihm nie eingefallen wäre. Daß sie nicht zu der Familie gehören wollte, konnte er verstehen, daß Crewo an Ketelsen verloren war, akzeptierte er. So war sein Leben verlaufen, die Feinde heimsten die Gewinne ein. Aber daß Ketelsen der Lebensgefährte Kriemhilds sein sollte, überstieg seine Begriffe. Eine weitere Version der Vergangenheit war aufgetaucht. Statt den Knoten zu lösen, hatte er den roten Faden gänzlich verloren.

Cosima geriet, als Paul sich in seiner Ratlosigkeit festbiß, in Rage. Sie ging an Paul vorbei, der starr auf die grünweißen Flecken des Tages starrte. Die Vorzeit war nicht vage. Sie stand leibhaftig vor ihm, gegenwärtig, wie damals an jenem Schuppen, als er Assa sah, Arabella in seinen Armen, und er auf den Missionar Steffens schoß, um wenigstens etwas von dem Haß zu töten, der in ihm wucherte. Der Geruch des Westwindes, die Tangluft vom Meer, plötzlich war er in einem Zimmer in Swakopmund und küßte Arabella. Er ließ Cosima ihren Weg hinaus allein finden, er suchte sich zwischen Erinnerungskrumen hindurch den Weg zu jenen Tagen, die vielleicht nie gewesen waren, wie er sie erlebt hatte, aber wirklicher schienen als alles, was danach geschehen war.

Nele von Kavea saß in dem ICE, dem Cosimas Zug bei der Abfahrt in Hamburg entgegengekommen war. Sie hatte Georg aus dem Gefühl heraus zu Hause gelassen, sich diesmal selbst und alleine aufmachen zu müssen. Im Gegensatz zu Cosima brauchte sie kein Buch, um in Afrika zu sein. Das Treffen im Hotelzimmer mit Hera hatte einen Kreis geschlossen, und sie spielte wieder mit einer Puppe auf der Veranda. Der Schatten des Wagenrades teilte die Zimmer ihres unsichtbaren Puppenhauses ein. Sie hörte das Ächzen und Knarren des großen Kameldornbaumes, kurz bevor sich ein Gewitter entlud. Es hörte sich an, als würde aus dem Stamm jemand flehen, und es sah so aus, als würde der Baum Himmel und Erde zusammenhalten. Nele ging zu dem Baum und blieb dort, als das Gewitter losbrach. Arabella rief sie von der Küche, aber Nele rührte sich nicht vom Fleck. Sie schlang ihre Hände um den Stamm, damit der Baum nicht allein war. Und sie erinnerte sich, daß es sich so anfühlte, als würde der Baum sie wärmen. Dann brach der Regen los. Erst hielt die Krone noch die Tropfen ab, dann gaben die Blätter unter der Wasserlast nach, und Nele wurde von Kopf bis Fuß naß. Nur ihr Bauch, den der Stamm gewärmt hatte, war trocken, als die Wolken abzogen und sie den Stamm wieder losließ.

Natürlich war sie gekommen, um Cosima zu treffen. Aber wenn sie an den Baum dachte, den sie schützen wollte und der sie wärmte, dachte sie an Hera.

Sie hatte überlegt, ob sie sich mit Fries treffen sollte, aber er würde ihr nichts sagen können, was sie nicht selbst in Erfahrung bringen konnte.

Sie ging durch den windschiefen Zaun auf das Haus zu, doch bevor sie klingeln konnte, wurde sie von hinten angesprochen.

»Runter von unserem Grundstück«, kommandierte die Stimme. Nele schloß einen Augenblick die Augen. Wie sehr die Kleine hassen konnte, dachte sie. Gerade deshalb würden sie sich einmal verstehen. Sie wandte sich um und sah in Heras grimmiges Gesicht. Hinter dem Mädchen stand ein Junge, wie sie in kurzen, erdgefärbten Hosen und mit dreckigen Händen.

»Wo ist Cosima?« fragte Nele. Sie ging mit keinem Wort auf die Ohrfeige ein. Wo immer es sie hinbringen würde, Nähe zu diesem Mädchen würde nur dadurch entstehen, daß Nele sie abwies.

»Das ist sie«, wandte sich Hera zu Krischi, »das ist Cosimas Großmutter, die mich geschlagen hat.« Der Junge zog die Nase hoch.

Nele war gekommen, um Cosima vor einem Fehler zu bewahren. Sie mußte versuchen, die Dinge zum Guten zu wenden, ohne daß das Gegenteil dabei herauskam.

»Kann ich deine Mutter sprechen?«

»Dies ist unser Haus, nicht Ihres.« Hera wußte, daß sie eine neue Ohrfeige riskierte. Aber auf eine ganz unsinnige Art wollte sie genau das. Es würde so sein, als höbe die zweite Ohrfeige die erste auf, als ob Nele und sie noch einmal zurückkehren könnten zu dem ersten Mal, als sie bei ihnen geklingelt hatte.

Statt Hera eine Ohrfeige zu geben, drückte Nele den Klingelknopf und wartete, bis der Ton durch das Haus gehallt war. Dann drückte sie erneut, ohne daß sich etwas regte.

»Und dein Vater?« fragte sie.

Hera antwortete nicht. Nele ging wieder auf den Gehweg vor dem Zaun.

»Mein Vater arbeitet. Meine Mutter ist nach Hamburg gefahren, um Sie zu treffen«, gab Hera Auskunft.

Nun lag es klar auf der Hand, daß sie keine Chance hatte, über Hera und Cosima zu bestimmen. Sie wandte sich ab. Wenn sie noch etwas erreichen konnte, dann nur, indem sie aufhörte, Richtungen vorzugeben, und abwartete. Sie mußte Cosima auf sich zukommen lassen, wie sie Hera angelockt hatte. Diese Reise hatte sie umsonst gemacht, aber vielleicht war noch nicht alles vergebens. Schließlich war Cosima ebenfalls auf dem Weg, sie aufzusuchen, und Nele würde ihr erklären, wie sie verwandt waren.

Krischi wischte sich die Nase mit dem Handrücken ab.

»Machen wir das Baumhaus klar«, sagte er.

Auf der Rückfahrt nach Frankfurt stellten sich keine Bilder von Afrika mehr ein, Cosima sah nur Neonlicht und Plastikverkleidungen. Und statt der Hereros beschäftigte sie die Frage, warum Paul von Kavea ein so intimes Verhältnis zu ihrer Mutter gehabt hatte, wenn er nicht mit ihr verwandt sein wollte. Mit dem ständig wachsenden Abstand zum Norden beruhigte sich auch das aufgewühlte Gefühl nach dem Gespräch mit Paul von Kavea. Cosima tat es nun leid, daß sie ihn im Streit hatte stehen lassen. Er war alt und kannte ihre Mutter, und über ihre Geburt wußte er möglicherweise alles. Er hätte es verdient gehabt, einmal in Ruhe zu Wort zu kommen. Nun mußte sie sich mit ihren Fragen an Ketelsen wenden, wenn sie ihn in

Afrika treffen würde. Die Reise auf die andere Erdhälfte entwickelte sich zu einem Teil des Rätsels, das sich um ihre Person zu ranken begann.

Als sie zu Hause ankam, warteten ihre Flugtickets auf dem Tisch. Es war schon dunkel, und Hera lag im Bett. Jaspers Gesicht wurde vom Widerschein einer Leselampe bleich eingefaßt. Er war eingeschlafen. Cosima knipste das Licht aus und deckte ihn zu. Die Dunkelheit öffnete Jasper die Augen.

»Hi«, sagte er mit überraschend wacher Stimme.

»Hi«, gab Cosima zurück.

»Nele war nicht da«, wußte ihr Mann bereits.

»War sie hier?«

»Hera hat mit ihr gesprochen.«

»Oha«, lächelte Cosima. Es war gut, nach den vielen Gedanken auf der Reise wieder hierzusein.

»Wenn du die Farm nicht schon hättest, würde sie dich jetzt wohl enterben.«

»War es so schlimm?«

»Hera sagt, nein.«

»Aha.«

»Genau.« Er stand auf und küßte Cosima.

»Ich hab mit Fred Sukkers Institut telefoniert. Er ist in Namibia und gräbt.«

»Er kann es einfach nicht lassen.«

»Seine Knochen sind noch nicht so alt wie die, die er ausgräbt.«

Jasper reichte Cosima die Karte, die er auf dem Schoß gehabt hatte. Sukkers Lager war rot markiert, bis Crewo waren es etwa fünfzig Kilometer Sandpiste.

»Das wird auch eine Reise zu unseren Anfängen«, sagte Jasper.

»Damals gab es noch gar keine Familiengeschichte.«

»Nein.« Jetzt flüsterte Jasper. »Aber damals hat sie begonnen.«

Teil II

Hopeful Monsters

1

Jasper fand Cosimas Personalausweis in ihrer Handtasche. Nach Namibia hatte sie ihren Reisepaß mitgenommen. Daß er jetzt ein weiteres Identitätsdokument mitbringen sollte, beunruhigte ihn am meisten. Mit dem Ausweis in der Hand telefonierte Jasper mit Gesa, ob sie ihm kurzfristig einen Flug nach Namibia besorgen könnte. Gesa war auf eine selbstverständliche Art hilfsbereit.

»Ich hab einen, der noch heute nacht geht. Elf Uhr einchecken. Umsteigen in Paris.«

»Perfekt«, sagte Jasper. Das ließ ihm genug Zeit, die Dinge zu ordnen und Hera zu seinen Eltern zu bringen, gleichzeitig war er noch am selben Tag in der Luft.

»Nicht ganz perfekt. In Paris hast du fast fünf Stunden Aufenthalt.«

»Das nehme ich in Kauf.«

»Willst du jetzt auch nach Namibia?«

»Cosima hat ein Telegramm geschickt, ich soll sie abholen.«

»Wieso das denn?« fragte Gesa neugierig.

»Das weiß ich auch nicht.« Die Sorge in seiner Stimme konnte er nur schlecht unterdrücken.

»Was ist denn los?«

Jasper sagte einen Moment lang nichts. Seit heute morgen stellte er sich diese Frage, und Sukker trieb zusätzlich zur Eile. Er kannte seinen Doktorvater gut genug, er würde nie ein Wort zuviel verlieren. Wenn er Alarm schlug, mußte etwas Ernstes vorgefallen sein.

»Ich weiß nicht. Wie komme ich an die Tickets?«

»Die hinterleg ich am Flughafenschalter.« Gesa hakte nicht weiter nach, Jasper war ihr dankbar.

Hera schleppte ihren Rucksack ins Wohnzimmer.

»Fertig.« Ihr Mund war noch erdbeereisrot.

Als Jasper auf halbem Weg zu seinem Rucksack war, klingelte das Telefon. Obwohl er dichter am Apparat stand als Hera, hatte er gegen den Ansturm seiner Tochter keine Chance.

»Hera Hullberg«, brüllte sie in den Hörer. Dann lauschte sie angestrengt, sagte ja und danke und hielt Jasper schließlich den Hörer hin.

»Wer ist das?«

»Dorothea. Von Fred Sukker.«

Jasper nahm den Hörer. Er würde vor seiner Tochter nicht offen sprechen können. Aber Dorothea Sukker war eine gewiefte Telefoniererin. Aus seinem Kurzbericht, daß Cosima im Lager bei ihrem Mann war, schloß sie seine Sorge.

»Ich kann dir auch nicht richtig helfen. Ich höre nur alle zwei Wochen von ihm, wenn er in Okahandja ist, um Proviant zu holen. Da hat er ein Haus gemietet und eine stehende Telefonleitung. Aber im Feld ist er nicht zu erreichen.«

Angesichts der angespannten Stimmung Jaspers verzichtete Dorothea Sukker auf alle Höflichkeitsfloskeln und wünschte ihm nur knapp viel Glück.

Hera hatte das ganze Gespräch über neben ihrem Vater gestanden.

»Was hat sie gesagt?« fragte sie.

»Was hat sie zu dir gesagt?« fragte Jasper zurück.

»Daß Fred versprochen hat, mir einen Säbelzahntigerkopf mitzubringen.«

»Lügnerin.«

»Du sagst ja auch nicht, was los ist.«

»Ich weiß auch nicht, was los ist.«

Jasper parkte vor dem Haus seiner Eltern und trug seine schlafende Tochter aus dem Auto. Hera hob kurz den

Kopf, sank aber gleich wieder in die Wellen, in denen ihr Bewußtsein schwamm, zurück. Im Zimmer, in dem Hera schlafen würde, waren elektrische Tannenbaumkerzen ins Fenster gehängt, weiß wie die Milchstraße, nach der sie ihren Namen erhalten hatte. Die griechische Göttin Hera haßte Herakles, das uneheliche Kind, das ihr Mann mit Alkmene gezeugt hatte. Aus Wut über ihre Feindschaft gegen seinen Sohn hängte Heras Gatte, Zeus, seine Frau an einem goldenen Seil zwischen Himmel und Erde auf und legte ihr sein uneheliches Kind an die Brust. Das Baby trank nicht, sondern es biß, und Hera riß den Säugling vom Busen, so daß die Milch über den nächtlichen Himmel spritzte und zur Milchstraße wurde.

Während seiner Grabungen in Afrika war die Milchstraße die Verbindung für Cosimas und seine Gedanken gewesen. Nächtelang hatte er wach gelegen und in den Himmel gestarrt. So wie jetzt vielleicht Cosima, Zehntausende Kilometer getrennt von dem Leben, das sie eigentlich führte. Doch nur der Raum trennte sie, die Zeit teilten sie noch. Die Milchstraße war die Brücke zwischen beiden Hemisphären.

Als seine Tochter geboren worden war und er zum ersten Mal über ihre helle Haut gestreichelt hatte, die ihr erstes Licht atmete, und ihm Cosimas Blick begegnet war, ihr Erstaunen, daß das Kind nicht ihre Hautfarbe hatte, überdeckt von der glücklichen Erschöpfung nach der Geburt, hatte sie dem Kind den Namen gegeben, weil es weiß war wie Sternenmilch.

Tagsüber hatte sich Jasper immer tiefer in die Vorzeit gegraben. So kräftig wie in jenem afrikanischen Sommer war er nie wieder gewesen. Seine Haut hatte sich auf die Sonne eingestellt und war tiefbraun geworden. Er hatte ein Kopftuch getragen, und der mit Maurerschnur abgesteckte Sektor war sein Mikrokosmos aus Staubpartikelgestöber gewesen. Zwei Wochen lang hatte er in der Bruthitze kubikmeterweise Erde durch ein feines, ein Meter mal ein Meter großes Drahtsieb geschaufelt, um den Schotterausfall nach Rückenwirbeln, Backenzähnen, Fußzehengliedern abzusuchen. Die gefundenen Splitter bildeten schließlich die Überreste eines Stirnbeins, und Sukker hatte sie ihm für seine Doktorarbeit versprochen. Den Kopf im Staub hatte ihn die Frage beschäftigt, wie sich der Körper auf die Verlängerung der Nahrungskette eingestellt hatte, nachdem die bipeden Vorfahren der Menschen die Wälder verlassen hatten. Damals hatte die Jagd im Mittelpunkt seiner Überlegungen gestanden. In ihr hatte er den Grund für die Entstehung des Patriarchats gesehen. Als Vegetarier zu carnivoren Allesfressern wurden, fiel die Aufgabe der Nahrungsbeschaffung den kräftigeren Männern zu. Cosima hatte ihm damals widersprochen.

»Jagd ist nicht zwangsläufig. Vielleicht haben sie einfach das Fleisch gesammelt, das sie gefunden haben?«

Um herauszufinden, ob sie mit ihrem Einwand recht haben könnte, hatte er sich ein verrücktes Experiment ausgedacht. Er wollte messen, wieviel Fleisch man finden konnte, ohne zu jagen, und hatte deshalb ausgedehnte Wanderungen rund um das Camp unternommen, wobei er alle Funde tierischen Proteins notiert hatte. Er hatte nach Würmern gescharrt, Aas gesammelt, Termiten geröstet.

Am fünften Tag hatte er erfolglos versucht, eine Hyäne von einem toten Springbock zu verjagen, er hatte mit Steinen nach ihr geworfen und sie am Hinterlauf verletzt. Damit hatte er den Übergang vom Sammler zum Jäger vollzogen. Wäre er ein Australopithecus gewesen, hätte er die Hyäne erschlagen und zu seiner Sippe gebracht.

Bei einem seiner Streifzüge war Jasper an einer Anhöhe vorbeigekommen. Man ahnte, daß ein Fluß einmal diesen Berg umschlungen hatte, zu einer Zeit, als die Savanne noch ein Wald gewesen war. Jetzt war der Boden verkarstet und öde, und nur ein paar verstreute Felsbrocken lagen herum. Jasper hatte ein Stück mineralisiertes Holz aufgesammelt. Es war L-förmig gebogen und sehr leicht. Er hatte das einfarbig graue Teilchen gegen die Sonne gehalten und die geriffelte Struktur an der Oberfläche erkannt, die Rinne, die die Zahnwurzeln einmal gezogen hatten. Er hatte einen Kiefer gefunden. Mit den Händen hatte er begonnen, weiter im Sand zu wühlen, sich die Finger an der trockenen Erde blutig gerissen. Nach einer halben Stunde war ihm die Sinnlosigkeit seines Gebuddels klargeworden. Er hatte so viel getrunken, wie sein Bauch aufnehmen konnte, und die Fundstelle mit dem Wassersack markiert. Eine Stunde später war er mit der ganzen Mannschaft zurückgekehrt. In den Schlammablagerungen des vorzeitlichen Flußbettes hatten sie noch am selben Tag, neben den Zähnen eines Hipparion und dem Schädelbruchstück eines prähistorischen Schweins, zwei Teilchen des Hominidenschädels gefunden, den er heute morgen endlich fertiggestellt hatte.

2

Als Arabella erwachte, hatte sich der Regen gelegt.

Sie sah Assas gebeugten Rücken im ersten Licht. Ihr war kalt. Die Körperwärme war durch den Boden entwichen. Sie hatten mitten in der Nacht und schon völlig durchnäßt einen alten, übermannshohen Termitenbau gefunden, dessen Fuß unterspült gewesen war. In dieser Mulde hatten sie geschlafen. Nackt, in den Decken, die Assa in Leder vor dem Regen geschützt hatte. Mitten in der Nacht war sie wach geworden und hatte nicht gewußt, wovon. Dann hatte der Boden erneut gebebt und vom Fluß hatte sie es schnauben und trampeln gehört. Assa hatte mit dem Kirri in der Hand vor der Öffnung gekauert. Zwei Elefantenbullen hatten gekämpft und waren immer wieder mit den Köpfen aneinandergestoßen. Eines ihrer Pferde hatte sich losgerissen und war dicht am Eingang vorbeigeprescht. Das Aufeinanderschlagen der Schädel war zu einem Echo in ihrem Kopf geworden, und die Enge der Höhle hatte es nicht entkommen lassen, sondern wieder und wieder hin und her geworfen, bis es nur noch ein unendliches Dröhnen war. Assa war schließlich zu ihr gekommen und hatte sie in eine Decke gewickelt, stramm wie eine Mumie. Sie hatte gespürt, wie sich ihr Körper wieder fest um seinen Kern schloß und die Wärme wieder halten konnte. Auch Assa hatte sich in seine Decke gewickelt und jeder hatte auf das Krachen und Stampfen in der Nacht gelauscht. Als sich der Lärm entfernt hatte, konnte sie hören, wie Assa sich aufrichtete.

»In der Paarungszeit vergessen sie ihr Leben«, war das einzige, was Assa sagte.

Dann hatte er sich wieder hingelegt. Und Arabella hatte gespürt, wie von ihm eine weiche Kraft ausgegangen war.

Jetzt zog sich Arabella ihre feuchten Sachen wieder an.

Assa hatte eine Reihe Pfeile aus einem gewachsten Ledertuch gewickelt und tauchte ihre Spitzen in einen kleinen Tonkrug. Er blickte auf, als er Arabella hinter sich rascheln hörte.

»Ich habe Hunger.«

Assa schnürte die Pfeile zu einem Bündel zusammen und steckte sie in die Satteltasche.

»Ich fange uns was.«

»Was ist das?« Arabella deutete auf den kleinen Krug.

»Mambagift.«

»Du hast doch das Gewehr.«

»Das ist zu laut.«

»Aber mit Giftpfeilen jagt man kein Tier, das man essen will.«

»Nein.«

»Wozu brauchst du sie dann?«

Assa erhob sich, steckte sich den Kirri und sein Messer in den Gürtel, stieg mit großen Schritten über eine Böschung und verschwand.

Arabella richtete sich in dem allmählich stärker werdenden Gefühl ein, daß sie allein war. Was sie sah, war leer. Ein Land in Apathie, ein einsamer Strom, ein zugezogener Himmel. Sie suchte die Pferde, fand aber nur eines, das zwischen zwei Sträuchern stand und im Stehen schlief. Als sie darauf zuging, hob es den Kopf und blickte sie an. Um das Tier nicht zu verschrecken, tätschelte sie seinen Hals, wie es Assa getan hatte. Sie griff die Zügel, führte es zu dem Termitenbau zurück und band es fest. Dann kroch sie noch einmal in die düstere Höhle, um die Decken zu bündeln. Die Stille raunte in ihrem Kopf, und eine Angstwelle vertrieb sie schnell wieder aus der beklemmenden Enge. Heftig atmend stand sie in der nassen Landschaft. Sie verteilte das Gewicht gleichmäßig auf die Packsäcke, band sie zusammen und warf sie über den Rücken des Pferdes.

Dann lud sie Assas Gewehr, setzte sich mit dem Rücken gegen den Fels, legte sich die Waffe über die Knie und wartete. Über dem Fluß fand ein einzelner Sonnenstrahl seinen Weg durch die Wolken. Ihre Kleidung dampfte in der Sonne. Arabella schloß die Augen, ließ sich aufwärmen und atmete den Morgen. Mit geschlossenen Lidern lauschte sie dem Flüstern des schwachen Windes, dem schwappenden Geschiebe des Flusses. Dann hörte sie auf ihre unmittelbare Umgebung, das Schnauben des Pferdes, das Schürfen ihres Rückens auf dem Stein, das Rumoren ihres Magens, ihren Atem, ihren Herzschlag. Hätte sie den Ball beim Fußball nicht im Mittelfeld verloren, wäre Evas Schwangerschaft nicht entdeckt worden, dachte sie plötzlich.

Als das Pferd wieherte, riß Arabella die Augen auf. Das Tier ruckte unruhig hin und her und hielt seinen Kopf gegen den Wind. Arabella stand auf, das Gewehr im Arm, den Zeigefinger am Abzug und blickte sich um. Der Saum des Flusses war schlammig und verwaist. Das Pferd hielt den Kopf auf die Böschung gerichtet, hinter der Assa verschwunden war. Kaum war Arabella oben, sah sie die Soldaten, eine berittene Patrouille von vier Mann. Sie trugen die Waffen auf die Oberschenkel gestützt, ihre Uniformen waren sandfarben. Sofort ging Arabella wieder in Deckung. Diese Soldaten hätten ihre Befreier sein können, aber sie hatte nur Angst um Assa. Wenn das Pferd ruhig blieb, würde der Trupp weiterreiten, ohne sie zu entdecken.

Sie wollte nicht gerettet werden. Nicht, weil sie etwas anderes wollte, sondern weil ihre Verlorenheit nicht zu beenden war. Es paßte zu ihr, eine Fremde zu sein. Sie wollte ohne Ziel bleiben.

Vorsichtig schob Arabella ihren Kopf erneut über die Böschung.

»Was ist los?« rief Assa, der unbemerkt zu ihrem Termitenhügel zurückgekehrt war. An den Hinterläufen hielt er einen Hasen, Kirri und Messer steckten im Gürtel. Er lachte ein zerschlagenes Lächeln.

Arabella legte sich den Finger auf den Mund und stieg eilig zu Assa hinab.

»Soldaten«, zischte sie. Gleichzeitig fiel ein Schuß. Das Pferd neben ihnen stieg auf, schlug mit den Beinen aus und stürzte. Blut floß aus seinem Hals, wo eine Kugel ihn glatt durchschlagen hatte. Assa riß Arabella um und warf sich mit ihr hinter das sterbende Tier. Die nächsten Schüsse fielen. Zwei Kugeln schluckte das Pferd, eine dritte ließ den Sand aufspritzen. Arabella lag dicht am Auge des Tieres auf dem Gewehr. Sie konnte sehen, wie die Muskeln den Augapfel im Pferdeschädel nicht mehr halten konnten und er in der Höhle zu trudeln begann. Assa zerrte an dem Packsack, der von der Flanke des Tieres eingequetscht war. Man hörte die Kugeln in der Luft, und Arabella konnte die dumpfen Einschläge im Leib des Pferdes jedesmal fühlen. Sie drehte sich auf den Rücken und hielt das Gewehr an ihre Brust gedrückt. Mit dem Kolben stieß sie Assa an und hielt ihm die Waffe hin. Er nahm sie, legte sie aber neben sich. Dann zerrte er weiter an dem Sack, bis er frei war. Decken, das zusammengeschnürte Päckchen Pfeile, das Töpfchen Mambagift und die Patronengürtel kamen zum Vorschein. Er zog die Pistole hervor und reichte sie Arabella. Es war ein Trommelrevolver, neu und mit einem deutschen Adler auf dem Schildpattgriff.

»Wenn mir etwas passiert, bist du frei.«

Er griff das Gewehr, und bevor Arabella etwas sagen konnte, sprang er über den Pferdekadaver und lief auf den Fluß zu. Wütendes Feuer kläffte von der Böschung. Assa schoß das Gewehr im Laufen ab. Der Schuß zerplatzte an der Klippe, Steinsplitter funkten auf. Ein Soldat schrie. Jemand fluchte auf deutsch. Arabella sah, wie Assa das Wasser erreichte. Wieder fielen Schüsse. Assas Arme flogen in die Luft. Er sank auf die Knie. Arabella krallte sich in die Mähne des toten Pferdes. Der Herero sackte zusammen, und die Strömung zog ihn vom Ufer weg. Was immer er am Fluß gewollt hatte, verwundet konnte er in der starken Strömung nicht überleben.

Den Griff der Pistole umklammert, lag Arabella in ihrer Deckung. Assa hatte ihr die Waffe gelassen, obwohl er annehmen mußte, daß die Soldaten ihre Rettung waren. Sie konnte kämpfen oder sich befreien lassen.

Sand knirschte auf Stein. Sie spähte über die Pferdekuppe. Zwei deutsche Soldaten waren über die Felsen geklettert und schlichen, das Gewehr im Anschlag, auf sie zu. Den Kopf des dritten sah sie oben auf der Böschung.

Mit Assas Tod war sie frei geworden. Ginge sie zurück, wäre alles wie früher. Arabella sprang auf. Beidhändig faßte sie die Pistole, zielte auf den Soldaten, der ihr am nächsten stand, und zog den Abzug. Die Waffe klickte. Kein Schuß fiel. Arabella versuchte es erneut, aber die Pistole war nicht geladen.

Schutzlos stand Arabella hinter dem Pferdekadaver, ein gut sichtbares Ziel. Die Deutschen brauchten einen Augenblick, um sich von ihrer Überraschung zu erholen, daß eine weiße Frau auf sie schießen wollte, bevor sie selbst das Feuer eröffneten. Arabella warf sich wieder hinter das tote Tier. Sie preßte ihr Gesicht in den Sand, und die groben Körner rasterten ihre Haut. Dann fiel ihr Blick auf das Pfeilbündel.

In die Hände der Soldaten würde sie nicht fallen. Vor dem Tod hatte sie noch nie Angst gehabt. Sie griff nach den Pfeilen und wickelte sie aus. Das Gewehrfeuer war verstummt. Hinter dem Pferd hörte sie die Männer flüstern, so dicht waren sie schon herangekommen. Sie nahm einen Pfeil und setzte ihn auf ihren Arm. Jenseits des Kadavers hörte sie nun Schritte, dann ein Plumpsen, dumpf wie ein Sack. Eine entsetzte Stimme schrie. Arabella blickte über das Pferd. Einer der Soldaten lag mit dem

Gesicht auf der Erde. Ein Holzstiel ragte aus seinem Nacken. Es war Assas Kirri. Der zweite Soldat lud hektisch sein Gewehr, aber er war nicht schnell genug. Assa stürmte auf ihn zu, riß ihm das Gewehr aus der Hand und schlug ihm den Lauf gegen den Hals. Der Kopf kippte nach hinten. Assa richtete das Gewehr auf den Mann und schoß. Im Widerhall fühlte Arabella einen Griff um ihre Kehle, der sie nach oben zerrte.

»Nigger«, schrie eine Stimme hinter ihr. »Ich spieß deine Nutte auf!«

Sie sah die blaue Manschette einer deutschen Uniform unter ihrem Hals, die ein aufgestickter Anker zierte. Ein Knie drängte sich zwischen ihre Beine, in ihrem Rücken spürte sie den Druck eines Säbels. Ohne zu sehen, wohin, stieß Arabella den Pfeil, den sie in der Hand hielt, nach hinten. Die Stimme hinter ihr gab ein gurgelndes Geräusch von sich. Für den Bruchteil eines Augenblicks lockerte sich der Druck um ihre Gurgel, dann schloß sich die Faust wieder fest.

»Du Sau«, hörte sie es röcheln. Dann rutschte die Säbelklinge an ihrem Rücken ab, und ein Soldat im Range eines Oberleutnants lag zuckend im Sand. Sie kannte ihn, auch wenn der lehmverkrustete Bart ihm ein fremdes Aussehen gab. Es war Oberleutnant zur See Herzmann von der »Falke«. Der Giftpfeil steckte in seinem Oberschenkel und hatte den Mann, der sie nach Afrika gebracht hatte, tödlich verletzt. Sie blickte sich um. Assa stand oben auf der Böschung und hielt den vierten Soldaten am Kragen. Der Deutsche, von den Steinsplittern in die Augen getroffen, schlug blind um sich, dann hob er die Hände und flehte um Gnade. Arabella kannte auch diesen Mann, der dort oben um sein Leben bat. Seine Finger waren blutüberströmt. Der abgeschossene Felsen hatte ihn mit Tausenden kleiner Splitter gespickt. Mit einem Ruck drückte ihm Assa den Kehlkopf in den Hals und ließ ihn fallen. Sein Ersticken wurde von einem Felsblock verdeckt.

Assa wartete, bis der Soldat tot war, dann stieg er den Hügel hinab und blieb vor ihr stehen.

»Du bist keine Deutsche mehr.«

»Warum hast du ihn nicht verschont?«

»Damit ich der einzige bin, der das weiß«, antwortete Assa.

Er kniete sich über Herzmann, knöpfte ihm die Jacke auf und zerrte sie ihm vom Körper. Er zog den Pfeil aus dem Fleisch und begann, ihm die blutige Hose auszuziehen.

»Ich will nicht zurück«, sagte Arabella. Assa schien sie nicht gehört zu haben. Er knöpfte die Gamaschen auf.

»Ich gehe nicht zu den Deutschen.«

Assa hatte die Hose in der Hand. Jetzt richtete er sich auf.

»Du wirst gehen. Du gehst mit mir. Wenn ein Oberleutnant Patrouille reitet, dann muß ein höherer Offizier in der Nähe sein. Die Deutschen schicken nie ihre Anführer ins Feld. Ich werde ihn suchen und töten.«

»Wie willst du das machen?«

Assa hob die Uniform.

»Damit.«

»Aber dein Gesicht.«

»Deines ist weiß«, sagte er. »Wir reiten zusammen. Du bringst mich ins Lager.«

»Ich will nicht.«

»Ich will.«

Daß sie keine Deutsche mehr war, war kein Willkommen im neuen Leben gewesen, sondern ein Gehorchenmüssen, zwar nicht mehr als Gefangene, aber als Verbündete. Doch in Arabella wuchs der neue Stolz, sich zu widersetzen.

Assa begann, sich umzuziehen, und schlüpfte in die Jacke des Oberleutnants, die ihm nicht paßte. Seine Arme ragten weit aus den Aufschlägen, gleichzeitig schlabberte die Jacke um Schultern und Bauch.

Wie um ihn zu maßregeln, packte Arabella ihn am Schlafittchen. Warum sollte sie nicht tun, was sie wollte, wenn es nichts mehr zu verlieren gab. Assas Körper war voller Widerstand. Sie hielt dagegen, wollte Macht über diesen Mann, der sie in ein neues Leben entführt hatte und sich gleichzeitig weigerte, sie es leben zu lassen. Mit einem Kuß preßte sie Assas Lippen auseinander. Ihre Zunge fuhr über die eingeschlagenen Zähne.

»Tut es weh?« fragte sie, ohne ihre Lippen von seinen zu nehmen.

»Du hast größere Schmerzen«, antwortete Assa.

Ihre Hand tastete an seinem Körper entlang. Sie lockerte den Griff an seinem Kragen, führte seine Hand an ihrem Bauch entlang zwischen die Schnüre ihres Lederwamses. Die Knoten lösten sich. Er trug sie ein paar Schritte von den Leichen weg. Das Geräusch des Flusses schwoll an, wurde zum Blutrausch in ihren Ohren. Der Boden unter ihr war warmer Matsch. Assas Körper roch nach Mord.

Auch Herzmanns Hose paßte nicht. Nicht nur der Oberleutnant, alle vier gefallenen Soldaten gehörten zu einem Landungsdetachement der »Falke«. Der Schiffsname war noch auf ihre Brusttaschen gestickt. Um aus den Männern des Seebattallions Soldaten zu machen, waren ihre weißen Uniformen mit einer Brühe aus Tabak und Kaffee braun gefärbt worden.

Der Mann, dem Assa die Kehle eingedrückt hatte, war der größte in der Patrouille gewesen. Er hatte blonde, von der Sonne fast weiße Haare, die länger waren als die der anderen Soldaten. Als Arabella half, ihm die Uniform auszuziehen, fühlte sie in der Brusttasche die kleine Blechflöte. Dann schloß sie Thomas Bonin die zersplitterten Augen, deren Blau sie eine Überfahrt lang und länger verfolgt hatte.

Geier kreisten über dem Kampfplatz. Die Leichen warfen sie ins Wasser. Arabella wusch die blutbespritzte Hose, deren Naht sie vor sechs Jahren ausgelassen hatte, im Fluß. Assa stand Wache, die Pistole in der Faust. Er hatte die Patronen ausgetauscht, die während des Regens feucht geworden waren. Schließlich stand er als dritter Maat vor ihr.

Im schwefligen Mittagslicht ritten Assa und Arabella den Weißen Nossob entlang nach Osten. Sie passierten eine Lehmkirche, deren trostloser Turm wie ein verdorrter Finger zu versuchen schien, Gott auf sich aufmerksam zu machen.

Der Regen hatte erneut eingesetzt, ein letztes Aufbäumen des Wetters in diesem ungewöhnlich nassen Sommer, bevor das Land wieder verdörren würde. Der Fluß blieb an ihrer rechten Seite. Man sah keine Sonne. Assa war zufrieden, daß es regnete, die Wolkenbrüche unterspülten Gleise und verwandelten Baiwege in Matschlöcher.

Im Schlepp trabten die übrigen Pferde der toten Deutschen. An dem Kolk Kaiserslautern, der jetzt die Ausmaße eines Sees hatte, trafen sie zwei Hererokundschafter des Tjetjo-Stammes, denen Assa die ledigen Tiere übergab.

Den ganzen Ritt über redeten sie kein Wort miteinander. Assa saß in der Uniform Thomas Bonins neben ihr, des Mannes, an den Frank sie bei ihrer Ankunft erinnert hatte. Beide, Frank und Bonin, hatte Assa getötet, und erklärtermaßen war er auf der Jagd nach Paul von Kavea. Es schien, als lösche er alle Nebenbuhler aus, als vertilge er alle Männer in ihrem Leben, ohne selbst Anspruch auf sie zu erheben.

Erst als der graue Tag wieder schwarz wurde, hielt Assa sein Pferd zurück. Er wartete auf Arabella, die ein paar Meter abgefallen war. Als sie ihn erreichte, hielt er ihr eine weiße Mullrolle entgegen, mit der sie seinen Kopf umwickeln sollte. Streifen für Streifen verbarg sie sein Gesicht. Die Lippen puderte sie mit Steinstaub, und Assa streifte sich die gelben Lederhandschuhe des Oberleutnants über.

»Es gab Friedensverhandlungen. Die Deutschen haben das ausgenutzt und alle – Männer, Frauen und Kinder – getötet, nachdem sie freundlich empfangen worden waren. Die Krieger haben sie erschossen, den Rest geköpft. Das haben die Tjetjos berichtet. Warum verhandeln sie? Warum kämpfen sie nicht?« Assas Stimme war hart.

Arabella konnte kein Mienenspiel unter seiner Maske erkennen, was die Wut in seiner Stimme doppelt unheimlich machte.

»Vielleicht will dein Volk Frieden.«

»Es will keinen Frieden. Es hat nur noch nicht verstanden, was Krieg ist, was euer Krieg ist.«

»Du hast selbst gesagt, daß der Krieg bereits verloren ist.«

»Ich werfe den Tjetjos nicht vor, daß sie tot sind, sondern daß die Deutschen noch leben. Sie hätten selbst auf die Idee kommen können, diese Falle zu stellen.« Er sah sie nicht an, alles, was ihn ausfüllte, war der eigene Kampf.

»Ich bin vielleicht keine Deutsche mehr, dafür wirst du immer deutscher.«

»Man kann nicht werden wie sie, man kann von ihnen nur lernen, daß man nicht sein kann, wie man ist. Der Ort, der jetzt Windhoek heißt und in dem der Gouverneur wohnt, ist ein heiliger Ort gewesen. Dort wuchs das beste Gras, aber kein Stamm hat sich an dieser Stelle niedergelassen, weder Namas noch Hereros. Dann kamen die Deutschen, und als Samuel den Gouverneur fragte, wer ihm erlaubt hat, am heiligen Ort Häuser zu bauen, hat er gesagt: Es war niemand da, den ich fragen konnte.«

»Wir werden uns bald trennen«, sagte Arabella nach einer Weile.

Assa wandte ihr den verbundenen Kopf zu.

»Als Köder kannst du mir nur einmal helfen«, sagte er dann.

Der Fluß machte eine letzte Biegung, und vor ihnen lag Onjatu. Die hier stationierten Soldaten sollten glauben, Arabella wäre von der Patrouille Herzmann befreit worden, der verwundete dritte Maat sollte sie ins Lager bringen und die anderen drei Soldaten hätten die Verfolgung der Hereros aufgenommen.

Sie ritten über einen letzten Hügel in das Morgenblau. Arabella brachte ihr Pferd vor Assas zum Stehen. Sie wollte einen Abschied und keine Trennung, aber ihr letzter Blick lag auf einem Verband.

Onjatu war zu einer Festung aufgerüstet. In zwei Reihen campierten vorgeschobene Truppenteile vor der Stadt. Arabella rief ihren Namen, und Assa und sie wurden mit Jubel begrüßt. Die Geschichte von Arabellas Entführung hatte die Runde gemacht, während sie selbst nicht mehr so genau wußte, was eigentlich ihre Geschichte war. Ein Feldwebel führte sie ins Lager und klopfte Assa immer wieder stolz auf die Schulter. Assa und Arabella trennten sich auf dem Exerzierplatz, wo gerade die Reichsflagge gehißt wurde. Der Feldwebel befahl dem Soldaten, der die Fahne hochzog, Arabella zum Oberleutnant von Kavea zu bringen. In diesem Moment war Arabella zurück in der weißen Wirklichkeit.

»Oberleutnant Paul von Kavea?« fragte sie und senkte ihre Stimme, so daß Assa ihre Frage nicht hören konnte. Sie wollte ihn nicht noch näher an Paul heranführen, als sie es schon getan hatte.

»Jawoll.« Der Soldat war jung wie die Begleiter Pauls,

die damals zur Farm gekommen waren. »Sie waren sechs Wochen in den Händen der Wollköpfe?« Mit einer Mischung aus Respekt und Unglauben betrachtete der Schutztruppler sie von der Seite.

Arabella sagte ja, obwohl sie jedes Zeitgefühl verloren hatte. Wenn es sechs Wochen her war, seit auf Crewo der Aufstand ausgebrochen war, dann waren sie ihr länger vorgekommen als die sechs Jahre zuvor.

Der Soldat führte sie eine kleine Treppe zu einem doppelgeschossigen Haus hinauf, grüßte die Posten und zog die wuchtige Flügeltür auf. Eine Schwalbe schoß unter dem Torbogen heraus und haarscharf an Arabella vorbei. In einer Halle mit grünglasigen Fenstern mußte sie warten. Vier Säulen, deren Schatten wie Arme übereinander fielen, bildeten einen Raum im Raum. Man hatte dem Haus etwas Prunkvolles verleihen wollen, doch es war vor allem klobig geworden. Der Raum war zu groß für seine niedrige Decke, die Säulen waren zu massig, die Eingangstür zu wuchtig. Nach dem Leben im Freien fühlte sie sich in diesen Mauern gefangen.

Arabella hörte Schritte. In einem Hinterzimmer flog eine Tür auf. Die Schritte wurden schneller, dann trat ein Mann in das grüne Licht, der sich noch im Laufen die Jacke anzog. Etwas hatte Paul von Kavea verändert. Er entdeckte Arabella erst, als sie sich im Säulenschatten bewegte.

Draußen wurde Alarm geschlagen. Paul zögerte einen Augenblick, dann schlüpfte er mit dem Arm in den anderen Ärmel, ging zu Arabella, griff ihre Hand, nahm die linke ebenfalls und drückte beide einen langen Augenblick. Dann hastete er zur Tür und stieß sie auf. Das Licht schlug als breiter Balken herein.

Arabella wußte, was an Paul von Kavea anders war. Die Eile, mit der er zu ihr gelaufen war, die offene Jacke, der Ausdruck seiner Augen, als er sie suchte, die

Mischung aus Glück und Sorge verrieten seine Verliebtheit.

Draußen krachten Schüsse, jemand brüllte, ein anderer rief nach Pferden. Mitten im Tumult hörte sie Pauls Stimme. Eine Antwort wurde gerufen, sie verstand den Namen Grabowski, und im gleichen Augenblick wurden die Türen aufgerissen. Paul hielt die Flügel auseinander und zerteilte den Lichtpflock mit seinen gespreizten Armen.

»Arabella, wer war der Mann, mit dem Sie gekommen sind?«

Sie antwortete ohne Zögern.

»Assa Riarua.«

Paul ließ die Türen los, die langsam hinter ihm zusammenglitten.

»Er hat Kapitänleutnant Grabowski mit einem Seitengewehr aufgespießt.«

Arabella war erleichtert, daß es nicht Paul getroffen hatte.

»Ich kenne Grabowski. Er war der Kapitän der ›Falke‹.«

Paul blickte sie direkt an. Als Arabella ihm standhielt, wandte er den Kopf ab.

»Nicht woher Sie Grabowski kannten, ist interessant, sondern warum Sie mit Riarua ins Lager geritten sind.«

»Wo ist er?«

»Entkommen.«

Arabella sah Assa durch den Busch hasten. Sie war so hilflos wie Paul, der sie liebte und ihr nicht trauen durfte. Eben noch wollte sie sein Leben vor Assa schützen, jetzt bangte sie um den Herero. Die Abwesenheit war ein Magnet, der ihre Zuneigung ausrichtete.

Paul stierte auf den Fußboden, dann beantwortete er seine Frage selbst.

»Was müssen Sie alles durchgemacht haben. So lange in den Händen der Feinde. Und dann auch noch Riarua.«

Der Satz blieb in der Schwebe.

»Kann ich mich zurückziehen?«

»Ja, natürlich. Kommen Sie. Ich werde Ihnen mein Zimmer geben.«

Die Höflichkeitsriten des deutschen Lebens schlichen sich schon wieder ein, und sie lehnte ab. Doch Paul hob abwehrend die Hände.

Pauls persönliche Dinge erleichterten ihr den Einstieg in das alt-neue Leben etwas. Obwohl das Bett frisch bezogen worden war, strahlte der Raum, in dem Arabella bis zum Morgen wach lag, noch immer seine Anwesenheit aus. In der Ecke stand eine Kiste voller Bücher. Arabella zog eins heraus, dessen Titelbild zeigte, wie ein Indianer einem Cowboy die Hand reichte. Es hieß »Der Schatz im Silbersee«. Auf einem kleinen Tisch am Fenster lag ein Quartheft, das über einem Stift zusammengefaltet war. Kompaß, Zeissprismenglas und Säbel hingen über der Stuhllehne, ein Uniformhemd lag über dem Bett, eine graublaue Kordjacke mit rotem Besatz über einem Bügel. Die Dinge riefen Pauls Nähe hervor und machten ihren Gästestatus zu etwas Intimem, als wäre Arabella bei ihm eingezogen. Ungeniert akzeptierte sie den Raum als ihren.

Gegen neun Uhr morgens klopfte Paul an die Tür. Er brachte frisches Brot, Tee, Milch und Wurst mit. Arabella setzte sich im Bett auf. Ihre Hererokleider lagen vor dem Fenster. Sie hatte das Uniformhemd übergezogen.

»Gut geschlafen?«

»Ja, danke.«

Er schien zufrieden, daß sie sein Hemd angezogen hatte. Während er das Tablett auf den Tisch schob und das Quartheft in seine Jackentasche steckte, musterte sie Paul.

»Was schreiben Sie?«

»Ach, nichts.«

»Ein Heft halbvoll mit nichts?«

Paul lächelte.

»Eine Geschichte des Krieges.«

Sie zog die Brauen hoch.

»Es gibt natürlich auch die offizielle Berichterstattung. Der Generalstab in Berlin hat einen Chronisten mit dem Marineexpeditionskorps geschickt. Meine Aufzeichnungen sind eher persönlich.«

Arabella stand auf. Sie bemerkte, wie Paul sich bemühte, nicht auf ihre sonnenbraunen Beine zu blicken.

»Ihre Erfahrungen wären ebenfalls interessant für mich«, sagte er.

»Vom Krieg habe ich nicht viel mitbekommen. Aber ich kenne ein paar Kochrezepte mit Steinen.«

Ihre Unwissenheit über den Stand des Konflikts nahm Paul zum Anlaß, seine Befangenheit zu überspielen.

»Das Reich schickt Verstärkung und mit den frischen Truppen auch einen neuen Befehlshaber. Theodor von Sethor, ein harter Hund, der für seine Tapferkeit bei der Unterwerfung der Wahehe in Ostafrika ausgezeichnet wurde. Er war auch bei der Niederschlagung des Boxeraufstandes dabei.«

»Erschießungen Wehrloser gibt es doch hier auch«, sagte sie und ging zum Tablett. Paul konnte Arabellas Direktheit nicht parieren.

»Mein Vater versucht, das Morden zu verhindern. Aber wenn die Siedler Wollköpfe in die Finger kriegen, lynchen sie sie.«

»Es sind auch Soldaten, die morden.« Arabella ließ Paul aus seiner Rolle als Mitläufer nicht entkommen. Der kniff die Augen zusammen.

»Die Hereros sind aber auch nicht zimperlich. Man hat die Leichen der Patrouille von Herzmann gefunden. Sie waren so übel zugerichtet, dagegen ist Erschießen milde.«

Arabella legte das Brot aus der Hand.

»Entschuldigen Sie. Das ist ein unappetitliches Thema.

Ich werde sehen, ob ich Ihnen etwas zum Anziehen besorgen kann.«

Später stand Arabella im Schatten eines gelben Sandsteinbaus und sah der Truppenparade zu, die zu Ehren des ermordeten Grabowski abgehalten wurde. Der Sarg des toten Kapitänleutnants wurde an einer endlosen Doppelreihe finster dreinblickender Schutztruppler vorbeigetragen. Deutlich konnte man die strapazierten und ausgeblichenen Röcke von den fast noch sauberen der neuen Truppen unterscheiden. Auf ein Kommando hin richteten die Soldaten ihre Gewehre in die Luft und feuerten in den leeren Himmel. Es war der erste Morgen ohne Regen. Der rechteckige Platz war noch schlammig, doch über den Dächern der Häuser flimmerte bereits wieder die Luft. Sie suchte die Truppe nach Paul ab, entdeckte ihn aber nicht.

Onjatu bestand aus wenig mehr Häusern als Crewo. An der Westseite hatten die Soldaten ihre Zeltstadt errichtet. Wagen, mit Maschinengewehren und Geschützen bepackt, warteten auf einen Vorstoß. Nama-Hilfstruppen bewachten die Pferde. Vor dem Ort lag eine kleine Kalksteinklippe, auf der drei Offiziere beisammenstanden. Die beiden hinteren hatten die Hände in die Hüften gestemmt, der vordere war über ein dreibeiniges Stativ gebeugt und blinkte mit einer Art Spiegel in die Sonne.

Arabella stieg die paar Felsen zu den Männern hinauf.

»Paul?«

Paul drehte sich zu ihr um und verwackelte dabei den Spiegel. Ein Lichtblitz schoß durch das Lager.

»Ich habe mir selber etwas zum Anziehen besorgt.«

Arabella zeigte an sich herunter. Sie trug einen Frack und Männerhosen, die sie in einem Wandschrank auf dem Flur gefunden hatte. Paul lächelte.

»Etwas Vornehmeres hätte ich wahrscheinlich auch nicht auftreiben können. Sie sehen aus wie ein Bräutigam.«

»Ich bin die schwarze Braut.« Die Anwesenheit der beiden älteren Männer verbündete Arabella und Paul zu ihrer alten Leichtigkeit. Paul faßte sich an den Hals und weitete seinen Ausschnitt.

»Darf ich vorstellen, Major Quandt, der beste Mann in Afrika, und Hauptmann a. D. Curd von Franzstein. Er hat den Waffenrock wieder angezogen.«

Die beiden Männer blickten Arabella kühl an. Sie gab den Offizieren die Hand. Den Namen Franzstein hatte sie schon gehört, und auch Paul war dabeigewesen, als ihr Mann erzählt hatte, wie Franzstein Chinesenzungen amputierte. Sie nickte langsam. Franzsteins Stimme hatte einen bedrohlich schnarrenden Tonfall.

»Wir haben gerade über Sie geredet. Von Sethor heliographiert, daß Sie nach Okahandja kommen sollen.«

»Der Stab würde Sie gerne über Ihre Zeit bei den Hereros befragen. Wären Sie dazu bereit, nach all den Strapazen nochmals einen Ritt auf sich zu nehmen?«

Paul versuchte, den formellen Tonfall verbindlich zu gestalten.

»Mein Mann ist tot, meine Farm ist verbrannt, ich werde Afrika verlassen. Auf dem Weg nach Swakopmund ist Okahandja kaum ein Umweg. Sie können also zurückblitzen, daß ich kommen werde.«

»Sehr gerne«, sagte Paul. »Ich werde Sie übrigens nach Okahandja begleiten. Mein Vater ist ebenfalls dort.«

»Und vielleicht begleitet Gouverneur von Kavea Sie dann ja nach Deutschland«, knarrte Franzstein. Paul wandte sich ihm zu, setzte zu einer Antwort an, schluckte sie aber hinunter. Erst als sie schon auf dem Ritt nach Okahandja waren, fragte Arabella ihn, was Franzstein mit seiner hämischen Bemerkung gemeint hatte.

»Von Sethor ist der neue Oberbefehlshaber der Truppe in Südwest. Er will ein rigoroses Vorgehen gegen die Hereros, keine Gefangenen, keine Verhandlungen. Er will die große Entscheidungsschlacht. Mein Vater ist der Gouverneur. Er hat seit Kriegsanbruch versucht, den Hereros die Tür zum Frieden offenzuhalten. Wenn man ihnen keine Chance gibt aufzugeben, müssen sie bis zum letzten Mann kämpfen. Das wird auch für unsere Seite hohe Verluste bedeuten.«

»Wie konnte es dann geschehen, daß ein ganzer Stamm bei Friedensverhandlungen massakriert wurde?«

»Die Truppe ist nicht mehr loyal. Der militärische Oberbefehl steht gegen den politischen. Einer wie Franzstein hat meinen Vater nie leiden können. Ich fürchte, seine Methoden kommen denen Sethors näher als denen meines Vaters.«

»Ich weiß. Mein Mann hat unter ihm bei Hornkranz gekämpft.«

»Es tut mir leid, was mit ihrem Mann passiert ist«, sagte Paul nach einer kurzen Pause.

Arabella reagierte nicht auf Pauls Anständigkeit. Sie ritten nebeneinander durch blühenden Weißdorn, umweht von silbernem Federgras, begleitet von zwanzig Schutztrupplern. Ein Warzenschwein lief vor ihnen über die Pad und äugte aus dem Gestrüpp, als sie vorbeiritten. Paul von Kavea räusperte sich.

»Kurz bevor Sethor kam, hatte mein Vater eine große Offensive eingeleitet. Sie hätte die Hereros an den Rand der Niederlage gebracht und zu Verhandlungen gezwungen. Ihre Lage ist erbärmlich. Es gibt Berichte, die schwarzen Pocken seien bei ihnen ausgebrochen. Aber Sethor verbot per Telegramm alle Kampfhandlungen. Er wollte nicht anreisen und den Krieg bereits beendet vorfinden. Er will seinen großen Sieg. Mein Vater wollte entgegen der ausdrücklichen Weisung aus Berlin weitermachen, aber Major Quandt verweigerte die Gefolgschaft. Sethors erste Handlung war es, das Kriegsrecht über das ganze Gebiet zu verhängen. Damit kann jeder Deutsche,

Farmer wie Soldat, jeden Herero aufhängen oder erschießen.«

Unter der Sonne büßte das Land minütlich sein Grün ein und fand zu seiner gewohnten Trockenheit zurück. Arabella wurde übel. Der Pferdegang schaukelte stärker als sonst. Sie schluckte dreimal trocken, doch die Übelkeit blieb.

Sie konzentrierte ihren Blick geradeaus auf den schwankenden Horizont. Sie ahnte, daß die sechs unfruchtbaren Jahre mit Frank nicht an ihr gelegen hatten.

»Sie waren so lange bei den Hereros. Alle hielten Sie für tot. Und ich auch.« Er flüsterte beinah. Er hatte seine Liebe einer Toten gewidmet.

»Dann kommen Sie in ein deutsches Militärlager und bringen den gefährlichsten Kriegskapitän der Hereros mit, der prompt einen verdienten Offizier aufspießt. Es gibt viele, und Quandt und Franzstein gehören dazu, die Ihnen mißtrauen, die Sie für eine Verräterin halten.«

»Ich hatte keine andere Wahl.«

»Als Riarua zu Grabowski geführt wurde, als Sie allein waren und nicht mehr sein Messer im Rücken fürchten mußten, da hätten Sie doch Alarm schlagen können.«

»Ich weiß nicht, wer Feind und wer Freund ist.«

»Sie hätten sein Leben retten können.«

»Um den Preis von Assas Leben.«

Paul sah sie ausdruckslos an.

»Wenn Sie Sethor das erzählen, werden Sie wegen Hochverrats angeklagt.«

Als sie im Zirpen der afrikanischen Nacht lagerten, war Arabella noch immer übel. Sie lag auf einer Bastmatte unter Decken, streckte ein Bein in die Kühle und versuchte sich Assa vorzustellen. Sie sprach ein paar Mal lautlos seinen Namen, aber auch das beschwor kein Bild herauf.

Paul saß ein paar Meter weiter und rührte mit einem Stock in der Glut des Lagerfeuers. Hinter ihm schnaubten die Pferde in einem provisorischen Pferch. Funken stoben in die schwarze Luft. Irgendwo kläffte ein Schakal.

»... der bestirnte Himmel über mir ...«, hörte sie seine Stimme und sah, daß er den Kopf weit in den Nacken gelegt hatte. Arabellas Brechreiz ließ sich nicht länger unterdrücken. Sie wickelte sich aus ihren Decken, lief barfuß ein paar Schritte zum nächsten Busch und übergab sich. Als ihr Magen leer war, blieb der Geschmack von anverdautem Weißbrot in ihrem Mund zurück. Sie richtete sich auf. Paul war ihr gefolgt und hielt ihr seine Feldflasche hin. Das Wasser schmeckte klar und kalt.

»Danke.«

Paul nickte.

»Ich habe Chinin. Und auch Pain Expeller.«

Beides lehnte Arabella ab. Sie hatte das Gefühl, etwas erklären zu müssen.

»Ich hatte eine Blutvergiftung. Seitdem wird mir manchmal übel.«

»Wollen Sie sich zu mir setzen?«

»Nein danke, Paul. Ich werde jetzt schlafen.«

Sie wickelte sich in ihre Decken und hielt die Augen nicht länger auf.

»Dieses Land«, sagte ihr Paul in den Schlaf, »sollte wie ein gütiger Gott lächeln, tatsächlich aber ist es ein steinerner Götze, der uns auslacht.«

Es hat die Stimme einer Hyäne, dachte Arabella im Halbschlaf und hörte geiferndes Kickern, während Frank im Stall eine trächtige Kuh totschlug.

Am Morgen sahen sie, daß sie an einem Wildstandplatz gelagert hatten und Ungeziefer aus dem Boden gekrochen war. Tiere und Menschen waren zerbissen.

3

Clemens hatte keine Ahnung gehabt, wie viele Hohlräume ein Containerschiff besaß. Lüftungsrohre, Pufferspeicher bei den Heizkesseln, doppelte Bordwände. Kapitän Arlbeck versetzte ihn ein ums andere Mal in Erstaunen.

Nachdem die ganze Sache bislang glattgelaufen war, und sogar die alten Herren aus der Chefetage inklusive dem Seniorpartner seine Maßnahmen schließlich mittrugen, konnte er sich Bewunderung für die Schmuggler nicht ganz verkneifen. Wie Kaufleute hatten sie ein Netz von Beteiligungen und Mitwissern gesponnen. Von solchen Leuten konnte man auch als Reeder lernen.

Er bog auf den Krankenhausparkplatz, stieg aus und nahm dreißig langstielige Rosen vom Rücksitz. Dann sammelte er sich und konzentrierte sich ganz auf die Situation, die ihn erwartete.

Er überquerte den Parkplatz und lief, als der Fahrstuhl nicht kam, die Treppe mit großen Sprüngen hinauf.

Das erste, was er sah, war das schöne, blasse Gesicht seiner Frau, eingerahmt von weißen Krankenhauskissen, die ihre Farblosigkeit auf die Haut abzustrahlen schienen. Auf dem Bett saß seine Schwiegermutter. Sie hatte sein Kind im Arm und schaukelte es ein wenig.

»Geht es ihr gut?« fragte Clemens und zeigte auf Kriemhild. Er legte den Rosenstrauß neben ihren Kopf.

»Hallo, Clemens.« Neles Stimme war sonor.

»Junge oder Mädchen?«

»Mädchen.«

Clemens beugte sich vor. Cosima nuckelte an Neles Zeigefinger. Ihre kleine schwarze Hand hatte sich auf Neles gelegt. Man sah den Zipfel des rosa Armbandes, auf dem die Stunde von Cosimas Geburt und ihr Name vermerkt waren.

Clemens blickte erschrocken auf. Dann lachte er heiser.

»Soll das ein Witz sein?«

Nele stand auf und legte ihm das Baby in den Arm. Es machte einen leisen Plopp, als ihr Zeigefinger aus dem Mund flutschte. Clemens hielt Cosima fast angewidert von sich weg. Sie suchte schlafend nach etwas zum Nuckeln und drehte den Kopf in einer schlingernden Bewegung hin und her.

»Nein«, entfuhr es Clemens.

»Doch«, sagte Nele. »Das ist Cosima, deine Tochter.«

Clemens ließ das Baby wieder in Neles Arme fallen.

»Du bist nicht der erste Mann, dem das passiert«, sagte Nele.

Clemens rührte sich nicht.

»Aber bei den anderen sieht man es nicht«, sagte er schließlich. Dann ging er zum Fenster und blickte bewußt nicht seine Frau an. Die Geburt hätte sein privates Leben mit seinem beruflichen Erfolg gleichziehen lassen sollen. Neben der Arbeit, das hatte er sich immer vorgestellt, sollte es auch die Familie geben. Er hatte das Haus für seine Kinder gebaut, die Zimmer waren eingerichtet, er hatte Kriemhild jeden Mittwoch Blumen mitgebracht und ihr zu jedem Hochzeitstag einen Ring gekauft. Er hätte geschworen, daß sie ihn liebt. Alles umsonst.

»Wieso nur?«

Nele legte das Baby in sein Bettchen zurück.

»Schätzungsweise warst du nicht Manns genug. Neger sollen phantastische Liebhaber sein.«

Clemens hockte, als würde er noch auf sein Kind warten, auf einem Stuhl im Gang, als Paul von Kavea eintraf. Sein Hemdkragen war naß, seine Nase lief.

»Clemens, was ist los?« Paul faßte ihn an der Schulter

und rüttelte ihn. Clemens reagierte nicht. Man hatte ihm eine Beruhigungsspritze gegeben. Er starrte geradeaus, ohne zu sehen, worauf seine Augen blickten, und sein Gesicht war weißer als das seiner Frau im Kindbett.

Paul bekam Angst. Er betrat das Krankenhauszimmer. Seine Enkelin lag wie tot im Bett. Ihre Mutter stand am Fenster. In einem Wärmebett auf Rollen lag ein in Tücher gewickeltes Kind.

»Alles in Ordnung?« fragte Paul. Seine Stimme schwankte. Er griff Kriemhilds zerstochenen Arm und fühlte den Puls langsam und ruhig.

»Was machst du hier?« fragte Nele, als würde er sie bei etwas stören.

Noch bevor er antworten konnte, sah er das schwarze Gesicht des Neugeborenen. Er ging zu dem Glasbett, in dem das Baby mit geschlossenen Augen lag, und betrachtete das Gesichtchen, das in seine Hand gepaßt hätte. Paul kannte das Gesicht. Wie die Jahre die vergangenen Ereignisse verkleinert im Gedächtnis abbildeten, blickte ihn aus den winzigen Zügen des Kindes Assa Riarua an. Dieses Gesicht war der Schlüssel zu dem offenen Geheimnis seines Lebens. Das Baby öffnete die Augen im Schlaf und schloß sie wieder, traumabgewandt noch mit den ungedachten Gedanken einer geborgten Welt. Paul begriff, daß nicht nur seine Wirklichkeit auf einer Täuschung beruhte, sondern zudem diese Täuschung sein Leben überhaupt erst möglich gemacht hatte. Hätte Arabella dieses Kind geboren, hätte es nie eine Familie gegeben.

»Es ist eine Schande«, sagte Nele. Sie war neben ihren Vater getreten, der aufschrak und sie verwirrt anblickte. Sie hakte sich in den Arm des alten Mannes.

»Was ich dir am höchsten anrechne ist, daß du nach Mutters Tod nicht wieder geheiratet hast, obwohl es bestimmt viele Frauen gegeben hätte.«

Hertha war nicht im Horizont ihrer Wahrnehmung, sie wurde weggeschwiegen. Fast hätte er lachen müssen. Seine ahnungslose Tochter Nele, die sich so viel auf ihre Abstammung und Familie einbildete, war nicht seine Tochter.

Weder er noch Nele hatten bemerkt, daß Clemens ins Zimmer gekommen war.

»Dieses Kind ist nicht mein Kind. Und diese Frau ist nicht mehr meine Frau.« Er war offensichtlich wieder Herr seiner selbst, vermied aber den Blick auf die schlafende Kriemhild. Dann drehte er auf dem Absatz um.

»Warte, Clemens«, rief Nele hinter ihm her. Er hatte die Klinke noch in der Hand.

»Worauf soll ich warten?«

»Ich kann deinen Zorn verstehen. Aber es gibt immer einen Weg.«

»Und wohin bitte soll der führen?«

»Zuerst zu dem Arzt, der das Kind geholt hat. Stell dir vor, das Kind wäre nicht da. Du sagst selbst, es ist nicht deine Tochter. Was wäre, wenn sie verschwände?«

»Willst du sie umbringen?« Clemens ließ die Klinke los.

Nele räusperte sich, als wäre sie in einer Sitzung. Paul zögerte.

»Du hast mir nicht zu sagen, wie man mit Niederlagen umgeht«, fuhr ihn seine Tochter an, bevor er etwas sagen konnte. Dann wandte sie sich wieder an Clemens.

»Wir bringen sie weg. Ich kenne den Arzt gut, er wird sich an nichts erinnern.«

Ein paar Atemzüge lang war Clemens fassungslos. Eben hatte er noch versucht, der Schmuggelei das Wasser abzugraben, jetzt war er dabei, eine viel größere Schandtat zu billigen.

»Was ist mit der Hebamme?«

Nele überlegte einen Augenblick.

»Sie ist ziemlich alt und abgearbeitet. Wahrscheinlich wird sie sich über eine vorzeitige Rente freuen.«

Das eigentliche Problem aber war nicht die alte Hebamme, das eigentliche Problem war der Fotograf, der das Kind offensichtlich auch gesehen hatte. Für Nele war es keine Frage, daß jeder käuflich war.

»Ich weiß nicht. Es ändert immerhin nichts daran, daß sie mich betrogen hat.« Clemens blickte gekränkt.

Eine Nagelschere kam aus Neles Handtasche zum Vorschein, mit der sie das rosa Armband des Kindes zerschnitt, dann ließ sie beides wieder verschwinden. Anschließend schob sie das Kinderbett zur Tür.

»Was sagen wir Kriemhild?« wandte Clemens ein.

»Daß ihr Kind tot geboren wurde. Hilf mir mal.«

Clemens hielt die Tür auf, und Cosima wurde weggeschoben. Zurück blieb Paul von Kavea, von seinem Schweigen geschlagen.

Auf den Elbbrücken war der Verkehr dicht. Die Strömung der Elbe kräuselte die Oberfläche kaum. Im Freihafen stachen Kräne in den eisblauen Novemberhimmel. Die Sonne stand auf Augenhöhe, so daß Nele die Blende herunterklappen mußte. Sie fuhr allein. Clemens hatte sich geweigert, das Kind auszusetzen. Er beharrte darauf, daß er mit dem Bastard nichts zu tun hatte, noch nicht einmal mit seiner Entsorgung. Dafür hatte Sonnlein überraschend wenig Probleme gemacht. Zwar hatte er jetzt etwas bei ihr gut, aber das beeindruckte Nele wenig.

Das Hafengebiet wandelte sich unmerklich zum Güterbahnhof des Harburger Industriegebietes.

Cosima lag in einem Körbchen auf dem Rücksitz. Bevor sie losfuhren, hatte Nele mit der alten Hebamme gesprochen. Sie hatte sie argwöhnisch belauert, ob sie etwa Rührung gegenüber dem kleinen Menschen zeigte, aber ihr Gesicht war die immermüde graue Maske geblieben. Nele hatte versprochen, das Geld auf dem Rückweg mitzubringen.

Sie verließ die Autobahn und hielt kurz darauf auf dem Parkplatz vor einem Supermarkt. Sie nahm Cosima in ihrem Korb von der Rückbank. An Abfallcontainern und Anlieferrampen vorbei führte ein Plattenweg zur Rückseite des Waisenhauses, das sie selbst als Senatorin erst im letzten Herbst eröffnet hatte. Hinter einem Wall aus Heckenrosen lag das Heim still und abgelegen und sichtgeschützt.

Nele drehte sich nicht um. Sie ging an der Vordertür vorbei, stellte das Körbchen hin, ging weiter, das alles dauerte nur Sekunden, und Kriemhilds Tochter hatte es nie gegeben.

Ungesehen erreichte Nele ihr Auto. Sie suchte in ihrer Manteltasche nach dem Schlüssel. Dabei ertastete sie die fließenden Glieder der kleinen Goldkette. Der Name Cosima blinkte weiß im goldenen Schild. Sie ließ die Kette auf ihre Handfläche fließen, ging nochmals zurück und steckte sie in den Korb. Das Geburtsarmband aus rosa Plastik warf sie in einen Mülleimer.

Paul schrak auf, als Kriemhilds Hand nach seiner griff. Clemens' Rosen standen in einer Vase vor dem Fenster. Die ganze Zeit hatte er sie betrachtet, ohne sie zu sehen.

Der Druck von Kriemhilds Fingern war zögerlich, die Bewegung des Arms wirkte zeitversetzt. Vor dem Krankenhausfenster verging langsam der Tag, der ein schöner hätte sein können. Die Laternen im Park sprangen flackernd an. Nele war noch nicht wieder da, mit Clemens rechnete er nicht.

Seine Enkelin hatte die Augen geöffnet. Die Benommenheit legte Schlieren über ihren Blick. Paul erwiderte ihren schweißkalten Händedruck und versuchte zu lächeln.

»Mein Kind.« Ihre Zunge folgte den Worten nur mühsam. Paul rieb seine Augen, um die Tränen nicht hinauszulassen.

Kriemhild wendete den Kopf und blickte auf das Wärmebett. Sie lächelte, so gut es ging. Sie konnte nicht sehen, daß es leer war.

Paul hatte zuvor versucht sich zu erinnern, wie man Kameraden vom Tod eines Soldaten erzählt, es einer Witwe mitteilt oder den Kindern. Aber Drill half jetzt nicht weiter. Hier gab es keine Phrasen, die über die Unwiederbringlichkeit hinwegtrugen. Vor allem deshalb nicht, weil der Verlust des Kindes nicht unwiederbringlich war.

»Es ist schlimm«, sagte Paul. Seine Stimme klang fremd.

Kriemhild wandte sich zu ihm und hob fragend die Brauen. Noch lag die Heiterkeit wie ein Tuch über ihrem Gesicht, das Paul im nächsten Moment beiseite zog.

»Es ist tot geboren.« Er wußte nicht, woher er die Dreistigkeit nahm für diese Lüge. Es war Schwäche, ungeschuldeter Gehorsam gegenüber seiner Tochter. Es brauchte weniger Kraft, die Wahrheit unter dem Teppich zu halten, als für sie einzustehen.

Kriemhilds Freude verzog sich zu einer Grimasse. Die Bedeutung von Pauls Mitteilung fraß sich stockend in ihren Verstand. Dann öffnete sie den Mund und stieß mit ihrer geschwollenen Zunge ihre Verzweiflung in die Luft. Paul hörte jemanden angelaufen kommen. Er ging zur Tür und fing die Schwester, die nach Kriemhild sehen wollte, auf der Schwelle ab.

»Ich kümmere mich um sie.«

Die Schwester nickte. Auf ihrem Namensschild stand »Ulrike«. Professor Sonnlein und Oberschwester Gisela hatten Neles Lüge im Krankenhaus bereits als Wahrheit verbreitet.

»Darf ich zu ihr?« fragte Ulrike. »Ich habe sie aufgenommen.«

Paul ging zur Seite. Als Kriemhild die Schwester erkannte, krallte sie sich in ihren Arm.

»Es hat doch gelebt. Ich habe es doch in mir treten gespürt. Sie haben es doch auch gefühlt.« Kriemhilds Stimme schlingerte bei der Erinnerung.

Ulrike nickte langsam. Es war unmöglich, Trost zu spenden.

»Wegen der Fruchtblase, die geplatzt ist, hat sich das Kind selbst die Nabelschnur abgedrückt.«

Kriemhild schloß die Lider.

»Dann war ich es ja, die mein Kind umgebracht hat.«

»Sie können gar nichts dafür. Es war ein schreckliches Unglück.«

Kriemhild begann gleichmäßig auf ihrer Unterlippe zu kauen. Sie zerbiß die Haut, und Blut lief in ihre Mundwinkel. Als Ulrike es wegtupfte, schrak Kriemhild auf.

»Ich will es sehen, wo ist es?«

Ulrike schüttelte hilflos den Kopf.

Paul setzte sich auf die Bettkante und faßte ihre Hand.

»Es ist das beste, du schläfst jetzt, Kind.«

»Kind«, echote Kriemhild. »Kind. Kind.«

Paul erkannte den Klang in ihrer Stimme. Es hörte sich an wie Summ-summ-summ. Kriemhild löste ihre Hand aus seinem Griff und strich sich unter der Bettdecke über den verbundenen Bauch. Er fühlte sich unvollständig an ohne das Leben darin.

Ulrike verließ verzweifelt das Zimmer. Die kreisende Bewegung auf Kriemhilds Bauch wurde nervöser. Paul fühlte sich nicht mehr würdig, ihre Hand zu halten. Kriemhild begann, ihren Kopf hin und her zu drehen. Jemand hätte sie streicheln müssen, sie beruhigen, aber nicht er.

Am zweiten Tag besuchte Paul seine Enkelin wieder. Diesmal begleitete Hertha ihn, und sie hatten Pralinen dabei. Paul hatte auch ihr nicht die Wahrheit gesagt. Als sie ins Krankenzimmer traten, hatte Kriemhild vom Milcheinschuß dunkle Flecken auf der Brust. Sie saß steif wie ein Fakir in einem Kunstledersessel am Fenster, und ihr Körper hatte noch nicht begriffen, daß alles umsonst war. Draußen fiel schwerer Regen vom Himmel. Clemens' Rosen ließen ihre Köpfe nach nur einer Nacht hängen.

Auf dem Nachttisch lagen Betäubungstabletten für den Schmerz in ihrem Busen. Sie waren nicht angebrochen. Paul steckte die Schachtel ein und gab sie beim Hinausgehen Schwester Ulrike.

»Nicht, daß die Mutter dem Kind folgt.«

Ulrike entschuldigte sich.

Die Pralinen warfen sie in einen Abfallkorb an der Bushaltestelle.

Kriemhilds apathischer Zustand stabilisierte sich. Sie sprach noch immer nicht. Um eine Brustentzündung zu vermeiden, strich Ulrike mehrmals täglich die Brüste der kindlosen Mutter aus und schüttete die Milch in den Ausguß.

Paul begegnete bei einem seiner regelmäßigen Besuche Professor Sonnlein auf dem Gang. Der Arzt kommentierte Kriemhilds Zustand mit einer Ernsthaftigkeit und Sorge, als wäre er nicht schuld daran. Zuerst dachte Paul, es sei Zynismus. Aber im Gespräch wurde deutlich, daß der Arzt sein Verbrechen komplett verdrängt hatte.

Clemens hatte sich mit einer Reise in die USA abgemeldet. Auch Nele machte sich rar. Sie rief zwar oft im Krankenhaus an, aber Paul hatte das Gefühl, sie kontrollierte eher Sonnlein, als daß sie sich um Kriemhild sorgte.

Ketelsen hatte versucht, Kontakt zu Clemens Stadler aufzunehmen. Doch der war außer Landes gereist, was Ketelsen nicht wirklich überraschte. Die Gerüchteküche brodelte, und er hätte vermutlich mit seinem Wissen bei den Boulevardblättern einiges Kapital schlagen können. Jeder, der sich ein bißchen über die Reederfamilie umhörte, erfuhr von Kriemhilds Totgeburt. Es ging ihm aber nicht um Geld oder um eine gute Story. Es ging ihm allein um sich selbst. Es ging um das Gefühl, nicht dazuzugehören. Er würde das Recht brechen, wenn sie zuvor die Moral gebeugt hatten.

Ketelsen entwickelte seine Fotos.

Um möglichst lange nicht erreichbar zu sein, war Clemens nicht in die Staaten geflogen, sondern mit dem Schiff gefahren. Es wäre ihm zwar angenehmer gewesen, wenn nicht ausgerechnet Arlbeck sein Kapitän gewesen wäre, aber andererseits hatte Clemens mit seinen Vorwürfen recht behalten, und schließlich war der Streit um die Schmuggelei in der Zwischenzeit zweitrangig geworden.

Als sie von den Landungsbrücken losmachten und das Horn Hamburg grüßte, war er in die Kabine gegangen, hatte abgeschlossen und sich zwei Tage nicht blicken lassen. Er wollte weder Arlbeck sehen noch, wie sich die Elbe zur Nordsee weitete oder sich die Wellen hinter Irland langsam immer höher auftürmten. Er hatte keinen Hunger, wollte nur geschaukelt werden und sich krank fühlen. Es war sein Schiff, auf dem er den Atlantik überquerte, die Männer an Bord bekamen sein Geld, die Fracht unter Deck brachte seinen Gewinn, nur die Frau, die er geheiratet hatte, hatte nicht sein Kind zur Welt gebracht. Er war Kriemhild treu gewesen, seitdem sie verheiratet waren. Selbst einen zünftigen Junggesellenabend, zu dem ihn seine Freunde noch nach St. Pauli einladen wollten, hatte er abgesagt. Stattdessen war er ein letztes Mal unverheiratet nach Paris gefahren. Wenn man genug Geld hatte, konnte man dort das Leben eines Bohemien führen, und die Frauen, die einen besuchten, waren keine dreckigen Prostituierten. Er hatte eine Picasso-Biographie gelesen, tagsüber Absinth in einem Café getrunken und noch einmal die Orte aufgesucht, an denen er während seines Studiums gerne gewesen war. Überall war er mit Manon gewesen, die mit ihm Philosophie studiert und ihn schon am zweiten Abend mit nach Monmartre genommen hatte. Dort hatte sie in einer kleinen Kemenate unter dem Dach gewohnt, zusammen mit drei Freundinnen. Sie rauchten in der Küche und wuschen nur alle drei Tage ab. Clemens lebte auf. Manon hatte ihn sogar in der Öffentlichkeit geküßt. Als er kurz vor seiner Hochzeit nach Paris kam, traute er sich jedoch nicht, sie zu besuchen. Bis zu ihrer Wohnungstür reichte sein Mut, aber klingeln konnte er nicht. Er fühlte zu deutlich, daß er Kriemhild nicht heiraten würde, wenn er Manon wiedersah. Und heiraten wollte er, weil ihm klargeworden war, daß man im Leben vorangehen mußte. Immer nur eine Freundin gegen die nächste auszutauschen war kein Fortschritt, sondern ein Kreis, der ihn außerdem zu viel Energie kostete. Während Manon sich ihn ausgesucht hatte, hatte er sich für Kriemhild entschieden. Er hatte sich sogar für sie entschieden, bevor er sich in sie verliebt hatte.

Jetzt, auf dem wankenden Schiff mit der leichten Vibration der Motoren im Ohr, konnte Clemens kaum noch nachvollziehen, daß er geglaubt hatte, sich in Kriemhild verlieben zu müssen. Aber so war es gewesen. Er hatte sie auf der Beerdigung seines Vaters gesehen und entschieden, daß sie seine Frau werden sollte. Äußerlich machte sie nicht viel her, aber sie hatte bestimmte Merkmale, die ihn einnahmen. Kriemhilds linke Augenbraue franste nach oben aus, und ihre Schlankheit war nicht kerzengrade, sondern leicht hohlkreuzig, was ihrer ganzen Figur etwas Gebogenes gab und Spannung. Tatsächlich lag unter Kriemhilds blasser Schüchternheit ein sehr zäher Wille. Das merkte Clemens, als sie sich im Garten zu ihm stellte. Die Trauergäste waren schon bei Kaffee und Kuchen angekommen, und Clemens hatte sich davongestohlen, um eine Zigarette zu rauchen und ein paar Augenblicke alleine zu sein. Er stand im Schatten der Pergola im Garten seiner Eltern und blickte auf die Fenster, hinter denen er mit seinem Vater gespielt hatte, häufiger, schien es ihm, als er es von einem Mann, der konservativ und vielbeschäftigt war, hätte erwarten können. Sein Vater hatte mit Leidenschaft Ritterburgen errichtet, nicht nur aus den dafür vorgesehenen Bauklötzen, auch aus Büchern, Kissen, Schallplattenhüllen. Alles wurde zu Ritterburgen. Im Aufbauen war sein Vater große Klasse gewesen, aber wenn nach der Schlacht alles zerstört auf dem Teppich lag, hatte er ihn immer allein in den Trümmern zurückgelassen.

Clemens war entschlossen, sein Erbe anzutreten. Im Philosophiestudium hatte er gelernt, keine Trauer über den Tod zu empfinden, sondern ihn als Antrieb für die Tage aufzufassen, an denen man noch lebte. Dann trat Kriemhild aus der Küchentür und blickte über den Garten, als würde sie ihn suchen. Und tatsächlich ging sie mit sehr langen, geraden Schritten auf ihn zu, als sie ihn entdeckt hatte. Er bot ihr eine Zigarette an. Sie lehnte weder ab, noch nahm sie an, sie stellte sich einfach neben ihn und sah zu, wie er rauchte.

Als Nele von Kavea ihm auf dem Friedhof ihre Tochter vorgestellt hatte, war er überrascht, wie kräftig ihr Händedruck gewesen war. Als er hinter dem Sarg hergegangen war, hatte er sich eingebildet, ihren Blick in seinem Rücken zu fühlen. Jetzt schnipste er seine Zigarette weg und trat sie aus.

»Meinen Vater habe ich nie kennengelernt«, sagte Kriemhild. Clemens musterte sie. Es sollte weder ein Trost sein noch Selbstmitleid, es war auch keine Feststellung. Kriemhild hatte ihre Leben in Beziehung gesetzt und ein Gespräch eröffnet. Für einen Moment dachte Clemens an Manon. Mit ihr hatte er nie über sich gesprochen.

»Vielleicht fehlt einem ohne Vater vor allen Dingen Schutz«, antwortete Clemens.

»Man kann sich ja einen Vater ausdenken«, gab Kriemhild zurück. »Ich habe das allerdings nie getan.«

Clemens war sich unsicher, ob er Manon betrog, wenn er sich so mit Kriemhild unterhielt. Er fragte sie, ob sie ein Stück spazierengehen wollte, und sie ging mit. Er kam sich vor, als würde er sich dabei beobachten, wie er neben dieser Frau ging. Das verhinderte, daß er sich in sie verliebte, aber es festigte das Bild, in dem er sich mit ihr gemeinsam sah. Kriemhild wunderte sich, wie dick die Bäume waren, und versuchte, ihr Alter zu erraten. Clemens hatte oft vor gefällten Stümpfen gestanden und die Jahresringe gezählt. Er wußte, daß auch junge Bäume dicke Stämme hatten.

»Die dünnen Ringe schaffen eine enorme Fläche«, sagte er.

»Ich denke mir immer, wenn ich so rauhe Borke sehe, daß das Wachstum die Rinde sprengt, wie ein festes Korsett, gegen das von innen angekämpft wird. Sie sieht immer so vernarbt aus. Und dann tut mir der Baum leid«, antwortete Kriemhild. Clemens wußte nicht, ob sie immer noch von sich sprach oder einfach nur ein Gespräch über Bäume führte. Bei Manon hatte er gewußt, woran er war, Kriemhild verwirrte ihn. Und er fühlte, daß die Unruhe, die sie ausstrahlte, ihm Kraft gab, in anderen Lebensbereichen Ordnung zu schaffen. Genau das wollte er.

Und er hatte sich nicht getäuscht. Es wäre falsch zu sagen, daß Kriemhild ihm den Rücken frei gehalten hatte für seine berufliche Karriere. Aber sie schuf den Hintergrund, vor dem er die engen Normen des Reederalltags akzeptieren konnte. Sie richtete das Haus in einer lichten Offenheit ein und machte es zum Spiegel ihrer Beziehung. Sie überraschte Clemens mit Details, lud überraschend Gäste ein, erzählte von ihrer Mutter Geschichten, die Clemens nicht verstand, wurde plötzlich schwanger, ohne ihn von der Absicht in Kenntnis gesetzt zu haben. Cosimas Geburt bracht Clemens nicht moralisch aus der Fassung, sondern weil er das Leben mit einem Kind immer als Teil seines Glücks gesehen hatte. Er hatte das Kind für sich beansprucht und vergessen, daß es aus Kriemhilds Welt kam. Ob es aber dadurch allein zu ihr gehörte, ob er als Mann keine Erwartungen an ein Leben mit dem Kind haben durfte, das konnte er nicht beantworten.

Erst nach zwei Tagen trieb ihn der Hunger aus seiner Kabine. Das Schiff stampfte auf offener See, der Himmel war grau verhangen und der Wind schneidend kalt. Clemens, der nur im Hemd an Deck gegangen war, ließ sich so lange von der Novembersee peitschen, bis seine Haut schmerzte. Dann ging er in die Kombüse, wo ihm ein philippinischer Koch eine scharfe Suppe reichte. An einem Resopaltisch in der Farbe des Himmels saßen vier Männer in schmuddeligen, ehemals orangenen Overalls, deutsch war keiner. Sie nickten ihm zu, redeten aber nicht, auch nicht untereinander. Clemens ließ sich noch eine Schüssel Suppe und ein Stück Weißbrot geben. Das Schweigen bedrückte ihn. Er hatte gewußt, daß kaum mehr deutsche Seeleute auf seinen Schiffen fuhren, aber er hatte sich nicht klargemacht, was das bedeutete. In seine Kabine wollte er nicht wieder zurück, und so ging er schließlich hoch auf die Kapitänsbrücke.

Kapitän Arlbeck hatte immer noch keine Ahnung, was Clemens Stadler auf seinem Schiff wollte. Vorsichtshalber hatte er die gesamte Schmuggelladung hinter Cuxhaven über Bord gehen lassen. Andererseits war ihm nicht klar, warum der Eigentümer selbst an Bord kam und warum er sich nicht zeigte. Noch nicht einmal gegessen hatte er. Arlbeck konnte es egal sein, er würde nach dieser Tour sowieso entlassen werden.

Als er die Schritte auf der Eisenleiter hoch zur Brücke hörte, war er ganz ruhig. Er blickte Clemens an, als dessen Kopf über der Türschwelle auftauchte, grüßte höflich und gab ihm Koordinaten, Wettervorhersage, Geschwindigkeit bekannt. Clemens nickte, stellte seine Suppenschüssel ab und starrte durch die salzbeschlagene Scheibe.

»Haben Sie einen Schnaps?« fragte er dann.

Arlbeck wußte nicht, ob das eine Falle war, vorsichtshalber verneinte er. Clemens nickte. Dann schwieg er und stierte in die rollende See.

»Es tut mir leid, daß ich Sie vorgeführt habe«, sagte er dann, »ich brauchte einen Aufhänger. Im Grunde ging es mir nicht um Sie, sondern um die Mitglieder des Aufsichtsrates.«

Arlbeck ließ sich nicht einwickeln. Er blieb auf der Lauer, auch als Clemens ihn jetzt mit traurigen Augen anblickte.

»Meine Frau hat am selben Tag ein Kind bekommen«, sagte er.

»Meinen Glückwunsch«, sagte Arlbeck.

»Danke. Es ist nicht von mir.«

Arlbeck blinzelte. Vielleicht war sie doch keine Falle, die Frage nach dem Schnaps. Vielleicht wollte Clemens Stadler tatsächlich nur mit ihm reden.

»Von wem ist es denn?« fragte er.

»Weiß nicht.«

»Und Ihre Frau?« fragte Arlbeck.

»Die weiß es wohl, nehme ich an. Was ich nicht weiß, ist, soll ich ihr verzeihen? Ist es nicht egal, ob ich selbst der Vater bin? Die Römer haben ihre unehelichen Kinder immer mit durchgefüttert, ihre Erben haben sie adoptiert.« Er schluckte. Die Suppe kratzte plötzlich im Hals.

»Von den Römern weiß ich nichts«, sagte Arlbeck, »aber Frauen kenn ich. Wenn sie es einmal machen, machen sie es immer.«

Clemens sah den Kapitän zum ersten Mal voll an. Er hatte helle Augen, fast durchsichtig. Der Blick von Clemens verwirrte Arlbeck. Wollte er tatsächlich seiner Frau verzeihen und zurückkehren? Für einen Moment fühlte er sich versucht, ihm recht zu geben, aus Rache, einfach, um ihn in sein Unglück rennen zu lassen. Aber hier sprach Stadler ja nicht als Reeder zu ihm, sondern als Mann. Und, das hatte ihn jede Erfahrung gelehrt, Männer mußten zusammenhalten. Er riet ihm ehrlich und von Herzen ab.

»Vielleicht sind Ihre Frauenbekanntschaften nicht vergleichbar mit einer Ehe«, gab Clemens zu bedenken.

Arlbeck wischte sich einen Popel aus dem Nasenloch.

»Und meinen Sie nicht, die Huren wollen nichts lieber als raus aus ihrem Loch? Die suchen Geborgenheit und einen Mann, der sie versorgt, wie nichts sonst auf der Welt. Da muß man mächtig aufpassen. Denn Huren bleiben sie nun mal. Und umgekehrt ist es genauso: Jede Frau will einen Mann, damit ihr Loch ihr Loch bleibt.« Er grinste schief. Und dann holte er doch eine Flasche Schnaps aus dem Kabuff unter dem Kartentisch. Der Alkohol zog Schlieren. Arlbeck goß zwei Pappbecher halbvoll, und Clemens brannte das Kratzen in seinem Hals mit großen Schlucken weg. Vielleicht war alles so einfach. Vielleicht waren die ganze Welt und alle Beziehungen gar nicht philosophisch zu erklären, sondern einfach und primitiv. Er wunderte sich, daß er sich von Arlbeck trösten ließ. Er dachte an Manon. Es gab andere Frauen, so viel war sicher. Dann trank er noch einen Schluck und war entschlossen, Kriemhild zu verlassen.

Das einzige Mal, daß Paul von Kavea seiner Tochter Nele noch einmal im Krankenhaus begegnete, war am Tag von Kriemhilds Entlassung. Der Schnitt durch ihre Bauchmuskeln war gut verheilt, und Kriemhild antwortete jetzt wenigstens wieder mit ja und nein, so daß die Ärzte keinen Grund sahen, sie länger dazubehalten. Mit Neles neuem Dienstfahrzeug, einem schwarzen BMW, fuhren sie zu Kriemhilds Villa am Alsterlauf.

Während der Fahrt saß Paul neben seiner Enkelin auf dem Rücksitz. Die Stadtbebauung hatten sie hinter sich gelassen, und die großbürgerlichen Häuser verschanzten sich hinter Buchenhecken. Der Krankenhauskoffer hatte die Farbe der Polster und stand wie eine aus dem Sitz gewachsene Mauer zwischen ihnen.

Er redete nur das nötigste mit seiner Tochter, es gab zwischen ihnen nichts mehr zu sagen. Im Rückspiegel sah er ihre Augen. Paul stellte überrascht fest, daß seine Tochter älter war, als seine Frau es geworden war.

Sie hielten vor dem Haus. Paul half seiner Enkelin beim Aussteigen und trug den Koffer die Treppenstufen zur Haustür hinauf. Der Himmel war zweigeteilt. Hinter ihnen schien die Sonne aus einem hellen Blau, und über dem Haus türmte sich eine schwarze Masse, die nicht aus Wolken bestand, jedenfalls sah man keine Konturen. Es sah so aus, als wäre auf der einen Himmelshälfte noch Nacht.

Das Teak der Haustür schimmerte teefarben. Paul fiel die schöne Maserung auf. Sie ähnelte einer Karte von Flußläufen. Er dachte an Afrika, an zinnoberfarbene Erde, über die der weiße Sand aus der Namib streicht und einen Hauch Körner wie Schnee zurückläßt.

Nele suchte in ihrer Tasche nach einem Haustürschlüssel. Paul hatte nicht gewußt, daß sie freien Eintritt zu dem Haus ihrer Tochter hatte. Er sah, wie Kriemhild ihre Mutter taxierte, und wußte zuerst nicht, wie er den Blick deuten sollte. Aber als sie sich dann umwandte, selbst in ihre Jackentasche faßte und ihren eigenen Schlüssel herauszog, wußte er, was er in ihren Augen gesehen hatte. Es war Ernüchterung darüber, daß ihre Mutter, die sich um Gott und die Welt kümmerte, noch nicht einmal den Schlüssel für sie parat hatte. Kriemhild sperrte auf und ließ Nele hinter sich.

Im Flur stand ein Eimer Teppichseife. Kriemhild schien ihn nicht zu bemerken. Paul trat hinter den beiden Frauen ein und hatte sofort den tauben Gestank von kaltem Zigarettenrauch in der Nase. Kriemhild ging, ohne die Schuhe auszuziehen, dem Geruch nach direkt ins Wohnzimmer. Der sonst so lichte Raum war jetzt fast dunkel. Clemens hatte die Vorhänge zugezogen und einen Aschenbecher auf die Sessellehne neben sich gestellt. Sofern Paul sich erinnerte, stand das Möbel sonst unter den Familienfotos in der Ecke.

Kriemhild ging direkt zu ihrem Mann, der sie aus kleinen, verrauchten Augen ansah. Paul sah im Dämmerlicht, daß Clemens' Haare fettig und verwühlt waren. Außerdem war es das erste Mal, daß er ihn ohne Schlips sah.

Vor dem Sessel stehend, senkte Kriemhild den Blick und schaute an ihrem Mann vorbei auf das Polster. Dann bückte sie sich und preßte ihr Gesicht zwischen seinen Beinen in den Bezug.

»Hier«, flüsterte sie und verharrte in der Stellung. »Aber man riecht nichts.«

Clemens zog die Beine an und stellte sie auf die Sitzfläche. Seine Schuhspitzen waren jetzt direkt vor Kriemhilds Nase.

»Ich habe es sauber gemacht. Es roch faul.«

»Unser Kind«, entgegnete Kriemhild. Nele zupfte Paul am Ärmel und zog ihn mit sich aus dem Wohnzimmer.

»Ich denke, sie müssen sich jetzt selbst finden.« Nele drückte die Klinke. Die klare Novemberluft war eine Erlösung.

»Soll ich dich noch irgendwohin bringen?« fragte sie ihn.

»Danke. Ich laufe noch ein bißchen an der Alster entlang.« Vor dem Tor zur Einfahrt wuchtete der Briefträger sein Rad auf den Ständer, wühlte in seinen Taschen und zog einen großen Briefumschlag heraus.

Neles schwarzer BMW fuhr an ihm vorbei. Der Postbote versuchte, den wattierten Umschlag in den Briefkasten zu quetschen, ließ es dann bleiben und kam auf das Haus zu.

»Ich nehm ihn«, sagte Paul. »Man kann sie jetzt nicht gut stören. Ich bringe ihn morgen persönlich vorbei.«

Der Briefträger zögerte.

»Ich bin ihr Vater«, sagte Paul und bekam den Brief ausgehändigt. Er hatte keinen Absender. Paul bog ihn mittig zusammen, steckte ihn in seine Manteltasche und wandte sich gegen die Sonne. Der dunkle Himmel hatte sich noch weiter über die Stadt geschoben.

Auf der Alster schwammen Stockenten, fett vom Brot der Passanten. Eine Ratte huschte zwischen den Büschen ins Wasser. Der Fluß war fast ohne Strömung und auf der Wasseroberfläche moderten schwarze Blätter. Paul schmunzelte darüber, daß er sich als Vater ausgegeben hatte. Irgendwie machte es ihn glücklich, Kriemhild dichter an sein Herz gerückt zu haben. Er wanderte, den drohenden Himmel im Rücken, weiter stadtauswärts. Mit jedem Schritt kehrte ein Gefühl zurück, das er seit vielen Jahren nicht mehr gespürt hatte. Es war der Mut, Dinge beim Namen zu nennen und anzusprechen, Schuld einzugestehen und zu wissen, was richtig und was falsch war und danach zu handeln. Als er an einen Anlegesteg kam, fluchte er, trat einen Stein in die Alster und machte kehrt. Es begann zu regnen, aber das schreckte ihn nicht mehr.

Zurück ging er schneller. Er freute sich, die Muskeln an den Waden arbeiten zu spüren, und stand nach einer halben Stunde wieder vor Kriemhilds Haus.

Alles würde gut werden.

In diese Zuversicht knallte die Haustür, und Clemens rannte davon. Hier draußen sah Paul erst, wie kaputt sein Schwiegersohn tatsächlich war. Die Augen waren rot geädert, die Lippen blau und sein Hemd war fleckig.

»Clemens.«

Der Mann sah durch ihn hindurch.

»Junge, was ist denn los?«

»Geh weg!« schrie Clemens. »Du und deine ganze Sippe!«

Paul schüttelte den Kopf. Zum Teil, weil er wußte, daß seine Sippe nicht seine Sippe war, zum anderen, weil er nicht weggehen wollte. Er wollte versuchen, aufrecht zu sein. Als Paul einen Schritt vorwärts machte, rannte Clemens los, aber Paul hielt ihn fest.

»Was ist denn nur los?«

»Ich habe es ihr gesagt.« Clemens zischte mehr, als daß er sprach.

»Was?« fragte Paul und wußte es doch bereits.

»Ich wollte es gar nicht. Ich wollte nur – wir konnten uns nicht trösten.« Jetzt weinte Clemens in Pauls Armen.

»Und da hab ich ihr gesagt, daß ich ausziehen werde und die Scheidung einreiche. Als sie wissen wollte, warum, ist mir der Kragen geplatzt, und ich hab ihr ins Gesicht gesagt, daß sie sich von Schwarzen bumsen läßt. Und da –« Clemens heulte wie ein Kind. Paul konnte sich den Rest denken.

»Weiß sie, daß das Kind lebt?« fragte Paul. Clemens nickte. Vielleicht würde sein Schuldgeständnis sogar leichter werden, als gedacht.

»Hat sie sich gefreut?« fragte Paul.

»Gefreut?« Clemens sah ihn verständnislos an. Dann wiederholte er das Wort, machte sich von Paul los und ging ohne Jacke oder Mantel, nur im Hemd die Straße hinab.

Paul trat ins Haus.

»Kriemhild?«

Aus der Ecke, wo der Sessel stand, kam ein Flüstern. Paul ging um den Sessel herum. Dort saß Kriemhild, geduckt wie ein geschlagener Hund. Den Kopf hatte sie nach vorne geneigt. Abwechselnd griff sie sich mit den Händen ins Haar und riß es in Büscheln aus. Als Paul ihr Gesicht anhob, erkannte sie ihn nicht. Er hielt ihre Hände fest und sie begann, hin und her zu wippen. Sie redete ununterbrochen. Er sah ihr ins Gesicht und erkannte den Trotz des Kindes, das schwimmen lernen will und nicht begreift, daß man sich fallenlassen muß, um getragen zu werden. Paul von Kavea zog Kriemhild auf seinen Schoß und streichelte ihr die Wange. Noch einmal schlossen sich die Zeiten zu einem Ring, wurde sein Leben zu einer endlosen Ebene, über die er lief und lief, nur um immer wieder von vorn anzufangen. So hatte er Nele gestreichelt, als er sie zum ersten Mal im Arm hielt, Arabella, als sie im Sterben lag, Kriemhild, wenn sie endlich Ruhe im Schlaf gefunden hatte. Unter der immergleichen Bewegung wurde sie ruhig, aber sobald er seine Enkelin wieder losließ, begann sie von neuem, sich die Haare auszureißen. Diesmal ließ sie sich nicht wecken.

Er rief einen Notarzt an. Man schnallte sie auf einer Liege fest und trug sie in den Krankenwagen.

Paul trat aus dem großen, schönen Haus und schloß hinter sich ab. Der Umschlag steckte noch immer in seiner Jackentasche. Er hatte erwartet, daß nun der ganze Himmel schwarz wäre. Doch statt seine drohende Silhouette weiter über die Erde zu schieben, war er unverändert zweigeteilt. Er hatte sich nicht mehr bewegt.

Paul zog den Brief hervor und öffnete ihn mit dem Daumen. In dem Umschlag lagen zwischen zwei Pappdeckeln Fotos. Auf den Rückseiten klebten goldgerandete Schilder mit einer Telefonnummer und dem Namen des Fotografen. Paul drehte die Bilder um. Kriemhild lag im narkotischen Schlaf auf dem Krankenhausbett. Neben ihr lag ein schwarzes Baby und hatte den Kopf seiner Mutter zugedreht.

4

Jaspers Eltern öffneten die Haustür, bevor er klingeln konnte, sie nickten ihm zu, sagten aber nichts. Seine Tochter schmiegte sich warm an seinen Brustkorb, als er sie die Treppen hinauf in sein altes Zimmer trug. Sein Vater hatte es, als unübersehbar wurde, daß Cosima schwanger war, zitronengelb gestrichen und mit einer Blumenbordüre versehen. Mit fünf hatte Hera ihre eigene Vorstellung von einem Garten mit Wachsmalstiften auf die Tapete gemalt.

Das Bett war aufgeschlagen. Jasper legte seine Tochter auf das gestärkte Kissen, dessen Luft pustend unter dem Gewicht ihres Kopfes nachgab. Hier irgendwo mußte die Erinnerung an seine Kindheit verborgen sein. Aber er entdeckte nichts. Das Bild des schlafenden Kinderkopfes ließ keine Gedanken zu.

Jasper zog die orangenen, von seiner Mutter genähten Gardinen vor die Tannenbaumlichter. Die Milchstraße wurde zu einem Sonnenuntergang. Er dachte an den Tag seiner ersten Begegnung mit Cosima. Fred Sukker, den er damals noch nicht duzte, war von seiner ersten Expedition aus Namibia zurückgekommen und hatte Kisten voller Knochen mitgebracht. Jasper arbeitete als wissenschaftliche Hilfskraft und war rund um die Uhr damit beschäftigt, die Fundstücke zu katalogisieren und ihr Alter zu bestimmen. Er hatte die HiWi-Stelle aufgrund einer Hausarbeit über die Evolutionstheorie des Genetikers Richard Goldschmidt erhalten, nach dessen Ansicht die Entstehung neuer Arten nicht kontinuierlich und allmählich verlief, sondern sprunghaft durch Mutationen. Die neuentstandenen Kreaturen, die Gründungsindividuen einer neuen Art, nannte er demnach »Hopeful Monsters«. Statt von einer langsamen, zielgerichteten Anpassung ging die Theorie der »Hopeful Monsters« von einem nicht vorhersehbaren Ereignis aus, das alles veränderte.

Fünfzig Jahre lang hatte sich die wissenschaftliche Tradition über die abenteuerliche Vorstellung lustig gemacht, daß eine Maus plötzlich mit Flügeln geboren worden und auf diese Weise die Spezies Fledermaus entstanden sein soll. Aber Jasper, zwanzig Jahre alt und voller theoretischem Widerspruchsgeist, hatte sich der verlorenen Sache angenommen. Er hatte herausgestellt, daß Goldschmidts Idee eine Lösung für das Problem der fehlenden fossilen Beweise für die Übergänge zwischen den Spezien darstellte. Sie entband die Wissenschaft von der Pflicht, das *missing link* zwischen den verschiedenen Phänotypen auffinden und nachweisen zu müssen. Dann hatte er Spekulationen darüber angestellt, daß eine Reihe von Mutationen verdeckt ablaufen könnte, bis ein winziger Tropfen den genetischen Pool zum Überlaufen brachte und die neue Spezies scheinbar aus dem Nichts heraus geboren wurde.

Sukker rief ihn um elf Uhr abends an, nur wenige Stunden nachdem er die Arbeit abgegeben hatte.

»Warum meinen Sie, auch der Übergang vom Affen zum Menschen könnte sich durch einen Ur-Sprung im wörtlichen Sinn vollzogen haben? Auf einmal steht ein affenähnlicher Typ auf und spaziert aus dem Wald?«

Jasper erwartete Ablehnung und Zurückweisung seiner kühnen These. Aber er war halsstarrig genug, einen draufzusatteln, und nahm die Begriffe moralisch.

»Der erste Mensch war ein ›Hopeful Monster‹, und er wird zum Monster, um Mensch zu bleiben. Aggression und Unterdrückung anderer sind seine Bedingungen der Freiheit.«

»Das ist Philosophie, aber keine Biologie.«

»Deshalb muß sich die Biologie ja gerade der Erkenntnistheorie anpassen.«

Am anderen Ende der Leitung schwieg es.

»Können Sie morgen nach meiner Sprechstunde in mein Zimmer kommen?« fragte Sukker dann.

Am nächsten Abend hielt Jasper seinen ersten Arbeitsvertrag in der Hand.

Sukker nahm das Gespräch an dem Punkt wieder auf, wo das Telefonat geendet hatte, und schlug vor, Jaspers moralische Spekulationen durch soziologische oder politische Begriffe zu ersetzen.

»Wie wäre es, wenn Sie sagten: Der Anfang der Menschheitsgeschichte wird durch Kolonialismus markiert?«

Nach dem Gespräch mit Sukker finanzierte Jasper sich sein Studium selbst. Drei Wochen glaubte er, der glücklichste Mensch der Welt zu sein. Dann lernte er Cosima kennen.

Sukker schickte Jasper ins Reisebüro, um die Flugtickets für ihn und sein Expeditionsteam abzuholen. Es war Anfang September und noch immer heiß. Jasper trug kurze Hosen und T-Shirt, seine Beine waren bleich. Er verbrachte achtzig Prozent seines Tages in klimatisierten Laborräumen und Vorlesungssälen. Die Hitze auf der Straße traf ihn wie eine Keule. Er lief benommen gegen den Duft des Spätsommers an, der von den Mischobstwiesen und den aufgeheizten Bergen ringsum in die Stadt wehte. Auf den Kopfsteinpflastern zerrannen verlorene Eiskugeln, die Menschen gingen im Schatten. Er erreichte das Reisebüro, warf sich gegen die Tür, und ein himmlisches Pling Plong hieß ihn willkommen. Cosima saß auf der Rückseite eines Stapels von Katalogen und hatte einen Telefonhörer an jedem Ohr. Abwechselnd beriet sie zwei Kunden. Der eine wollte nach Sylt, der andere nach Bali. Immer wieder vertröstete sie einen von beiden, um angeblich eine Information zu suchen. In der Zwischenzeit telefonierte sie mit dem anderen. Über ihrem Kopf schnitt ein Ventilator die dicke Luft in Scheiben.

Cosima trug ein rotes Kleid mit Spaghettiträgern. Was sie an ihm fand, war Jasper auch Jahre später nicht klar. Er hatte sie oft danach gefragt, aber jedesmal lachte sie bloß und sagte etwas Frotzelndes wie »Du sahst so schön käsig aus« oder »Die Socken in den Sandalen haben dir so gut gestanden« oder »Ich wollte immer einen kurzsichtigen Mann«.

Sie war gleichzeitig mit ihren beiden Kunden fertig und lächelte ihn an. Er reichte ihr den Scheck mit Sukkers Unterschrift und sagte seinen Spruch. Sie stand auf, um in einer Ablage nach den Tickets zu suchen. Ihr kurzes Kleid rutschte ein wenig höher, als sie sich bückte, und Jasper blickte schnell auf den Fußboden. Wo er stand, war der Plüsch vom Teppich bis auf das Gummi abgetreten, ein grauer Fleck, den von Schuhsohlen zerriebene Kaugummis zierten.

»Sie sind nicht da. Leider«, sagte Cosima. »Kannst du nachher noch mal kommen?« Er hatte sie gesiezt.

Sukker hatte ihm aufgetragen, im Labor zu bleiben und die angesetzte Kalium-40-Messung einer Rippe zu überwachen.

»Nein. Da muß ich arbeiten.«

»Was arbeitest du?«

»Ich mache radioaktive Messungen«, sagte Jasper. Er hoffte, das würde Cosima mehr beeindrucken als die Tatsache, daß er Student war. Cosima nickte ungerührt.

»Ich lasse die Tickets nachher einwerfen. Okay?«

Jasper überlegte kurz.

»Nein, besser, ich bekomme sie direkt. Am Institut ist ein Hintereingang. Wenn man da klingelt, komme ich persönlich.« Er versuchte wichtig zu klingen. »Und den Scheck nehme ich auch erst mal wieder mit.«

»Ja, klar.« Cosima reichte ihm das Papier und berührte dabei mit der hellen Innenseite ihrer Finger seine Handfläche.

Den ganzen Nachmittag surrte ihm die Belüftungsanlage vor der Glasvitrine, in der die Messung stattfand, das Gespräch wieder und wieder vor. Eingelullt in seine monotone Welt, zerfiel sein wissenschaftlicher Frohsinn wie ein Isotop. Er horchte seiner Verliebtheit nach, die frisch war wie das rote Blinken, das anzeigte, daß an der Tür geklingelt wurde. Als es ihm endlich ins Bewußtsein stieg, wußte er nicht, wie lange er dem Flackern in der Zimmerecke schon zugesehen hatte. Wie von der Tarantel gestochen sprang er auf und rannte durch die grün erleuchteten Flure der Schautiersammlung zum Hintereingang. Eine letzte scharfe Kurve auf dem Linoleum, dann war er an der Tür und warf sich mit aller Hast auf den Bügel. Es war dunkel und niemand zu sehen. Jasper trat in das Grillenzirpen der lauen süddeutschen Nacht.

»Hallo?« Er sah den Mond schwindsüchtig am Himmel.

»Hey«, kam es aus der Dunkelheit zurück. Erst als Cosima dicht vor ihm stand, erkannte er sie an dem weißen Briefumschlag in ihren Händen. Sie trug eine dunkle Strickjacke über ihrem Kleid.

»Ich dachte schon, du hättest dich gerade verstrahlt«, sagte sie. Jetzt sah man auch ihre Zähne.

»Du hast dich ja selbst geschickt.« Sein Herz tickte im Takt des atomaren Zerfalls.

»Hintereingang des Museums. Das lasse ich mir nicht entgehen. Kriege ich eine Führung?« Sie gab ihm die Flugtickets.

»Ich hab den Scheck vergessen.«

»Ich komme mit, und du zeigst mir deine Tiere.«

»Meine Knochen«, korrigierte Jasper.

»So weit mußt du nicht gehen«, feixte sie zurück. Jasper kratzte sich am Rücken, er wollte gar nicht witzig sein. Was er tat, war verboten und voller Reiz. Er ließ sie ein, und sie teilten die Heimlichkeit, gingen zwischen den Tieren umher, die er schon so oft gesehen hatte, und auf einmal kitzelte es unter den Fußsohlen, kicherten seine Nervenenden. Er führte sie an ausgestopften Papageien und Schlangen in Alkoholgläsern vorbei. Cosima blieb immer einen Schritt hinter ihm.

»Welche Schlange hat Eva im Paradies besucht?« flüsterte sie von hinten. Er war überrascht, wie dicht ihr Mund an seinem Ohr war. Alle Poren an seinem Rücken öffneten sich.

»In jedem Fall eine falsche«, sagte er.

»Es ist unheimlich«, sagte Cosima, deren Namen er immer noch nicht kannte, als sie die Primaten passierten. Ihre Schritte klangen laut. In den Glasaugen der Tiere blitzten die Lichtreflexe der Notausgangsschilder.

»Und es riecht nach hundert Jahren Afrika.«

Zwei Schimpansen zogen an ihnen vorüber.

»Der aufrechte Gang ist energetisch gesehen Quatsch«, stellte er fest.

»Was ist mit dem Gang?«

»Mit dem Becken«, korrigierte er sich.

»Was ist mit dem Becken?«

»Es ist zu klein für Kinder.«

Cosima schwieg und blitzte ihn an. Laternenschein wehte durch die Fenster in den Raum. Jasper hatte sich einen Fettnapf in den Weg gestellt.

»Weil Frauen aufrecht gehen, ist das Becken so schmal, daß Kinder nur durchpassen, wenn sie nackt und unfertig wie Larven auf die Welt kommen.«

Statt ihn aus dem Weg zu räumen, stand er nun mit beiden Beinen drin.

Sie waren im Labor angekommen. Er gab Cosima den Scheck. Sie hatte keine Tasche, in die sie ihn stecken konnte.

»Willst du nicht schauen, ob die Tickets tatsächlich drin sind?« Cosima nickte in Richtung Briefumschlag, den Jasper auf seinen Arbeitsplatz gelegt hatte.

»Nö.« Dann ging er doch hin und prüfte die Tickets.

»Alles klar.«

»Findest du alleine hinaus?« fragte er nach einem Moment verlegener Stille. »Ist ganz einfach. An der Python links.«

Ihr Blick fragte ihn, ob er tatsächlich so doof war oder nur so tat.

»Ich bring dich«, beeilte er sich hinzuzufügen.

»Ja, bitte. Ich war noch nie in Afrika, und die Tiere sind so groß. Fliegst du eigentlich mit deinem Professor mit?«

»Noch nicht.«

Diesmal gingen sie nebeneinander. Jasper kam es so vor, als ließ sich Cosima absichtlich viel Zeit. Sie trödelte an Känguruhs und Antilopen vorbei, sah einem senegalesischen Tiger tief in die Glasaugen, vor einem Büffel machte sie Muh, einem Orang-Utan gab sie die Hand. Dann erreichten sie den Ausgang und blieben unschlüssig in der Sommernacht stehen. In den Büschen raschelte es.

»Wie lange mußt du noch in deinem Leichenhaus bleiben?«

»Die ganze Nacht.« Innerlich biß er sich auf die Lippe. Wo war der Schatten, über den er springen mußte?

Cosima hob bedauernd die Handflächen.

»Schade.« Sie wandte sich ab. Da hielt sie Jasper fest und strich ihr über die Wange. Er wußte selbst nicht, woher er den Mut dazu genommen hatte.

Cosima sah ihn zufrieden an und kehrte damit sein Draufgängertum ins Gegenteil.

»Was schaust du mich so an?« fragte sie.

»Dein Jochbein.«

»Ist das auch zu eng?« fragte sie amüsiert und tastete nun selbst über ihr Gesicht.

»Wie beim Homo erectus.« Jasper hätte sich in den Hintern beißen können.

»Muß der so heißen?« Cosima gluckste. Erst war es Jasper peinlich, dann lachte er mit.

5

Vor dem Aufstand war Okahandja der Hauptort des Hererolandes und der Sitz Samuel Mahareros gewesen. Die deutschen Siedler waren mit den Tauschgeschäften zufrieden gewesen, und ein Fort hatte ausreichenden Schutz versprochen, den aber tatsächlich niemand für nötig gehalten hatte. Von Okahandja aus war der Aufstand anfangs geleitet worden, hier hatten heftige Gefechte stattgefunden. Als erstes war die Bahnstation von Okahandja angegriffen worden, und auch die Häuser und die Mauern der Feste waren von Gewehrsalven gezeichnet. Aber Festung und Ort konnten von den Hereros nicht gehalten werden. Längst war die Bahnlinie durch das Khan Rivier wieder in Betrieb, und die abgehackten Telegraphenmasten waren durch neue ersetzt worden.

Auf der Feste patrouillierten deutsche Soldaten neben der Reichsflagge. Okahandja lag halb im Schatten des Kaiser-Wilhelm-Bergs, als die Truppe um Paul über eine Holzbrücke den Swakop querte und sich dem Ort näherte. Vor dem Bahnhofsgebäude hatte man sieben Hereros aufgehängt, darunter drei Frauen. In ihren Augen saßen Fliegen, und die Leichen stanken nach Kot und Verwesung.

Das Pferd seines Vaters stand vor dem Gebäude angebunden, ein Trakehner mit Elchschaufel auf der Flanke. Paul ließ absitzen und befahl, die Hereros abzunehmen und zu begraben. Er ging um das Haus, und Arabella folgte ihm. Niemand war zu sehen. Paul rief den Namen seines Vaters in die Stille und trat mit gezogener Pistole in das Gebäude.

Die Fensterläden sperrten den Tag aus, und der Schalterraum schwamm im Dämmerlicht. Man hörte dumpf die Stimmen der grabenden Soldaten.

»Hallo?« rief Paul.

Der Hahn einer Feuerwaffe klickte. Paul zog Arabella hinter den Fahrkartenschalter und spannte seine Pistole.

»Vater?«

Ratternd fuhr ein Knauf von innen über die Läden. Licht fiel durch die zerschlagenen Sprossen.

»Das wird Ärger geben«, sagte eine tiefe Stimme. Ein Mann stand vor dem einfallenden Licht. Paul senkte seine Waffe.

»Was?«

»Daß du die Schwarzen abgenommen hast. Sethor hat sie eigenhändig aufgehängt.«

»Weshalb?«

»Zur Abschreckung.«

»Was haben sie getan?«

»Nichts. Für ihn ist das nicht wichtig.«

Der Mann wandte sich um. Er trug eine Drahtbrille und einen kaiserlichen Schnurrbart. Seine Haare waren kurz geschoren, seine Nase spitz, und sein Gesicht hatte einen schwermütigen Ausdruck. In der Rechten hielt er eine Pistole am Lauf.

Paul machte Arabella mit seinem Vater bekannt.

»Was hältst du von Selbstmord, Paul?« Pauls Vater legte sich die Pistole an den Kopf. Seine philosophischen Lektüren gaben Paul keine Antwort auf die direkte Frage eines Lebensmüden.

»Selbstmord verhindert nicht, daß das falsche Leben weitergeht«, sagte Arabella in das hilflose Schweigen.

Ludwig von Kavea musterte die Frau, die in einem Frack vor ihm stand.

»Frau Weber. Die erste Nachricht von diesem Krieg war mit ihrem Namen verbunden. Und jetzt, wo er für mich zu Ende ist, stehen sie in persona vor mir.« Der Gouverneur steckte seine Pistole in das Halfter zurück.

»Bringe ich Ihnen also Glück oder Unglück?«

Er sah sie wohlwollend an.

»In jedem Fall rufen Sie den großen General Theodor von Sethor noch einmal auf den Plan, nachdem ich ihn eigentlich schon überstanden hatte.«

»Was ist passiert?« fragte Paul.

»Er hat mich des Kommandos enthoben, bis auf die Streitkräfte im Süden. Aber es ist nur eine Frage der Zeit, bis ich ihm die auch abtreten muß. Als ich ihm einen Lagebericht gab und eine Proklamation an die Hereros vorlas, schnitt er mir das Wort ab und sagte, jetzt werde der Krieg erst richtig beginnen. Dann hängte er die Hereros auf. Er hatte sie eigens dafür mitgebracht.«

Paul ging mit langen Schritten durch den Raum und nahm seinen Vater in den Arm.

Arabella wurde schlecht. Sie stürzte hinaus.

»Sie hatte eine Blutvergiftung, davon ist eine Magenverstimmung geblieben«, entschuldigte Paul sie. Aber dem Gouverneur war das Elend anderer egal.

Das vertrocknete Gras, mit dem Arabella sich den Speichel aus den Mundwinkeln wischte, kratzte ihr die Haut auf. Pauls Soldaten hatten die Toten verscharrt und lagen im Schatten ihrer Pferde. Aus Okahandja kam ein Reiter.

Arabella blieb im Staub knien. Sie war sich sicher, daß ihr Körper sich darauf einstellte, ein Baby heranwachsen zu lassen. Dem Kind würde seine Herkunft schwarz ins Gesicht geschrieben stehen.

Arabella warf zwei Hände voll Sand über ihr Erbrochenes.

Sie konnte behaupten, vergewaltigt worden zu sein, das nahmen ohnehin alle an. Oder sie konnte das Kind abtreiben. Aber nach Evas erbärmlichem Ende war das ausgeschlossen.

Ludwig von Kavea trat aus dem Ziegelbau. Er hatte Haltung angenommen und blinzelte ins Licht. Paul folgte seinem Vater. Der Reiter war herangekommen und wurde vom alten Gouverneur als Oberleutnant Rust begrüßt.

»Der General erwartet Sie«, sagte Rust, ohne abzusitzen. Seine Stimme verriet, wie sehr er es genoß, auf der richtigen Seite der Macht zu stehen.

Auf dem kurzen Weg von der Bahnstation zur Feste ritt Paul neben Arabella her. Sein Gesicht war aschfahl, was Arabella auf das Gespräch mit seinem Vater zurückführte.

»Passen Sie auf sich auf, wenn Sethor sie verhört«, sagte er. Sie ritt durch Okahandja wie vor sechs Jahren, damals ebenfalls in Begleitung von Paul. Wenig hatte sich in dieser Zeit verändert. Die Hauptstraße war noch immer ein staubiger Strich, von ein paar Stores eingefaßt. Nur Samuel Mahareros Haus hatte man niedergebrannt. Hinter der Kirche sah sie Grabsteine und Holzkreuze, von einem Staketenzaun einfaßt.

Arabella hörte dem Unterton nach, der in Pauls Stimme mitschwang. So gutgläubig Paul auch manchmal schien, er verstand die Zusammenhänge der Militärwelt besser als sie.

»Ich habe nichts zu verheimlichen«, antwortete Arabella. Doch der Sohn des Gouverneurs wollte nicht auf ihr Verhältnis zu den Hereros hinaus.

»Er ist krankhaft veranlagt.«

Sie passierten eine klassizistische Fassade, und Arabella sah die geschwungenen Hörner der Reichspost neben der Tür.

Zu weiteren Ausführungen kam Paul nicht. Rust rief ihn zu sich und zeigte ihm die Festungsmauern.

»Wir haben sie zu zehnt gegen sechshundert Wollköpfe verteidigt. Wenn Sie mich fragen, muß man den Negern nur mal ordentlich auf die Finger klopfen, damit sie wissen, wo Gott wohnt.«

Die Feste Okahandja glich einer Burg. Sie ritten hinein, saßen ab, und Arabella wurde vor eine aus Deutschland importierte Eichentür gebracht. Als Paul sie öffnen wollte, hielt Rust ihn zurück.

»Sie wird allein verhört«, sagte er.

Pauls Stimme war heiser und gepreßt.

»Das werde ich nicht zulassen.«

»Frauen verhört der General immer alleine.« Rust grinste. Er komplimentierte Paul in einen Nebenraum. Dann öffnete er die Eichentür und schob Arabella in das dahinter liegende Zimmer.

Sie hatte eine Art Ratssaal erwartet, statt dessen befand sie sich in einer engen Stube, die nicht einmal ein Fenster hatte. Wie in einem Verlies fiel nur durch zwei Schießscharten Licht in den Raum.

Die Tür wurde von außen verriegelt. Arabella stand vor einem leeren Schreibtisch ohne Stuhl. Auf die Tischplatte waren zwei Armfesseln geschraubt.

Nachdem alle Geräusche von außen verstummt waren, hörte sie jemanden hinter sich atmen. Arabella fuhr herum. Auf einem Stuhl, der im toten Winkel zur Tür stand, saß ein Mann. Die Uniform spannte über seinem Bauch, und der Säbel ragte zwischen seinen Beinen auf. Seine Augen waren hinter einem Kneifer verborgen, der das spärliche Licht spiegelte. Alles an dem Mann war fleischig. Arabellas Nackenmuskel zog sich zusammen. Abwartend legte der Mann zwei bleiche Hände auf den Säbelknauf, doch Arabella hielt der Spannung stand, und Theodor von Sethor mußte schließlich selbst das Schweigen brechen.

»Glauben Sie an Gott?« fragte der General.

Arabella nickte. Für den Bruchteil einer Sekunde sah sie Assa vor sich.

»Leben für Leben, Auge für Auge, Strieme für Strieme«, sinnierte Sethor.

»Aber wenn einer seinem Sklaven oder seiner Sklavin ein Auge ausschlägt, soll er ihn für das ausgeschlagene Auge freilassen«, zitierte Arabella den Exodus weiter, den

Steffens Eva und allen, die nicht weghören konnten, so oft diktiert hatte.

»Wir wurden überfallen«, stellte Sethor fest.

Arabellas Blick fiel auf einen Garderobenständer in der anderen Zimmerecke, über dem ein einzelner Hut hing, ein grauer Soldatenfilzhut, der in den Farben der kaiserlichen Flagge gesäumt war.

»Ihre Soldaten haben den Hereros bereits hundertmal mehr Augen ausgeschlagen als die Hereros den Deutschen.«

»Sie sollten sagen unsere Soldaten, uns Deutschen. Sie gehören wohl nicht dazu?« Beim Sprechen schlug seine Zunge kleine Speichelbläschen, die sich als Krötenlaich in den Mundwinkeln sammelten.

»Jedenfalls stellen Sie so kein Recht her.« Arabella war nicht mehr zu verunsichern.

Sethor stand auf. Sein Bauch war noch größer, als es im Sitzen den Anschein gehabt hatte. Er faltete die Hände und stellte sich hinter Arabella. Sie hielt ihren Blick auf den Stuhl gerichtet und spürte seinen Atem im Nacken, sein Bauch berührte ihren Po.

»Ich werde für herzlos gehalten. Aber ich weiß, was Feindesliebe ist. Die drei Frauen, die an der Bahnstation hängen, habe ich beispielsweise geliebt wie kein anderer.« Sethor unterdrückte ein Grunzen. Arabella fühlte, daß er mit den Augen den Frack von ihr schälte. In der Stimme Sethors hörte sie Frank am Morgen, nachdem er Eva vergewaltigt hatte.

»Die Hereros schneiden ihren Gefangenen die Kehle durch, vorzugsweise mit einem stumpfen Messer. Als wir ihnen sagten, sie würden hängen, waren sie geradezu erleichtert und starben gerne.«

Der General hob einen rotgesprenkelten Käfer vom Schreibtisch auf und wendete seinen Handrücken unter dem trippelnden Lauf. Arabella wunderte sich, daß dieses

Insekt von allen Möglichkeiten, in der Welt umherzufliegen, gerade diese Schießscharte gewählt hatte.

»Es ist nicht leicht, erbarmungslos zu sein. Aber es besitzt Erhabenheit, das zu verachten, was man liebt, und einem höheren Streben unterzuordnen.« Sethor setzte den Käfer wieder auf den Schreibtisch.

»Welchem höheren Streben?« wollte Arabella wissen.

»Gehorsamkeit«, antwortete Theodor von Sethor. Er baute sich vor ihr auf.

»Sie haben mit den Negern gelebt. Sie kennen die Halbaffen. Sie haben sogar einen feigen Anschlag auf einen Offizier gedeckt. Warum?«

Arabella antwortete nicht sofort. Paul hatte unrecht. Sie konnte gegen diesen Sethor mit Ehrlichkeit bestehen.

»Gehorsamkeit«, gab Arabella als Antwort. Sethors Gesicht erstarrte und wurde dann von einem anerkennenden Grinsen verzogen. Er akzeptierte ihren Mut, sog die Bläschen aus den Lippenfalten in den Mund zurück und klopfte mit dem Säbelgriff an die Tür. Oberleutnant Rust öffnete im selben Moment. Er hatte die ganze Zeit davor gewartet und schien enttäuscht, Arabella noch immer im Zimmer stehen zu sehen, wie er sie gebracht hatte.

»Rust, holen Sie einen zweiten Stuhl und Schreibzeug.«

Der General ließ Arabella Platz nehmen. Er verließ den Raum, blieb in der Tür stehen und drehte sich nochmals zu ihr um.

»Eine Uniform würde Ihnen besser stehen.«

Rust kam zurück und setzte sich hinter den Schreibtisch. Von dem verschlagenen Grinsen war nichts mehr zu sehen. Vor Arabella saß ein sachlicher Offizier, der ihr Fragen nach den Marschrouten der Hereros und der Zahl ihrer Gewehre stellte. Bei der Frage nach der Truppenstärke übertrieb Arabella. Wenn die Deutschen glaubten, daß die Hereros gut bewaffnet und viel zahlreicher waren, als sie bisher geschätzt hatten, würden sie vielleicht doch verhandeln. Falls Rust über die Kampfkraft der Aufständischen überrascht war, ließ er es sich nicht anmerken.

»Mit einer Löwenjagd kann ich Sie ja wohl nicht locken, aber wie wäre es mit einer Safari. Eine Patrouille hat in der Nähe Nashörner gesehen.« Paul war übermütig wie ein Junge. Die Freude, daß Arabella das Verhör unbeschadet überstanden hatte, verscheuchte alle Gedanken über den Krieg und die Ränke des Generalstabs. Er hatte ihr in schwärmerischen Farben die Wildnis ausgemalt, die Arabella um so vieles besser kannte als er.

»Gut«, stimmte Arabella zu. »Das wird mein Abschied von Afrika.«

Arabellas Ankündigung vertrieb Pauls Ausgelassenheit nicht.

»Was halten Sie davon, wenn ich Sie nach Deutschland begleite?«

»Sie sind doch hier im Dienst. Es ist Krieg. Wie wollen Sie das machen?« Paul als Reisebegleiter war das letzte, was Arabella gebrauchen konnte. Sie würde Afrika verlassen, um ihr Kind nicht unter den Augen von Schutztrupplern und deutschen Siedlern zur Welt zu bringen. Auch nach Deutschland konnte sie deshalb nicht zurückkehren. Aber in Amerika, wo sich Weiße und Indianer die Hände reichten, spielte Rassenhaß offensichtlich keine Rolle.

»Ich reiche meinen Abschied ein.«

»Sie sind Soldat. Ruinieren Sie sich nicht meinetwegen Ihre Karriere.«

»Ich bin Paul.« Jetzt nahm seine Stimme einen störrischen Klang an.

»Ich möchte nicht, daß Sie mich begeleiten.«

Paul kratzte sich an der Schläfe. Man sah ihm an, daß er ihre klaren Worte als Höflichkeit auslegte, die sie ihm zuliebe vortäuschte.

»Machen wir es doch so. Ich besuche Sie in einer Woche in Swakopmund und dann entscheiden Sie, ob Sie eine Reisebegleitung wollen oder nicht.«

Eine Woche würde reichen, um Afrika zu verlassen. Zwar waren alle Ochsengespanne von der Truppe requiriert worden, aber mit der Bahn konnte sie in drei Tagen in Swakopmund sein. Und wenn alles gutging, fand sie gleich eine Schiffspassage. Da momentan so viele Truppen ins Land kamen, gab es sicherlich auch viele Schiffe.

»Ja, gut. Aber zuvor sehen wir uns die Nashörner an. Töten die auch ihre Jungen?«

»Nein«, lachte Paul, »die lieben ihre Kinder und kitzeln sie mit dem Horn am Bauch.«

6

Jasper und Hera brachten Cosima zum Flughafen. Draußen war es bereits dunkel. Der Flughafen brummte selbst zur späten Stunde noch in seiner täglichen Geschäftigkeit. Wie immer bekam Jasper Fernweh, als er die Namen auf der Anzeigetafel las.

Sie stellten sich in der Schlange vor dem Schalter der Air Namibia an, und Cosima knuffte Jasper in die Seite, als sie seinen Abschiedsschmerz bemerkte. Er nickte hilflos und hob den Rucksack seiner Frau auf das Fließband.

»Für Krischi soll ich Rasierwasser mitbringen. Meinst du, wir kommen irgendwie in die zollfreie Zone?« erkundigte sich Hera, auch bei Trennungen ganz ihre Mutter.

»Rasierwasser? Ist er nicht so alt wie du?«

»Ein Jahr älter.«

Cosima checkte ein.

»Überleg es dir gut mit der Farm«, gab ihr Hera mit auf den Weg, »ich finde das nämlich immer noch bescheuert.«

»Daß ich sie habe oder daß ich sie weggebe?« erkundigte sich Cosima.

»Beides.«

Dann küßte Cosima ihre Familie, wurde durchleuchtet und trat ihre Reise an.

Eine Weile sahen Jasper und Hera sie noch winkend auf dem Gang neben dem Rollsteig hergehen. Dann nahmen ihnen die Parfüm- und Süßigkeitenstände die Sicht.

Der internationale Flughafen von Windhoek lag gute vierzig Kilometer nordöstlich der Stadt. Ketelsen wartete wie versprochen am Ausgang des Terminals. Als Cosima mit ihrem Rucksack hinter dem Zollschalter auftauchte, lehnte er an einer Reihe zusammengeschobener Gepäckwagen. Sie entdeckte ihn gleich, obwohl er sich nicht bemerkbar machte. Zwischen den unzähligen Menschen, die andere Menschen abholten, wirkte sein stilles Warten auffällig. Obwohl er wie in Deutschland die taschenbestückte Weste trug, sein Kinnbart auf die unrasierten Backen überzuspringen schien und die gelbe Brille leger in seinem melierten Haar saß, wirkte er hier ganz anders auf Cosima. Was dort wie Koketterie mit weltenbummelndem Aussteigertum wirkte, gab ihm in der Fremde eine koloniale Aura. Er war zum Negativ seiner Erscheinung geworden.

»Hallo«, sagte Cosima und überlegte sich, ob sie, eine Schwarze in Afrika, auch gegenteilig auf ihn wirkte.

Er nickte ihr zu.

»Willkommen.«

Ketelsen drückte sich von der Wagenreihe ab, machte aber keine Anstalten, ihr den Rucksack abzunehmen.

»Wollen Sie Windhoek sehen«, fragte er, »oder gleich nach Crewo?«

»Ich will sehen, was nicht zu mir gehört.«

Sie war nicht als Touristin hier. Ihre Safari führte ins Innere. Sie trug ihren Rucksack hinter Ketelsen eine Rampe vor dem Flughafengebäude hinab. Sein Jeep parkte im Schatten des Towers, er stieg ein und wartete, bis sie ihr Gepäck auf dem Rücksitz verstaut hatte. Die ersten hundert Meter auf dem fremden Kontinent wirkten europäisch, Mietwagenangebote und Prospektständer für Lodges. Dann verließen sie den großen und nur spärlich besetzten Parkplatz, und während sie über die Formalitäten der Überschreibung sprachen, weitete sich das Land zu einer erhabenen Kulisse. Ketelsen gab Gas. Die Sonne raste durch den Busch, Lichtflocken schwirrten durch die Luft. Rizinusstauden winkten mit grünen Fingern vor den Ausläufern eines Bergmassivs. Weil der Notar sein Freund war, hatte Ketelsen die Urkunden bereits im Haus. Am nächsten Tag wollte er sie in die Kanzlei nach Okahandja bringen, und sein Freund würde nicht fragen, wie die Unterschrift auf den Urkunden zustande gekommen war. Ketelsen hoffte inzwischen sehr, die ganze Angelegenheit auch in Cosimas Sinn abwickeln zu können. Es täte ihm leid, sie zwingen zu müssen. Er fand, daß die Rolle, in die er geschlüpft war, ihn zu einem gewissen Grad für Cosima verantwortlich gemacht hatte.

In Osona kreuzten sie Schienen, danach gabelte sich die Straße. Sie nahmen den direkten Weg Richtung Crewo, während die Hauptroute auf Okahandja zulief. Längs der Nebenroute wurde der Viehbestand dichter. Knochige Rinder mit weitgeschwungenen, spitzen Hörnern rupften die trockenen Halme unter den Steinen vor. Zuerst konnte Cosima den Stacheldraht nicht erkennen. Dann, als sie an einem neu ausgeflickten Stück vorbeikamen, sprang sie der metallische Glanz an.

»Wenn Elefanten auf einen Zaun treffen«, sagte Ketelsen, »versuchen sie, sich darunter durchzugraben, statt ihn einfach umzurennen. Nur klappt das leider nie, und letztendlich reißen sie ihn doch um und trampeln ihn nieder.«

Etwas weiter ab von der Straße waren Gemüsebeete angelegt. Frauen vor grasgedeckten Hütten und niedrigen Strohverschlägen stampften Hirse, indem sie riesige Stäbe in ein winziges Loch stießen.

Cosima legte den Kopf zurück. Obwohl sie hundemüde war, konnte sie nicht abschalten. Nach Stacheldraht und Gemüsebeeten wurde das Land wieder felsiger. Ein Schild mit einer Antilope warnte vor Wildwechsel. Ein Laster kam ihnen entgegen, hupte, hüllte sie minutenlang in Staub.

Cosima döste und wurde von fliegenden Träumen geweckt. Samenflocken wehten aus dem Unterholz. Kurz hafteten sie an der Windschutzscheibe, den Armaturen und Ketelsens Haar. Aber als Cosima nach einer Spore greifen wollte, hatte der Fahrtwind sie schon weggewischt.

Endlich schwang der Jeep sich über eine letzte Höhe, und

in einer Senke vor ihnen lag Crewo, dreißig Kilometer vom nächsten Nachbarn entfernt, wie Ketelsen erzählt hatte.

»Das ist es«, sagte er und wußte, daß jetzt der kritische Moment kam. Wenn Cosima ihr Haus und Erbe sah, war es nicht unwahrscheinlich, daß sie es sich anders überlegen würde. Aber wirklich beunruhigen konnte ihn das auch nicht mehr. Er hatte sie hier in Afrika, und er hatte seine Vorkehrungen getroffen. Ohne ihm sein Haus zu überschreiben, würde sie nicht wieder abreisen. Sie passierten ein paar abgebrochene Mauerreste. Schafkot lag auf den sonnenzerfressenen Steinen.

»Standen hier mal mehrere Häuser?« fragte Cosima.

»Zur Siedlung gehörten insgesamt fünf Gebäude. Alle aus der Gründerzeit der Kolonie. Aber nur das eine steht noch.«

Ketelsen hielt vor der Veranda, und Cosima machte einen ersten Schritt auf der Erde, auf der ihre Mutter gegangen war. Sie streckte die vom langen Sitzen steifen Beine.

Auf dem Dach des Hauses war ein Wagenrad angebracht, dessen Speichen als Fadenkreuz auf den Himmel zielten. Die Balken des Fachwerks waren erst aus der Nähe zwischen dem Füllmaterial zu erkennen, die Kieselrisse im Putz gaben den Wänden zusätzlich ein eigenes Muster. Die Fenster waren eisenvergittert und mit Moskitonetzen bespannt.

Cosima suchte den Kameldornbaum, den sie von dem Foto kannte.

»Dort hab ich sie das erste Mal gesehen«, nickte Ketelsen, »und es ist immer unser Lieblingsplatz geblieben.«

Er mußte seine Rolle beibehalten, was ihm nicht schwer fiel, wenn er die schwarze Frau neben sich betrachtete.

»Ich mache uns Tee«, sagte er, um sie allein zu lassen. Cosima ging zu dem Baum und betrachtete das Haus aus einigem Abstand. Womit wären die Tage gefüllt, würde man hier Wurzeln schlagen? Der Ort, an dem sie nun angekommen waren, half ihr nicht, die Anonymität von Ketelsens Erzählung zu überwinden. Das Gebäude blieb ihr fremd.

Mit ihren ungelösten Fragen ging sie zu Ketelsen ins Haus. Die Eingangstür öffnete sich in eine kühle Diele, von der vier Zimmer abgingen. Das Wohnzimmer hatte einen aufgearbeiteten Fußboden aus hellem Holz. Ein paar einzelne Sessel standen um einen niedrigen Glastisch, auf dem deutsche Zeitungen lagen. Ein Fernseher hockte in der Ecke, und eine Stereoanlage, die aussah, als ob sie teuer gewesen war, stand daneben. An der Wand hing eine gerahmte Schwarzweißfotografie. Cosima betrachtete sie genauer. Es war eine sehr alte Abbildung des Hauses, nicht gelbstichig wie das Foto des Notars, sondern mit den harten Kontrasten eines Fotos aus der Jahrhundertwende. Das Dach war noch nicht gedeckt. An einem Tisch unter dem Kameldornbaum saßen zwei Männer, ein Soldat und ein Schwarzer. Sie blickten ernsthaft in die Blende.

»Es hatte ja schon damals das Wagenrad auf dem Dachfirst«, sagte sie in das Klappern aus der Küche.

»Ja, und schon damals hat hier kein Storch genistet«, rief Ketelsen zurück.

Cosima war sich unsicher, ob er einen Witz gemacht hatte.

»Natürlich nicht. In Afrika überwintern sie ja bloß. Sie brüten in Europa.«

Für einen Moment hörte das Geschirr auf zu klappern. Cosima glaubte, in der Stille Ketelsens Verblüffung zu hören. Dann kam er zurück und stellte gekühlten Zitronentee auf den Glastisch. Wahrscheinlich hatte sie sich getäuscht, und er hatte nie ernsthaft angenommen, daß je ein Storch auf seinem Haus nisten würde.

»Den Zusammenhang, in dem das Foto gemacht wurde, kenne ich nicht, aber es ist merkwürdig, sich vorzustellen, daß die Szene sich hier so abgespielt hat. Die Räume haben sich fast nicht verändert, aber die Zeit ist völlig verloren.« Er machte eine Pause. »So ähnlich muß es Ihnen mit Ihrer Mutter gehen«, sagte er dann. »Ich kenne wenigstens ihre Geschichte der letzten zwanzig Jahre.«

Cosima hörte die Trauer in seiner Stimme und prüfte ihre Empfindungen. Der Begriff Mutter löste noch immer nichts aus. Aber Ketelsens Beschreibung war richtig.

»Haben Sie ein Foto von ihr?« fragte sie. Auf diese Frage war er vorbereitet.

»Ich wollte keine Andenken.«

»Aber Baum und Haus haben Sie stehenlassen«, rutschte es Cosima heraus.

»Ich besitze nichts anderes«, erwiderte Ketelsen.

»Wann ist sie eigentlich gestorben?«

»Am 21. Juni, der kürzesten Nacht.« Offensichtlich hatte Nele ihr kein anderes Datum genannt. Cosima wandte sich wieder dem Foto zu.

»Das ist mein Urgroßvater«, sagte sie und suchte in den Augen des jungen, uniformierten Mannes den Blick des Greises. Daß Paul hiergewesen war, konnte sie sich vorstellen, weil sie ihn kannte.

»Paul von Kavea glaubt nicht, daß ich seine Urenkelin bin. Aber er sagt, er kannte meine Mutter. Und er fand, daß ich ihr nicht ähnlich bin.«

Ketelsen nickte langsam. Sie hatte tatsächlich keine Ähnlichkeit mit Kriemhild, sondern mit Nele.

»Ich verstehe nicht. Er glaubt Ihnen nicht und findet, daß Sie ihr unähnlich sind?«

»Er glaubt Nele nicht und Ihnen nicht. Sie und Nele haben mich aufgesucht. Ich hab mir nicht ausgedacht, daß ich mit den Kaveas etwas zu tun habe.«

»Sie können sicher sein, daß Nele es genau geprüft hat, wenn sie Ihnen ihre Familie öffnet.« Er konnte sich Pauls gleichzeitige Zurückweisung und das Zugeständnis, daß Cosima Kriemhilds Tochter war, nicht erklären.

»Kann ich mir das Haus mal ansehen?« fragte Cosima.

»Es ist Ihres.« Ketelsen verneigte sich und hielt ihr mit gespielter Unterwürfigkeit die Tür auf. Er führte sie erst in das hintere Zimmer, das nach Westen hinausging. Es war sein Schlafzimmer. Eine Wand war komplett mit Büchern zugestellt. Cosima streifte sie mit einem Blick. Es waren Taschenbücher in Deutsch und Englisch, die aussahen, als wären sie nie gelesen worden. Das Bett war alt und breit.

»Stand das schon immer hier?« fragte Cosima und klopfte gegen das Holz. Es klang hohl.

Das Arbeitszimmer war der kleinste Raum im Erdgeschoß, ein Fenster ging auf den Innenhof. Ein mächtiger schwarzer Schreibtisch ließ den Raum beinah platzen. Ihm gegenüber stand ein Kanapee. An den Wänden hingen eine Reihe von Landkarten.

Nichts in dem Haus verriet, daß hier zwanzig Jahre lang eine Frau gelebt hatte. Daß Ketelsen die persönliche Habe ihrer Mutter verbrannt hatte, wußte sie, aber es fehlten die grundsätzlichen Spuren eines gemeinsamen Wohnens, die doppelten Kaffeebecher in der Küche, Gardinen, Teppiche, zweimal gelesene Bücher. Das Haus war funktional und lieblos eingerichtet.

»Hatte meine Mutter kein eigenes Zimmer?«

Ketelsen mußte schnell sein Antwortrepertoire überdenken. Er hatte seinen Junggesellenalltag verallgemeinert und die Bedürfnisse einer Partnerin nicht ausreichend bedacht.

»Sie hatte das ganze Haus.«

Auf dem Schreibtisch lag eine Urkunde in englischer Sprache, die die Überschreibung des Eigentums von Crewo an Niels Ketelsen dokumentierte.

»Da ist sie ja«, sagte Cosima.

»Ich hoffe, es ist in Ihrem Sinn.«

Ketelsen atmete seinem Satz so laut nach, daß Cosima erstaunt aufblickte. Er lächelte. Mit dem Gefühl, gerade etwas falsch zu machen, nahm sich Cosima einen Kugelschreiber und unterschrieb beide Urkunden.

7

Die Eisenbahnfahrt war zermürbender als jeder Ritt. Die Schmalspurbahn wurde von drei Loks gezogen, die das Tempo einer Lore hatten und vor Anstiegen zusätzlich befeuert werden mußten. Träge schleppte sich der Miniaturzug von zehn Wagen durch die Ödnis. Strauchwerk und Mopanegebüsch wechselten sich ab, während am Himmel die Sonne verrußte.

Die meisten Wagen waren offene, vierachsige Viehtransporter, die von der Armee konfisziert worden waren, oder Güterwaggons, die mit flatternden Planen abgedeckt waren. Arabella reiste im einzigen Passagierwagen und las im matten Licht hinter den dreckigen Scheiben das Buch aus Pauls Kiste.

Die Kabine roch nach Urin, und in den Ecken klebten fliegengespickte Spinnennetze. Wenn man die Fenster öffnete, stank es nach Öl und heißem Eisen. Unter den Sitzen kullerte eine Flasche hin und her. Der Zug war fast leer, nur ein paar Proviantmeister und ein Stabsarzt reisten an die Küste. Zurück ins Landesinnere würden selbst die Güterwaggons mit Soldaten gefüllt sein. Während ihr der Schweiß Bauch und Rücken hinablief und einen schwarzen Mond auf dem Leinen unter ihren Achseln bildete, erinnerte sie sich an die Sommertage auf Amrum mit ihren Eltern. Die Wimpel waren gegen die Masten geklatscht, und die Fischer hatten Plattdeutsch geredet. Es hatte Fruchteis gegeben, und ihr Vater hatte ihr ein rot-weißes Badekostüm geschenkt.

Sie dachte an ihren ersten Freund und an Paul, der damit gerechnet hatte, daß Sethor sie vergewaltigen würde, und nicht versucht hatte, es zu verhindern.

Wenn Arabella nicht las, spielte sie auf der Flöte des

Matrosen Thomas Bonin. Kessel und Kolben stampften die Töne jedoch in Grund und Boden, und ungehört probierte sie Läufe, die vielleicht einmal ein Lied werden konnten.

In Windhoek war ein junger, flaumbackiger Hauptmann aus dem Stab von Sethors zugestiegen, dessen auffälligstes Merkmal sein hervorspringender Adamsapfel war. Er hatte sich als Gustrow-Neuberg vorgestellt und sich scheinheilig erkundigt, warum eine schöne Frau mitten im Krieg alleine unterwegs war. Arabella wußte sofort, daß er sie bespitzelte.

Flöte spielte sie nicht mehr.

Paul hatte ihr Geld angeboten, und sie hatte abgelehnt, um ihm nichts schuldig zu sein. Die deutsche Kolonialgesellschaft hatte den auswanderungswilligen Frauen zugesagt, eine Rückfahrt dritter Klasse zu erstatten, wenn das Dienstverhältnis scheiterte. Darauf wollte sie sich berufen.

Um die Fahrt ein wenig aufzulockern, riß sie die letzte Seite aus dem »Schatz im Silbersee«, kritzelte ein paar Worte darauf, hob die ewig kullernde Flasche auf, steckte den Zettel hinein und warf sie aus dem Abteilfenster. Wie von einer Tarantel gestochen sprang Gustrow-Neuberg auf, stürzte aus dem Abteil, ließ den Zug halten und rannte zurück, den Blick starr zu Boden geheftet, um die Botschaft Arabellas an den Feind abzufangen. Sie stand am Fenster und konnte ihr Lachen nur mühsam unterdrücken.

Am dritten Tag erreichten sie Swakopmund. Zehn Kilometer vor der Küste überschritt Arabella wieder die Klimascheide. Das Wetter wechselte fast übergangslos. Die Temperatur stürzte um gut ein Dutzend Grade, und Arabella zog an, was sie hatte, aber fror noch immer. Gustrow-Neuberg bot ihr eine Decke an, die sie jedoch ablehnte. Salzige Nebelschwaden rollten am Waggon vorbei und vertilgten die Landschaft.

Eine knappe Stunde später passierten sie die ersten vom Wetter weißgegerbten Hütten und verwitterten Schuppen. Wie Gespenster tauchten sie aus dem grauen Dunst auf und verschwanden, ohne daß man mehr als Schemen erkannt hätte.

Am Bahnsteig wartete keine Menschenseele. Der Zug hielt unbemerkt, und Arabella stieg aus, ohne daß jemand außer Gustrow-Neuberg darauf achtete. Nicht einmal einen Schaffner oder den Lokführer sah sie. Die Proviantmeister waren so schnell verschwunden, wie sie den Waggon verlassen hatten.

Arabellas Körper war klamm und steif. Sie fühlte sich ungewaschen und müde, der unerholsame Zugschlaf steckte in ihrem Rücken, und die Seele war vom Reisestaub matt.

Gustrow-Neuberg stieg mit ihr aus und blieb ihr dicht auf den Fersen. Er zeigte auf eine Zwillingslok, die auf dem Nebengleis stand.

»Das ist Martin Luther.«

Arabella sah ihn verständnislos an.

»Die erste Lok, die Wortmanns Schiffe hierherbrachten. Ein wahres Ungetüm, viel zu schwer für den Namibsand. Jetzt steht sie hier und kann nicht anders.« Er lachte über seinen Witz.

Der Bahnhof war ein Palast mit falschen Giebeln. Eine große Halle, hinter dem Fahrkartenschalter ein Beamter mit Schnauzer und in Litewka, Wartesäle und von außen ein grüngedecktes Dach mit einer Reihe von Türmchen und Kuppeln. Weiße Linien liefen wie Zuckergußspuren über die Firste. Auf den Simsen wippten und gurrten Tauben. Die ganze Anlage sollte einmal größere Massen von Einwanderern abfertigen. Vor dem ausladenden Gebäude, das der Leere noch mehr Nachdruck verlieh, verabschiedete sich Gustrow-Neuberg.

»Wo werden Sie wohnen?« fragte er.

»Ich weiß noch nicht. Gibt es ein Hotel?«

»Bismarck. Ich nehme Quartier im Haus des Reeders Adolf Wortmann. Wenn ich Ihnen behilflich sein kann, finden Sie mich dort.«

»Ja, danke.«

Sie würde keine Hilfe von ihm annehmen. Als Gustrow-Neuberg davonstakste, hatte sie ihn schon vergessen.

Arabella lief in die Nebelschwaden Richtung Atlantik. Der Dunst vom Meer grundierte alles grau. Das Donnern der Brandung rief durch die Straßen. Langhalsige Vögel saßen auf dem Weg und spreizten ihre Flügel. Arabella ging durch ein Spalier gefiederter Totems. Die Kragen hochgestellt, hasteten ein paar Soldaten an ihr vorbei. Ein Mann in Unterhemd machte ein paar Kniebeugen auf dem Balkon der Kneipe, die nun ein Hotel geworden war. Auf einem Holzschild stand »Café Anton«. Swakopmund hatte sich in den zurückliegenden Jahren von einem verlorenen Nest in der Wüste zu einer kleinen Stadt von tausend Einwohnern und nochmals so vielen Soldaten gemausert. Es gab Handelshäuser und ein Amtsgericht, dessen Giebel weiß vom ansonsten gelben Anstrich abgesetzt war. In einer Spelunke nutzten die Schutztruppler ihre Chance, den Sold zu vertrinken, und sangen tagein, nachtaus schmutzige Lieder.

Arabella konnte den Ozean riechen. Der Wind riß Löcher in die Nebelwände.

Kaum hatte sie die Promenade erreicht, warf die Sonne ein paar glitzernde Sterne auf das Wasser. Arabella war wieder dort, wo alles begonnen hatte.

Um das Hafenbecken war eine Mole gezogen worden. Fast vierhundert Meter reichte sie ins Wasser und diente Kormoranen als Tummelplatz. Vor der Mauer standen, wie eine Staffel abgebrannter Streichhölzer, Hererosklaven bis zum Bauch im Wasser. Sandeimer wurden auf Schulterhöhe weitergereicht. Zwei Brandungsboote sollten Haiangriffe abwehren. Mit ihren Händen kämpften die Schwarzen gegen den Sand an und konnten nur verlieren.

In der neu entstandenen Lagune hatte sich ein Flok Flamingos niedergelassen und gründelte mit abgeknicktem Hals im Schlick. Möwen zankten am Heck eines Kanonenbootes um die Kombüsenabfälle. Auf offener Reede ankerte in der schweren Dünung der dickbäuchige Dampfer Mannheim. An Deck standen Soldaten mit gebuckeltem Marschgepäck und schauten zu, wie die Ladung geleichtert wurde.

In einiger Entfernung stand ein Mann in einem nebelfarbenen Anzug am Kai und beobachtete das stumme Schauspiel.

»Verzeihen Sie«, sprach Arabella ihn an.

Der Mann drehte sich um. Sein Lächeln war glattrasiert und unverbindlich.

»Wissen Sie, wann das Schiff wieder ausläuft?«

»Ja.«

Der Mann wandte sich dem Meer zu. Ein erstes Floß mit Pferden und Maultieren wurde von einer Seilwinde an den Strand gezogen.

»Und wann?«

Ohne Arabella anzuschauen, antwortete er.

»Morgen. Gleiche Zeit.«

Arabella fiel ein Stein vom Herzen.

»Wo kann man eine Passage buchen?«

»Nirgends.«

Noch immer blickte der Mann starr auf die Mole. Arabella wurde ungeduldig.

»Jemand wird doch für das Schiff zuständig sein.«

»Es ist ausgebucht.« Er nickte mit dem Kopf in Richtung Soldaten.

»Das Schiff ist an die Admiralität verpachtet. Elftausend Pferde und fünfzehntausend Soldaten haben wir in den letzten zwei Monaten transportiert«, fügte er hinzu.

»Aber ich muß dringend nach Deutschland.«

Der Mann zuckte mit den Achseln.

»Ich schätze, man könnte sie mit anderthalb Kubikmetern verbuchen. Das ist die Hälfte eines Pferdes. Aber das kann ich nicht entscheiden. Wie gesagt, es steht im Dienst der Marine. Fragen Sie einen der Offiziere, ob er Sie für fünfundsechzig Reichsmark mitnimmt.«

Der Wind blies in das Meer zu ihrer Linken und fächerte es auf. Sie machte sich auf den Weg zu Gustrow-Neuberg, um sein Hilfsangebot anzunehmen.

Wortmanns Kontor war ein großes, gelbes Fachwerkhaus. Sie war schon auf dem Weg zum Hafen daran vorbeigekommen, hatte es allerdings nicht erkannt. Nur die eingesetzte Inschrift über der Tür erinnerte noch an die Bretterhütte von einst. Damals waren die Lettern in ein Holzschild geschnitzt, jetzt waren sie in Stein gemeißelt. Wie damals führte der schwarze Lakai sie in einen Salon und bat sie in dialektfreiem Deutsch zu warten.

»Sind Sie Herero?« fragte Arabella den Mann, als er den Raum verlassen wollte. Der Lakai schloß die Tür, als hätte er ihre Frage nicht gehört.

»Bondelzwart«, kam die Antwort aus Arabellas Rücken. Sie drehte sich um. Die Stimme mit dem schwäbischen Tonfall kannte sie. Während der Jahre in Crewo war Steffens derjenige gewesen, von dem sie am wenigsten Notiz genommen hatte. Im Grunde kannte sie ihn gar nicht und wußte nichts von seiner Arbeit, seiner Mission, seinem Leben bei den Hereros.

Steffens ging auf sie zu und streckte ihr die Hand entgegen. Er schien nicht überrascht zu sein, daß sie noch am Leben war. Arabella erwiderte den Händedruck, der ihr angesichts der Situation eigentlich zu förmlich vorkam.

»Wie geht es dir?« fragte Steffens.

»Ich will nach Deutschland.« Er nickte und fragte nicht nach dem, was sie durchgemacht hatte.

»Du auch?« Arabella verschonte ihn ebenfalls mit weiteren Fragen.

»Ich bleibe. Ich habe eine Schule für Hereros aufgemacht. Für die, die am Leben bleiben. Deshalb bin ich in Swakopmund.«

Sie bemerkte zum ersten Mal, wie mild der Ausdruck seiner Augen war.

»Und das wird erlaubt?«

»Sie sterben weniger schnell, wenn man mit ihnen spricht. Tee?«

Arabella nickte und folgte ihm zu einem kleinen Anstelltischchen, um das einige Sessel gruppiert waren. Eine zierliche Porzellantasse verschwand in der Hand des Missionars. Aus einer versilberten Teekanne dampfte parfümierter Tee.

Sie trat näher und sah, wie die bernsteinfarbene Flüssigkeit eine Welle am Rand der Tasse zog. Steffens reichte sie ihr und schob ihr einen Sessel hin.

»Warum wohnst du bei Wortmann?« fragte Arabella.

Steffens musterte sie aufmerksam, als wollte er erkennen, auf welcher Seite sie stand.

»Hier laufen Fäden zusammen. Man kann nicht immer auf eine himmlische Gerechtigkeit hoffen.«

Arabella stellte ihre Teetasse ab und wartete auf weitere Erklärungen, die aber nicht kamen.

»Ich brauche Geld für eine Fahrt nach Deutschland«, sagte sie.

Bevor Steffens antworten konnte, wurde die Tür geöffnet, und hinter dem Lakaien trat Gustrow-Neuberg ins Zimmer.

»Daß wir uns so schnell wiedersehen!« Seine Stimme klang spöttisch.

Arabella wollte aufstehen, aber Steffens drückte sie

sanft in die Polster zurück. Sein Körper straffte sich, seine Stimme wurde tiefer.

»Frau Weber hat mir gerade erzählt, daß sie eine Kabine auf der Mannheim zurück nach Deutschland gebucht hat. Ich habe ihr gesagt, daß der Generalstab die Kosten für sie übernimmt, nach allem, was sie durchgemacht hat.«

Arabella war von Steffens' Rhetorik so überrascht wie Gustrow-Neuberg, der krebsrot angelaufen war und sich umständlich räusperte.

»Ja, selbstverständlich«, sagte er.

»Wann, sagtest du noch, fährt die Mannheim?« fragte Steffens, der es offensichtlich gewohnt war, mit Militärs zu feilschen.

»Morgen«, sagte Arabella, während Gustrow-Neubergs Adamsapfel fast aus dem Hemdkragen hüpfte.

»Dann ist heute dein letzter Abend in Afrika«, nickte Steffens.

Arabella saß gegenüber von Gustrow-Neuberg, der auf einem Fisch kaute, der wie Dorsch schmeckte, aber keiner war. Ihr Tischnachbar war Steffens. Gleich nach dem Geplänkel mit Gustrow-Neuberg hatte er mit Frau Wortmann gesprochen, und der Bondelzwart hatte ihr ein Gästezimmer im Giebel des Hauses angewiesen.

Am Kopf des Tisches saß der Mann, den Arabella vormittags an der Mole getroffen hatte. Adolf Wortmann hatte seinen nebelgrauen Anzug gegen einen Smoking getauscht, aber knüpfte an sein rüpelhaftes Benehmen vom Vormittag nahtlos an. Am anderen Tischende saß seine Frau.

Arabella blickte den Gastgeber an, der mit seiner Messerspitze eine Gräte aus dem Fisch pulte und sich Schaumwein nachgoß. Sie bemerkte einen flüchtigen Blickwechsel zwischen dem Offizier und dem Reeder. Danach gelang es Gustrow-Neuberg endlich, seinen Fisch hinunterzuwürgen.

»Sie sparen der Armee Geld. Die Mannheim wird nicht auslaufen. Noch jemand vom Kupferberg?« Wortmann schwenkte die Flasche vor Arabellas Gesicht.

Sie legte die Hand auf ihr Glas.

»Es tut mir leid, sie werden so schnell nicht nach Deutschland kommen. Jedenfalls nicht von Swakopmund aus.«

»Aber warum das denn? Ich dachte, Sie sind Geschäftsmann, Adolf?« Steffens legte Messer und Gabel zusammen.

»Ich bin Geschäftsmann. Sie, Steffens, sind Missionar. Wissen Sie, was den Unterschied ausmacht? Sie können nicht um die Ecke denken.«

»Sie meinen, in Winkelzügen?«

Wortmann lachte lauthals.

»Gut gekontert. Es ist doch so, daß wir diese Kolonie nur haben, um Geld zu verdienen. Und es ist die Aufgabe des Militärs, den Unternehmen das Geldverdienen zu ermöglichen. Aber womit verdient man hier Geld? Bodenschätze? Diamanten? Sklavenhandel? Rinder! Rinder sind das einzige! Und wie es aussieht, sind die Rinderpreise im Land inzwischen höher als die in Deutschland. Immerhin muß eine riesige Truppe ernährt werden. Und mein Freund hier und ich haben heute eine Einigung über die Truppenverpflegung treffen können. Die Mannheim läuft nicht aus, weil ich hier für Rindfleisch fast das Doppelte kriege.« Wortmann prostete Gustrow-Neuberg zu.

»Hat mein Mann Ihnen diese Gefälligkeit wenigstens anständig bezahlt?« mischte sich mit feiner Stimme die Frau des Reeders ein.

Gustrow-Neuberg hob abwehrend die Hand.

»Ich bin nicht käuflich«, sagte er.

»Aber ehrlich könnten Sie sein, Gustrow«, erwiderte Frau Wortmann.

»Ein Kommando«, sagte ihr Mann, »Ostafrika, sobald ich mit Bülow spreche.«

»Sie arbeiten mit dem Militär zusammen?« Steffens' Stimme hatte ihren weichen Dialekt fast verloren.

»So ist es. Wissen Sie, warum Ludwig von Kavea abgelöst wird? Weil er recht hatte. Natürlich ist es ein leichtes, das Land mit Truppen vollzustopfen und feindfrei zu machen. Nur kann Südwest nicht beliebig viele Truppen ernähren. Das wußte er natürlich und hat deshalb versucht, in kleinen Etappen gegen den Feind vorzugehen. Sie können sich nicht vorstellen, wie viel Bestechungsgeld notwendig war, damit die Herren in Berlin endlich Sethor geschickt haben. Er ist ein Mann, der weder den Gegner noch seine Soldaten schont. Im Grunde ist er ein miserabler Stratege. Aber wo die Soldaten schon mal hier sind, müssen sie auch essen.«

Arabella schluckte Galle. Ihr war der Appetit vergangen.

»Wann geht denn das nächste Schiff nach Deutschland?«

»Ich schätze, so in drei, vier Monaten dürften wir die Schwarzen ausgeräuchert haben. Plus ein paar Monate Friedensicherung«, gab Gustrow-Neuberg zurück.

Vier Monate. Arabella biß sich auf die Lippen. In vier Monaten würde das Kind in ihrem Bauch nicht mehr zu übersehen sein. Bei der ersten Gelegenheit stand sie auf und ging in ihr Zimmer.

Die Mansarde im großen Haus Wortmanns war Arabellas Kokon und ihr Gefängnis zugleich. Der Nebel strich um das Haus und quoll durch die Astlöcher in den Paneelen. Arabellas Leben verlor in den Schlacken des Himmels über dieser Stadt mehr und mehr an Bedeutung. Sie war am Tag nach dem Dinner zu Frau Wortmann gegangen und hatte darum gebeten, im Haus wohnen bleiben zu dürfen und im Gegenzug als Putzfrau zu arbeiten. Letzteres lehnte Frau Wortmann resolut ab.

»Dieses Haus ist auf Kosten anderer erbaut worden. Dann soll es auch für andere offen sein.«

Aber die Gunst, mit der Frau Wortmann ihr begegnete, war kein Schutzschild gegen das zermürbende Warten. Nachts ließ sie der Gedanke nicht einschlafen, daß sie es gewesen war, die mit ihrer übertriebenen Behauptung von der Kampfkraft der Hereros den Aufmarsch der deutschen Truppe ausgelöst hatte, der ihr nun den Rückweg abschnitt.

Tagsüber lag sie oft auf dem zimtfarbenen Läufer, der ihr Zimmer durchmaß. Der harte Boden erinnerte sie an das einfache Steppenleben bei den Hereros. Stundenlang betrachtete sie die Maserung der sandgelben Zimmertäfelung oder das frisch angerichtete Obst in der Schale. Die Gedanken an ihr Kind waren vage. Sie sah Assa in ihm, ohne sich an sein Gesicht zu erinnern.

Als sie nach Tagen endlich ihr Bündel auspackte, fiel ihr die Taschenuhr entgegen. Lange stierte sie die Leinenhose und die Weste an, die jetzt in einer Ecke lagen. Ihr Staub kam aus der Savanne, an den Kleidern klebte die Erde eines vergangenen Lebens. Sie würde sie waschen und die Vergangenheit aus dem Stoff spülen.

Der Bondelzwart brachte ihr dreimal am Tag eine Karaffe mit frischem Wasser, und zum Essen traf sie sich mit Frau Wortmann, die sie mittlerweile Gabriele nannte. Von ihr erhielt sie Kleider in der Mode ihrer Kindheit. Vom Fenster aus sah sie die Mannheim ankern, und die niederschmetternde Schönheit der Küste schloß sich wie eine Membran um Arabellas Brust.

8

Mit seinem Bruder hatte Jasper nicht gerechnet. Als Jasper hinunterkam, nachdem er die schlafende Hera ins Bett gelegt hatte, saß Sven im Wohnzimmer und sah fern.

»Ich bring dich zum Flughafen«, sagte Sven, ohne aufzublicken. Obwohl sich die Brüder seit fast einem halben Jahr nicht gesehen hatten, knüpfte Sven an die alte Vertrautheit an, als wären sie noch immer Schüler und würden ihren Alltag zwischen Mathe, Fußball und Mädchen teilen.

Ohne den Fernseher abzustellen, gingen sie zu den Eltern in die Küche, wo seine Mutter den Tisch gedeckt hatte. Für eine halbe Stunde wurde Jasper abgelenkt, obwohl er merkte, wie sehr sich seine Eltern bremsen mußten, ihn nicht nach Cosima zu fragen. Beim Dessert war er dann soweit, von sich aus das wenige zu berichten, was er wußte.

Sie nahmen Jaspers Auto. Sven fuhr den Industrieschnellweg, aus den Fabrikfenstern fiel Licht.

Das Gesicht seines Bruders wirkte hart. Sven erkundigte sich nach dem Haus und ließ offen, ob er das in Frankfurt oder Crewo meinte. Um nicht von Cosima reden zu müssen, bezog Jasper die Frage auf den herausgerissenen Fußboden und hielt seinem Bruder einen kleinen Vortrag über Bodendämmung.

Danach brach das Gespräch ab. Die Straße schnitt schnurgerade durch das Industriegebiet. Im Radius von vier Kilometern gab es keinen Baum. Vor ihnen tauchten die schwärenden Lichter der West-Landebahn auf.

Der Flieger nach Paris war der letzte vor Mitternacht. Er war nicht mal halbvoll. Jaspers Tasche verschwand in dem Schlund des Gepäckförderbandes. Die Stewardeß tauschte sein Ticket, das, wie von Gesa angekündigt, am Schalter auf ihn gewartet hatte, gegen die Boardingcard. Er hatte sich am Taxistand von Sven verabschiedet. Es würde wieder ein halbes Jahr dauern, bis sie sich erneut sehen würden, und obwohl sie kaum miteinander geredet hatten, war es gut, ihn getroffen zu haben.

Er atmete die Atmosphäre der Einsamkeit, umgeben von Menschen, die wie er in einem halbleeren Flugzeug dösten. Durch die kleinen Bullaugen schimmerte die verlassene Erde, die unter den Motoren zu zittern anfing. Dann setzte sich die Maschine brummend in Bewegung, schleppend langsam, aber mit dem Dröhnen einer verborgenen Kraft, die Stahl durch die Luft fliegen ließ.

Eine braungelockte Stewardeß brachte ein eingeschweißtes Mitternachtsmahl. Jasper trank zwei Fünftelliterflaschen Rotwein.

Das Flugzeug sackte durch den Nachtnebel. Paris lag wie ein umgestürzter Weihnachtsbaum unter ihnen. Die Maschine zog eine Schleife, und der gedrosselte Schub ließ den Fußboden vibrieren. Die Bordlichter gingen aus. Er stellte die Rückenlehne gerade und lauschte den Kadenzen der Erschütterung.

Nach der Landung auf dem Flughafen Charles de Gaulle meldete sich die Stimme der Stewardeß.

»Sehr verehrte Fahrgäste, eben erreichte uns die Mitteilung, daß in Paris seit Mitternacht gestreikt wird.«

Das Rascheln der Zeitungen, das Scharren der Füße, das Klappen der Kofferluken um ihn herum verstummte.

Jasper blickte auf seine Uhr. Es war zehn nach zwölf.

»Im Moment ist es leider nicht möglich auszusteigen, da die Abfertigung nicht vollzogen werden kann. Ich bitte Sie im Namen des Kapitäns, wieder Platz zu nehmen, und um ein wenig Geduld.«

Geduld hatte Jasper. Sein Anschlußflug ging erst morgens um halb fünf. Aber um ihn herum war der Unmut unüberhörbar. Die Deutschen schimpften, die Franzosen rannten gleich zum Kapitän. Jasper setzte sich, lehnte den Kopf an die Scheibe und versuchte, durch sein Spiegelbild hindurchzusehen. Als es ihm gelang, war dahinter nur schwarze Nacht.

Die braungelockte Stewardeß kam durch den Gang, das Murren der Passagiere war einem unbequemen Schlaf gewichen. Jasper bat sie um zwei weitere Fläschchen Rotwein. Sie lächelte ihr geschminktes Lächeln.

Nach den nächsten zwei kleinen Rotweinflaschen öffneten sich, wie von unsichtbarer Hand gezogen, die Türen des Flugzeugs.

Mit einem weiten Schritt über die wackelige Eisenplatte, die den Rüssel mit der Kabine des Flugzeugs verband, stieg er aus und reihte sich in die lange Schlange vor dem Zollschalter. Beamte, die die Pässe auf ihre Gültigkeit überprüften, waren weit und breit nicht zu sehen, und es ging nicht weiter. Zu müde für Empörung hockten die Reisenden vor dem Schalter. Nur die Crew durfte passieren. Er hielt seine Stewardeß am Ärmel fest, als sie sich an ihm vorbeizwängte.

»Ich habe in einer Stunde einen Anschlußflug nach Afrika. Bin ich bis dahin hier durch?«

Sie warf ihm einen übermüdeten Blick zu. Die Muskeln in den Augenwinkeln waren geschwollen vom Schlafmangel.

»Seit Mitternacht hat kein Flugzeug Charles de Gaulle verlassen.«

Jasper begriff zum ersten Mal, daß er für ungewisse Zeit festsaß. Und Cosima wartete in einem unbekannten Zustand in Afrika. Panik flatterte durch seinen Kopf.

Endlich zeigte sich ein Zollbeamter. Er winkte die Wartenden durch und verzichtete sogar auf das sonst übliche simulierte Interesse an ihren Papieren. Jasper wühlte sich zu dem Fließband durch, über dem seine

Flugnummer blinkte. Aber er wartete allein. Weder einer seiner Mitpassagiere noch ein Koffer war zu sehen. Personal, das man fragen konnte, war ebenfalls nirgends in Sicht. Jasper entschloß sich, seine Tasche aufzugeben, und dann, als er schon dachte, das Schlimmste sei überstanden, schlugen die profanen Folgen des Lohnkampfes oder was immer es war endgültig über ihm zusammen. Er verließ die Zollschleuse und trat in einen Nebel aus Nikotin und Ausdünstungen, die Luft war abgestanden, die Klimaanlage schaffte die Masse nicht. Alle Sitze waren belegt, die Menschen schliefen mit abgeknickten Köpfen, die Gänge waren mit Schlafenden verstopft, und Geschäftsreisende benutzten ihre Aktenkoffer als Kissen.

Er kämpfte sich zu einer digitalen Anzeige durch, auf der die gestrichenen Flüge blinkten. Er kramte seine Tickets aus der Innentasche. Die Flugnummern waren rot auf gelbes Papier gestanzt, die Zahlen schwirrten vor seinen Augen. Sein Flug war der vorletzte auf der Anzeigetafel.

Aus dem Pulk, in dem er eingezwängt stand, traf Jasper ein Stoß in den Rücken. Ihm wurde schwindelig. Er hätte keinen Alkohol trinken sollen. Wie ein Schiffbrüchiger zog er sich an der Balustrade vor einer Autovermietung entlang auf das grüne Licht einer Klotür zu. Er trat ein, schloß die Tür und lehnte sich mit dem Rücken dagegen. Das Rumoren der Halle war ausgesperrt, das Pfeifen in seinen Ohren blieb.

Jasper wankte zu einem Waschbecken, legte das Ticket auf den Seifomat, hielt seinen Kopf unter den Hahn und wischte mit einer Hand über die Lichtschranke, die das Wasser zurückhielt. Ein paar Tropfen fielen auf seinen Kopf. Mehr kam nicht. Der Wasserhahn war tot. Jasper lehnte seine Stirn gegen den Spiegel. Er wußte nicht, ob er weinen oder sich übergeben sollte. Er fühlte sich in seinem Körper gefangen. Er zwang sich, sich an seine Tochter zu erinnern, wie sie Seil hüpfte, wie sie half, Tomaten zu schneiden, wie sie abends betete. Er zwang sich, genau hinzuhören. Gott redete französisch. Auf dem Gang vor der Toilette teilte eine Durchsage Flugnummern mit. Jasper riß sich hoch und stürzte auf den Gang hinaus. Die Zahlenreihe wurde wiederholt. Sein Flug wurde aufgerufen, seine Gatenummer war 87. Wie in einem Fiebertraum hastete er einen Gang hinunter, blieb in einem Knäuel Japaner stecken, machte sich frei, erkannte eine Hollywoodgröße, die mit einem Flugkapitän schimpfte, boxte sich zur 87 durch und stand in der Schlange, die sich vor dem Schalter aufgebaut hatte. Vor ihm warteten noch etwa vierzig Personen, fast alle waren Schwarze. Er griff in sein Jackett und fühlte nach dem Ticket. Es war nicht da. Sein Hirn stockte. Vor der Anzeige hatte er es noch gehabt, also mußte es auf der Toilette liegen. Er lief zurück, vorbei an dem keifenden Filmstar und den Japanern. Dann war Jasper an der Toilettentür. Sie war abgeschlossen, er rüttelte an der Klinke, trat dann gegen die Kunststoffbeschichtung, schlug sich schließlich die Hände vor das Gesicht und hörte ein Knistern in seiner Hemdtasche. Das Ticket hatte die ganze Zeit seinen Herzschlag abgeschirmt.

Er spurtete den langen Gang entlang zurück zum Gate. Vor dem Fenster sah er seine Maschine warten. Er drängelte sich durch den Protest der anderen nach vorne. Eine Reihe von Männern mit weißen Leibchen, auf denen das Emblem der französischen Fluggewerkschaft aufgedruckt war, hatte sich zwischen Schalter und Passagiere gezwängt. Sie versuchten, die Flucht aus dem Flughafen und damit den Streikbruch zu verhindern. Jasper nutzte den Höhepunkt der Auseinandersetzung und wurschtelte sich durch die in Unordnung geratene Kette der Streikposten, knallte seinen Flugschein auf das Desk und wurde durchgelassen.

Er rannte die Gangway entlang. Vorne hörte er, daß die Motoren bereits anliefen. Er zwängte sich durch den letzten Spalt der sich schließenden Flugzeugtür.

Der Nebel, der in Paris morgens aus Schloten, Auspuffen und Gullydeckeln stieg, schloß sich zu Wolken zusammen. Jasper sah den Boden nicht mehr. Zitternd schob das Flugzeug seinen schwangeren Rumpf durch die weißen Massen, die zäh wie Zuckerwatte aneinanderklebten.

Mit einem leisen Knacken schoß der Luftdruck einen Pfropfen in seine Ohren. Das Dröhnen der Motoren fühlte er eher, als daß er es hörte. Die Stimmen der Passagiere, der Bordlautsprecher, kamen gedämpft und aus weiter Ferne.

Die Maschine setzte auf. Die Sonne hatte die Seiten gewechselt. Er war in Afrika.

9

Gustrow-Neuberg brachte ihn zu ihr, als würde er Besuch in eine Zelle einlassen. Arabellas Kopf lag auf ihren offenen Haaren. Man konnte sehen, daß ihr kalt war. Paul deckte sie mit dem Federbett zu. Gustrow-Neuberg betrachtete seine Fürsorge mit ironischer Heiterkeit, und Paul schickte ihn mit einem schneidigen Danke weg.

Als Arabella wach wurde, saß er in dem Stuhl am Fenster und schlief. Das Licht schwirrte durch das Zimmer. Sie hatte mit Pauls Erscheinen nicht mehr gerechnet, wunderte sich aber nicht. Er saß wie selbstverständlich da, und sein Atem ging leise und gleichmäßig. Für Distanz war in dem engen Raum zwischen ihnen ohnehin kein Platz.

Arabella blieb liegen und betrachtete die schlafentspannten, unter der sonnengegerbten Haut noch immer offenherzigen Züge. Vielleicht hatte sie sich den Mann, mit dem sie alt werden würde, immer wie Paul vorgestellt. Aber dann war Südwest dazwischengekommen.

Da sie sich ihre eigene Zukunft nicht hatte vorstellen können, war es ihr auch nicht gelungen, eine Beziehung zu dem Kind in ihrem Bauch herzustellen. Jetzt, in Pauls Nähe, war es ihr zum ersten Mal möglich, an ein Leben mit Kind zu denken. Die Flucht war verstellt, aber ein Ausweg hatte sich plötzlich aufgetan. Sie brauchte einen Vater, der ihr Zeit bis zur Geburt verschaffte. Als Paul wach wurde, hatte sie einen Entschluß gefaßt. Sein Hallo unterdrückte Arabella mit einem Finger auf ihrem Mund. Dann strich sie sich über die Lippen, kroch auf allen vieren zum Fenster und zog die Gardinen vor die bläßliche Sonne. Paul hatte sich aufgerichtet, setzte ihrer Hand aber keinen Widerstand entgegen, als sie ihn zurück in den Stuhl drückte. Dabei glitten drei ihrer Finger zwischen die

Knöpfe seiner Uniformjacke und weiter durch die Knopfleiste des Hemdes auf seine nackte Haut. Die andere Hand hatte sie in seinen Schritt gelegt. Paul schluckte trocken. Seine Hände griffen nach Arabellas Schultern, rutschten aber an dem glatten Stoff ab. Mit einer kurzen Armbewegung klemmte sie seine Finger unter ihre Achseln. Seine Handflächen lagen auf dem Anstieg ihres Busen. Sie öffnete ihm das Koppel und begann, sein Hemd aufzuknöpfen. Paul sank auf die Knie. Er nahm ihre Hände, legte sein Gesicht hinein, und sie fühlte seine Aufregung unter den Lidern.

»Heißt das ja?« flüsterte er.

»Was ja?«

»Daß ich dich nach Deutschland begleiten darf?«

»Es gibt kein Schiff!«

Sie küßte ihn. Seine Lippen waren hornig. Er zog Jacke und Hemd aus, trat hinter Arabella und öffnete ihr Kleid. Er umfaßte sie, und ihr Rücken schmiegte sich an seinen Bauch. Mit dem Handrücken strich er zwischen ihren Brüsten hindurch, umkreiste ihr Herz, glitt die Mittellinie entlang bis zum Bauch. Sie legten sich auf Arabellas Stammplatz auf dem Boden. Die Wolle des Läufers kratzte auf der Haut. Zum ersten Mal holte sie das Glück zweier Körper ein, hell und klingelnd. Arabella vergaß ihre Berechnung.

Das erste, was sie wieder wahrnahm, war die Brandung. Paul hatte die Augen offen und blinzelte, als hätte er ihr gerade zum Willkommen in Afrika die Hand geküßt. Arabellas zweiter klarer Gedanke galt Assa. Sie wollte es nicht wahrhaben, aber sie ließ es zu, um sich vor dem Verliebtsein zu schützen. Das Baby würde schwarz zur Welt kommen.

Paul stand auf. Er strahlte vor Glück.

»Seit ich dich vor sechs Jahren das erste Mal gesehen habe, habe ich mir diesen Augenblick gewünscht.« Die

Sonne wickelte ihr Licht um seine blonden Haare. Es tat ihr leid, daß sie ihn so betrog.

»Damals warst du doch noch ein Junge«, sagte sie.

»Ja, aber du schon eine Frau.« Er lachte, nun wieder jungenhaft. Nackt schnappte er sich einen Apfel und brach ihn in der Mitte durch.

»Im Schrank sind Kekse.« Arabella wollte sich aufrichten, aber Paul sprang schnell auf sie und drückte sie wieder auf den Boden. Dann huschte er zum Kabuff und kam mit einer Rolle Teegebäck zurück, die in schlichtes Papier gewickelt war. Er steckte sich einen Keks in den Mund und reichte ihn Arabella mit spitzen Lippen.

Sie biß ab, achtete aber darauf, seinen Mund nicht zu berühren.

»Ich habe Sethor über die Stärke der Hereros angelogen«, sagte sie und begann, sich anzuziehen.

»Inwiefern?« Paul sah ihr zu, die Beine im Schneidersitz um die Rolle Keks gekreuzt.

»Es sind viel weniger. Sie sind schlecht bewaffnet und zerstritten. Samuel Maharero würde am liebsten alles ungeschehen machen.«

»Warum macht er es nicht?« Es schien ihn nicht zu interessieren. Aber da er ihre einzige Möglichkeit war, Einfluß zu nehmen, hörte Arabella nicht auf, vom Krieg zu reden.

»Ich habe einen Streit zwischen Maharero und den anderen Kapitänen mitbekommen.«

»Welchen?« kam es aus vollen Backen.

»Salatiel und sein Bruder David. Und ...« Noch bevor sie Assas Namen sagen konnte, schaute Paul auf. Sein Blick verfinsterte sich. Arabella brachte den Namen nicht über die Lippen.

»Warum hast du falsche Angaben gemacht?«

»Ich wollte, daß wieder verhandelt wird, und verhindern, daß die Deutschen angreifen.«

Paul versuchte, das Gespräch auf erfreulicheres Terrain zurückzuholen.

»Hast du über meinen Vorschlag nachgedacht?«

Arabella steckte sich einen Keks in den Mund, um nicht sofort antworten zu müssen.

»Wenn du vom Krieg zurückkommst und mich dann noch willst, fahren wir zusammen nach Deutschland.«

Paul schüttelte den Kopf.

»Ich geh nicht wieder ins Feld. Von mir aus können wir morgen los.«

»Es geht im Moment kein Schiff.«

»Dann warten wir eben.«

Er faltete die Keksrolle wieder zusammen.

»Ehrlich gesagt gebe ich hier überhaupt nichts auf. Mein Vater ist geschaßt, und seine unehrenhafte Entlassung schließt mich mit ein.«

So hatte sie sich das nicht vorgestellt. Sie hatte mit Paul geschlafen, um einen Grund für ihren wachsenden Bauch zu haben und Zeit zu gewinnen. Einen Vater für das Kind wollte sie nicht.

Aber Paul ließ sich nicht abweisen. Einen afrikanischen Winterjuni lang sahen sie sich jeden Tag. Paul war offiziell auf Fronturlaub, während der Krieg, der so lange keine Feuerlinie gehabt hatte, unter Sethors Oberkommando nun nach europäischer Schlachtordnung organisiert wurde.

Paul lag mit dem Kopf auf ihren Schenkeln, und Arabella beobachtete, wie ein Schweißtropfen in seinem blonden Brusthaar hängenblieb.

»Am Abend bevor ich mit meinem Vater nach Afrika reiste, erzählte er mir, daß es einen Äquator gibt und wir ihn überqueren würden. Er erklärte mir, daß der Äquator die Weltgrenze zwischen Winter und Sommer ist. Ich stellte mir vor, wie wir von einem blauen Atlantik abrupt ins Treibeis segeln würden, aber als wir dann den Äquator tatsächlich passierten, merkte man gar nichts. Ein Matrose wurde an einem Tampen unter dem Schiff durchgezogen und kam halbtot mit abgescheuertem Rückgrat und aufgeblasenen Augen auf der anderen Deckseite wieder zum Vorschein. Alle lachten. Nur ich war traurig, daß die Welt nicht wirklich zwei Hälften hat.«

Sie wußte, was Paul meinte. Es gab kein Entweder-Oder, wenn man mittendrin war.

»Wie bist du den Hereros entkommen, nachdem du Crewo verlassen hattest?« fragte sie und strich ihm über die Stirn. Er blickte verschwitzt zu ihr hinauf, seine Jungenaugen auf ihrem Busen.

»Als meine Männer vom Pferd geschossen wurden, ließ ich mich auch fallen. Die Tiere gingen durch, und die Hereros folgten ihnen. Als sie kamen, um die Leichen wegzuschleppen, und merkten, daß ich fehlte, schwärmten sie aus und suchten die Umgebung ab. Aber sie haben nicht nach oben gesehen. Ich saß auf einem Baum versteckt. Es war wie jetzt. Ich war mitten im Geschehen, aber irgendwie wußte ich, daß sie mich nicht entdecken würden.«

Immer mehr gab sich auch Arabella dem Schwebezustand der meerrauschenden Morgen, der nacktseligen Frühstücke im Bett und der im Kopfkissen versickernden Träume hin.

Paul trieb ein kleines Segelboot auf, das einem Buren gehörte, der sich bereit erklärte, Arabella und ihn an einem der windstillen Tage auf eine küstenvorgelagerte Insel überzusetzen. Bevor sie in das Boot stieg, erkundigte sich Arabella, ob man mit der Jolle bis in die Kapkolonie segeln könne.

»Theoretisch können Sie damit überallhin«, antwortete der Bure. Aber die erste hohe Welle bewies das Gegenteil. Das Schiff schwankte in der Dünung, und Arabellas Idee zerschellte an den Schaumkronen.

Während der Überfahrt hielt ihnen der Bure einen Vortrag über Haifische, und Arabella war froh, als sie endlich auf einem Felsarm der Inseln landeten. Paul und Arabella stiegen höher hinauf, um dem Geschwätz des Buren zu entkommen, der sich daraufhin seinen Hut ins Gesicht zog und in der Jolle einschlief.

Unter ihnen reihten sich Möwen, die auf zwei Bärenrobbenbabys schimpften, die wie Gummibälle hinter den Vögeln herhopsten. Paul packte gerade den Picknickkorb aus, da machte sie ernst.

»Ich bin schwanger.«

Zwei, drei Sekunden brauchte die Mitteilung, um in Pauls Kopf einzudringen und Wurzeln zu schlagen.

Dann sprang er auf und umarmte Arabella stürmisch, und es war egal, daß er dabei das Essen umstieß und die Flasche badischen Weins fast Vater Bärenrobbe erschlug. Das war das Ja, auf das er gewartet hatte.

Arabella legte ihre Stirn an seine. Sie wußte, daß es jetzt noch schwerer werden würde, ihn loszuwerden, und ihr war klar, daß das Glück nur ein Aufschub war. Aber das war für den Moment egal. Paul schmiedete den Rest des Tages Pläne für die Zukunft. Auf dem Törn zurück passierten sie Pelikane, denen Paul lauthals Shanties vorsang. Seeschwalben schossen um den Kahn. Irgendwann stimmte sie ein. Bis das Kind zur Welt kam, waren es noch sieben Monate.

Wieder in Swakopmund sprang Paul an Land, um sofort seinen Abschied einzureichen.

»Adieu, Vaterland, ich werde selbst einer«, rief er ihr zu. Sie winkte ihm nach, schlenderte die Mole entlang und stellte sich vor, es könnte tatsächlich alles gut werden. Der Abend stieg aus dem Meer. Arabella setzte sich auf eine Tampenschnecke und legte den Kopf in den Nacken. Der Himmel über ihr ließ die Wolken leuchten. Zwei Männer zogen einen Karren die Promenade entlang, die Kummet sich selbst vor die Brust gespannt. Die Glocke vom Bahnhof läutete in Ermangelung einer Kirche den Feierabend ein, damit die Zeit nicht unbemerkt verging. Sie hob ein Stück Blasentang auf und zerdrückte die Luftpolster, in deren Innerem man Leben eingeschlossen vermutete, die aber leer waren, zwischen ihren Fingern.

Die beiden Männer mit dem Ochsenkarren waren stehengeblieben und redeten miteinander. Einer schaute zu Arabella, dann kam er näher. Er hatte den Kragen hochgestellt und den Hut ins Gesicht gezogen. Der andere Mann bugsierte den Karren weiter.

Vor Arabella hob er sein Gesicht aus der Vermummung und gab sich als Steffens zu erkennen, indem er wortlos grüßte.

»Komm mit«, brummte er in seinen Mantelaufschlag. Etwas stimmte nicht, aber sie folgte Steffens, weil er zwischen den vielen zwielichtigen Gestalten in der Stadt ein Freund für sie war.

Er ging in die Richtung, in der der Ochsenkarren verschwunden war. Sie bogen um einen Schuppen. Die ersten großen Dünen der Namib leckten an den Häusern der Stadt. Arabella blieb stehen, als sie Steffens plötzlich nicht mehr vor sich sah. Sie war alleine zwischen verschlissenen Bretterwänden. Windstöße trieben ihr Sand in die Augen. Dann sah sie eine Bewegung im Schatten der Schuppen, und Schemen lösten sich aus dem Schwarz. Bevor sie Angst kriegen konnte, erkannte sie den Mann in der Dunkelheit. So unerwartet stand er vor ihr, daß sie sich nicht freuen konnte. Zwei Gefühle bahnten sich schließlich den Weg in ihr Bewußtsein, die Hoffnung, daß Assa ihretwegen gekommen war, und die Befürchtung, daß sie wieder ein Werkzeug in seinem Krieg werden sollte. Falls er ihre Hilfe fordern sollte, war Paul in Gefahr. Assa zögerte, dann nahm er ihre Hand. Seine Finger waren eiskalt. Der

Ochsenkarren hinter ihm war bis zum Rand mit Munitionskisten gefüllt.

Arabella führte Assas Finger zu ihrem Kopf und schmiegte ihre Wange in ihre Innenseite, um nachzuspüren, ob sie tatsächlich keine Liebe fühlte. Sie atmete, aber den Geruch, mit dem sie so viele Wochen gelebt hatte, konnte sie nicht mehr entdecken. Assa war, was er immer gewesen war, fremd.

Die versuchte Zärtlichkeit zersplitterte unter einem Aufprall gleißenden Lichts. Selbst unter geschlossenen Lidern barst beinah das Auge. Assas Hand glitt von ihrer Wange. Eine Stimme schrie. Ein Schuß fiel. Sie blinzelte, versuchte durch das Licht zu sehen.

»Arabella«, hörte sie Pauls Stimme, verletzt und zitternd.

»Er ist auf der Düne«, rief Gustrow-Neuberg. Ein zweiter Schuß fiel. Steffens sprang aus dem Schatten vor den Lauf, und Pauls Kugel fing sich in seiner Brust. Die beiden Soldaten liefen mit gezogenen Pistolen den Sandhang hinauf. Arabella kniete sich neben den blutenden Steffens, der für eine Liebe sein Leben riskiert hatte, die sie nicht empfand. Sie riß sich ihren Saum ab und preßte ihn in die Wunde. Der Mann stöhnte.

Die Blendlampe schwankte die Düne herab. Paul und Gustrow-Neuberg kamen zurück. Arabella hielt Steffens' Hand. Es waren keine Schüsse mehr gefallen.

»Er braucht einen Arzt«, flüsterte sie.

Gustrow schüttelte nicht mal den Kopf. Er ließ den Missionar in seinem Blut liegen, sagte »Niggerfreund« und lenkte den Strahl der Lampe auf den Ochsenkarren.

»Sehr schön«, sagte er dann in Pauls Richtung. Seine Stimme hatte jede Ironie verloren. Gustrow-Neuberg wandte sich Arabella zu.

»Sie ist eine Negerdirne, hab ich doch gesagt. Am besten knallst du sie jetzt gleich ab.«

Paul reagierte nicht. Er starrte an Arabella vorbei, dorthin, wo eben noch Assa gestanden hatte. Sie konnte die umstürzenden Situationen nicht aufhalten. Paul tat ihr leid, aber sie hatte immer gewußt, daß ihr Glück nicht zu halten war, und jetzt war der Moment gekommen, an dem sein Schmerz begann. Gustrow-Neuberg klopfte ihm auf die Schulter und ging.

»Das war er, nicht wahr?«

Arabella wich nicht aus.

»Ja.« Sie sah ein Zittern auf seinen Wangen.

»Ich dachte, dein Gesicht ist nur mir so nah.« Er bückte sich, lud sich Steffens auf die Schulter und ließ sie stehen.

Arabella wartete allein in der feuchten Luft, das in den Sand gesickerte Blut von Steffens vor den Füßen. Einmal dachte sie, sie hätte einen Schatten die Düne hinabgleiten sehen. Aber da war nichts. Mit dem Rücken gegen den Wagen gelehnt, blieb sie im Nebel sitzen.

Sie schloß die Augen. Paul zu verlieren traf sie mehr, als sie gedacht hatte. Alles war schneller gegangen, als sie es sich gewünscht hatte, aber ihr Plan war erfüllt. Es gab einen Mann, aber keinen Vater, und trotzdem reihten sich in ihrem Kopf nur Bilder von Verlust und abermaligem Verlust aneinander.

Sie wurde davon wach, daß der Munitionskarren konfisziert wurde, und ging zu Wortmanns Haus. Im Salon saß Gustrow-Neuberg hinter einer Batterie leerer Flaschen und stierte sie aus geweiteten Pupillen an.

»Paul bist du los. Der sucht den Heldentod«, lallte er.

»Abgeritten nach Okosongoho.« Er probierte noch eine Weile, den Ortsnamen richtig auszusprechen.

10

Nach Hause wollte Nele nicht. Zuhausesein bedeutete, einen Mittelpunkt zu haben. Und dieses Gefühl hatte sie verloren.

Am Abend vor ihrer Reise nach Hamburg war ihr Vater zu ihr gekommen. Es war ihm anzumerken gewesen, daß er etwas zu sagen hatte. Und sie war auch bereit gewesen, es zu hören. Sie hatte ihm Sherry angeboten, aber er hatte einen Tomatensaft vorgezogen. Für eine Weile schauten sie zu, wie der Wind vor der Rotunde die Wolken zerrieb. So mit Paul zu schweigen hatte eine Intimität, die sie nicht mehr gewohnt war. Ihr Vater wohl auch nicht, denn sie konnte fast sehen, wie seine Vorsätze zergingen, als ständen sie draußen am Himmel.

»Warum hast du eigentlich nie wieder geheiratet?« fragte er schließlich.

Nele ließ einen Eiswürfel aus ihrem Mund zurück ins Glas gleiten. Sie konnte nicht einschätzen, was ihr Vater mit der Frage meinte. Wollte er wissen, ob sie nach dem frühen Tod ihres Mannes keinen Sex mehr gehabt hatte, oder fragte er sie, ob sie jemals wieder einen Menschen geliebt hatte.

»Warum hast du nicht wieder geheiratet?« fragte sie zurück.

Von Paul wußte sie, daß er mit anderen Frauen nach ihrer Mutter im Bett gewesen war. Er war Offizier gewesen, gutaussehend, mit guten Manieren, was im Militär zunehmend seltener wurde, außerdem wie sie stets reich. Mädchen, die Soldaten bewunderten, Mädchen, die ihre ärmlichen Verhältnisse vergessen wollten, warfen sich ihm an den Hals. Und er ließ es geschehen. Sie wußte, daß er ihre Mutter geliebt hatte, über ihren Tod hinaus. Vermutlich waren die Frauengeschichten nur eine Art Trost gewesen.

Aber seine Antwort hatte sie überrascht.

»Ich hatte dich«, hatte Paul gesagt.

Jetzt im Zug ging ihr seine Antwort wieder und wieder durch den Kopf. Ihr Verhältnis war weder gut, war bisweilen überhaupt kein Verhältnis. Wenn er jetzt etwas anderes behauptete, war es entweder eine Lüge oder der Versuch, seine letzten Lebenstage als Wiedergutmachung zu gestalten. Immerhin konnte sie an der Antwort ablesen, daß er nicht körperliche Liebe gemeint hatte, als er sie fragte.

»Ich hatte mich auch«, antwortete sie. Tatsächlich war die Frage eher, warum sie überhaupt einmal geheiratet hatte. Und die ehrliche Antwort, daß sie damals noch in Konventionen gefangen gewesen war. Als Frau heiratete man eben. Gebraucht oder gewollt hatte Nele das eigentlich nicht. Alles spielte sich jenseits von Liebe und Romantik ab. Sie hatte ihren Mann auf einem Reitfest an der Elbe kennengelernt und später erfahren, daß er schon am Abend vorher gegenüber seinen Kameraden angegeben hatte, daß sie morgen seine zukünftige Frau kennenlernen würden. Vom Gastgeber wurde sie an den Eßtisch gebracht und zur Rechten eines jungen Soldaten plaziert. Als er später auf seinem Pferd saß, hatte er ein Parteiabzeichen am Revers. Während des Essens hatten sie nicht viel geredet, und eigentlich fiel er Nele erst auf, als er das Reitturnier gewann. Auch das war eine abgekartete Geschichte gewesen, wie er ihr später freimütig erzählte, so wie er alles erzählte, nachdem er sie erst einmal zur Frau hatte. Er berichtete von seinen diversen Gebrechen, unter anderem dem Nierenleiden, erzählte von seiner Bewunderung für Hitler, legte seine Füße auf die Sofalehne, furzte beim Essen. Aber auf jenem Fest fand Nele, daß er ein guter Reiter war und ein guter Tänzer und vielleicht der interessanteste von allen jungen Männern um sie herum. Beim

Walzer bemerkte sie, daß seine Hand auf ihrem Rücken sich bewegte. Es hätte auch unabsichtlich sein können, aber als sie seine Augen suchte, hatte er sie geschlossen. Im Grunde war Nele klar, daß er zu schwach für sie war, aber als er nach Mitternacht mit seinen Freunden zu saufen anfing, trank auch sie ein Bier mit, was er als Zeichen des Einverständnisses interpretierte. Als die erste Rotte zum Pinkeln abzog, schnappte er sie sich, warf sie über die Schulter und lief mit ihr hinter einen Forsythienbusch. Nele wollte eigentlich nicht, aber jetzt ließ er sich nicht mehr aufhalten, besoffen und heiß vom Tanzen, wie er war. Er wußte, was seine Kameraden von ihm erwarteten. Seine Hand war kalt, als sie Nele unter das Kleid faßte, nicht an den Busen, sondern gleich zwischen die Schenkel. Sie wehrte sich nicht wirklich. Ihr war klar, daß so etwas eines Tages passieren mußte, und wenn es denn sein sollte, dann doch wenigstens mit dem Sieger des Turniers. Er knöpfte sich die Hosen auf. Aber statt sich auf sie zu werfen, setzte er sich plötzlich auf und stammelte Entschuldigungen. Peinlich war nur, daß Nele sofort erkannte, was ihre Entjungferung verhindert hatte. Es war nicht sein Anstand, es war das Bier gewesen. Trotzdem war sie mit ihm so intim gewesen wie mit keinem anderen Mann. Das rechtfertigte in ihren Augen und auch in seinen eine Hochzeit. Nur eben keine zweite, nachdem er sich wieder aus ihrem Leben verabschiedet hatte.

Das hatte sie ihrem Vater gestern allerdings nicht gesagt. Da hatte sie noch nicht das Gefühl, in die Passivität gefallen zu sein. Jetzt hätte sie gern mit ihm geredet.

Vom Zugtelefon hatte sie Georg angerufen, um den Wagen zum Hauptbahnhof zu bestellen, aber unbegreiflicherweise war er weit und breit nicht zu sehen. Sie nahm ein Taxi. Das Licht in Hamburg schien ihr schmutziger als sonst, und als sie die Stadt nach Osten durchquert hatte und an überwuchernden Knicks entlangfuhr, roch sie durch die Lüftungsanlage schon den Herbst. Ein zugewachsenes Schild wies auf das Grab Bismarcks hin, und sie bogen nach links ab.

Anfangs hatte sie Kriemhild jede Woche besucht, dann nur, wenn es gerade paßte, und schließlich machte sie sich nur jeden ersten Sonntag im Quartal auf nach Holstein. Schuldgefühle ihrer Tochter gegenüber hatte sie nie zugelassen. Kriemhild war immer nachgiebig gewesen, und letztlich ging alles auf ihren Fehltritt zurück, der für ein paar orgiastische Sekunden die Schändung eines ganzen Stammbaums in Kauf genommen hatte. Daß Kriemhild mit einem Schwarzen geschlafen hatte, war Nele noch unbegreiflicher als die Schwäche, mit der sie das Leben über sich ergehen ließ.

Nachdem ihr Zustand nicht mehr kritisch war, hatte sie für ihre Tochter eine Wohnung auf einem kleinen Bauernhof gemietet. Das Viehzeug tat Kriemhild gut, und das Pärchen, das im Alter ihrer Tochter war, betreute Kriemhild nicht nur gut, sondern sorgte offenbar auch gern für sie. Im Grunde ihres Herzens verstand Nele nicht, wie man einem fremden Menschen gegenüber so fürsorglich sein konnte. Wahrscheinlich bestätigten die Bauersleute nur das, wovon Nele schon immer überzeugt gewesen war, daß alle Menschen käuflich waren. Von dem Geld, das sie ihnen zahlte, konnten sie es sich leisten, den landwirtschaftlichen Betrieb bis auf ein paar Mohrrüben und Kartoffeln einzustellen.

Als das Taxi den Hof erreichte, stand dort ihr nachtblauer BMW, und Georg lehnte rauchend am Kühler, warf seine Zigarette aber sogleich fort, als Nele aus dem Taxi stieg. Sie fragte ihn mit einem zornigen Blick, wo er geblieben war.

»Ihr Herr Vater ist bei ihr«, antwortete er.

Nele trug ihm auf, das Taxi zu bezahlen, und ging hinter einem aufgeregt gackernden Huhn her zum Haus.

»Sie sind draußen«, beeilte sich Georg ihr mitzuteilen.

Nele ging um das Haus herum und durch ein ausgehängtes Tor auf eine kleine Wiese, wo ein Kaninchenverschlag stand. Dort sah sie zwei Menschen im Gras sitzen, beide weißhaarig, beide alt. Jedesmal vergaß sie und erschrak dann darüber, daß ihre Tochter nun eine alte Frau war, und sie äußerlich bereits überholt hatte. Das Kind, das sie einmal auf ihrem Schoß geschaukelt hatte, das kleine Mädchengesicht, war faltengezeichnet. Paul und Kriemhild saßen einander gegenüber und blickten sich an. Kriemhilds Verstand wollte den Großvater nicht erkennen, und mit all ihrer Aufmerksamkeit streichelte sie zärtlich ein schwarzes Kaninchen auf ihrem Arm und schaute durch den Mann vor sich hindurch. Als Nele neben den beiden stand, blickten sie auf, Kriemhild einfältig hinter der Grimasse aus Glück, die sie seit Jahren trug, Paul mit einem Ausdruck, der sein schmales Gesicht zu zerreißen schien.

Nele setzte sich zu ihnen ins Gras und faßte in die feste Narbe. Sie wußte nicht, wie lange sie keine Erde mehr berührt hatte. Paul lehnte sich auf seine Hände. In seinem Körper, in seinem Kopf, in seinen Gedanken sammelte sich alle Courage. Er hatte den Anschluß an das eigene Leben gefunden, war angekommen, begann von vorne.

»Als ich Arabella das erste Mal traf, war sie mit ihrem Mann auf dem Weg nach Crewo«, sagte er.

Kriemhild blickte ihn an, verstand aber seine Worte nicht. Nele jedoch traute ihren Ohren nicht. Daß ihre Mutter einen Mann vor Paul gehabt haben sollte, hatte ihr noch niemand erzählt. Wenn Paul nach Jahrzehnten jetzt unvermittelt begann, von ihrer Mutter zu reden, konnte das nur bedeuten, daß weitere Wahrheiten drohten, die ihre Ordnung ins Schwanken brachten.

Paul sprach leise weiter.

11

An Arabella wollte er in diesen Tagen am allerwenigsten denken und tat doch nichts anderes.

Sie campierten in Okosongoho. Die Zeltplane hing schlaff im windlosen Flimmern der erhitzten Luft. So erinnerte er den Krieg, ein einziges, in die Länge gezogenes Gähnen. Die Entscheidungsschlacht bloß ein schwaches Echo der nagenden Gefühle in ihm.

Er kniete, das offene Hemd nur von seinen Hosenträgern gehalten, neben einem Funkgerät, versuchte Kontakt mit dem zweiten Feldregiment unter Detrin herzustellen und haßte sein Leben.

Ein schrilles Pfeifen ertönte und verschwand nicht wieder, ein Knacken, dann ein paar deutsche Brocken, und die Verbindung war wieder unterbrochen.

Er hatte nicht bemerkt, wie Sethor herangekommen war. Er saß auf einem Schimmel, hatte die Sonne im Rücken und sah von oben auf ihn herab. Die ganze Situation hatte etwas Erniedrigendes, obwohl der General sich lediglich erkundigte, ob der Funk funktionierte.

Paul stand auf und nutzte die militärische Haltung, um die Distanz zu verringern. Das Gesicht des Generals stand von der Sonne umkränzt und war nicht zu erkennen. Er winkte ab, als Paul ihm die technischen Details des Funks erklären wollte, und forderte ihn statt dessen auf, mit ihm an die Spitze des Zuges zu reiten. Paul holte sein Pferd, streifte die Jacke über und saß auf. Das Regiment setzte sich in Marsch.

Die Hitze schlug nach ihnen, als sie an den müden Männern vorbei nach vorne preschten. Sethor hatte, seit Paul ihn das erste Mal sah, gut zwanzig Pfund abgenommen. Er war ein Sadist und ein Schwein, trug das Soldatische aber mit beeindruckender Stattlichkeit zur Schau. Die Infanteristen ließ er behelmt und mit um die Füße schlappenden Stiefeln durch den Busch schlurfen. Während die Truppen nur in Stößen atmeten und mit heraushängender Zunge marschierten, saß er zu Roß und hatte genug Luft, »Ein Jäger aus Kurpfalz« zu pfeifen.

Von allen Seiten näherten sich die deutschen Truppen nun dem Waterbergmassiv. Der Preis für eine so große Truppe waren Schwarzwasserfieber und Typhus. Aber auch seine Soldaten waren Sethor egal.

»Sie kennen das Land«, stellte er fest, ohne darauf zu achten, ob Paul ihm zuhörte.

»Und man sagt, daß Sie ein guter Soldat sind.«

Major Quandt grüßte knapp, als sie die Spitze des Zuges erreichten. Es war ein erhabenes Gefühl, vor einer ganzen Armee zu reiten. Sethor drängte sein Pferd weiter und ließ die anderen Offiziere zurück. Er wollte ungestört mit Paul reden.

»Sie wissen, daß ich Sie gut gebrauchen kann. Aber ich weiß nicht, ob auf Sie Verlaß ist«, sagte er unumwunden, als sie endlich allein ritten.

»Wegen meines Vaters?« fragte Paul zurück.

Sethor kratzte sich mit der Gerte den Rücken.

»Ich kann mir zwar vorstellen, daß Sie als Sohn nicht begeistert über seine Entmachtung sind, aber als Offizier werden Sie sich im klaren darüber sein, daß sie nötig war.«

»Was läßt Sie dann an mir zweifeln?«

»Ihre Verbitterung. Seit Sie aus Swakopmund zurück sind, steht ihnen der Verdruß ins Gesicht geschrieben. Ich kann mir keinen Mann leisten, der nicht bei der Sache ist, oder schlimmer, einen Offizier, der lieber tot wäre.«

Sethors vertraulicher Ton irritierte Paul. Seitdem er nach jener unsäglichen Nacht, in der er Assa und Arabella gesehen hatte, wieder bei der Truppe war, hatte er nur knappe Befehle gesprochen.

»Ich wäre nicht lieber tot.«

Sethor lächelte und löste damit Befremden bei ihm aus. Je vertrauter er sich gab, desto unangenehmer berührte es Paul.

»Sehen Sie, Paul, Ihr Vater hat die Hereros, wo immer er sie stellen konnte, nicht richtig gepackt.«

»Mein Vater hatte ein Zehntel der Männer, die Sie haben.«

»Es ist eine Frage des Wollens. Man darf sie nicht entkommen lassen. Unsere Truppen sind noch immer nicht ausreichend, um eine vollständige Einkesselung zu bewerkstelligen.« Sethor nahm seine Brille ab und putzte sie mit zwei Fingern.

»Wenn wir sie in einer südwestlichen Linie umstellen, drücken wir sie immer weiter gegen das Massiv und sparen Männer, weil wir den Norden nicht besetzen müssen«, erwiderte Paul. Sethor setzte seine Brille wieder auf. Er sah ihn interessiert, fast amüsiert an.

»Bleibt der Osten.«

»Da ist die Omaheke, und im Winter gibt es dort nur nackte Dornensträucher. Da können sie nicht durch.« Während Paul das sagte, erinnerte er sich an den Vorschlag von Arabellas Mann, den Hereros die Omaheke als Reservatsgebiet anzuweisen. Damals, am Tag, als alles anfing. Und nun war er es, der den Gedanken anstieß, das Hererovolk in die Wüste zu schicken.

»Und falls sie doch dorthin durchbrechen würden?«

Die Frage war offensichtlich hypothetisch. Doch während des Gesprächs wurde sein Liebesschmerz zu Haß, und der Kampf, den Sethor wollte, erschien ein Ausweg aus seiner Enttäuschung.

»Dann verdursten sie«, sagte er.

»Es hat einen gewissen Reiz, daß die Landesnatur sich gegen das Volk richtet, das sie hervorgebracht hat. Aber nehmen wir an, sie ziehen sich nicht nach Osten zurück.

Dann bleibt immer noch eine Linie von fast zweihundert Kilometern zwischen den Omboroko-Bergen und Walkune, die besetzt werden muß. Das macht eine einheitliche Gefechtsleitung unmöglich. Und das wiederum wirft die Frage auf, wie wir unsere Verbände so koordinieren können, daß wir den Feind einfach wegkartäschen.«

»Das Funkgerät können Sie vergessen.«

»Also mit dem Heliograph und nachts per Lampe.«

»Dann müßte der Relaisposten sehr hoch liegen. Man müßte von überall freie Sicht haben, und es dürfte keine Hindernisse geben.«

»Richtig. Was denken Sie?«

»Es gibt nur einen hohen Punkt, den Waterberg. Aber dort werden sich die Hereros längst verschanzt haben.«

»Es käme auf einen Versuch an. Ich unterstelle Ihnen den Signaltrupp. Sie machen den Aufstieg von Norden.«

Das war ein Befehl in Pauls Sinn. Er hatte lange genug mit den verschiedenen Geräten gemorst.

»Und jetzt zu ihrer Schwermut.«

Paul sog den Sand aus seinen Zähnen.

»Ich würde es vorziehen, nicht darüber zu reden.«

»Dann würde ich es vorziehen, einen anderen auf den Waterberg zu schicken.«

Den Rüffel steckte er ein.

»Sie haben recht, es ist nicht wegen meines Vaters. Eine Frau bekommt ein Kind, und ich weiß nicht, ob es von mir ist.« Paul hörte aus seinem eigenen Mund, was er nicht wahrhaben wollte.

Sethor spitzte die Lippen zu einem unhörbaren Pfiff.

»Lieben Sie die Frau?«

»Ja.« Eine Weile schwieg der General.

»Arabella Weber, die Frau des ermordeten Farmers, die so lange in der Hand der Hereros war.«

Seine Verblüffung konnte Paul nicht verbergen. Sethor

freute sich über sein Erstaunen, das vor allen Dingen belegte, wie sehr Paul ihn unterschätzt hatte.

»Gustrow-Neuberg«, schlußfolgerte Paul schließlich, und Sethor grinste väterlich.

»Er meint auch, das Kind könnte von einem Herero sein.«

»Vergewaltigungen gehören zum Krieg«, erwiderte Paul.

»Das allerdings meint Gustrow nicht. Er glaubt, sie ist nicht gezwungen worden.«

Zwei Witbooi-Späher in deutschen Diensten standen am Wegrand. Sie hatten einen toten Löwen gefunden, dem eine Stachelschweinnadel in der weichen Schnauze steckte. An der Entzündung war er krepiert, nachdem er es gefressen hatte.

»Hören Sie, Kavea, die Sache ist doch ganz einfach. Lassen Sie das Kind zur Welt kommen. Ist es weiß, ist es Ihres, und wenn es schwarz ist, werfen Sie es in den Atlantik und die Frau gleich hinterher.«

Eine Reihe von Bojen zog einen dümpelnden Weg vom Ende der Mole bis zur Landzunge. Am äußersten Punkt des Landes war ein Leuchtfeuer. Bis hier war Arabella hinausgewandert, starrte nach Westen, während das Licht die wabernden Nebel schälte. Nach Tausenden von Kilometern warfen sich die Wellen Arabella vor die Füße. Beim Ablaufen ließen sie kleine Priele zurück. Weiter draußen krängten die Boote in der Dünung, und Arabella strich über ihren Bauch, der sich nun deutlich unter ihrem Kittel abzeichnete. Ihr Bauchnabel hatte sich aus seiner Höhle nach außen gekehrt. Sie war im letzten Drittel der Schwangerschaft, stand unter Hausarrest und wohnte nur noch auf Befehl der Militärführung in Wortmanns Haus. Gabriele Wortmann hätte sie nach dem Vorfall mit Assa gern vor die Tür gesetzt.

Steffens bekam sie nicht mehr zu Gesicht. Er hatte seine Wunde überlebt, wurde aber in einem Lager gefangengehalten. Ihm sollte der Prozeß gemacht werden.

Gustrow-Neuberg saß vor einem der Lagerschuppen und beobachtete sie. Immer wieder begegneten sie sich. Allerdings waren die Möglichkeiten, sich aus dem Weg zu gehen, auch sehr begrenzt. Gustrow hatte angefangen zu rauchen, als er merkte, daß sein Leben als ihr Schatten keine weitere Abwechslung bringen würde. Arabella mußte zusehen, wie die Schiffe kamen und gingen.

Gustrow-Neuberg versuchte, den Tabak nicht aus dem Blättchen fallen zu lassen, während er drehte. Sie rechnete damit, daß er auch Paul weiter über sie informierte, und es tat ihr leid um ihn. Sie wäre gern aus seinem Leben verschwunden, statt ihn immer weiter zu quälen.

Es gelang Arabella wieder schlechter, sich auf das boxende Kind in ihrem Bauch einzulassen. Sie versuchte, mit ihm zu reden, aber es entwischte ihrer Ansprache wie ein Fisch, den man mit bloßen Händen fangen will. Die Hautfarbe des Kindes machte es unsichtbar. Und doch war es gerade wegen seiner Ungreifbarkeit ihr Kind, war es der Spiegel, in dem sie durch sich hindurchsah.

Einen Tabakkrümel von seiner Lippenspitze zupfend, kam Gustrow-Neuberg zu ihr herüber.

»Da kommt nur noch Amerika«, sagte er.

»Sie müssen nicht mit mir reden«, erwiderte Arabella.

»Ich wollte Ihnen auf Wiedersehen sagen. Ich reise morgen ab ins Feld.«

»Und wer paßt dann auf mich auf?«

»Ihr Baby«, erwiderte er lakonisch.

»Es kommt zur Entscheidungsschlacht am Waterberg.« Gustrow-Neuberg spuckte gelben Tabakspeichel gegen einen Stein.

»Soll ich Paul grüßen?«

Sie nickte.

»Haben Sie Ihren Ruf nach Ostafrika erhalten?«

»Ja, bereits vor ein paar Wochen. Von Bülow persönlich. Wenn das hier vorbei ist, geht es gleich weiter.«

Am Nachmittag des 9. August ritt Paul an der Spitze von fünfzehn Mann von Otjenga aus auf das Waterbergmassiv zu. Abends hatte er noch Funkverbindung mit dem Hauptquartier, und ihm wurde berichtet, Gustrow-Neuberg sei wieder im Stab und solle Paul von Arabella grüßen. Daß ihm ihre Grüße übermittelt wurden, bedeutete, daß Sethor Paul für gefestigt hielt. Tatsächlich kostete es ihn viel Energie, sich nicht ablenken zu lassen.

Paul gab seinen Männern den Befehl, die Rangabzeichen abzuschneiden. Die Hereros schossen jetzt gezielt auf die Offiziere. Dann ritten sie los, genau auf den unendlich nah scheinenden siebensternigen Orion zu. Der Ritt verlief ruhig und ohne Feindberührung. Ebenso ruhig lag plötzlich in der Dunkelheit der Waterberg vor ihnen. Statt der protzigen Flanke, die der Berg nach Süden hin aufwarf, war hier ein allmählich steigendes Geröllfeld, das aussah, als hätten es gigantische Termiten zernagt. Sie schirrten die Pferde ab und begannen beim spärlichen Mondlicht den Aufstieg. Ihr Gepäck bestand aus einem zerlegten MG, dem Heliographen und der Lampe, sowie Ausrüstung, Patronen und Hartbrot und Konserven für mehrere Tage. Es war eine elendige Schinderei. Die Steine waren scharfkantig, und mehr als einmal rutschte unter den Stiefeln loses Geröll weg. Die Männer schlugen sich die Ellenbogen oder die Stirn blutig. Bis halb vier dauerte der Aufstieg, dann erstreckte sich das laubwaldgefleckte Hochplateau vor Pauls Trupp. Giraffenakazien wuchsen hier, Eukalypten und Rotdornbäume. Nach einer kurzen Rast teilte Paul die Gruppe und machte sich mit sechs Mann zu einem Marsch an den Südhang der Ebene auf, während die anderen bei der Ausrüstung Position bezogen. Noch immer waren sie nicht auf Hereros gestoßen. Das Gewehr im Anschlag, wenn es möglich war, im Mondschatten von Bäumen, legten sie zwölf Kilometer zurück. Es war unerwartet kalt und nur zu trocken, um von Frost zu sprechen. Beim ersten blassen Tageslicht erreichten sie die Südflanke. Ein steiler Fußweg führte in die Ebene hinunter. Und da waren sie, Hererowerft an Hererowerft. Doch der Waterberg war feindfrei. Unter ihnen lag Südwestafrika, von oben tennenglatt, gemasert von unzähligen Wildwechseln, die silbern den Morgen schraffierten.

Es klopfte. Arabella hatte dem Näherkommen der Schritte auf dem Flur gelauscht und ließ trotzdem eine Weile verstreichen, bis sie aufstand. Die Tür wurde ohne ihre Antwort geöffnet, und Steffens stand im Rahmen. Er trug Gamaschen um die Waden und einen Rucksack auf dem Rücken.

»Suchst du noch ein Schiff nach Deutschland?«

Arabella sah ihn entgeistert an.

»Dann komm. Ich warte unten. Nimm nur das Nötigste mit. Wir müssen ein Stück gehen.«

»Ich darf nicht weg.«

»Ich auch nicht. Es ist kein offizielles Schiff.«

Steffens machte auf dem Absatz kehrt, und die Schritte entfernten sich.

Arabella besaß weniger als das Nötigste. Plötzlich überfiel sie Hast. Sie riß Leinenhose, Hemd und Jacke aus ihrem Schrank, die dort frisch gewaschen lagen, und schlüpfte hinein. Und auch wenn sie die Hose nun unter dem Bauch tragen mußte und obwohl der Geruch der Wildnis durch Seife ersetzt worden war, hatte sie die Steppe sofort wieder umfangen. Die Textur des Stoffes hatte das Abenteuer in sich aufgenommen.

Sie warf sich ihre Jacke über und band sich ein Halstuch um, dann lief sie hinter Steffens die Treppe hinab.

Den ganzen Tag und die darauffolgende Nacht hatte Paul hinter seiner Station gehockt und geblitzt. Seine kleine Stellung über der Pad war zu einer richtigen Festung geworden. Sie hatten Steinmauern um die Zelte errichtet und dem Maschinengewehr ein Nest gebaut. Unter ihnen lagen bei Sonnenlicht die Pontoks der Hereros und bei Nacht die unzähligen Feuer, die das Land wie mit einem Ausschlag überzogen.

Die deutschen Abteilungen meldeten regelmäßig, daß sie ihre Gefechtsstellungen eingenommen hatten. Paul blinkte ihre Einsatzbereitschaft in das Hauptquartier. Und dann war der 11. August da, und sie kamen mit den Berichten nicht mehr hinterher. Schon zwei Stunden nach Sonnenaufgang war die Schlacht im vollen Gange. Die Hereros krallten sich in ihren Stellungen fest, während die Artillerie mit Flaschenbatterien ihre Werften in Schutt und Asche legte.

Über dem Hauptquartier stieg ein Antennenballon auf, um ihre Station zu entlasten, aber er wurde prompt abgeschossen. Bis zu ihnen herauf hörten sie das Singen und Klatschen der Hererofrauen, wenn sie ihre Männer in den Angriff auf die deutschen Schützenketten trieben. Irgendwo dazwischen mußte auch Assa sein, den Sambjok über seinen eigenen Leuten schwingend, um ihren Mut anzuheizen, dachte Paul. Das Grollen der Geschütze, der Rauch des Mündungsfeuers, die Salven der ratternden MGs übertönten die Hereros aber bald. Dann wurde die zweihundertfünfzig Mann starke deutsche Abteilung unter Major Quandt überrannt und vollständig aufgerieben. Richtung Omuveroume entdeckten sie eine Staubwolke und meldeten die Ankunft Detrins.

Die Hereros hatten inzwischen erkannt, welche Bedeutung das ständiges Blitzen auf der Klippe hatte, daß Paul das Auge des ganzen Heeres war. Mit einem Angriff hatten er und seine Männer im Grunde immer gerechnet, waren dann aber doch überrascht, als er erfolgte. Die ersten Schüsse fielen in ihrem Rücken und nicht, wie sie erwartet hatten, von unten, die Pad hinauf. Deshalb hatte es so lange gedauert, bis die Hereros sie attackierten, wie Pauls Männer hatten sie nicht den steilen Aufstieg genommen, sondern waren über die Nordseite gekommen.

Die Deutschen erwiderten das Feuer sofort. Pauls Sergeanten traf ein Schuß in den Oberschenkel, seinen Adjudanten erlegten sie von hinten mit einem Pfeil, dessen geschliffener Affenknochen vorne wieder aus dem Hals trat. In die peitschenden Schüsse brüllte er den Befehl, das Maschinengewehr flach zu halten. Das Feuer der Hereros wurde stärker, und zwei weitere Mann sackten mit Treffern in Brust und Kopf zu Boden. Dann fiel das MG durch Laufquellung aus. Drei Mann versuchten, das glühende Eisen auszutauschen. Während dieser Zeit hielten sie die Verteidigung nur noch zu neunt, mit einfachen 98ern. Die Hereros merkten, daß dies ihre Chance war, und stürmten schreiend heran. Paul ließ alle Männer das Feuer einstellen. Der Schütze des MGs verlor eine Hand. Wimmernd lag er auf dem Boden und hielt sich seinen Stumpf. Da sah Paul Assa. Es war nur ein kurzer Moment, dann war er wieder verschwunden. Trotzdem befahl Paul alle Feuerkraft auf diesen einen Punkt, und obwohl seine Männer ihn ungläubig anblickten, obwohl die ganze rechte Flanke inzwischen offen lag, ließ er sich nicht abbringen. Er befahl zu feuern, und Salve auf Salve peitschte durch das Gras. Die Hereros stürmten auf der rechten Seite vor, waren fast auf zwanzig Schritte heran, als Pauls Männer den neuen MG-Lauf doch noch in die verzogene Flansch pressen konnten. Strotzend setzte das MG ein. Das Kriegsgeschrei erstarb, und die Hereros wurden niedergemäht. Aus der Gewehrmündung zischte eine Linie aus Kugeln in ihre Körper. Paul ließ die Seitengewehre aufpflanzen und stürmte im Laufschritt über die Verletzten und Fliehenden, er ließ jeden einzelnen Mann töten und blickte danach jedem Toten ins Gesicht. Aber Assa war nicht darunter.

Arabella folgte Steffens an das südliche Ende von Swakopmund. Die Sonne hatte den Nebel an diesem Tag aufgesogen. Ihre Strahlen stachen wie Klingen. Sie gingen an den Schuppen vorbei, vor denen Paul sie mit Assa ertappt hatte, und stiegen dann die große Düne hinauf, über die der Herero geflüchtet war.

»Wo haben Sie das Boot her?«

»Es gehört einem Buren. Man kann ihn mieten, und er ist ein erfahrener Brandungssegler.«

Der Sand ließ ihre Tritte verschwimmen. Sie verloren bei jedem Schritt eine halbe Beinspanne. Steffens stapfte vorwärts, ohne sich nach ihr umzudrehen. Arabella wurde von ihrem dicken Bauch nach vorne gezogen und sie nahm die Hände zu Hilfe.

»Warten Sie«, rief sie, als der Mann hinter der Dünenkuppe verschwunden war. Schließlich erreichte auch Arabella den Grat, hinter dem Steffens stand und ihr Wasser aus einer Feldflasche anbot.

»Haben Sie vom Waterberg gehört?«

Arabella schwieg und gab ihm die Feldflasche zurück.

»Es ist zur großen Schlacht gekommen. Sethor hat alle Hererostämme am Waterberg eingekesselt. Aber sie haben den Durchbruch geschafft.«

Arabella ging weiter, jetzt die Düne hinab.

»Sie verkaufen es als großen Erfolg. Eine Entscheidungsschlacht à la Sedan. Tatsächlich sind unsere Verluste im Vergleich aber höher als die der Hereros, sofern man das schätzen kann. Sie lassen ihre Gefallenen ja nie zurück. Aber das wissen Sie vermutlich besser als ich.« Er hielt Arabella am Arm fest. In seinem Gesicht hatte getrockneter Schweiß eine Kriegsbemalung hinterlassen.

»Unser Freund Assa hat seine Leute vortrefflich geführt. Und er lebt. Das wollte ich Ihnen nur sagen.«

»Und Paul?«

»Paul von Kavea lebt auch.«

Als Steffens weiter über die Dünen lief, ging Arabella nicht mit.

Sethor führte stets einen Klappstuhl mit sich, den er bei jeder Gelegenheit auf- und abbaute. Lächerlichkeit und Heimtücke lagen bei ihm dicht beieinander, während des ganzen Gesprächs nach der Schlacht fummelte er an dem Stuhl herum.

Paul war zum Sekretär ernannt worden, die anderen Offiziere ahmten den Aufmarsch im Spiegelsaal von Versaille 1871 nach, die Hände hinter dem Rücken, den Säbel vor dem Bauch, in Tressen, Litzen und mit Fangschnurgeklunker, obwohl die große Vernichtungsschlacht am Waterberg militärisch ein Debakel gewesen war. Die Hereros waren in der Nacht abgezogen, achtzigtausend Menschen waren unbemerkt an den Deutschen Linien vorbeigelangt. Paul starrte auf die Worte, die er eben geschrieben hatte.

»Mann, Kavea, tun Sie nicht so. Es war doch Ihre Idee«, sagte der General. »Der Neger beugt sich keinem Vertrag, sondern nur der rohen Gewalt.«

»Ich habe nie gesagt, daß alle Hereros erschossen werden sollen.«

»Sie haben vorgeschlagen, den Feind in das große Sandfeld zu schicken. Und das ist tatsächlich die sauberste Lösung. Wir sparen Munition, und das Volk hört auf zu existieren. Damit dürften Sie, ganz nebenbei bemerkt, auch Ihren Nebenbuhler los sein.« Sethor lachte sein glucksendes Lachen.

Paul hatte gehört, daß Assa im Zentrum des Kampfes neben Samuel gefochten hatte. Was aus ihm geworden war, konnte ihm keiner berichten.

»Wir könnten sie einholen und festsetzen, in einem Reservat zum Beispiel«, versuchte Paul seine Skrupel zu kaschieren.

»Kompletter Unsinn. Das hat schon mal zum Krieg geführt«, fauchte Oberst Detrin von der Seite. Sein Gesicht und sein ganzer Körper waren noch ausgemergelt, seine Wangenknochen stachen unter der Haut hervor. Er hatte den ersten Verfolgungstrupp geführt und war weit ins Sandfeld hinter den Flüchtenden hergeritten. Ein ganzes Volk zog mit allen seinen Rindern durch die wasser- und vegetationslose Todesebene der Omaheke. Detrins Leute waren fast verhungert, als sie wieder auftauchten. Sie hatten den Proviant halbiert und die Hälfte für den Rückweg aufgespart, trotzdem aber alle Pferde zurücklassen müssen, nachdem sie die Tiere zwei Tage durch den Sand gezerrt hatten. Für die Pferde gab es nicht genug Wasser. Erst fielen sie hin und wurden hochgeprügelt, dann blieben sie liegen und wurden durch Kopfschüsse erlöst. Äste und Dornen zerrissen, was die Sonne noch von den Gesichtern und Händen der Männer übriggelassen hatte. Was grün war, hatten schon die Hereros aufgegessen. Und überall lagen ihre verwesenden Rinder herum. Die meisten Tiere waren aufgebrochen, um aus ihren Gedärmen die Feuchtigkeit zu lecken. Aasgeier waren überall, so viele wie Spatzen. Sie hackten selbst noch lebenden Tieren die Augen aus. Und alles war voll blökender Angoras und jammernder Bockies. Die Wasserstellen waren versiegt, wenn es noch etwas Feuchtes gab, war es eine schwarze Tunke, in der aufgedunsene Kadaver schwammen. In ihrer Pein hatten Detrins Leute dennoch daraus getrunken, hatten die Brühe aus Kuhhaaren und Fett abgeschöpft und dann in das Wasser gekotzt.

»Eine Verfolgung ist unmöglich, von Kavea.«

Ruckartig sprang Sethor aus seinem Feldstuhl.

»Die Hereros haben diesen Krieg begonnen. Jetzt werden sie die Folgen auch tragen. Entweder reiben wir sie auf, oder Gott tut es. Aber keinesfalls werde ich zulassen, daß uns zurückkehrende Hereros die letzten Proviantreserven wegfressen oder mit irgend etwas anstecken.«

»Man wird die Grenzen des Sandfeldes kontrollieren müssen«, wandte Paul ein. »Starke Verbände werden hier gebunden bleiben.«

Sethor blickte ihn lautlos lachend an.

»Eine schöne Aufgabe für den Sohn des ehemaligen Gouverneurs. Alle frei laufenden Hereros werden erschossen oder ins Sandfeld zurückgetrieben. Ein Land, das für ein weißes Volk und weiße Arbeit geeignet ist, wird leichter weißes Arbeitsland, wenn die schwarze Unterrasse fehlt. Wo der Weiße Zukunft finden will, muß zuvor der Neger weichen.«

Arabella sah Paul erst wieder, nachdem Theodor von Sethor durch den früheren Generalkonsul von Kapstadt, von Lindquist, abgelöst worden war. Sethor hatte den Pour le mérite für seinen siegreichen Feldzug bekommen. Das war im November 1905, und ihr Kind war schon zehn Monate alt. Sie hatte Paul nach Gobabis geschrieben, daß er eine Tochter bekommen habe und daß sie Nele heißen solle.

Paul erhielt den Brief, als er von einer Patrouille entlang des Eiseb zurückkam. Er war auf ein etwa zwanzig Meter tiefes Loch gestoßen. Die Hereros hatten auf ihrer Flucht vergeblich versucht, das Wasser aus seinem unterirdischen Reich an den Tag zu zwingen. Als Paul an den Rand trat, sah er auf mumifizierte Leichen hinab. Schulter an Schulter saßen die Menschenleiber auf der Erde. Die Köpfe hingen tief auf die Brust. Viele hatten sich bei ihrem Nachbarn angelehnt, die Münder offen, waren sie nach Wasser schnappend wie Fische verreckt. Eine Frau lag mit einem

Kind im Schoß auf den Knien eines Jungen und starrte Paul aus ihren eingetrockneten Augen an. Er ließ die Hereros verbrennen.

Als er Arabellas Brief in der Garnison las, mußte er weinen. Er schrieb ihr zurück, wie glücklich er war und daß er kürzlich in Crewo gewesen war und ihr altes Farmhaus noch immer stand. Er habe nur zwei Warzenschweine aus der Küche getrieben, ansonsten sei das Haus unversehrt, er habe sogar den Fotoapparat gefunden, den der junge Soldat am Tag des Aufstandes vergessen habe.

Weder Arabella noch er gaben ihre Verblüffung darüber zu, daß das Kind weiß war. Arabella nahm es als Geschenk, und Paul schämte sich, daß er je etwas anderes angenommen hatte. Weder sie noch er entschuldigten sich für ihr langes Schweigen. Beide akzeptierten die Wortlosigkeit des anderen, weil es auch die eigene gewesen war.

Theodor von Sethor hatte Pauls Antrag auf Vaterschaftsurlaub mit Hinweis auf den Krieg gegen die Nama abgelehnt. Hendrik Witbooi hatte den Untergang des Hererovolkes als Zeichen göttlichen Feuers interpretiert und den Deutschen den Krieg erklärt. Er wollte ihre Gottgeißel sein, aber auch den Nama gegenüber war das Schicksal und General Sethor unbarmherzig.

Lediglich aus Arabellas Briefen erfuhr Paul, wie Nele anfing da-da zu sagen und nach allem zu greifen. Daß sie sich für ihr Alter zu früh aufsetzen konnte und nachts warm atmend an der Seite ihrer Mutter schlief. Er schrieb ihr Zukunftsbilder zurück, so weit reichte seine Phantasie schon wieder. Wie sehr er sich darauf freute, dem Kind das Reiten beizubringen, Lesen und Schreiben, und wie gern er sich nachts, nach Tagen voller Gerippe und geriffelter Schädelbeine, vorstellte, seine kleine Hand zu streicheln und etwas vorzusingen, damit es einschlief.

Schließlich traute er sich, Arabella ihr altes Haus als neue Heimat vorzuschlagen. Crewo, wo er sie als Schatten hinter den aufgespannten Laken gesehen hatte, sei doch noch immer ihre Farm. Sie stimmte sofort zu. Und fortan schmiedeten sie gemeinsam Pläne. Paul wollte Karakuls halten, den Schuppen zum Schurraum umbauen, vielleicht vom Brunnen aus eine Dränage bauen, um Melonen anzupflanzen. Arabella schlug vor, Oryxantilopen zu halten, deren Leder besonders weiche Schuhsohlen gab, oder Strauße, deren Fleisch weich war und trotzdem wie Rind schmeckte, auch Baumwolle könnte man versuchen.

Die Briefe an Arabella ersetzten Paul inzwischen das Tagebuch, und er war für sie zu einem anwesenden Partner geworden.

Lesend lernten sie sich neu kennen, stellte sich wieder Vertrautheit zwischen ihnen ein. Paul berichtete aus freien Stücken, was er über Assa Riaruas Tod erfahren hatte. Seine Aufgabe war mittlerweile umdefiniert worden, auf Drängen der Rheinischen Mission war die Abriegelung des Sandfeldes aufgehoben worden, und Pauls Truppe suchte jetzt nach Überlebenden, die in einem Konzentrationslager bei Namutoni interniert wurden. Sie hatten eine Gruppe von vielleicht achtzig Hereros aufgegriffen, von denen etwa die Hälfte den Marsch nach Namutoni überlebte. Obwohl sie den Schutztrupplern leid taten, mußten sie die Gefangenen mit dem Sambjok antreiben. Die Ketten, die man ihnen trotz allem nicht erlassen wollte, scheuerten den Hereros eitrige Schürfwunden ins Fleisch.

In der Gruppe war auch eine junge Frau, die bis zum Skelett abgemagert war. Sie zog ihre blinde Mutter an einem Ochsenriemen hinter sich her. Von ihr erfuhr Paul, daß dies die Gruppe war, die Assa in das Betschuanaland hatte führen wollen. Als sie vor Durst und Entkräftung nicht mehr weiterkonnten, öffnete sich Assa Riarua die Pulsadern und gab ihnen sein Blut zu trinken. Die Frau und ihre alte Mutter waren die letzten, die aus seinem Arm tranken. Er starb ausgeblutet auf ihren Knien.

12

Nele besaß nichts mehr, womit sie sich stützen konnte. Das Rüstzeug, mit dem sie Schwäche, Nachgiebigkeit und Wankelmut pariert hatte, hatte sie aus der sicheren Überzeugung bezogen, es gäbe einen Kern, der sich zu verteidigen lohnte. Und jetzt hatte ihr Vater alles auf den Kopf gestellt. Die Wurzeln ihres Stammbaumes zappelten als Zweige im Wind, sie selbst, Nele von Kavea, war eine Schwarze, eine Negerin. Es war Nachmittag geworden. Die Sonne fügte sich bereits in ihren Untergang. Ihr Vater war nicht ihr Vater, und Nele war nicht Nele. Nur Kriemhild war die, für die sie sich hielt. Und neben ihr war Cosima der einzig lebende Mensch, mit dem sie blutsverwandt war. Noch konnte Nele den Stachel nicht greifen, der in ihrem Fleisch steckte, noch war alles frisch, und sie konnte Paul nur nachblicken, als er aufstand, sich mit einer Art Verbeugung von ihr verabschiedete und in gerader, jugendlich wirkender Haltung fortging. Ihr Leben lang hatte sie das Gefühl gehabt, etwas bewahren zu müssen, und plötzlich war alles egal, nichtig. Sie blieb vor Kriemhild sitzen, allein wie unter dem Kameldornbaum bei Gewitter. Sie spürte ihre Kopfhaut, als würde Regen darauftropfen, und sie fühlte ihre Wirbelsäule, als liefe Wasser innenwärts an ihr hinunter.

Sie mußte mit Cosima reden. Sie stand auf, fuhr ihrer Tochter mit der Linken fahrig über den Kopf und hatte plötzlich Heimweh nach dem Haus, mit dem sie das verband, was sie noch von sich wußte.

Die Landung beendete einen dröhnenden Schlaf abrupt.

Nele hatte lange wach in dem gedimmten Licht der Bordbeleuchtung gesessen. Es war nur halb richtig gewesen, wenn sie gedacht hatte, daß der Zorn auf ihre Mutter sie geprägt hatte. Arabella war nur zufällig ihre Mutter gewesen. Der Widerspruch lag schon vorher in ihr selbst. Vom langen Sitzen tat ihr alles weh, und sie mußte ihre ganze Kraft darauf verwenden, Contenance zu bewahren. Auf ihr Rückgrat hatte sie sich immer besonders viel eingebildet, nun war es ihre Schwachstelle geworden.

Irgendwo zwischen einem Luftloch und dem Wendekreis des Steinbocks war sie aufgewacht. Sie flogen über Afrika, und man sah nur Schwarz. Dann kam eine Stadt in Sicht, trüb leuchtend und mit weitem Abstand zur nächsten. Das Licht des alten Kontinents war über ihr am Firmament, dort scharten sich Sterne zu Lachen aus Licht. Erde und Himmel schienen vertauscht.

Das Flugzeug vibrierte leicht, als der Luftwiderstand stärker wurde, und langsam ging das Rütteln des Blechs in ihre Knie und wanderte von dort in den Rest ihres Körpers, in dem Bilder, Klänge und Gerüche der Kindheit durcheinandergestoßen wurden.

Als die Maschine zur Landung ansetzte und Nele sich mit einem Taschentuch den Schlaf aus den Augenwinkeln wischte, sah sie, wie das Land sich unter dem schnell niedergehenden Schatten der Maschine wegduckte. Sie träufelte Kölnisch Wasser auf eine behäkelte Ecke und tupfte sich die Stirn. Es war fast siebzig Jahre her, daß sie dieses Land verlassen hatte, und sie konnte nicht fassen, daß sie derselbe Mensch sein sollte, der als Kind hier herumgelaufen war. Vielleicht war sie es ja auch nicht. Sie preßte ihre Finger auf die Ohren. Es knackte, als zerbräche eine Nuß. Die Maschine setzte auf, und über eine offene Gangway betrat Nele die Landebahn, wo die Wärme bereits flirrende Luftspiele über die betonierte Piste Windhoeks warf. Den Weg zum Einreiseterminal legte sie in einem schaukelnden Bus zurück. Von den Türen der Flughafenfahrzeuge hatte man das Staatssymbol Südafrikas abgekratzt. Autos und Lotsenwagen hatten eine klaffende Wunde im Lack.

In einem Taxi fuhr sie die gleiche Strecke, die Cosima vor acht Stunden mit Ketelsen gefahren war, nahm hinter Osana aber den Hauptweg nach Okahandja. Nele versuchte die Bilder mit ihren Erinnerungen abzugleichen. Dies war die Straße, die sie als Baby zusammen mit ihren Eltern von Swakopmund entlanggefahren war, dies war auch ihr Fluchtweg gewesen, als sie als Kriegsverlierer das Land wieder verließen. Hier irgendwo mußte sie das vierunddreißigste Nashorn gerammt haben, und in den Bergen ringsumher mußte jener Mann geritten, geschlafen und gekämpft haben, der ihr Vater gewesen war. Ein Menschenleben später war alles anders und glich doch ihrer Erinnerung. Sie war nicht mehr die Enkelin des früheren Gouverneurs, sondern stammte von einem schwarzen Eingeborenen ab. Die Maßstäbe, mit denen sie als Kind gemessen hatte, waren überkommen. Ihre Perspektive war seitenverkehrt wie der Linksverkehr.

Sie erreichten Okahandja, eine Stadt aus Sand, der den Beton der Straße zentimeterdick überdeckte. Ein vollgestopftes Sammeltaxi kam ihnen entgegen.

In einem Hauseingang sah sie einen Jungen, der ein paar Spatzen in einem Käfig mit dicken Käfern fütterte. Es war der Eingang zu einer Schlachterei. Im Schaufenster hingen gerupfte Spatzen an einem Bein von einer Schnur.

Das Hotel, in dem sie logierte, hieß »Barmen« und war ein viergeschossiger Flachbau, der an der Stelle des alten Missionshauses hochgezogen worden war, höher als der Antennenhimmel. Nele bekam ein sauberes, frisch renoviertes Zimmer, das noch immer nach Teppichkleber roch. Sie legte sich erschöpft auf das Bett und lauschte auf die Motoren der Stadt und eine verheulte Polizeisirene. In der Rauhfaser der Tapete versuchte ihr müder Blick vergeblich, Ordnungsprinzipien zu entdecken. Draußen wurde es Abend, und das Leben begann. Von irgendwo hörte man das Kreischen spielender Kinder, Männer riefen sich etwas zu, das wie ein Witz klang, der Verkehr wurde lebhafter. Sie wartete auf den Schlaf, und was kam, waren immer mehr Bilder der Kindheit, die an ihr vorbeizogen. Nele sah schwarze Frauen an einem gelben Fluß mit Flegeln auf ihre Wäsche schlagen und die Tücher dann zum Trocknen in den glimmenden Winterstaub der Savanne legen. Eine Hyäne würgte eine Ralle lebendig in einem Stück hinunter, um später, von Nele erschossen, erst von ihren Artgenossen abgeleckt und dann selbst gefressen zu werden. In der irren Propellerbewegung eines Windrades lief ein Schattenreflex vom höchsten Punkt der Rotation abwärts, sackte aber nicht bis nach unten durch, sondern sprang an einem unbestimmten Punkt wieder in die Höhe.

Nachdem Paul von Kavea nicht mehr ihr Vater war, konnte sie sich auch nicht mehr an die blasse Gestalt ihrer Mutter erinnern. Statt dessen konzentrierte sie sich auf den unbekannten Mann, der sie gezeugt hatte. Aus seiner Körperlosigkeit wurde Cosimas Gesicht.

Sie ließ sich ein Taxi rufen.

Als Nele das Hotel verließ und in den wartenden Wagen stieg, hatte sich das Kreuz des Südens über Okahandja eingefunden, fast schien es das Hotel »Barmen« zu beleuchten. Sie fuhr los, der späten Stunde zum Trotz.

Cosimas Zimmer befand sich im ehemaligen Kuhstall. An einem der tragenden Balken war noch ein Ring eingeschraubt, an dem früher die Tiere festgebunden worden waren.

Sie hatte geduscht. Das Brunnenwasser wurde über ein Schlauchsystem auf das Dach geführt, es war heiß von der Sonne, als es auf Cosima herablief.

Jetzt stand sie am Fenster und sah hinaus, wo sich die

Hügelrücken vor dem letzten Himmelsblau niedergelegt hatten. Myriaden von Grillen rieben ihre Beine aneinander. In der Dunkelheit glomm die Glut einer Zigarette auf und verlosch wieder zu einem schwachen Schimmern. In den Ausschnitt des Sternenhimmels, der über allem prangte, zeichneten die Eisenstäbe ein Fadenkreuz. Dann stieg der Mond auf, mit seinen polierten Narben, dichter als in Deutschland, und überstrahlte alles. Die Gewächse des Nachtschattens öffneten ihre Poren und atmeten Vanilleduft aus. Es raschelte und zirpte. Der Schatten eines großen Vogels streifte vorbei. Weiter weg explodierte der Hufschlag eines Zebras.

Das Gefühl, einen Fehler gemacht zu haben, war geblieben, aber Cosima wußte nicht, was sie statt dessen hätte tun sollen. Die Dichte der Eindrücke dieser Nacht konnte sie nicht davon ablenken, daß sie enttäuscht war. Die Zusammenhänge hatten sich durch ihre Unterschrift nicht geklärt, waren noch immer rätselhaft.

Cosima zog sich eine Jacke über und ging hinaus, dem Nikotingeruch nach. Ketelsen saß neben einer Petroleumlampe auf der Veranda, die Füße gegen die Balustrade gestemmt. Alles war schneller und einfacher gegangen, als er es sich vorgestellt hatte. Und seitdem er wieder zu Hause war, war es ihm auch egal, daß er das Fieber, sich selbst zu entwerfen, nicht mehr verspürte.

»Etwas verstehe ich nicht«, sagte Cosima leise.

»Wenn meine Familie die Farm behalten konnte, nach dem Ersten Weltkrieg, wieso ist dann keiner hiergeblieben?«

Ketelsen zuckte mit den Schultern.

»Vielleicht wollte ihr Urgroßvater für den Kaiser Frankreich erobern oder den Ural. Und wahrscheinlich wollten sie nicht unter einer Fremdherrschaft leben. Heimat ist für die Deutschen vor allen Dingen da, wo man das Sagen hat.«

Er mußte sich eingestehen, daß er eine Heimat gefunden hatte. Vielleicht war er auch einfach nur angekommen.

»Ich bin auch dort zu Hause, wo ich mein Leben in die Hand nehmen kann«, relativierte Cosima.

Ketelsen drehte den Glühstrumpf höher. Er hätte ihr vielleicht eine Art Kompliment zu dem informellen Vertragsabschluß machen sollen, aber er hatte das Gefühl, die Hunde schliefen noch immer nicht, und wenn doch, wollte er sie bestimmt nicht wecken.

»Kann ich mal telefonieren?« fragte Cosima.

»Bitte«, sagte Ketelsen und deutete zum Haus. Cosima ging in die Diele und tastete nach dem Lichtschalter. Während sie wählte, steckte Ketelsen sich eine zweite Zigarette an. Im Licht, das aus dem Haus fiel, sah er Aschepartikel in die Nacht steigen. Schwarzer Schnee, der in den Himmel fiel.

Nach dem dritten Klingeln sprang der Anrufbeantworter an. Cosima hörte sich selbst die Aufforderung sprechen, eine Nachricht zu hinterlassen. Sie grüßte Jasper und bestätigte den Abflug morgen von Windhoek.

»Ich freue mich auf zu Hause«, schloß sie ihren Anruf.

Dann legte sie auf, löschte das Licht und ging wieder hinaus, wo Ketelsen im gelben Kreis der Petroleumlampe saß. Insekten sirrten mit einem irren Piepton in das Licht, die pfiffigeren von ihnen fanden den Weg in den Lampenschirm und verdampften.

Cosima setzte sich neben Ketelsen. Sie hatte nichts mehr zu fragen und nichts mehr zu sagen.

Ketelsen hielt beide Handflächen an das Licht. Nun, wo er am Ziel war, hätte er Cosima die ganze Wahrheit sagen können, aber er wollte sie nicht enttäuschen. Um ihr eine Freude zu machen, verglich er sie nochmals mit ihrer Mutter.

»Kriemhild war wie Sie, sie hat sich ihre Meinung auch quer zur Meinung der Leute gebildet«, sagte er. Die Berge warfen ein Motorengeräusch zurück. Ketelsen registrierte es, ohne aufzublicken.

Cosima wußte, daß das für sie nicht zutraf. Im Gegenteil war das, was ihre Entschlossenheit und ihr zugreifendes Wesen war, gerade der Ausweg, es nicht so weit kommen zu lassen, mit anderen im Klinsch zu liegen. Aber sie machte es froh, wie Ketelsen ihre Mutter geliebt hatte. Wahrscheinlich war ihre Mutter glücklich in dem Leben gewesen, das Cosima nicht kannte. Es war gut, in diesem Gefühl abzureisen.

Hinter dem Motorenhall erschienen jetzt zwei Scheinwerferpunkte, die sich auf die Farm zuschoben. Ketelsen hob den Kopf, schüttelte ihn jedoch, als Cosima fragte, ob er noch Besuch erwartete.

Die Nacht verkürzte die optische Entfernung. Das Auto war später da, als Cosima gedacht hatte. Es parkte im Abstand einiger Meter, und in der Fahrerkabine ging das Licht an. Eine hellhaarige Frau auf dem Rücksitz bezahlte den schwarzen Fahrer. Ketelsen stand gleichzeitig mit Cosima auf. Beide hatten sie erkannt. Die Tür schlug zu, das Taxi setzte sich in Bewegung, und Nele von Kavea stand vor ihnen. Plötzlich hatte Ketelsen das Gefühl, sich verteidigen zu müssen. Die Alte schien allein zu sein. Die Urkunden hatte er weggeschlossen, er hatte Cosima zu nichts gezwungen und ihr immer nur die Wahrheiten bestätigt, die Nele vorgegeben hatte. Ihm fiel nichts ein, was er außer acht gelassen haben könnte.

Nele ging auf Cosima zu und damit auf ihre umgeschriebene Vergangenheit. Sie konnte nicht umhin, Cosimas Hände zu greifen, auch wenn es ihr theatralisch vorkam.

»Du bist die Frau, die ich hätte sein sollen«, sagte sie, »wir gehören zusammen. Du darfst dem da die Farm nicht geben.« Erst jetzt sah sie Ketelsen an, und er erkannte in diesem Blick die aufgestaute Verbitterung ihres gesamten Lebens.

»Fühlen Sie sich in meinem Heim wie zu Hause«, gab er zurück. Etwas zog ihm den Speichel zusammen. Er konnte es im ersten Moment nicht glauben. Da war es wieder, das verlorene Gefühl, die große Lust am Widerspruch, zum Angriff, die er in Afrika verloren hatte.

»Du hast ihm Crewo bereits geschenkt? Er ist ein Lügner, Kommunist und Mörder.«

»Wieso glaubst du, du solltest ich sein?« fragte Cosima.

»Mein Vater war schwarz, nicht deiner«, antwortete Nele.

Cosima begriff, daß Nele wußte, wer ihr Vater war und daß sie von Cosimas Existenz gewußt hatte.

»Was weißt du von meinen Eltern?«

Nele zögerte, doch als sie die Worte endlich zurechtgelegt hatte, war Ketelsen schon am Zug.

»Sie war bei deiner Geburt dabei.«

Cosima wandte sich um.

»Und woher wissen Sie das?«

»Er war auch dabei.« Nun war es Nele, die für Ketelsen antwortete.

»Ich dachte, Sie haben meine Mutter erst lange nachdem ich ausgesetzt worden war kennengelernt.« Die Wahrheit eröffnete sich ihr zu brachial, als daß sie ermessen konnte, was sie bedeutete.

»Er ist ein Erpresser.«

»Sie hat dich deiner Mutter weggenommen.«

»Ist die Urkunde schon beglaubigt?« wandte sich Nele wieder an Cosima. Ketelsen verstellte den Weg ins Haus, genauso unversöhnlich wie Nele. Cosima beeilte sich, ihre Gedanken zu sortieren und die Situation zu erfassen. Sie war offensichtlich der Zankapfel zweier Heuchler. Ketelsen hatte sie betrogen, Nele erst recht. Es war nie um ihre wahre Vergangenheit gegangen.

Die Petroleumlampe schwang in Cosimas Hand einen Augenblick hin und her. Dann wurde sie zum Geschoß und flog durch die offene Haustür auf den Holzfußboden, zerschellte an der Wand, entließ ihr Öl auf die Dielen und goß eine Pfütze aus Feuer. Der Nachtwind fachte es immer weiter an. Ketelsen und Nele blickten, von Ungläubigkeit geschlagen, in den orangenen Flammentanz, und Cosima schaute in die besessen glühenden Gesichter der beiden.

Das Feuer verschlang den Ort aller Lügen.

Ketelsen schüttelte langsam den Kopf. Er hatte von ihnen allen am längsten hier gelebt, hatte das Haus haben und behalten wollen mit dem Begehren desjenigen, der bereits besitzt. Aber nun, wo es in Flammen aufging, spürte er eine Befreiung.

Mit dem Haus verbrannte der letzte Beweis Neles weißer Kindheit. Ihre Familie, ihr Stolz, ihr Adel und ihr Denken waren ein Irrtum gewesen. Sie hatte ihr Leben lang nach Idealen gestrebt, die sie nie erreichen konnte und die, wie ihr jetzt schwante, nie wirklich einen Wert gehabt hatten, nicht für sie und für niemanden sonst. So sehr hatte sie sich danach gesehnt, noch einmal die alten Räume zu betreten, noch einmal durch den Flur zu laufen, die Stimmen ihrer Eltern zu hören, über die Schwelle zu hüpfen wie als Mädchen, als es noch keine andere Last gab als die wehenden Zöpfe.

Statt dessen stand sie nun vor der Veranda, und es ging nicht mehr weiter. Aber Hindernisse hatte sie nie akzeptiert und Verbote auch nicht. Niemand bestimmte über ihr Leben. Nele von Kavea ging die drei Stufen der Veranda hoch und an Ketelsen vorbei in das brennende Haus hinein. Er blickte ihr nach, wie sie die Feuerspirale umrundete und hinter der Feuerwand verschwand. Cosima fiel er in den Lauf, als sie hinter ihrer Großmutter hersprang, um sie aus dem Feuer zu holen, und er hielt sie fest. Das Dach hob sich Zentimeter in die Luft, und aus dem Spalt züngelten die ersten Flammen.

»Laß mich!« brüllte Cosima ihn an und versuchte, sich frei zu machen. Ketelsen nahm sie in den Schwitzkasten. Aus einem Winkel ihres Körpers löste sich ein Reflex, der ihr eine Bewegungsrichtung vorgab. Sie zerrte nicht gegen Ketelsens Kraft, sondern gab ihr nach, stieß in das Vakuum, das seinen Körper nach hinten zog, und warf sich, als er den Halt an den Stufen verlor, mit voller Wucht gegen ihn. Ketelsen öffnete seine Arme, um den Fall aufzufangen, und schneller, als er sich berappeln konnte, war Cosima wieder auf den Beinen und im Haus. Die Hitze schlug wütend um sich. Cosima rief Neles Namen, aber der Luftsog der Flammen fraß jedes Geräusch. Sie war im Flur, wo das Feuer bereits aus der Decke regnete. Der Qualm nahm ihr Luft und Sicht. Zurück konnte sie nicht mehr, sie blickte in die Küche, da war Nele nicht, dann in das Schlafzimmer. Die alte Frau lag auf dem Bett, über ihr Gesicht rann der Schweiß. Cosima lief zu ihr und faßte sie am Arm. Sie konnte den Knochen spüren und daß die Muskeln ganz weich waren. Nele sagte etwas, das sie nicht verstand, und als sie es wiederholte, hielt Cosima ihr Ohr an Neles Lippen.

»Es tut mir leid, daß ich deine Tochter geschlagen habe«, sagte sie, und im selben Moment krachte funkenstiebend die Decke herab. Ein Balken traf ihre Großmutter und schlug Cosima den Körper aus der Hand. Glut und Feuer hagelten auf sie herab, und Cosima sprang zurück. Nele lag begraben unter brennendem Holz und bewegte sich nicht mehr. Und dann war nur noch der Gedanke an Hera und das Leben mit ihr in Cosimas Kopf. Ihre Jacke hatte Feuer gefangen, und im Laufen riß sie sich den Stoff vom Leib und rüttelte an der Hintertür, die in den Innenhof führte. Sie war verschlossen. Im Arbeitszimmer hatte die Decke schon schwelende Flecken. Cosima sprang die Mauer hoch, streckte ihre Hände zum schmalen Fenster und griff in die Eisengitter, die nicht nachgaben. Jetzt schlug die Todesangst wild um sich. Eine letzte Flucht führte in die Küche, bevor auch der Flur voll Feuer lief. Über dem Herd führte ein Lüftungsrohr aus der Wand hinaus. Sie riß es ab, ein Quadrat wurde frei, durch das schwarz die Nacht flimmerte. Mit der ausgestreckten Hand konnte sie hineingreifen, es glitschte von altem Fett. Sie zog sich hoch. Der Ranzgeruch, durch den sie ihren Körper stemmte, steckte ihr einen schmierigen Finger die Speiseröhre hinab. Sie zwängte ihre Schultern durch die Öffnung, ihr Kopf war im Kühlen, mit den Händen konnte sie an die Mauer unter sich fassen, sich abstützen, den Sturz abfangen. Als sie herausgeglitten war und sich aufgerappelt hatte, stieg das Dach als Scheiterhaufen in den Himmel. Sie rannte los. Sie wollte nie wieder aufhören zu laufen. Der Luftzug kühlte ihre Wunden.

Dann sackte Cosima doch erschöpft in den Sand, sie hustete, und langsam beruhigte sich ihr Atem. Das Feuer brannte jetzt ruhig und hoch aus den Stallungen und den Nebengebäuden. Durch das Knistern des Hauses hörte sie das Geräusch eines Motors. Sie sah Ketelsens Jeep in einem großen Bogen nach Süden davonfahren und wußte, daß sie ihn hätte rufen sollen, hatte aber nicht mehr die Kraft. Wieder sackte sie zurück, nun allein an dem Ort, der Crewo gewesen war.

Links und rechts der Pad stiegen die mit losem Geröll übersäten Hänge an, so daß sie sich kaum ersteigen ließen. Oben stand eine Oryxantilope.

Eine zweipropellerige Maschine dröhnte unsichtbar am Himmel.

Cosima hatte ihre Wanderung beim Einsetzen der Morgendämmerung begonnen. Obwohl Okahandja dichter lag, hatte sie sich auf den Weg zum Lager von Fred Sukker gemacht. Ihr Rucksack war in dem Feuer verbrannt, ihr Geld, ihre Papiere. Von der Anhöhe hinter dem Haus blickte sie sich nochmals um. Von Crewo waren nur rauchende Steinberge übriggeblieben.

Sie war bereits einen halben Tag unterwegs, ihre Zunge war geschwollen, und ihre Brandblasen näßten.

Am letzten Schultag der zweiten Klasse war sie aus dem Waisenhaus weggelaufen. Sie hatte ihre Flucht gut vorbereitet, hatte die Strickleiter von der Schaukel geklaut und an ihrem Bettbein befestigt, hatte zwei Wochen lang auf Baustellen Bierflaschen geklaut und das Pfand kassiert, um die anderen Mädchen in ihrem Zimmer zu bestechen, sie hatte sich Proviant zurückgelegt und ihre neuen Schuhe geschont. Ihr Ziel war Afrika gewesen. Dazu mußte sie bis zum nächsten Bahnhof, der siebzehn Kilometer entfernt war. Sie hatte zwar kein Geld für eine Fahrkarte, aber Cosima war sich sicher, wenn sie es bis zum Bahnhof schaffen würde, würde auch der Rest klappen. Tatsächlich ging alles glatt. Vor dem Morgengrauen seilte sie sich ab, und als es hell wurde, war sie schon zwei Stunden unterwegs. Immer wenn ein Auto kam, versteckte sie sich im Straßengraben. Das ging so lange gut, wie kaum Verkehr war. Aber gegen sieben Uhr setzte der Berufsverkehr ein, und Cosima mußte alle paar Meter in Deckung gehen. Also beschloß sie schließlich, die Straße aufzugeben und querfeldein zu gehen. Schon bei der Grabenüberquerung holte sie sich tiefe Ratscher an den Brombeerzweigen. Auf der gegenüberliegenden Seite faßte sie in Brennesseln. Aber sie biß die Zähne zusammen und ging weiter. In den letzten Nächten hatte es geregnet, und die Felder waren tief und naß. An ihren Füßen klebten die Erdklumpen, und jeder Schritt war doppelt beschwerlich. Sie hatte eine Pause gemacht und ihre Vorräte alle auf einmal aufgegessen. Dann marschierte sie weiter, traf auf einen Zaun, folgte ihm, aber er führte sie in die falsche Richtung. Als sie das merkte, kletterte sie darunter durch und ging schräg über eine Wiese zurück. Hinter der Wiese lag ein Maisfeld, und es war unmöglich zu erkennen, wo es endete. Sie folgte einer Treckerspur mitten durch die meterhohen Maispflanzen. Sie versank bis zum Knöchel im Schlamm und fing an zu weinen. Sie hatte alles auf diesen Tag gesetzt. Dann drehte sie um und ging den ganzen Weg zurück, gegen den Hunger, inzwischen ohne Schuhe, mit Blasen und völlig ausgetrocknet. Aber sie weinte nicht mehr. Zurückzugehen war einfacher, als fortzulaufen. Und sie wußte auch, woran es lag. Mochte es auch noch so beschissen sein, man brauchte ein Ziel. Afrika war kein Ziel, es war kein Ort, es war ein anderes Wort für Flucht.

So ging es Cosima auch jetzt. Und sie erinnerte sich an die Schläge und die zwei Tage in dem Besenraum, in den man sie zur Strafe gesperrt hatte. Aber sie erinnerte sich auch an ihren Stolz, als sie es geschafft hatte, allein zum Waisenhaus zurückzufinden.

Die Schatten der Büsche längs der Piste waren verschwommen, die hitzebewegte Luft warf Wellen. Cosima hoffte auf ein Auto, auf eine Farm, auf Wasser, aber sie war alleine in diesem Land, dessen Erde hart und verkrustet war und dessen Buschwerk verdorrt aus dem Boden ragte.

Schrittweise hörte sie auf zu denken.

Wo sich eine Silhouette bot, schwankte sie, verzerrt durch das flirrende, sauerstoffentziehende Fieber. Manchmal konnte man das Land für das Meer halten, still, blau und nur sich selbst spiegelnd. Es gab kein Tier und keine Pflanze. Die Augen verklebten sich zum Schutz vor der Hitze mit Sand. Als Cosima schließlich auf ein Rivier traf, wußte sie, daß sie die richtige Richtung genommen hatte. Mit geschwollenen Füßen folgte sie dem Flußbett gegen die Sonne nach Westen. Jetzt durfte sie keinen Halt mehr machen. Ihre Schritte stakten ungelenk, aber eine Pause würde sie nicht überwinden können. Sie ging weiter, dem Verdursten näher als der Rettung.

Sukker hatte sein Lager in einer Mäanderschlaufe aufgestellt. Cosima tauchte am Fuß der Zelte auf, auf Augenhöhe mit der Erdkruste, und stürzte dann hin.

Als sie schon geduscht und verarztet war und Sukker an Jasper ein Telegramm geschickt hatte, kam er noch einmal in ihr Zelt. Er war ein kleiner Mann mit einem weißen Vollbart und braunem Lederhut, unter dem seine Knopfaugen funkelten.

»Ich hab ihm gesagt, daß er kommen soll. So laß ich dich nicht alleine reisen«, sagte er. Cosima atmete tief durch. Es war gut, bevormundet zu werden.

13

Der Mond in dem orangenen Stadthimmel über Frankfurt war schwindsüchtig. Hera war, obwohl es längst nach Mitternacht war, nicht eingeschlafen. Sie saß neben Cosima auf der Rückbank, und im Spiegel sah Jasper, daß sie sich an den Händen hielten.

»Und was machen wir jetzt mit dem Land? Es ist doch noch unseres?« hörte er die Stimme seiner Tochter laut vor Müdigkeit. Ein bißchen hatte ihr Cosima von Afrika erzählt.

»Ich weiß nicht, weißt du es?«

»Wir lassen es den Tieren, Nashörnern und so«, stellte Hera mit kindlicher Selbstverständlichkeit fest. Hinter der nächsten Kurve lag ihr Haus. Jasper blendete das Fernlicht auf. Ihr Zuhause leuchtete wie eine Projektion, dann stellte Jasper das Licht aus und die plötzliche Dunkelheit schluckte ihre Ankunft.

»So, das wär's«, sagte Jasper und stellte den Motor ab.

»Ja«, sagte Hera, »wieder da.«

Sie stiegen aus, Jasper nahm Heras Tasche aus dem Kofferraum, seine war noch immer nicht wieder aufgetaucht. Er suchte den Haustürschlüssel.

»Darf ich aufschließen?« fragte Hera.

Im Briefkasten fanden sie den Kostenvoranschlag für den fehlenden Lar. Er war billiger, als Jasper erwartet hatte.

Zwei Tage nach ihrer Rückkehr aus Afrika fuhr Cosima abermals mit dem Zug nach Hamburg. Sie hatte sich auch diesmal nicht angemeldet, und als sie in der S-Bahn nach Blankenese saß, wußte sie immer noch nicht genau, wie sie Paul von Neles Tod erzählen sollte. Sie klingelte an dem automatischen Tor, das sich kurz darauf öffnete, ohne daß man sie nach ihrem Namen gefragt hatte. Die schwarzen Fenster in dem weißen Putz glichen traurigen Augen.

Paul machte ihr selbst auf, durch die Überwachungskamera informiert, wer ihn besuchte. Er trug eine Sommerjacke, und sein eines Lid zwinkerte, als er neben Cosima trat und die Haustür von außen hinter sich zuzog. Sie gingen hinunter zur Elbe, weiße Wolkenflecken trieben heran. Paul fühlte sich leicht.

»Ihre Tochter ist tot«, sagte Cosima unvermittelt. Paul antwortete nicht. Er hatte gehofft, daß Cosima noch einmal kommen würde, an Nele hatte er nicht viel gedacht. Jetzt, wo es sie nicht mehr gab, merkte er, daß es ihn schmerzte. Er hatte geglaubt, schon vor langer Zeit Abschied von ihr genommen zu haben, aber das stimmte nicht. Jedenfalls machte es einen Unterschied, daß die gesamte Person fehlte. Er hatte sich an sie gewöhnt, als Körper, auch wenn er sie nicht geliebt hatte.

Es lag ihm auf der Zunge zu antworten, daß Cosimas Mutter lebte. Aber da Cosima sie nie gekannt hatte, würde sie Kriemhild auch nicht vermissen. Zunächst wollte er hören, was und wieviel Cosima von ihrer Geschichte wußte. Cosima erzählte ihm, was in Crewo passiert war, auf ihn und ihre Abstammung ging sie nicht ein.

Ein Frachter, hoch mit Containern bestapelt, wurde vorbeigeschleppt.

Paul nickte dem Bericht hinterher.

»Ich denke, Selbstmord verhindert nicht, daß das falsche Leben weitergeht«, sagte er und lauschte Arabellas Worten einen Moment hinterher, dann zog er ein Quartheft aus seiner Jackentasche und reichte es Cosima. Der Deckel war abgescheuert, und der Einband löste sich fadenweise vom Rücken.

»Wenn du lesen willst, wie die ganze Geschichte anfing«, sagte Paul. Cosima sah das Heft an, nahm es aber nicht. Sie schaute in seine Augen, und nun erkannte sie die Ähnlichkeit mit dem Mann auf der alten Fotografie.

»Ich will es nicht wissen. Ich will, daß sie weitergeht.«

Paul nickte. Daß Cosima sein Heft nicht nahm und lesen wollte, machte klar, daß sie sich den Chroniken und Überlieferungen dieser Familie nicht aussetzen wollte. Und zum letzten Mal verschwieg Paul die Wahrheit vor einem Menschen, den er liebte. Er hatte sich geschworen, es nie wieder zu tun, aber diesmal tat er es nicht aus Bequemlichkeit, sondern für Cosimas Frieden.

Auf dem Weg zurück sprachen sie über Afrika, und am Gartentor verabschiedeten sie sich wie Familienangehörige.

Am Nachmittag besuchte er Kriemhild und erzählte ihrem immergleichen Lächeln von Cosima. Er nahm ihr das Kaninchen weg und legte seine Hand in ihre. Da saß sie ihm gegenüber und streichelte seine Finger, zärtlich, als wären sie schwarz.

Lieve Joris

Der Tanz des Leoparden

Mein afrikanisches Tagebuch. Aus dem Niederländischen von Barbara Heller. 399 Seiten und 8 Seiten Farbbildteil. Serie Piper

Trotz der politischen Tragik, die den Kongo überschattet, hat das Land im Herzen Afrikas für viele Menschen eine ungebrochene Faszination – nicht nur für die großartige Reiseschriftstellerin Lieve Joris. In ihrer neuen Reportage gelingt es ihr, seine Schönheit und den beherzten Optimismus der dort lebenden Menschen greifbar zu machen.

»Ich bin zwischen die Bilder geschlüpft, die man aus dem Fernsehen kennt, und habe dahinter das ›ganz normale‹ Leben gefunden.«
Lieve Joris

05/1789/01/L

Hermann Schulz

Auf dem Strom

Roman. 123 Seiten. Serie Piper

Tansania im Osten Afrikas zur Zeit der englischen Kolonialherren: Die Frau des deutschen Missionars Friedrich Ganse stirbt an einem tropischen Fieber, seine Tochter Gertrud ringt mit dem Tod. Fünf Tage rudert Ganse, erschöpft und verängstigt, mit dem kleinen Mädchen auf einem gefährlichen Strom bis zum nächsten Hospital. Nur dort könne man sie retten, haben die Leute im Dorf gesagt – und er soll immer mit ihr reden! Widerstrebend folgt er diesem Rat, und tatsächlich kann er so sein Kind aus dem Koma holen. Er erzählt ihr während der ganzen Reise von seiner eigenen Kindheit, seinem Vater, seinen Wünschen, seinen Träumen. Fünf Tage, die Vater und Tochter einander so nahe bringen wie nie zuvor. Eine einzigartige Geschichte auch über das sinnliche, spirituelle Afrika.

05/1112/01/R